Jm

JOHANNA MOERTL

WENN HERZEN LANDEN LERNEN

ROMAN

Deutsche Erstausgabe Oktober 2024

© Johanna Moertl

1. Auflage
Verlag: BoD • Books on Demand GmbH, In de Tarpen 42,
22848 Norderstedt
Druck: Libri Plureos GmbH, Friedensallee 273, 22763 Hamburg
Inhalt: Johanna Moertl
Lektorat: Elja Janus
Korrektorat: Britta Schmeinck
Umschlaggestaltung: Kristin Pang, www.kristinpang.com
Umschlagabbildung: © TrueArtStudio/shutterstock.com,
FoxGrafy/shutterstock.com, Luria/shutterstock.com
Satz: misa bookdesign, www.misabookdesign.de

ISBN: 978-3-7597-6696-0

WICHTIG

Dieser Roman behandelt Themen, die vielleicht auf einige LeserInnen und Leser beunruhigend wirken könnten. Möchtest du diese vorab erfahren, beachte bitte die CONTENT NOTE auf meiner Website
www.johannamoertl.com

Außerdem findest du auf den letzten Seiten dieses Buches ein WÖRTERVERZEICHNIS mit Fachausdrücken, Fremdwörtern sowie allen Wörtern im Dialekt. Solltest du weitere Fragen oder Anregungen haben, freue ich mich über deine Nachricht unter:
books@johannamoertl.com

REZENSIONEN sind für mich als Autorin von unschätzbarem Wert, erhöhen sie doch die Sichtbarkeit meiner Bücher enorm. Daher freue ich mich, wenn du meinem Roman ein paar Sterne oder sogar Worte schenkst.

Rezensiere meine Bücher gern auf:
www.amazon.de
www.lovelybooks.de
www.thalia.de

VIELEN HERZLICHEN DANK DAFÜR

ÜBER DIE AUTORIN

Johanna Moertl schreibt Romane über die Liebe. Die Liebe zwischen Mann und Frau. Aber auch zu den Eltern, den Geschwistern, zum Leben.

Ihre Geschichten berühren durch authentische Figuren und ernsthafte Themen, die mit viel Fingerspitzengefühl und Leichtigkeit erzählt werden.

Als echtes Wiener Mädel hatte sie tatsächlich nie den Wunsch, woanders als im wunderschönen Wien zu leben. Jedenfalls bis vor kurzem. Denn ihre Liebe zu dem Land, dem Essen und den Menschen Andalusiens wächst und wächst.

Und wer weiß? Sollte sie eines Tages ihre Firma aufgeben, die sie seit ihrem Wirtschaftsstudium betreibt, und wenn ihre Kinder flügge geworden sind, findet ihr sie womöglich gemeinsam mit ihrem Mann in einer alten Finca am Meer, wo sie grauhaarig und teetrinkend immer noch über die Liebe und das Leben schreibt …

Weitere Informationen unter *www.johannamoertl.com*

Instagram *www.instagram.com/johanna_moertl/*

Wörterverzeichnis am Ende dieser Ausgabe

Für alle, die immer glaubten,
zu viel zu sein.
Oder *zu wenig*.
Ihr seid genau richtig.

EINS

Nerea

Madrid

»**F**elicidades! Meinen Glückwunsch. You are cleared for Take-off«, sagt er ernst und streckt mir die Hand hin, doch meine Rechte liegt wie festgeklebt auf dem Sidestick. Sie zittert vor Adrenalin. Immer noch bin ich wie in Trance, kann die Konzentration und Anspannung so schnell nicht abschütteln. Auch nach Hunderten von Flugstunden und unzähligen Trainings am Simulator ist die selbstständig durchgeführte Landung einer so großen Maschine schier unglaublich. Mein Herz flattert immer noch irgendwo über mir im endlosen, blauen Himmel.

Endlich schaffe ich es, die Hand vom Stick zu lösen, und ergreife seine. *Fest!*, ermahne ich mich in Gedanken. *Zeig einen kräftigen Handschlag. Selbstsicher und souverän.* Und es wirkt. Der Prüfer klopft mir kameradschaftlich auf die Schulter.

»Gut gemacht, Nerea. Solide Leistung. Das Landetraining ist damit abgeschlossen. Jetzt noch den Outside Check und Sie können sich Ihre drei Streifen abholen und gebührend feiern.«

Er meint die drei goldenen Streifen auf Ärmeln und Schulterklappen der Uniform. Er meint auch, dass man als richtige Pilotin einiges vertragen sollte. Da muss er sich keine Sorgen machen.

Tief ziehe ich den Sauerstoff in meine Lungen, als wir aus dem Airbus treten und nebeneinander die Treppe hinuntergehen, und stoße ihn dann angereichert mit Erleichterung wieder aus. Endlich sickert auch die Freude in mein Herz, warm und sprudelnd. Ich habe es geschafft! Ich habe tatsächlich das Type Rating für den Airbus *A320* hinter mich gebracht. Nun bin ich First Officer, Erste Offizierin, Co-Pilotin bei *Iberia*. Zumindest sobald eine Cockpitstelle frei wird. Endlich darf ich arbeiten. Jetzt geht es los! Ich könnte tanzen und singen. Aber irgendwie schafft es die Freude wie so oft nicht aus meinem Innersten heraus.

Nun beobachtet der Kapitän genau, wie ich das äußere Erscheinungsbild der Maschine kontrolliere, die Fahrwerke und Triebwerke inspiziere, genauso wie schon vor dem Flug. Alles sieht aus, wie es sollte, nirgendwo Tropfen, die da nicht hingehören, keinerlei Schäden. Outside Check erledigt. Mein Prüfer setzt das letzte Häkchen auf seinem Formular, und ich jauchze zumindest innerlich.

Der Crewbus holt uns ab und fährt uns ins Hauptgebäude. Nach einer kurzen Nachbesprechung nehme ich ein letztes Mal die Glückwünsche aller Anwesenden entgegen und hole dann meine Sachen, um nach Hause zu fahren. Nicht in einen Klub mit Freundinnen, auch nicht in die Bar mit Alvaro. Nach Hause zu meinen Eltern. Das ist der einzige Ort, an den es mich heute zieht, wo ich diese neue Ära feiern möchte. Viel zu lange war ich nicht mehr da und es ist glücklicherweise Dienstag – das bedeutet, sie kommt heute auch.

Mein Herz hüpft aufgeregt in meiner Brust. Plötzlich erscheint mir der Kragen des weißen Hemdes zu eng. Ich löse den obersten Knopf und auch den zweiten. So hat die Vorfreude mehr Platz.

Die Apartmentanlage in einem Außenbezirk von Madrid, in der meine Eltern wohnen, war zu ihrem Einzug vor meiner Geburt vor rund dreiundzwanzig Jahren wohl modern. Heute ist sie das im Vergleich zu den Neubauten ringsum nicht mehr. Dafür wurde sie vor ein paar Monaten neu gestrichen. Vielleicht kommt sie mir deshalb so fremd vor. Vielleicht liegt es aber auch daran, dass ich in letzter Zeit so selten hier war. Wie so oft ziehen das schlechte Gewissen und ein unerklärliches Sehnen in mir in unterschiedliche Richtungen. Ich schüttle die beiden ab und schließe mit nervösem Bauchkribbeln auf. Ob sie schon da ist?

»Hola! Estoy en casa!«, schreie ich automatisch auf Spanisch und korrigiere mich sofort. »Ich bin zu Hause!«, rufe ich dann auf Deutsch. Als mein Vater um die Ecke biegt, hänge ich noch einen kleinen Schrei an, den man als multilingual bezeichnen könnte. Er trägt nur ein kleines Badetuch um die Hüften.

»Papa! Nicht schon wieder!« Verlegen halte ich mir die Finger vor die Augen.

»Ups, Puppi, tut mir leid, ich hab dich erst später erwartet«, sagt er mit schuldbewusster Stimme. »Bin gleich wieder da.«

Während er sich im Schlafzimmer anzieht, hänge ich meine Tasche auf und schlüpfe aus den schwarzen Halbschuhen. Dann schleiche ich auf leisen Sohlen durch das Wohnzimmer und nähere mich der breiten Glasfront zur Terrasse.

Unter der schattenspendenden Markise sitzt meine Mutter an ihrem Outdoor-Schreibtisch und arbeitet. Ihr Haar, genauso dunkelblond und überschulterlang wie meines, bewegt sich sanft in der warmen Brise. Der schmale Rücken ist durchgestreckt, die nackten Füße sind flach aufgestellt. Das aber auch nur, weil sie schreibt. Sonst steht meine Mutter nicht unbedingt mit beiden Beinen im Leben.

»So, jetzt aber eine richtige Begrüßung«, sagt Papa in meinem Rücken und ich drehe mich um.

Er trägt nun eine weiße Leinenhose und ein hellblaues, kurzärmeliges Hemd. Viel besser. Sein braunes Haar ist länger geworden, bemerke ich, es fällt ihm lässig über die Ohren und mit dem schelmischen Grinsen im braungebrannten Gesicht sieht er fast wie ein junger Mann aus.

»Hallo, Papa!« Ich schlinge die Arme um ihn und er lässt sein genießerisches Schnurren hören, was mich immer zum Lachen bringt.

»Du weißt schon, dass exzessives Bräunen ungesund ist?«, ziehe ich ihn auf.

»Natürlich. Deswegen beginne ich bereits im Frühling, um die Haut daran zu gewöhnen. Aber jetzt erzähl. Heute war doch die Prüfung? Ist alles gut gelaufen?« Er drückt mich behutsam von sich, um mich genauer in Augenschein zu nehmen.

»Ja, ich habe bestanden«, sage ich mit stolzgeschwellter Brust.

»Großartig! Ich wusste, dass du es schaffst.« Er eilt in die offene Küche. »Lass mich schnell nachsehen, ob der Sprudel schon kalt ist. Hab extra einen Schlumberger gekauft«, trällert er und öffnet den Kühlschrank, nimmt die Flasche heraus und prüft sie.

Das lässt mich auflachen. »Hier gibt es auch guten Sekt! Wieso seid ihr aus Wien weggegangen, wenn du nicht ohne den Schlumberger kannst?« Ich folge ihm und stelle mich an die Rückseite der Kücheninsel wie an eine Bar.

»Aber geh!« Er winkt schmunzelnd ab. »In Wien haben wir was anderes getrunken, was von auswärts. *Willst du was gelten, dann mache dich selten,* sagte meine Mutter immer und sie hat recht. Eine Sache wird doch erst zu was Besonderem, wenn man sie nicht mehr an jeder Ecke kaufen kann … Und für dich wollte ich heute einfach was Besonderes holen.«

»Aww!« Seine Freude rührt mich.

Leise zieht er den Korken, nimmt zwei Flöten aus dem Regal und schenkt uns ein. Dann reicht er mir eine und stößt mit mir an.

»Prost! Auf deinen Erfolg.«

»Äh.« Ich zögere mit dem ersten Schluck, deute mit dem Glas in Richtung Terrasse. »Wollen wir nicht auf sie warten? Oder … darf ich hinausgehen?«, frage ich vorsichtig.

Er windet sich und verzieht entschuldigend das Gesicht. »Lieber nicht … Du weißt, wie sie ist … Sie kommt dann später dazu.«

Mein Herz wird schwer. Ja, ich weiß, wie sie ist, wenn sie schreibt. Ich kenne es schließlich nicht anders. Ihren verschleierten Blick, wenn man sie etwas fragt, es wagt, einen Fuß in ihren Fluss zu stellen. Dieses entrückte Starren mit offenem Mund. Fast so, als befände sie sich unter Wasser und könne nur schemenhaft Personen und Töne wahrnehmen. Und schließlich das enttäuschte Seufzen, wenn sie schlussendlich erkennt, dass sie tatsächlich in der Realität gebraucht wird. Aber heute? Die Prüfung war wirklich wichtig für mich.

»Wann ist die Deadline?«, frage ich ernüchtert.

»In drei Wochen«, sagt er tapfer lächelnd und ich weiß, er freut sich auf die Zeit danach, wenn er in ihrem Leben wieder eine Rolle spielen darf. Seit ich klein war, habe ich ihn für seinen unendlichen Großmut bewundert, so wie auch jetzt.

»Also dann Prost, Papa!« Ich lächle ihm aufmunternd zu und leere das Sektglas in einem Zug. Es ist richtig heiß hier.

Plötzlich hören wir einen Schlüssel in der Tür und Stöckelschuhe näherkommen. Mein Herz macht einen Sprung. Erwartungsvoll wende ich mich in Richtung Flur. Endlich! »Gloria!«

Und da kommt sie. Ihr dunkles, glattes Haar fällt ihr offen über die Schultern. Ihr perfekt geschminkter Mund zeigt ein strahlendes Lächeln. Majestätisch, aufrecht wie eine Königin bewegt sie sich auf uns zu und es scheint, als würde das sonnendurchflutete Zimmer durch ihre Anwesenheit noch heller. Knapp vor mir bleibt sie stehen, sodass ich nicht anders kann, als bewundernd zu ihr aufzusehen. Für mich ist sie der schönste Mensch, den es gibt, und das, seit ich denken kann.

»Hallo, kleine Schwester!« Sie beugt sich zu mir herab und küsst mich zärtlich links und rechts. Dann macht sie einen Schritt zur Seite und umarmt unseren Vater.

»Habt ihr etwa schon ohne mich angefangen?«, fragt sie mit halb ernst gemeintem Tadel.

»Aber nicht doch!« Papa beeilt sich, ihr ein Glas zu überreichen und mir nachzuschenken. Wieder stoßen wir an.

»Erzähl von Anfang an.« Mit großen, blitzenden Augen wendet sie sich mir zu.

»Ach, da gibt es nicht viel zu erzählen. Kapitän Gomez Diaz hat die Prüfung abgenommen und …«

»Nicht wahr!«, ruft sie dazwischen. »Der alte Brummbär? War er auch freundlich zu dir? Oder muss ich ihn mir mal zur Brust nehmen?« Sie lacht schelmisch und ich kichere los. Nur leider fällt mir keine ebenso lustige Erwiderung ein.

»Nein, nein, er war eh freundlich und es ist auch alles komplikationslos verlau…«

»Hab ich euch erzählt, wie er einmal in Singapur ein Crewmitglied so richtig fertig gemacht hat? Das war ein Bahö, sag ich euch«, ruft sie dazwischen und ich verstumme.

Gloria beherrscht die Wiener Ausdrücke wesentlich besser als ich. Kein Wunder, hat sie doch sieben Jahre lang dort gelebt, bevor meine Eltern beschlossen haben, mit ihr nach Spanien auszuwandern. Und ich sehe es meinem Vater an, wie sehr er es liebt, wenn sie sie verwendet.

»Na Servus!«, ruft er aus, was so viel wie *Du meine Güte* bedeuten soll, und strahlt.

»Du hast doch nichts dagegen, wenn ich das kurz erzähle, Nerea? Gleich bin ich wieder ganz Ohr«, sagt sie mit einem bezaubernden Lächeln.

»Aber nein!« Freigiebig winke ich ab.

Die Prüfung gibt auch wirklich keine große Story her. Also trete ich einen Schritt zurück und setze mich auf einen der Barhocker, um gebannt zuzuhören, wie Gloria ihre Geschichte zum Besten gibt. Wichtig ist allein, dass wir ab jetzt ganz, GANZ viel Zeit zusammen verbringen werden. Und das macht mich zum glücklichsten Menschen der Welt.

ZWEI

Papa hat Tapas vorbereitet, und zwar meine liebsten. Anchoas del Cantábrico – Sardinen in Olivenöl garniert mit Zitronenzesten und Kräutern –, Bombas – runde Kroketten aus Kartoffelteig mit Fleisch gefüllt – und Chipirones – kleine Tintenfische in Kichererbsenmehl frittiert. Dazu gibt es einen wunderbar frischen Weißwein aus der Region Rueda. Zu dritt sitzen wir am Esstisch und Gloria unterhält uns mit Geschichten aus der »Kabine«, wie das Flugpersonal genannt wird, und Beschreibungen ihrer Lieblingsdestinationen der Langstrecke. Es ist so schön, fast wie früher, als wir beide noch zu Hause wohnten. Mein Herz tanzt wie schon lange nicht mehr.

Und siehe da, als die Sonne langsam verschwindet, wird die Terrassentür aufgeschoben und nackte zierliche Füße tapsen herein. Noch ehe ich mich vollständig umdrehen kann, legt sich ein langgliedriger Arm von hinten um mich und sie schmiegt ihr Gesicht an meine Wange.

»Hallo, mein geliebtes Herz«, flötet sie mir ins Ohr und drückt mich sanft. Doch sogleich zieht sie weiter zu Gloria, um sie zu küssen. »Mein großer Schatz. Wie schön, dass ihr da seid! Das macht mich so glücklich.« Mein Vater wird mit einem langen Kuss begrüßt. »Mein Lieber! Ich dank dir für alles, was du tust.«

Sorgsam wie ein Neugeborenes legt Mama den Laptop ab, setzt sich auf den leeren Stuhl neben meinem Vater. Sie zieht die Beine hoch, versteckt sie unter ihrem langen, weißen Leinenkleid und sieht uns erwartungsvoll an.

Durch Glorias Unterhaltung und den Wein ist unsere Stimmung gelöst und heiter und so geraten die Geschichten etwas verkürzt und albern.

»Gloria hat in New York beinahe den Rückflug verpennt, weil das Hotel den Weckruf vergessen hat, und ist dann ohne Unterwäsche und Strumpfhose geflogen.« Ich gluckse in mich hinein.

»Nerea hat ihre drei Streifen bekommen, obwohl Gomez Diaz der Schrecken der ganzen Airline ist«, witzelt Gloria. »Wer weiß, wie sie das angestellt hat.« Sie zwinkert mir zu und ich strecke ihr die Zunge raus.

»Ach ja! Die Prüfung!« ruft Mama aus. »Verzeih, ich hatte total vergessen, dass das heute war. Gratuliere, mein Herz. Das hast du toll gemacht. Du warst immer schon so unabhängig und hast dein Ding durchgezogen. Du bist wundervoll.«

Mama lächelt mich voller Liebe an und dieses Lächeln wärmt mich ganz tief drinnen. Ich sage nicht, dass es entschädigt für all die Dinge, die sie in meinem Leben vergessen, nicht auf dem Schirm, für nicht relevant befunden hat. Aber es wärmt mich, wenn auch mit einer Isolierschicht um meinen innersten Kern. Aber das ist doch auch etwas.

»Ja«, sagt nun Gloria geheimnisvoll. »Und ICH habe meine Kontakte spielen lassen und erreicht, dass du als Erste von den Neuen eingestellt wirst. Morgen um acht hast du das Einführungsgespräch mit Andrés und dann bekommst du deinen Dienstplan.«

Mein Herz macht abrupt aus der Hocke einen Salto. »Was? So bald schon? Oh, danke, danke Gloria! Du bist die Beste! Ich freue mich so darauf, mit dir gemeinsam zu fliegen.« Ich falle ihr stürmisch um den Hals.

»Na klar«, sagt sie, lächelt aber etwas verhalten, als ich mich von ihr löse. Die Art Lächeln habe ich bei ihr selten gesehen, doch ich habe keine Gelegenheit, weiter darüber nachzudenken.

Denn Mama fragt: »Und wie steht's in der Liebe bei meinen Schönen? Erzählt mir alles ganz genau …« Gespannt richtet sie alle ihre Antennen auf uns.

In meiner Brust flattert etwas. Ich tue so, als müsste ich mich an der Wade kratzen, während ich verstohlen zu Gloria linse. Diese wischt verlegen ein paar Krümel auf dem Tisch zusammen und murmelt: »Och, da gibt's grad nichts Spannendes zu erzählen.« Dann steht sie auf, um die Brösel in den Mülleimer zu werfen.

Die Liebe ist Glorias wunder Punkt, ihr einziger. Sie ist der Prototyp der Flugbegleiterin, wunderschön, anmutig, beliebt, begehrt und … Single. Es ist mir schleierhaft, wieso. Ich weiß, dass sie gern eine Familie gründen würde. Ich weiß aber nicht, warum sie den Richtigen einfach nicht findet.

»Und bei dir, Schätzchen?«, wendet sich Mama an mich.

»Bei mir? Äh …« Das Flattern wird stärker, es mahnt mich zur Vorsicht. Ist sie wirklich interessiert? An mir? Oder ist es nur Recherche? Es wäre nicht das erste Mal, dass eine unserer Liebesgeschichten einen Weg in ihre Romane findet. Natürlich aufgebauscht, versext, dramatisiert, so wie ihre Leserschaft es seit Jahrzehnten liebt, was die Sache nur noch ekliger macht. So als wäre die einfache, die natürliche Art, eine Beziehung zu führen, nicht genug.

»Also mein Liebesleben läuft großartig, danke der Nachfrage«, witzelt Papa und rettet mich damit.

Mama lacht auf. Sie liebt seine Scherze. »Ach ja? Und mit wem, wenn ich fragen darf?«, erwidert sie spitz.

»Kennst du nicht«, sagt er grinsend und gibt ihr einen Kuss auf den Mund.

Die beiden wirken auch nach fünfunddreißig Jahren verliebt wie am ersten Tag. Ich vermute, es ist das, wonach Gloria sich sehnt. Diese gähnt nun auch demonstrativ.

»Also ich muss ins Bett. Morgen beginnt ein zweitägiger Umlauf mit einer Nacht in Wien. Ich freue mich schon so. Muss aber vorschlafen, denn ich werde diesmal auf keinen Fall auf das Wiener Nachtleben verzichten. Nerea, ich muss dir die Stadt unbedingt mal zeigen. Du hast echt was verpasst, weil du bisher nicht dort warst. Es ist und bleibt meine Lieblingsstadt für immer und ewig.«

»Ja, das möchte ich unbedingt! Ich freue mich riesig darauf.« Wir umarmen einander inniglich.

»Was du immer mit Wien hast. Keine zehn Pferde bringen mich zurück in diese Stadt«, sagt Mama naserümpfend, bevor sie sie küsst. Doch Gloria zuckt ungerührt mit den Schultern.

»Und pass auf dich auf, die Wiener Männer können charmant, aber rechte Hallodris sein.« Papa drückt sie an sich.

»So einer wie du?«, erwidert Gloria schmunzelnd und er grinst breit.

»ICH bin ein Ehrenmann.« Vertrauenswürdig legt er die Hand aufs Herz.

»Nahtlos gebräunt!«, rufe ich und wir prusten los.

»Also dann, sehen wir uns morgen Früh?«, wendet sie sich an mich.

»Ich freue mich so, so sehr«, sage ich noch einmal mit Nachdruck. Doch sie hat sich schon umgedreht und verschwindet schneller, als ich den Entschluss fassen kann, mich ihr anzuschießen. Verblüfft sehe ich ihr nach. »Nun, ich sollte wohl … Dann werde ich auch langsam … War ja ein aufregender Tag heute«, stammle ich. Allein mit meinen Eltern ist es immer irgendwie komisch. Ich fühle mich wie das fünfte Rad am Wagen, wie ein Störfaktor.

Beide nicken verständnisvoll.

»Aber jetzt, wo du bald einen geregelteren Alltag hast, kommst du uns vielleicht öfter besuchen?«, bittet Papa.

Für ihn ist es noch immer schwer, dass ich vor einem halben Jahr ausgezogen bin. Doch ich wollte unbedingt näher am Flughafen wohnen.

»Mal sehen, ob der Alltag wirklich so geregelt ist …«, sage ich ausweichend.

Mama kommt näher. »Tschüss, mein Schatz, muss schreiben. Mir ist grad was eingefallen. Ich wünsche dir einen wundervollen ersten Arbeitstag. Bis bald, ja?« Sie küsst und herzt mich, aber fahrig, in Eile wie immer, verschwindet dann mit dem Laptop unter dem Arm.

»Ja, tschüss. Bis bald«, wiederhole ich wie automatisch und sehe ihr nach. Von hinten sieht sie genauso aus wie ich, das Haar, die Statur, und doch frage ich mich manchmal, ob wir wirklich verwandt sein können.

Papa zuckt entschuldigend mit den Achseln und legt einen Arm über meine Schultern, während er mich zur Tür begleitet.

»Schreibende soll man nicht aufhalten«, wiederholt er den abgekauten Spruch, den er für mich vor bestimmt zwanzig Jahren aus einem alten Sprichwort abgewandelt hat. Schon damals in dem Versuch, mich zu trösten. Schon damals war es nicht notwendig.

Ich bin Feministin von Geburt an. Ohne die Frauenbewegung hätte ich niemals Pilotin werden können, nicht wählen, nicht studieren, nicht mal arbeiten dürfen ohne die Zustimmung meines Vaters oder Gatten. Ich bin absolut überzeugt davon, dass Männer sich genauso gut um Kinder kümmern können wie Frauen. Das hat man an Papa gesehen. Und nie würde ich frech das Thema in den Raum werfen, warum eine Frau Kinder bekommen und gleichzeitig erfolgreich sein möchte. Ich mache hier keinen Unterschied, ob es um Männer oder um Frauen, Väter oder Mütter geht.

Es ist nur diese eine aufdringliche Frage, die sich mir gelegentlich stellt, nur ganz selten, in schwachen Momenten. *Wie kann man nur seine Bücher, getippte Buchstaben auf weißem Papier, mehr lieben als lebendige Menschen? Mehr lieben als sein eigenes Fleisch und Blut? Wie?* Der Gedanke stößt mir sauer auf.

DREI

Statt direkt in meine Wohnung zu fahren, texte ich Alvaro und bitte ihn, mich doch noch in der Bar zu treffen. Ich brauche das jetzt. In *unserer* Bar, wie er immer sagt. Das ist aber auch schon das einzig Romantische an unserer Beziehung. Er ist genauso alt wie ich, ebenso Pilotanwärter, hat sein Landetraining nächste Woche.

Was ich an Alvaro mag, ist, wie einfach es mit ihm ist. Wir benutzen das gleiche Vokabular, haben die gleichen Ausbildungsschritte durchlaufen, ja, wir laufen sogar gleich schnell, wenn wir in unserer freien Zeit gemeinsam joggen. Fit zu sein, ist für Piloten und Pilotinnen Pflicht. Wir führen eine Beziehung auf Augenhöhe. Außerdem hat Gloria ihn mir vorgestellt, das ist der ultimative Ritterschlag.

Was ich an Alvaro nicht so mag, ist ebenfalls, wie einfach es mit ihm ist. Gerade noch habe ich mich darüber geärgert, dass Mama aus jeder normalen Beziehung ein Feuerwerk machen muss. Doch die Wahrheit ist: Nachdem ich, seit ich vierzehn bin, jedes neu erschienene Buch von ihr gelesen habe, bin ich unsicher, ob meine Freunde nur zufällig besonders langweilig sind oder ob es solche Männer wie ihre Protagonisten in der Realität gar nicht gibt. Aber Gloria meint, Alvaro wäre der perfekte Mann für mich, daher vermute ich Letzteres.

Als ich die *1862 Dry Bar* betrete, sitzt er nicht lässig an der Theke, sondern steif an einem der niedrigen Tische, den Strohhalm zwischen den gespitzten Lippen. Wie immer schlürft er einen *Duende*, genauso orange wie die Hintergrundbeleuchtung des Lokals.

»Hola«, sage ich und drücke ihm einen Kuss auf den Mundwinkel, ehe ich ihm gegenüber Platz nehme. »Hm, fruchtig.«

Er lächelt. »Hola, cariño. Gratuliere zur bestandenen Prüfung. Wie war es?«

»Puh! Ich bin echt froh, dass ich es hinter mir habe. *Touch and Go* ist superanstrengend. Ich meine, für jeden Piloten sind sechs Starts und Landungen gleich hintereinander herausfordernd, aber für eine Anfängerin nervenzerreißend. Ruh dich bloß gut aus vor deiner Prüfung.«

Nickend klopft er sich an die Schläfe, so, als morse er sich innerlich eine Notiz in den Schädel. »Danke für den Tipp. Trink erst mal was. Wie immer?«, fragt er und winkt sogleich der Kellnerin.

Eigentlich würde ich hier gern mal etwas anderes probieren, da er seit unserem ersten Treffen jedes Mal das Gleiche für mich ordert, nicke aber trotzdem. Zwar habe ich bei meinen Eltern schon getrunken, aber fahren kann ich damit locker.

»Du glaubst es nicht. Gloria hat bereits alles für mich in die Wege geleitet. Hab morgen schon den Termin in der Crew Control.«

»Einen *Frisco Sour*, por favor,« ruft er der Kellnerin zu und wendet sich dann wieder an mich. »Du Glückliche, so eine Schwester hätte ich auch gern. Ich muss bestimmt ein paar Wochen oder gar Monate warten.« Er bläst die in den Wangen gestaute Luft durch die Lippen.

»Wer weiß? Nachdem die Company die Kosten für die Type Rating- und Landetraining-Module für gleich vier Personen übernommen hat, braucht sie anscheinend so viele neue Leute. Mach dir jetzt mal keine Sorgen.«

Wie eine Ratte am Speck knabbert der Wettbewerbsvorteil an

meinem Gewissen. Dabei bin ich bestimmt nicht die Bessere von uns.

Wir schweigen eine Weile und ich sehe dem Barkeeper mit den volltätowierten, aufgepumpten Unterarmen zu, wie er meinen Cocktail schüttelt. Er sieht aus wie ein richtiger Bad Boy mit den Tattoos hinauf bis zum Hals, dem schwarzen Undercut und dem sorgfältigst gestutzten Vollbart, die Ärmel seines schwarzen Hemdes immer aufgekrempelt. Gefährlich sieht er aus, nicht nur für Frauen, auch für Männer, die sich mit ihm anlegen wollen. Dabei weiß ich, dass er absolut sanft ist und eine liebe Frau und Zwillinge zu Hause hat.

Echte Bad Boys gibt es doch gar nicht. Gab es vielleicht früher mal, als man von Psychologie noch keine Ahnung hatte. Aber mir war schon in der Schule klar, dass die Rädelsführer, die Anführer, die Coolsten der Coolen in Wahrheit doch nur die Kaputtesten, die Verletztesten waren.

Als er meinen Blick bemerkt, zwinkert er mir freundschaftlich zu und ich lächle müde, ehe ich mich wieder Alvaro zuwende. Er legt eine Hand auf meine und mir wird mit Schrecken bewusst, wie wenig mir das gibt. Ich fühle gerade mal keinen Widerstand, aber mehr auch nicht.

Ich bekomme meinen Drink und stürze ihn hinunter, so schnell das trotz der Kälte der Eiswürfel geht. Die salzigen Tapas und der Wein haben mich durstig gemacht. Auch Alvaro schlürft lautstark den letzten Rest vom Boden seines Glases und strahlt mich dann an. Er ist ganz sicher nicht kaputt, auch nicht cool, obwohl er sein dunkelbraunes Haar in einem Navy Seals Bürstenschnitt trägt, aber irgendwie süß in seiner korrekten Art. Ebenso wie ich hat er ein schlichtes weißes Hemd und eine schwarze Hose an. Unsere Möchtegern-Piloten-Uniform. Morgen darf ich sie gegen eine richtige tauschen. Der Gedanke lässt mich ungläubig lächeln.

Daraufhin lächelt auch Alvaro und der Anblick entlockt mir ein entspanntes Seufzen. Wie befreiend, dass meine Gefühle für ihn doch noch da sind. Am meisten liebe ich es, dass er für mich da ist, wann immer ich ihn brauche, ohne dass ich ihn groß darum bitten müsste. Er ist wie ein Hündchen, ein treuherziger Begleiter, der dir nicht von der Seite weicht, wenn er einmal deinen Duft erschnuppert hat. Vielleicht sollte ich ihn dafür belohnen?

»Was ist? Du lächelst so …«, fragt er schmunzelnd.

»Gar nichts. Ich bin einfach froh. Lass uns zu mir fahren, ja?«

Da freut sich auch er.

Wir bezahlen, jeder sein eigenes Getränk, dann fahre ich uns in meine kleine Ein-Zimmer-Wohnung.

Nachdem wir uns nacheinander die Zähne geputzt haben, gehe ich unter die Dusche, während Alvaro mit freiem Oberkörper und in engen weißen Boxershorts die Spätnachrichten guckt. Durch die ein wenig offenstehende Badezimmertür beobachte ich ihn. Er ist wirklich ein hübscher Mann, sportlich, schlank, hat einen von Natur aus gesunden Teint, ohne dafür groß in die Sonne gehen zu müssen. Sobald er die Pilotenuniform bekommt, werden ihm die Frauen zu Füßen liegen. Auch wenn die ehemaligen Großverdiener nun sehr viel bescheidener leben müssen und der Beruf schon lange seinen Glanz verloren hat, die Uniform hat es definitiv nicht. Da sind die meisten Frauen leider in den Fünfzigerjahren stehen geblieben. Angst, dass ich ihn verlieren könnte, habe ich komischerweise nicht. Aber Eifersucht war ja noch nie mein Problem.

Als ich im Pyjama aus dem Bad komme, hat er den Fernseher ausgemacht, das Licht gedimmt und sitzt an der Ecke meines Doppelbettes.

»Hey«, sagt er und steht auf.

Ich trete näher, recke den Kopf und er legt seine Lippen auf meine und seine Hände an meinen Po. Er ist bereits erregt. Dann lässt er mich los und krabbelt hastig unter die Decke, entledigt sich seiner Unterhose und lässt sie zu Boden fallen. Auch ich schlüpfe aus meiner karierten Pyjamahose und unter die Decke, lege mich zu ihm, küsse ihn wieder, während er unter meinem Hemd meine Brüste streichelt.

Was soll ich sagen? Der Sex mit ihm ist schön, ist warm, ist befriedigend. Ich habe jedes Mal einen Orgasmus, was jedoch weniger an seiner ausgefeilten Technik als an den zufällig optimalen körperlichen Voraussetzungen liegt. Auch hier passen wir einfach perfekt zusammen. Glücklich ist jedes Pärchen, das nach vielen gemeinsamen Jahren so einen Sex hat. So zufriedenstellend, so eingespielt und vertraut. Das einzige Problem ist nur, Alvaro und ich, wir schlafen erst seit ein paar Wochen miteinander.

VIER

Am nächsten Morgen bin ich wie immer zeitig wach, mache mich fertig und scheuche Alvaro dann aus dem Bett. Gemeinsam frühstücken wir Müsli und Tee und machen uns zur Abfahrt bereit. Zuerst fahre ich ihn zu seinen Eltern, bei denen er wohnt, bis er mit der Ausbildung fertig ist.

Trotz des Umwegs bin ich viel zu früh am Aeropuerto, parke das Auto und schlendere in der noch kühlen Morgenluft die Straße auf und ab. Ich mag das Treiben rund um den Flughafen. Menschen mit großen Koffern und noch größeren Erwartungen strömen fröhlich herbei. Immer wieder rauscht ein Airbus über uns hinweg. Das Dröhnen der Triebwerke gibt mir seltsame Kraft, fast wie anschwellende Buschtrommeln in einem Dschungelritual.

»Huhu! Nerea!« In einer Gruppe von Flugbegleiterinnen, alle gutgelaunt, wunderschön gepflegt und grazil, schwebt Gloria lachend heran.

Es schmerzt mich ein wenig, sie so glücklich inmitten von Kolleginnen zu sehen. Zu gern würde auch ich zu ihnen gehören. Die Kollegen, die ich haben werde, sind größtenteils männlich, haben einen gänzlich anderen Humor als ich und wesentlich weniger Beautytipps parat. Aber ich wollte es ja so …

Gloria umarmt mich herzlich und stellt mich den anderen Mädels vor.

»Ach, wie schön, dich endlich kennenzulernen, Nerea! Gloria ist so stolz auf ihre kleine Pilotenschwester.«

»Ich freue mich, wieder eine Frau mehr im Cockpit zu sehen. Gratuliere!«

»Was für eine hübsche Schwester du hast, Gloria! Sie sieht dir ja sehr ähnlich, auch wenn ihr Haar viel heller ist als deines. Willkommen in der Crew, querida.«

Ich bin ganz überrollt von so viel Herzlichkeit, ob nun echt oder fake, kann ich nicht feststellen. Da dachte ich, es wäre Glorias ganz besonderer Wesenszug, so offen und zugänglich zu sein, und merke nun, dass das wohl zum Jobprofil der Flugbegleiterin gehört.

»So, komm mit«, sagt Gloria und hängt sich bei mir ein.

In der Mitte einer Traube von schönen Frauen in dunkelblauen Kostümen mit roten Halstüchern marschieren wir in die Crew Control. Dort verabschiedet sich Gloria und gibt mich an Andrés von der Personalabteilung weiter, der mit mir alle noch ausständigen Formulare ausfüllt. Von ihm bekomme ich auch die Uniformen in meiner Konfektionsgröße. Während er sich wieder an den Computer setzt und den Drucker startet, schlüpfe ich gleich in ein Jackett und bewundere die Streifen im Spiegel.

Toll sieht das aus, wahnsinnig respekteinflößend und sehr … männlich. Kein Vergleich zu den entzückenden, femininen Kostümchen der Stewardessen. Hier herrscht anscheinend noch klare Geschlechtertrennung. Warum müssen Pilotinnen aussehen wie Männer? Mit Krawatte und Schulterpolstern? Kann man hübsch etwa nicht fliegen?

»Ähm, Andrés, wie viele Piloten gibt es aktuell bei euch? Ich meine bei uns?«

Mit gerunzelter Stirn sieht er auf. »Zweitausenddreihundert.«

»Und wie viele davon sind nicht männlich?«

»Mit dir? Hundertzehn.« Er grinst entschuldigend.

»Was? Echt?« Das zieht mir fast die Schuhe aus. Nicht mal fünf Prozent?

»Äh, ja. Schau her, das ist dein Dienstplan.« Er schiebt einen Zettel über den Tisch. »Hab dir den jetzt ausgedruckt. In Zukunft kannst du ihn natürlich online auf der Plattform einsehen, sobald die IT deinen Account freigeschaltet hat.«

Kurz überfliege ich den Plan.

»Wie ich sehe, habe ich nur Point to Point Destinationen. Keine Nächtigung irgendwo?«

»Tut mir leid, aber deine Zeiten richten sich erst mal nach dem Dienstplan bestimmter Kapitäne. Die ersten dreißig Sektoren darfst du nur mit Supervision Captains absolvieren. Erst danach stehen dir alle Destinationen offen.«

»Verstehe. Wie schade. Ich hatte gehofft, mit Gloria bald nach Wien zu kommen oder auf Langstrecke sogar ein paar Tage frei zu haben«, beginne ich schwärmerisch.

»Umsonst gehofft«, sagt er trocken. »Die Zeiten, wo die Crew entspannt ein paar Tage Urlaub machen konnte, sind sowieso vorbei. Heutzutage geht es nach der vorgeschriebenen Erholungsphase sofort zurück. Und ob Gloria noch so lange hier ist, bis du einen Umlauf nach Wien hast, das bezweifle ich …?« Er zuckt mit den Schultern.

Mein Herzschlag setzt aus. »Wie … wie meinst du das?«

Erschrocken reißt er die Augen auf und presst die Lippen zusammen. »Ups, das wollte ich jetzt nicht. Hat sie es dir noch nicht gesagt?«

Bestürzt schüttle ich den Kopf. »Was gesagt?« Hitze steigt in mir auf.

»Dass … sie … zu einer privaten Fluglinie nach Kolumbien geht? Die haben sie schon vor Monaten abgeworben, zahlen natürlich wesentlich besser als wir … Tut mir echt leid.« Er sieht wirklich geknickt aus.

Meine Hand zittert so stark, ist plötzlich ganz schwach. Das Papier rutscht mir durch die Finger. Wie betäubt schlüpfe ich aus der Jacke, stopfe sie nachlässig wieder in den Sack zu den anderen Teilen meiner Uniform.

»Weißt du, wo Gloria gerade ist?«, piepse ich durch meinen wie zugeschnürten Hals.

Er tippt etwas in seinen Computer ein und wirft dann einen Blick auf die Uhr an der Wand hinter mir. »Tut mir leid, Nerea, aber sie ist schon beim Boarding. Du kannst sie ja später anrufen. Und morgen Abend ist sie wieder da …« Mit mitfühlender Miene nimmt er den Zettel auf, den ich auf den Tisch habe segeln lassen, und reicht ihn mir. »Vergiss den Dienstplan nicht.«

Wie ein Roboter greife ich danach, nehme meinen Kleidersack und taumle aus dem Büro. Ein älterer Pilot kommt mir entgegen und grüßt freundlich, doch ich bin nicht in der Lage, zu antworten. In meinen Ohren pocht lautstark das Blut.

Es will mir einfach nicht in den Kopf. Sie geht weg? Obwohl sie weiß, wie sehr ich mich darauf freue, mit ihr zu fliegen? Obwohl ich jahrelang darauf hingearbeitet habe? Sie hat mich immer in meinem Vorhaben, Pilotin zu werden, unterstützt. Es war IHRE Idee! Warum, wenn nicht zu dem Zweck, gemeinsam zu arbeiten? Und jetzt, so kurz vor dem Ziel, boykottiert sie alles? Und sagt mir kein Sterbenswörtchen davon?

Wie ich in mein Auto gekommen bin, kann ich nicht sagen. Fast automatisch reiht sich der Wagen in den lockeren Verkehr ein. Links, rechts, links. Auf der dreispurigen Fahrbahn zische ich durch jede Lücke, nutze alle drei Spuren, um möglichst zügig voranzukommen. Wenn ich eines in der Ausbildung gelernt habe, dann ist es, einen klaren Fokus und eine ruhige Hand zu haben.

Immer schneller werde ich, schalte rauf, runter, wieder hoch. Erst als eine rote Ampel mich ausbremst, sehe ich, wie hektisch sich mein Brustkorb hebt und senkt, und spüre, wie fest ich Lenkrad und Schaltknüppel umklammert halte. Und erst jetzt fühle ich den Schmerz in mir. Ein riesengroßes, schwarzes, klaffendes Loch. Ein Abgrund. Ein Schlund. Und ich rase mitten darauf zu.

Wieso will sie mich nicht? Weshalb will sie fort von mir? Warum tut sie mir das an? Was soll ich denn ohne sie bei *Iberia*? Die Vorstellung schnürt mir die Kehle zu. Kaum schaltet die Ampel auf Grün, steige ich aufs Gaspedal, nicht viel ruhiger, aber mit einem Mal zielgerichteter. Ich brauche dringend etwas zu trinken und zwar jetzt.

FÜNF

Ich rufe Gloria nicht an, hinterlasse ihr keine Nachricht, melde mich auch nicht, als sie schon längst wieder zurück in Madrid ist. Und leide dabei wie ein Hund. Jede Minute des Tages warte ich darauf, dass sie mich anruft und mir sagt, dass Andrés da was verwechselt hat, dass alles gut ist. Doch das Telefon bleibt tagelang stumm.

Es ist nicht so, dass wir früher täglich telefoniert hätten, nein. Aber ich konnte stets mit jeder Frage zu ihr kommen oder mal Dampf ablassen, über Männer, über Mama – das Übliche halt, was Schwestern so besprechen. Sehen konnte ich sie regelmäßig bei unseren Eltern.

Und so fühlte ich mich ihr stets nahe, so nahe wie in unserer Kindheit, besser gesagt in meiner Kindheit, denn in den Jahren, in die meine Erinnerung zurückreicht, war sie schon ein Teenager. Die sieben Jahre Altersunterschied haben mich nie gestört, im Gegenteil. Gloria war wie eine kleine Mama für mich, während ich zu oft keine große hatte. Sie schleppte mich überallhin mit, sie las mir vor, sie spielte geduldig ihre von mir zugewiesene Rolle in Schule, Kaufmannsladen oder Puppenküche. Später erfuhr ich von ihr wesentlich früher als meine Freundinnen, wie das so läuft zwischen Jungs und Mädchen, was gerade in war, wo man die tollsten Klamotten herbekam, wie man sich am besten schminkte. Gloria hatte stets ein offenes Ohr, einen Ratschlag, eine Meinung und sie verteidigte mich, wenn ich Ärger mit jemandem aus der Schule hatte. Sie war meine Heldin, mein

Vorbild, mein Idol. So hätte es für immer bleiben können, denn ich dachte, ich bedeute ihr auch etwas.

Doch nun stelle ich erschrocken fest, dass tatsächlich stets ich diejenige war, die sich bei ihr gemeldet hat. Und auch jetzt kommt von ihr kein Anruf. Nur eine Nachricht.

Gloria: *Es tut mir sehr leid, dass du es so erfahren hast. Das ging jetzt alles viel schneller als erwartet. Lass uns bei Mama und Papa über alles reden. Okay?*

Diese alltäglichen Worte treffen mich wie eine Keule am Hinterkopf. Für sie ist das alles anscheinend keine große Sache. Für mich schon. Ich brauche von ihr keine Erklärungen, warum und weshalb sie Madrid, *Iberia*, MICH verlässt. Wenn sie mir nicht sagt, dass sie bleibt, brauche ich gar nicht mehr mit ihr zu sprechen. Die Nachricht lasse ich unbeantwortet. Das hat sie davon.

Nachdem ich das Essen bei meinen Eltern ausgelassen habe, ruft Papa mich an. »Hallo, mein Puppi! Wie geht's dir in deiner ersten Arbeitswoche?«

»Hi, Papa. Gut, danke, läuft alles.«

»Gefällt's dir bei *Iberia*? Sind sie nett zu dir?«

»Ja, alles super!«

»Gloria hast du nicht getroffen?«, fragt er wie beiläufig und stochert damit zielsicher mit dem bereits in mir steckenden Dolch in meinem Herzen herum.

Am liebsten würde ich schreien, stattdessen kneife ich die Augen zusammen und atme. Dann geht es wieder.

»Nein, sie war auf Langstrecke und ich darf nur die kurzen Flüge machen. Sind uns nicht über den Weg gelaufen.« Ich versuche, meiner Stimme einen neutralen Klang zu geben, dennoch bebt sie und Papa merkt es natürlich sofort.

»Bist du wegen ihr gestern nicht gekommen?«

»Hm.« Ich will jetzt echt nicht mit ihm darüber sprechen. Hat Gloria ihn eingespannt?

»Also ja«, stellt er bedauernd fest. »Das tut mir leid, sie wollte es dir persönlich sagen. Ich weiß, das kommt total überraschend für dich. Für uns ja auch! Sie dachte, sie würde erst in ein paar Monaten wechseln. Aber es ist doch toll, dass es mit deiner Anstellung so schnell geklappt hat, oder?«

Ich runzle die Stirn. »Ja schon, aber was hat das miteinander zu tun?«

»Na ja …« Er zögert, sucht anscheinend nach der richtigen Formulierung. »Sie ist nicht … Sie wäre niemals weggegangen, solange du nicht auch beruflich auf eigenen Beinen stehst. Du weißt, sie fühlte sich schon immer verantwortlich für dich.«

»Was?«, wispere ich mit trockenem Mund. Sie hat nur gewartet, bis ich auf eigenen Beinen stehen kann?

Doch er hält kaum inne. »Ich wünschte ja selbst, sie würde nicht so weit wegziehen. Aber sie meint, es wäre die beste Art, mehr zu verdienen, um sich auch allein was aufzubauen.«

Allein, ohne mich. Weit weg von mir. Der Dolch in meiner Brust vollführt noch eine Neunzig-Grad-Drehung.

»Ich denke, sie hat schon damit abgeschlossen, den richtigen Partner zu finden«, plappert er weiter und in mir hallt das Wort *Partner* nach. Es hat etwas beinahe Besänftigendes an sich. »Wenn du mich fragst, lächerlich. Bei ihrem Aussehen und ihrem Charakter! Dreißig ist doch kein Alter! Man kann mit fünfzig noch die Liebe seines Lebens treffen!«

»Ja, aber will man das?«, murmle ich abwesend, viel zu sehr beschäftigt mit meinem zerbröselten Herzen.

»Was nuschelst du?«

»Ich meinte, das will sie doch nicht! Bis fünfzig zu warten, damit sie jemanden zum Zusammenleben findet …« Warum stelle ich mich jetzt auch noch vor sie? Sie war es doch, die mit Messern geworfen hat. Aber irgendwie kann ich sie verstehen.

»Das wollte ich damit nicht sagen, sondern nur, dass es dumm ist, sich mit dreißig zu alt zu fühlen. Das Leben endet nicht mit dreißig. Auch nicht mit vierzig! Obwohl ich weiß, dass sich das für euch junge Leute so anfühlt. Aber ich finde es gut, dass sie ihr Leben selbst in die Hand nimmt. Ich hab mir immer gewünscht, dass ihr nicht einfach mit jedem Erstbesten zusammenbleibt, nur weil ihr nicht allein sein wollt oder ein zweites Einkommen braucht. Unabhängigkeit ist so wichtig.«

Ich stöhne. »Weiß ich, Papa.«

Und das ist auch der Grund, warum ich ihm Alvaro bisher nicht vorgestellt habe, oder seinen Vorgänger. Für Papa ist sowieso jeder Mann, mit dem wir ausgehen, der Erstbeste und nicht gut genug. Vielleicht ist das der Grund, warum Gloria niemanden findet, vielleicht hat sie ganz einfach die zu hohen Ansprüche unseres Vaters übernommen. Ganz zu schweigen von den unrealistischen Darstellungen unserer Mutter.

»Wirst du wieder mit ihr reden?«, wechselt er plötzlich das Thema.

Im ersten Moment denke ich, er meint Mama, was meinen Bauch ganz kalt werden lässt. Dann geht mir auf, dass er Gloria meint, was genau das Gegenteil bewirkt. Ein kleiner Rest Wut zuckt durch mich hindurch wie ein Hitzeball, ehe er in der Dunkelheit verglüht. Also doch! Gloria hat ihn vorgeschickt, weil ich nicht geantwortet habe.

»Sie fliegt schon am Montag nach Bogotá. Es wäre sehr schade, wenn ihr unversöhnt auseinandergeht. Sie kommt dann erst in drei Monaten wieder, wenn sie ihren ersten Urlaub kriegt.«

»Ich werde ihr antworten,«, sage ich müde, einzig aus dem Grund, ihn zu beruhigen und das Thema zu beenden. Noch bin ich zu verletzt, um das ernsthaft in Erwägung zu ziehen. Aber so ganz ohne Gloria? Ohne ihr Lachen, ihre quirligen Erzählungen, ihren Rat und ihre Liebe, wenn auch nur über Telefon. Dieses Szenario will ich mir in meinen schlimmsten Träumen nicht ausmalen.

SECHS

Leo

Wien

Ein Geräusch reißt mich aus dem Tiefschlaf. Ich brauche eine Weile, um zu mir zu kommen. Was war das? Ein Klingeln? Neben mir auf der fast leeren Seite meines Doppelbettes liegt mein Handy, halb verdeckt von dem dicken orange-weiß getigerten Bauch Chewbaccas. Ich ziehe es hervor, was den alten Kater weder zu erschrecken noch zu kümmern scheint. Er dreht nur müde den Kopf in meine Richtung.

»Dir auch einen guten Morgen«, murmle ich, ehe ich mein Display checke. Doch darauf ist weder eine neue Nachricht noch ein unbeantworteter Anruf vermerkt. Da läutet es wieder. Ach so, die Türglocke. Am Sonntag um zehn? Das traut sich nicht mal *Amazon*, obwohl die sonst auch wenig Erbarmen haben.

Ich rubble mir über Gesicht und Haare und rolle mich aus dem Bett. Schlurfend nähere ich mich der Tür, die Nacht war eindeutig zu kurz. Mit einem Räuspern nehme ich den Hörer der Gegensprechanlage ab. »Ja?«

»Leo, ich bin's.« Plötzlich bin ich hellwach. Alle Härchen an meinem Körper stellen sich auf. Nein, bitte nicht! »Jetzt hab ich mir schon Sorgen gemacht. Sei so gut und mach auf. Du solltest mir echt einen Schlüssel geben. Stell dir vor, dir passiert was und keiner kommt in deine Wohnung. Nicht auszudenken. Ich habe schließlich ein Recht darauf, zu erfahren, wie es dir geht. Hast du schon gedrückt? Es hat nicht gesummt. Ist die Anlage wieder kaputt? Dann komm bitte runter und sperr auf. Es ist noch recht frisch draußen so im Schatten. Kommst du?«

Fügsam drücke ich auf den Öffner. Vielleicht nur, um der rauschenden, aber allzu drängenden Stimme zu entgehen. Dabei sollte ich doch wissen, dass es danach nicht besser wird. Mit dem Rücken gegen die Tür gelehnt, warte ich die paar Augenblicke in genussvoller Stille, so lange, bis ich höre, dass das Stahlgitter vor dem hölzernen Aufzug zur Seite geschoben wird und sich ein lautes Klackern der Wohnungstür nähert.

Seufzend stoße ich mich mit dem Kopf von dieser ab und öffne sie, bevor sie sich noch genötigt fühlt, auch diese Klingel zu betätigen.

Mit weit ausgebreiteten Armen empfängt sie mich. »Sag bloß, du hast noch geschlafen? Dann komme ich ja gerade zur rechten Zeit. Komm her, Bussi, Bussi.« Energisch zieht sie mich zu sich hinunter und küsst mich links und rechts.

»Hallo, Mama.« Ergeben lasse ich sie eintreten. Was bleibt mir anderes übrig?

In ihren schwarzen Kitten Heels und dem dunkelgrünen Kostüm stolziert sie durch meine Garconniere und kommt demnach nicht besonders weit, denn die Wohnung besteht nur aus dem Wohnzimmer, einem schmalen Schlafzimmer, einer kleinen Küche sowie einem winzigen Badezimmer.

»Puh, hier müffelt's«, stellt sie fest und macht sich daran, das Kastenstockfenster zu öffnen.

Es dauert eine Weile, bis sie die sperrigen inneren Flügel nach innen und die äußeren Flügel nach außen geöffnet hat. Eine fette blaugraue Taube flattert vom Sims unter meinem Fenster auf und setzt sich auf das Dach des Hauses gegenüber.

Die enge Gasse trägt das Klappern der Hufe eines vorbeifahrenden Fiakers vier Stockwerke zu uns herauf. Wie jeden Morgen ist die Kutsche auf dem Weg von ihrem Stall in einem Ottakringer Innenhof zu ihrem Stellplatz in der Inneren Stadt. An den Tagen, an denen ich früh genug dran bin, nimmt mich der alte Rikal manchmal mit. Aber der alte Rikal wird es wohl nicht mehr lange machen, zu sehr quälen ihn Rheuma und Gicht … und der Krebs, der alte Teufel. Wenn er geht, stirbt eine Institution. Der Gedanke daran macht mein Herz schwer.

Trotz der Unordnung, die in meiner Bude herrscht, dreht sich meine Mutter aufgeräumt zu mir um und mustert mich gutgelaunt. Das kinnlange, von einigen grauen Strähnen durchzogene Haar sitzt wie üblich taftfest. Die weißen Perlenohrringe leuchten darunter hervor. Diese und der kräftige rosa Lippenstift lassen mich misstrauisch werden. Ist heute ein besonderer Tag?

In meinen blauweiß karierten Boxershorts und dem schmuddeligen grauen Schlafshirt komme ich mir plötzlich nackt vor. Also setze ich mich auf das Sofa. Sofort schleicht Chewbacca näher, kringelt sich einmal um sich selbst und lässt sich wie selbstverständlich auf meinem Schoß nieder. Ganz automatisch kraule ich seinen Speck.

»Ich dachte, ich hole dich mit dem Auto ab, dann musst du den ganzen Weg nach Hietzing nicht mit dem Rad bewältigen und kommst womöglich noch verschwitzt an.«

Lächelnd wartet sie auf eine dankbare Reaktion von mir, zumindest auf irgendeine Reaktion. Ich warte auch, strenge meine grauen Zellen an, doch mir will beim besten Willen nicht einfallen, warum ich heute nach Hause kommen sollte. Je größer das Fragezeichen in meinem Gesicht wird, desto kleiner wird ihr Lächeln, bis es zur Gänze verschwunden ist.

»Leo! Hast du es etwa vergessen?«, fragt sie vorwurfsvoll.

»Ähm, ich …« Ich kratze mich am Hinterkopf. Was haben wir heute? Mai. Es ist Mai, der fünfzehnte. »Habt ihr Hochzeitstag?«

»Pff!« Sie schnaubt. »Der ist im Juli. Schon seit vierunddreißig Jahren.«

»Ich bin erst fünfundzwanzig«, verteidige ich mich.

»Trotzdem könntest du es dir endlich einmal merken. Das wäre nur angebracht, höflich und respektvoll deinen Eltern gegenüber.«

Ich zucke entschuldigend mit den Achseln. »Also was feiern wir heute?« Womöglich hat Julius die schriftliche Matura hinter sich gebracht?

Entgeistert sieht sie mich an, als könnte sie einfach nicht glauben, dass mir so etwas Wichtiges entfallen ist. »Den Opapa natürlich!«, ruft sie mit schriller Stimme so laut, dass die Taube auf dem Dach gegenüber mit raschem Flügelschlag das Weite sucht. Sie räuspert sich. »Der Opapa wird fünfundachtzig. Das habe ich dir schon im Winter gesagt, damit du dir den Tag freihalten kannst.« Nun ist ihre Stimmer wieder ruhig und besonnen. »Zieh dich jetzt bitte an. Aber vorher duschen, wenn's recht ist. Wo ist dein Anzug, hast du dir überhaupt ein Hemd bügeln lassen?« Schon marschiert sie zu meinem Kleiderschrank und schiebt die Bügel lautstark hin und her. »Natürlich nicht«, fügt sie enttäuscht hinzu.

Zischend ziehe ich die Luft durch die Zähne ein und rühre mich nicht vom Fleck. »Ja, der Opapa … Genau … Ich komm nicht«, murmle ich.

Abrupt hält sie inne und wirbelt herum. »Was hast du gesagt? Wiederhol das bitte.«

»Ich. Komme. Nicht«, sage ich langsamer und überdeutlich.

Die Gesichtszüge entgleiten ihr und so sieht man auch die tiefen Falten rund um ihren Mund.

»Leopold«, beginnt sie und funkelt mich warnend an, »du bist ein von Althan. Und heute werden alle von Althans anwesend sein. Von der Großtante Cäcilie bis hin zum kleinen Oskarchen. Willst du deinem Großvater das wirklich antun? Von Auerspergs kommen, von Trauttmansdorffs, sogar ein Habsburg!«

»Nur Althan, Mama, kein *Von*. Das wurde schon neunzehnhundertneunzehn abgeschafft.«

Und von unserem *Von* ist doch längst nichts mehr übrig. Ein paar alte Häuser vielleicht, deren Instandhaltung sich keiner mehr leisten will, ein paar alte Bilder und Orden. Aber repräsentiert wird immer noch wie zu Kaisers Zeiten und festgehalten an alten Traditionen, als könnte man sich irgendetwas davon kaufen. Ich verstehe es nicht, ich habe es nie verstanden. Es bedeutet mir weniger als nichts.

Mamas Halsschlagader pocht gefährlich, sie knetet ihre kleinen, beringten Finger vor der Brust.

»Leolein«, sagt sie plötzlich ganz weinerlich, eine Träne schimmert drohend in ihrem Augenwinkel. Verdammt, sie hat die Taktik geändert. »Vergiss den Opapa. Aber mir …« Sie legt beide Hände aufs Herz. »Mir kannst du das nicht antun. Ich bitte dich, ich flehe dich an. Wenn du mich liebst, dann tu es mir zuliebe. Gib dir einen Ruck. Ich weiß, du stehst da drüber, dich tangiert das überhaupt nicht. Aber MICH. ICH komme mit dem Gerede nicht klar, nicht mit dem Tuscheln hinterrücks und auch nicht mit den scheinheiligen Fragen vor aller Ohren. Wir mussten da schon einmal durch … Ich bitte dich.«

Sie lässt die stets so straffen Schultern sinken, fällt nahezu in sich zusammen und auch mein Körper wird schwer. Chewbacca ist meine Zuneigung zu viel geworden, vielleicht habe ich auch unbeabsichtigt zu fest gekrault. Jedenfalls dehnt er seinen Buckel und springt zu Boden.

»Mama …«, sage ich seufzend. Die alte Schuld ohrfeigt mich wieder und Mamas Tränen brennen in meiner Brust, dass ich es kaum ertrage. »Du weißt schon, dass das emotionale Erpressung ist?«, brumme ich.

Sie zieht die Nase hoch und lächelt mit einem flehenden Blick. »Und funktioniert sie?«, wispert sie zurück.

Resigniert schließe ich die Augen und nicke. »Ich geh duschen.« Schwerfällig wie ein alter Mann erhebe ich mich, mein Körper zeigt mir, was er von meiner Entscheidung hält.

Doch sie schenkt mir ein dankbares Lächeln und dreht sich dann schwungvoll zum Kleiderschrank zurück. »Und ich bügle dir jetzt schnell ein Hemd auf.«

SIEBEN

Die Fahrt in ihrem dunkelblauen, etwas in die Jahre gekommenen BMW Cabrio von meiner Wohnung im neunten bis in den dreizehnten Bezirk gestaltet sich angenehm. Mama ist glücklich, das eine schwarze Schaf der Familie eingesammelt zu haben, und erträgt großmütig den Radiosender FM4, den ich ausgewählt habe.

»Können wir vielleicht das Verdeck aufmachen?«, frage ich. »Endlich ist es warm geworden.«

Doch sie wirft mir nur einen vorwurfsvollen Blick zu. »Damit ich gestern umsonst zwei Stunden beim Friseur gesessen bin? Sicher nicht.«

»Und was steht auf dem Programm?« Besser ich weiß vorher, was mich erwartet.

»Schön, dass du fragst. Zuerst treffen wir uns im engen Kreis in der Kirche, wo Pfarrer Erwin eine Segnung aussprechen wird, und dann gehen wir zu uns zur Agape.«

Ich verdrehe die Augen, was sie zum Glück nicht sehen kann. Also Essen – von einer christlichen Mahlfeier sind die Empfänge bei uns weit entfernt.

»Und wo hast du bestellt?« Nur ein unwissender Tölpel würde annehmen, sie würde bei einem großen Ereignis wie heute selbst in der Küche stehen.

»*Plachutta.*«

Also Tafelspitz. Die erste gute Nachricht heute. Mein Magen knurrt vorfreudig dazu.

Das macht mich übermütig. »Kommt der Gustl auch?« Also known as: das andere schwarze Schaf der Familie.

Sie räuspert sich. »Onkel Gustav ist nicht eingeladen«, erwidert sie spitz.

Der Glückliche. Er wird sich über meinen Bericht herrlich amüsieren, das weiß ich jetzt schon.

»Geh bitte! Was für eine depperte Ampelschaltung! Ich muss dringend mit der Steffi reden«, murmelt Mama vor sich hin, und als es endlich Grün wird: »So, jetzt aber schnell. Der Opapa und der Herr Pfarrer kommen bestimmt gleich raus.«

Mit quietschenden Reifen braust sie durch die Dreißigerzone. Aber wer die Bezirksvorsteherin als Busenfreundin hat, muss sich anscheinend nicht so genau an die Regeln halten.

Viel zu abrupt hält sie vor unserem Haus in der Gloriettegasse, sodass ich mich am Armaturenbrett abstützen muss, um nicht mit dem Kopf dagegen zu knallen, und drückt auf die Fernbedienung des Garagentors.

»Ich park ein und du holst den Julius. Der sitzt bestimmt wieder an seinem Zeichenbrett, obwohl er lernen sollte. Beeilt euch bitte.« Dann sieht sie mich entnervt an, weil ich nicht sofort aufspringe, sondern stattdessen das Handy zücke. »Was …?«

Ich winke ab. »Hey, Juli, komm bitte raus, wir sind da. Danke.«

»Aha, okay, so geht es auch«, gibt sie murmelnd zu.

Als sie endlich umständlich das Auto in der kleinen, aus dem vorigen Jahrhundert stammenden Garage verstaut hat, sagt sie entschuldigend: »Ist blöd mit der Garage, ich weiß, aber wir haben nur für den SUV ein Parkpickerl genommen. Warum sollen wir doppelt zahlen, wenn wir eine Garage haben? Der Große passt jedenfalls gar nicht hinein, deshalb muss eben ich.«

Ich nicke höflich zustimmend, während ich innerlich die Augen verdrehe. Da machen sie eine protzige Adelsparty und wollen am Parkpickerl sparen. Muss man nicht verstehen.

Kaum hat sich das Garagentor geschlossen, erscheint mein jüngerer Bruder, geschniegelt und frisiert. Irritiert frage ich mich, was an ihm anders ist. Ah, das dunkler getönte Haar ist um einiges kürzer als normalerweise. Aber zumindest trägt er die gleiche Uniform der höheren Söhne wie ich: Chinos, in der warmen Jahreszeit vorzugsweise in beige oder dunkelblau, ein- bis zweimal aufgekrempelt, dazu ein perfekt gebügeltes Hemd in Weiß, Hellblau oder Rosa sowie Segelschuhe. Meine niedrigen *Converse* hat Mama gerade noch so durchgehen lassen. Ich möchte wetten, dass er sich noch verkleideter fühlt als ich.

Nachdem wir die Maxingstraße überquert haben, marschiert Mama voran und wir folgen ihr auf dem engen Gehsteig entlang der Mauer in Schönbrunnergelb die abschüssige Straße hinab. Hinter der Mauer blühen die Bäume des Schlossparks in aller Pracht, und da am Sonntagvormittag auf der sonst stark befahrenen Straße kaum Verkehr herrscht, trägt die warme Frühlingsbrise tatsächlich die Schreie der exotischen Vögel aus den kaiserlichen Volieren des Tierparks herüber.

Ich liebe es. Erinnert mich an früher, als ich bei offenem Fenster über meinen Lernunterlagen saß. Das war schön. Es gibt schon die eine oder andere Sache, die ich an Hietzing vermisse. An diesem Dorf in der Stadt, dem grünsten Bezirk Wiens, dieser Seifenblase der Seligen, deren einzige Sorge es ist, was die Nachbarn von ihnen denken könnten.

Die Kirche Maria Hietzing liegt am Fuße des Hügels direkt neben dem Eingang in den Schlosspark Schönbrunn. Als das Tor sichtbar wird, treten gerade die Kirchgänger der Heiligen Messe heraus. Der Opapa, gestützt von seiner Pflegerin Mariana, ist unter ihnen, sonst erkenne ich keine Verwandten.

»Wo ist der Papa?«, frage ich irritiert.

»Ach. Der kommt mit dem Niki direkt aus dem Helenental.«

Das entlockt mir ein leises Grunzen und ich schüttle ungläubig den Kopf. Dieses christliche Getue immer und überall, und dann doch die Messe schwänzen? So viel Chuzpe hätte ich meinem Alten gar nicht zugetraut.

Kaum vom Teufel gesprochen, biegt er auch schon auf den kleinen Parkplatz vor der Kirche ein und ergattert den ersten der freiwerdenden Parkplätze. Hastig steigen er und mein älterer Bruder aus und ziehen sich die Sakkos über. Umgezogen haben sie sich anscheinend bereits im Wald. Der alte Waldheim muss im Auto bleiben, auch wenn er die Nase noch so sehr an die Scheibe drückt. Dabei kann es der braune Kurzhaardackel überhaupt nicht leiden, wenn er ausgeschlossen wird.

Mit einem jovialen Grinsen und weit ausgebreiteten Armen schreitet Papa auf seinen Vater zu und begrüßt ihn nach einem lauten Räuspern, das sich allerdings eher wie ein böser Husten anhört, mit einer unbeholfenen Umarmung.

»ALLES, alles Gute an deinem Freudentag, liebster Papa. Ich musste heute dringend im Helenental nach dem Rechten sehen. Wir wollen ja, dass du noch lange Freude an deinem Wildbestand hast, gell? Dafür hab ich dir was Schönes mitgebracht, einen ganz zarten Maibock«, schleimt er extralaut vermutlich wegen der leichten Schwerhörigkeit seines Vaters. Vielleicht auch, damit all die Umstehenden mithören können, was für ein geschickter Mörder, äh, Jäger er ist.

Der Opapa nickt nur gnädig. Dann schüttelt Niki ihm die Hand. Nun sind auch wir nahe genug herangekommen und machen brav einer nach dem anderen unseren Diener. Zuerst die Mama, dann ich und schließlich der Julius, weil er der Jüngste ist. Muss ja alles seine Ordnung haben. Der Opapa drückt mit seinen überdimensionalen knochigen Fingern so fest meine Hand, dass ich sie danach direkt ausschütteln muss. Wo nimmt der nur die Kraft her?

Nun erst dürfen wir auch einander begrüßen. Papa mich mit einem kalten Händedruck, ich den Niki mit einer Wuchtel.

»Ihr wisst aber schon, dass ihr die Waffen nicht einfach so unbeaufsichtigt im Kofferraum liegenlassen dürft, gell?«, ätze ich deutlich hörbar. »Paragraph 16b. Den müsstest du doch kennen, Niki.«

»Psst. Sei doch still!« Niki wird blass und schaut sich um. Die Polizeiwache liegt direkt neben der Kirche.

Er ist so ein Hosenschisser. Immer gewesen. Bei jedem lauten Knall hat er sich früher die Augen zugehalten, aber jetzt natürlich groß auf Jäger machen. Alles für die Tradition. Er hat Glück, dass es mich langweilt, ihn weiter zu ärgern.

Als ich mich wegdrehe, trifft mich wieder einmal Papas Blick. Dieser Blick … Wie könnte ich ihn beschreiben? Gefrorener Stahl an blassblauer Enttäuschung? Nichts beeindruckt mich weniger als dieser Blick. Ich hoffe nur, dass meine Augen trotz der gleichen Farbe nicht genauso aussehen. Das wäre mir nun wirklich nicht egal. Ich grinse entwaffnend wie ein Affe im Zoo.

Der Herr Pfarrer tritt, sich vorfreudig die Hände reibend, zu uns und bittet uns in die Kirche. Und so hängt sich Mama an Opapas freier Seite ein und geleitet ihn gemeinsam mit Mariana hinein. Dann kommen Papa und Niki und hintendran Julius und ich.

Zäh wie Kaugummi zieht sich die nächste Viertelstunde, ich döse so ein bisschen vor mich hin, so lange, bis Julius, der neben mir in der Kirchenbank sitzt, mich mit dem Ellenbogen in die Seite stupst. Mechanisch stehe ich auf und folge den anderen nach draußen.

»Grüß Gott! Grüß Gott! Es war mir eine große Freude!«, verabschiedet sich der Pfarrer mit rollendem R und der Opapa steckt ihm ein paar schöne Scheinchen zu.

Muss ein Traum sein, sich einfach so ein bisschen Seelenheil kaufen zu können. Beziehungsweise zu glauben, dass das tatsächlich funktioniert.

»Samma fesch! Jetzt wird gefeiert!«, frohlockt der eben Gesegnete voll neuer Energie.

Mir dagegen sackt die Müdigkeit nur immer tiefer in die Glieder. Denn jetzt geht die Farce erst so richtig los.

ACHT

Papa fährt mit Opapa, Mariana und Waldheim im Auto voraus. Doch die Mama besteht darauf, mit ihren drei Buben wieder zu Fuß zu gehen. Man will ja auch gesehen werden. Und die Uhrzeit passt. Allein an der Ampel hinüber zum Gasthaus Brandauer begegnen wir sechs flanierenden Familien. Wien ist ein Dorf, Hietzing ganz besonders. Jeder war mit irgendwem in der Schule, hat gemeinsam studiert oder Geschäfte gemacht. Und gerade die vornehmen Familien wie unsere kennt jeder, zumindest aus der Ferne.

Mit allen Bekannten wird freundlich parliert, sich kurz über die letzten Neuigkeiten ausgetauscht, dann erklärt, wie in Eile wir sind, kommen doch heute all die wichtigen Auerspergs, Trauttmansdorffs, Habsburgs …

Meine Rolle ist nicht schwer, ich habe sie in frühester Jugend einstudiert. Fester Händedruck, aufrechte Haltung, geduldig warten, solange die Mama spricht, unverbindlich lächeln, interessiert nicken, sobald der Name eines ehemaligen Schulkameraden oder einer Schulkameradin fällt, noch mal fester Händedruck, Abmarsch. Es überrascht mich selbst, wie sehr sie mir in Fleisch und Blut übergegangen ist. Zumindest für eine kurze Weile spiele ich sie so grandios, als gehörte ich zum Ensemble der Burg.

Nachdem wir für die siebenhundert Meter bis zum Haus meiner Eltern mehr als dreißig Minuten gebraucht haben, herrscht dort schon reges Treiben. In der engen Gasse steht nun SUV an SUV bis in die Wattmanngasse hinunter. Sogar die Schratt-Villa ist zugeparkt. Aber die langjährigen Nachbarn haben gewiss Verständnis an Opapas großem Tag.

Der von einer Mauer umgebene Garten ist bereits voller illustrer Gäste. An weiß berockten Bistrotischen stehen sie in Grüppchen zusammen, plaudern, lachen und trinken Champagner.

»Jö, fein, ein Jugendtisch«, raune ich Julius mit aufgesetztem Lächeln zu und er verdreht demonstrativ die Augen.

Mit nur einem Blick registriere ich, wer sich daran versammelt hat. All die höheren Töchter und Söhne – die Antonias, Victorias, Theresas, allesamt Einserschülerinnen aus dem Gymnasium der Dominikanerinnen, sowie die Maximilians, Theodors und Arthurs, die gleich mir jeden Morgen ins altehrwürdige Schottengymnasium gekarrt wurden.

Aber was soll ich machen? Antonia aka Toni 1 beobachtet mich schon von Weitem mit glühenden Augen, während ich mich grüßend durch die Reihen der Erwachsenen kämpfe. Und da ich in deren Gesellschaft ganz sicher nicht alt werde, wähle ich das geringere Übel. Julius folgt mir zögerlich, auch er mag diese Zusammenkünfte nicht.

»Oh! Hallo, Leo!« Vici 1 hat mich nun auch entdeckt, ich bekomme links und rechts ein Küsschen samt inniger Umarmung. Ebenso von Vici 2, Toni 2 und 1, von Resi sowie von Marie-Theres. Man kennt sich schließlich seit Kindertagen. Die Mädchen, besser gesagt jungen Frauen, strahlen mich alle interessiert an wie so ein exotisches Exemplar im Tiergarten Schönbrunn mit dem Schild *Achtung! Gefährlich. Der Herr Papa wäre mit ihm ganz und gar nicht einverstanden.* Ich vermute, allein diese Tatsache macht sie so richtig scharf. An mir liegt es jedenfalls nicht.

Max, Theo, Wenzel und Arthur dagegen nicken nur zur Begrüßung. Allein Ferdinand reicht mir die Hand, wir waren früher Leidensgenossen im Außenseitertum, wenn auch nicht aus den gleichen Gründen.

Nun wird es ringsum still, Papa hält seine Ansprache. Die üblichen Lobhudeleien, was für ein großartiger Mensch der Opapa ist, Träger des großen goldenen Ehrenzeichens für Verdienste um das Land Wien, als Mitglied des Deutschmeisterordens einer der letzten Hüter der historischen Tradition der k.u.k. Militärmusik, ein fürsorglicher Vater und Großvater. Gähn. Doch dann eine Neuigkeit in eigener Sache.

»Niki, komm, stell dich her zur mir.« Mein großer Bruder gleitet an seine Seite. Papa legt ihm stolz eine Hand auf die Schulter. »Und nun möchte ich noch bekanntgeben, dass unser ältester Sohn Nikolaus Boromir seit Anfang des Monats Partner in unserer Kanzlei ist. Eure Rechtssicherheit ist also auch in der nächsten Generation gewährleistet.« Er lacht übertrieben laut. Scheinbar ist diese offensichtliche Eigenwerbung selbst ihm unangenehm. »Und nun folgt mir bitte hinein zu Tisch.« Mit ausgestrecktem Arm weist er nach drinnen.

Es wird geklatscht und beglückwünscht, die Hungrigsten machen sich dann eiligst auf den Weg zum Buffet, während an unserem Tisch noch die Gläser gelehrt werden. Alles andere wäre Verschwendung.

»Und?«, fragt Arthur mit einem falschen Grinsen im Gesicht. »Wann steigst du in die Kanzlei ein, Leo?«

»Kein Interesse«, murmle ich. Immer noch läuft mir ein Grausen über den Rücken, weil ich Niki so selbstgefällig da vorn stehen sehen musste.

»Ach, oder durftest du vielleicht gar nicht studieren, nachdem du bei den Schotten rausgeworfen wurdest? Na ja, kannst ja immer noch zum *Humboldt* gehen. Wie lautet der Slogan? *Ich lerne, wo ich will, wann ich will und wie ich will* …«, ätzt er, dabei weiß er ganz genau, was ich seither gemacht habe.

Die anderen prusten los. Alte Wut steigt in mir hoch, heiß und langsam kriechend wie Quecksilber in einem Fieberthermometer. Der Unterschied zu früher ist, dass ich mich heutzutage besser unter Kontrolle habe. Zumindest meine Fäuste, denn das Lächeln kommt ganz automatisch gemeinsam mit den Worten aus mir herausgepurzelt. »Hach. Die gute alte Zeit. Wie war das damals eigentlich?«, frage ich voller geheucheltem Interesse. »Hast du die Anna-Maria gezwungen, das Baby wegmachen zu lassen, oder hatte sie einfach Angst, es könnte deine hässliche Visage kriegen?«

Der ganze Tisch zieht erschrocken die Luft ein. Arthur wird kreidebleich und Julius, mein viel zu gutmütiger Bruder, legt mir beschwichtigend eine Hand auf den Arm.

»Leo, hör auf. Das ist zu viel.«

Aber es nützt nichts, ich bin noch lange nicht fertig. Das Gute ist, mein Ruf ist längst ruiniert, also lebe ich herrlich ungeniert. Ich habe die Angst, vor aller Welt das Gesicht zu verlieren, im Alter von achtzehn Jahren abgelegt wie einen alten Mantel, der mir nicht mehr passt. Und es fühlt sich großartig an, nicht wie all die anderen ein Knecht meiner Selbstdarstellung zu sein und alles dem unterzuordnen, wie man mich sieht, was man von mir denkt.

»Ist schon interessant, dass sie die Schule verlassen musste und du nicht.« Ich lege die Hand ans Kinn, als müsste ich angestrengt nachdenken. »Und dabei dachte ich, es gehören immer zwei dazu … Aber na ja, was weiß ich schon, habe meine Matura ja nur auf einem öffentlichen und nicht auf einem Elitegymnasium gemacht … Prost!« Der Champagner hat selten so gut geschmeckt wie heute.

Kein Wort bringt Arthur heraus, der größte Denunziant, den das Schottengymnasium je hervorgebracht hat. Sieben Jahre habe ich auf diese Gelegenheit gewartet. Sie fühlt sich nicht spektakulär an, aber trotzdem besser, als ich zu hoffen gewagt hätte.

»Kinder, kommt auch zum Essen«, flötet meine Mutter aus dem Fenster der Beletage.

Theo zieht den versteinerten Arthur einfach mit hinein. Die anderen folgen ihnen, manche kopfschüttelnd pikiert, andere etwas schadenfroh grinsend. Toni 1 schiebt sich so knapp an mir vorbei, dass ihr Busen meinen Arm streift, und wirft mir einen bewundernden Blick zu.

Nur Julius bleibt mit mir zurück und sieht mich vorwurfsvoll an. »Warum bist du überhaupt gekommen, wenn du nur Stunk machen willst?«

»Wegen Mama«, brumme ich. Und auch seinetwegen bin ich hier. »Was ist eigentlich aus Julia geworden?«, schnappe ich dann bissig.

Ich sehe, wie sich sein Brustkorb schneller hebt und senkt, er schluckt. »Ist weg«, flüstert er und streicht fahrig das Haar zurück, kann mir nicht in die Augen sehen.

»Du weißt, dass ich es damals für sie getan habe?«, frage ich eindringlich.

»Ich weiß.« Seine Stimme ist nur mehr ein Hauchen.

Meine umso lauter. »Und ich bereue es nicht. Ich würde es jederzeit wieder tun. Verstehst du?«

Er schweigt und sieht zu Boden. Das versetzt mir einen Stich. Diese Undankbarkeit.

Schon wende ich mich zum Gehen, aber eines muss ich noch loswerden, also drehe ich mich zurück zu ihm. »Weißt du, was wirklich wehtut an der Sache? Dass du ein noch größerer Feigling als der Niki bist.«

NEUN

Vielleicht habe ich gelogen und nicht allein wegen Mama und Julius eingewilligt, zu kommen. Auch die Aussicht auf ein grandioses Essen wurde miteinkalkuliert. Während Julius und vor allem Arthur der Appetit vergangen zu sein scheint, lange ich ordentlich zu. Als Vorspeise wird feinstes Beef-Tatar mit Toast serviert, dann folgt die Suppe im Kupferkessel, in der bereits der Tafelspitz gekocht wurde. Man isst sie mit einer Einlage nach Wahl, ich nehme immer Schöberl. Und schließlich das butterweiche Rindfleisch mit Rösterdäpfel, Wurzelgemüse, Schnittlauchsauce und Apfelkren. Ein Gedicht.

Zur Nachspeise muss es ein Milchrahmstrudel sein und etwas später zum kleinen Braunen, selbstverständlich eine Hommage an unsere Nachbarsvilla, den traditionellen Gugelhupf, mit dem die gute Katharina Schratt einst ihr G'spusi Kaiser Franz Joseph beglückte.

Nach dem Kaffee und der einen oder anderen Zigarre tröpfeln die Gäste nach und nach weg. Die einen fliegen am nächsten Tag nach Ibiza. Die anderen müssen noch in die Oper. Die dritten haben schulpflichtige Kinder zu Hause. Der Opapa und die alten Tanten sind müde. Von Habsburg muss sich bei einem anderen Empfang blicken lassen.

Am Ende sind es nur noch wir, so wie früher. Mama zieht die Schuhe aus und legt stöhnend die Beine über die Sofalehne, Papa öffnet den obersten Hosenknopf und zieht das Hemd heraus. Er wirkt schon den ganzen Tag blass und erschöpft, womöglich war die Jagd doch anstrengender, als er vorgibt. Waldheim legt den Kopf auf Papas Fuß und döst ein bisschen. Das Cateringpersonal und Mamas Perle Elfi räumen auf. Niki zeigt Papa ein Dokument, Julius geht auf sein Zimmer. So nehme ich an, dass auch meine Schuldigkeit getan ist.

Als ich mich erhebe, zieht Waldheim die cognacbraunen Augenbrauen hoch.

»Gut, dann verabschiede ich mich. Danke für das großartige Essen, Mama, es war ein toller Empfang.«

Voller Vorfreude, endlich den Rest des Tages für mich zu haben, deute ich sogar eine kleine Verbeugung an und versuche mich rasch zu entfernen. Natürlich vergeblich.

»Leopold«, schmettert Papa, kurz bevor ich die Flügeltür zum Flur erreicht habe.

Langsam drehe ich mich um und halte den Atem an. Ganz kurz nur, für einen winzigen Augenblick, möchte ich glauben, dass er etwas zu mir sagt, zu mir persönlich, etwas, das mich betrifft.

»Kein Wort zu Gustav über diese Party. Verstanden?«

Die Hoffnung stirbt wie immer zuletzt, aber dann geht sie elendiglich zugrunde. Mit einem bitteren Lachen stoße ich die Luft aus und schüttle ungläubig den Kopf. »Und was bitte sollte ich ihm groß berichten? Denkst du, es ist ihm entgangen, dass er als Persona non grata nicht eingeladen wird, damit ihr euch ungehindert beim Opapa einschleimen könnt? Denkst du, er weiß nicht, dass es hier um das Erbe geht und schon lange nicht mehr um euren Streit?«

»Das ist nicht wahr!« Papa springt auf und haut einmal mit der Faust auf den Tisch. Er atmet schwer und ist weiß im Gesicht, fast schon blutleer vor Zorn.

Erwartungsvoll, mit klopfendem Herzen beobachte ich ihn. Kann der Mensch nur einmal eine natürliche Reaktion zeigen?

Also auf mich? Mich anfahren von mir aus oder zurechtweisen wie den Niki oder den Julius. Der Anfang ist vielversprechend. Aber nein, er atmet tief durch und schluckt alles wieder runter. Wie immer. Das tut weh. Bin ich wirklich so erbärmlich in seinen Augen, dass sich der Aufwand nicht lohnt?

Er lässt die Schultern fallen. »Wann kommst du nur endlich zur Vernunft, Leo?«, flüstert er abfällig. Und da ist er wieder, der Blick. Verachtung, Enttäuschung, Kälte.

Mit aller Kraft dränge ich den Schmerz ganz nach unten, sodass er nur noch an den Fußsohlen brennt wie rotglühende Kohlen. Nein, vor ihm werde ich nicht die Beherrschung verlieren. Auf keinen Fall werde ich mir vor ihm die Blöße geben.

»Wenn du unter Vernunft deine Art der Lebensführung meinst, dann wohl nie«, sage ich mit zusammengebissenen Zähnen.

Diesen kurzen Wortwechsel hatten wir bereits viele Male. Ergebnislos. Denn keiner von uns zeigt eine echte Emotion, eine Angriffsfläche, in die man einhaken könnte oder die im anderen vielleicht Mitgefühl erwecken könnte. Keiner will der Schwächere sein. Und so stehen wir uns gegenüber wie hinter einer Glaswand und Pfeile und Dolche, sogar harte Geschosse prallen davon ab. Er dringt nicht zu mir durch und ich nicht zu ihm.

Schließlich ist er der Erste, der den Blickkontakt abbricht. Resigniert setzt er sich und widmet sich wieder Nikis Unterlagen. Diese Geste des Aufgebens schmerzt mich mehr, als es ein Wutausbruch je könnte.

Ich mache auf dem Absatz kehrt und marschiere aus dem Wohnzimmer, durch das Vorzimmer, aus dem Haus. Als ich schon ein paar Schritte in der Gasse gelaufen bin, wird die Haustür aufgerissen.

»Leo«, ruft Mama heraus. Ich drehe mich nicht um, gehe einfach weiter, will nicht, dass sie sieht, wie sehr mich Papas Art immer noch verletzt. »Leo!« Nun klingt es deutlich näher, also bleibe ich stehen, wende mich unwillig um. Sie ist ohne Schuhe, nur mit den dünnen fleischfarbenen Strumpfhosen auf die Straße gerannt. Was werden die Leute sagen? »Leo!«, sagt sie noch einmal atemlos, mit geröteten Augen und legt mir die Hände auf die Schultern. »Ich dank dir. Danke, dass du gekommen bist. Es bedeutet mir so viel.«

Ich nicke und ringe mir ein Lächeln ab. »Mach's gut, Mama.«

Dann wende ich mich abrupt ab und renne los. Renne, so schnell ich kann, bis meine Lunge beinahe platzt. Doch so sehr ich mich auch anstrenge, meine Tränen laufen um so vieles schneller als ich.

ZEHN

Als ich atemlos und niedergeschlagen auf dem U-Bahnsteig stehe, habe ich plötzlich so gar keine Lust, allein und einsam zu Hause zu sitzen, und so führt mich mein Weg direkt zu Gustl ins Kaffeehaus. Von Hietzing mit der U4 bis zum Karlsplatz und dann zu Fuß über die Kärntnerstraße und den Stephansplatz hinein in die kleine Seitengasse. Meine Beine laufen den Weg automatisch wie die eines alten Fiakergauls, den es abends in seinen Heimatstall zieht. So oft bin ich den Weg gegangen. Nach ein paar Stunden mit meiner Familie brauche ich dringend ein Kontrastprogramm in Form meines Onkels.

Er sitzt wie immer an dem Tisch hinter der Säule. Auf seiner Glatze spiegelt sich das warme Licht des Lusters. »Servus, Gustl.« Von hinten lege ich ihm eine Hand auf die Schulter. Er dreht den Kopf und schaut mich über die schmale Lesebrille an.

»Jö schau, der Poldi! Komm, setz dich her. Geh, Ferdl, rutsch ein Stückl rüber.« Wie jeden Sonntag spielen die beiden Freunde Schnapsen.

Sein Spielpartner macht trotz des überdimensionalen Bauches etwas Platz, sodass ich einen der schwarzen Thonetstühle vom leeren Nebentisch dazustellen kann.

»Wir sind eh gleich fertig«, murmelt Gustl und vertieft sich wieder in seine Karten.

»Kein Ding. Ich hab Zeit …« Stöhnend lasse ich mich auf den Stuhl sinken, verschränke die Finger hinter dem Kopf und schließe für einen Moment die Augen.

Gustls Kaffeehaus kenne ich so gut wie mein Elternhaus, nur dass ich mit diesem Ort hier ein paar mehr schöne Erinnerungen verbinde. Hier saß ich jeden Tag nach der Schule, denn vom Schottengymnasium auf der Freyung sind es nur wenige Minuten zu Fuß. Manchmal saß ich hier auch vormittags während der Schulzeit, aber das hat meist nicht so gut geendet. Der Direktor zeigte kein Erbarmen. Hier riecht es immer noch nach der abgewetzten Samtpolsterung der Bänke, in denen sich der Zigarettenrauch und Sitzschweiß vorangegangener Jahrzehnte festgesetzt hat, außerdem nach Kaffee und Apfelstrudel.

Der Herr Franz, der großgewachsene, betagte Oberkellner in weißem, gestärktem Hemd, schwarzem Gilet und schwarzer Fliege, hat mir schon damals das ovale, silberne Tablett mit einer Tasse Melange und einem winzigen Wasserglas vor die Nase gestellt. Und auch heute erscheint er wie ein guter Geist, wenn auch mit professionell grantigem Gesichtsausdruck, wie es sich für einen Wiener Ober gehört.

»Bitte sehr! Habe die Ehre. Was darf's sein? Ein Schnitzel vielleicht oder ein Gabelbissen?«

»Nein danke, Herr Franz, ich hab heut schon einen Tafelspitz gekriegt, ich esse bis morgen nix mehr.« Mein Magen ist so eine große Mahlzeit nicht gewohnt.

»Da schau her! Waren wir beim *Plachutta*, Herr Magister?«

»Nein, der *Plachutta* bei uns … Gehen'S, Herr Franz, bringen'S mir doch ein großes Soda Zitron. Ich merke erst jetzt, wie durstig ich bin.«

»Mir ein Seiterl«, brummt der Ferdl und erzielt den letzten Stich.

»Na geh! Schon wieder ein Bummerl«, jammert Gustl und wirft die Karten hin. »Das Glück ist ein Vogerl.«

»Kränk dich nicht«, tröstet der Ferdl ihn. »Nächste Woche läuft's besser für dich. Ich muss jetzt ohnehin gehen, hab der Mama versprochen, sie bei der Gerti abzuholen.«

Ich kann mir ein leises Lachen nicht verkneifen. Zu lustig, dass er seine Ehefrau immer *Mama* nennt. Dabei sind ihre Kinder längst aus dem Haus.

Er wuchtet sich aus der engen Sitzbank, nimmt Herrn Franz das Bier vom Tablett und leert es in einem Zug.

»*Es war sehr schön, es hat mich sehr gefreut.* Bis nächste Woche. Servus, altes Haus.«

»Servus, Ferdl.« Sie reichen sich die Hände.

»Wiederschauen«, sage auch ich.

»Tschau, Poldi, brav bleiben!« Er hebt grinsend die Hand zum Gruß.

»Sicher. Immer«, murmle ich und kratze mich verlegen am Kinn. Der Bart juckt. Meistens wenn mir was peinlich ist.

Onkel Gustl verstaut die Schnapskarten, Bummerlzähler und Ansagefässchen in einer Holzkiste und wendet sich dann mir zu.

»Na? Was ist los, mein Bub? Du schaust grantig aus. Liegt dir der Tafelspitz im Magen oder mein herzallerliebster Bruder?«

»Letzterer«, sage ich seufzend.

Er schiebt sich die Brille auf die Stirn und massiert seine Nasenwurzel. »Ich sag dir immer, du sollst den guten Viktor nur in Maßen genießen … Will ich wissen, wie die Feier war?«

Ich schüttle träge den Kopf. »Willst du nicht.«

»Hast Ärger gemacht, Bub?« Er blinzelt mich aus seinen braungrünen Augen sorgenvoll an.

Ich zucke mit den Schultern. »Nicht mehr als sonst.«

Mit der Antwort zufrieden, bohrt er nicht nach. »Lass ihn einfach. Leb dein Leben so, wie du willst, dann lässt er dich auch in Ruh. Klar schmerzt es ihn, dass auf dem Kanzleischild *Althan & Söhne* draufsteht, seit hundertdreißig Jahren, und er nur einen von euch hineingebracht hat. Das hat auch meinen Alten schon gewurmt. Aber genau wie mein Vater wird auch deiner die Firmenbezeichnung nicht ändern müssen. Wir sind schließlich in Wien. Wen interessiert's da? Er wird sich damit abfinden.«

»Eh.« Es tröstet mich nur wenig.

»Oder würdest du vielleicht gern einsteigen?«, fragt er vorsichtig.

»Nein!« Das kam etwas zu laut und hastig. Ich räuspere mich. »Nein«, sage ich dann noch mal ruhiger.

Er betrachtet mich nachdenklich, durchleuchtet mich, sodass ich zum Schutz die Arme vor der Brust verschränken muss. »Aber schade ist es schon …«, murmelt er dann, »um deinen Abschluss. Summa cum laude.«

Als wüsste ich das nicht. »Pah! Genauso schade wie um deinen, Gustl!«, fauche ich, bereit, aufzuspringen und mich zu verteidigen.

Das, was ich mir bei Papa tapfer verkniffen haben, drängt ans Licht. Vielleicht weil es sich hier hinauswagen darf. Doch er lässt sich nicht provozieren, schüttelt nur langsam den Kopf.

»Nein, anders schade«, sagt er kaum hörbar. Dann legt er mir beschwichtigend eine Hand auf den Unterarm und lächelt. »Na komm, lassen wir das Thema, das macht uns beiden schlechte Laune. Nur eines noch: Wenn du die Juristerei wirklich ad acta gelegt hast, möchte ich dir vorschlagen, mein Nachfolger zu werden. Ich will mich bald zur Ruhe setzen.«

Sprachlos blinzle ich ihn an, unsicher, was ich fühlen soll.

Er breitet beide Arme aus. »All das kann dir gehören, wenn du es möchtest. Wenn nicht, verpachte ich es erst und verkaufe später, dann musst du warten, bis ich tot bin, bis du etwas von dem Geld siehst. So oder so. Entscheide dich, mir ist beides recht.«

Noch immer weiß ich nicht, was ich sagen soll. Es macht mich unglaublich stolz, rührt mich geradezu, dass er mich als seinen Nachfolger sieht. Er ist der Einzige, der immer an mich geglaubt hat. Aber das Kaffeehaus ohne Gustl? Das ist eine traurige Vorstellung. Und will ich es überhaupt leiten? Kann ich das?

»Chef, der Damenstammtisch fragt nach Ihnen«, raunt ihm der Herr Franz im Vorübereilen zu und deutet mit dem Kopf auf einen Tisch in der Ecke.

Gustl springt sofort auf. »Mein Charme wird verlangt. Denk drüber nach, Poldi. Servus.«

Schon hat er sich grazil umgedreht und ist flugs in die Ecke marschiert, wo er jede einzelne der halbverwelkten Blumen persönlich begrüßt. »Küss die Hand, gnädigste Amalie. Luise, Sie sehen heute bezaubernd aus. Agathe, hat der Franz Sie auch ordentlich bedient oder was kann ich Ihnen noch Gutes tun?« Dann lässt er sich zufrieden wie ein Hahn im Korb inmitten der Runde nieder.

Will ich das?, hallt es noch einmal in mir nach.

Nachdenklich leere ich das Soda und rühre dann den Zucker in die Melange, während ich meinen Blick schweifen lasse. Das Kaffeehaus ist gut besucht. Fast alle Tische sind besetzt, es herrscht eine gemütliche Soundkulisse aus Plauderstimmen, dem Brausen der Espressomaschine, leisem Klirren von Besteck und dem Rascheln der großformatigen Tageszeitungen. Hinter jedem Tisch an der pfirsichfarbenen Wand hängt ein ovaler Spiegel und darüber eine klassische Wandleuchte aus Messing mit einem Schirm aus kugelförmigem Milchglas. Die Polsterung der Mahagonibänke ist mit grünem, in sich gemustertem Samt bespannt, die kleinen Tische besitzen eine helle quadratische Marmorplatte. Alles wirkt etwas verstaubt und antiquiert und gerade deshalb so gemütlich. Hier ist die Zeit stehen geblieben. Hier hat man schon vor hundertfünfzig Jahren Skat und Schnapsen gespielt und die Tageszeitungen gelesen, hat sich über den Kaiser echauffiert wie wir heute über die Regierung und hat der vom Fortschritt gebeutelten Wiener Seele ein wenig Ruhe gegönnt. Denn hier im Kaffeehaus war und ist die Welt noch in Ordnung.

Wird der Gustl diesmal wirklich aufhören? Er hat es schon so oft angekündigt und dann trotzdem weitergemacht. Wie wäre es für mich, wenn ein anderer meinen Rückzugsort, meine rettende Insel, die meine Eltern um keinen Preis betreten, übernähme? Furchtbare Vorstellung.

Aber ich? Als Chef? Mit Verantwortung für rund zehn Angestellte?

Kann ich das?

Ich bin froh, wenn ich auf mich selbst aufpassen kann …

ELF

Nerea

Wien

Nach den ersten dreißig Sektoren fliege ich heute Wien an. Nur ohne Gloria, denn die ist weg, ohne dass wir uns voneinander verabschiedet hätten. Noch kann ich ihr nicht verzeihen.

Der zweitägige Umlauf startet in den kühlen Norden. Es geht nach Oslo und gleich wieder zurück nach Madrid, dann nach Frankfurt und gleich wieder zurück, Nizza und zurück. Zum Glück ist der Kapitän sehr von sich eingenommen und macht jede Durchsage selbst. Mein Angstschweiß trocknet wieder.

Am späten Nachmittag heben wir dann ab in Richtung Wien. Von der Stadt ist bei der Landung wenig zu sehen, ein paar Lichter und die Rauchschwaden der Raffinerie neben dem Flughafen Schwechat. Warum Wien wohl Glorias Lieblingsstadt ist?

Als der Kapitän und ich als Letzte den Flieger verlassen, sind meine Beine steif und mein Rücken schmerzt. Während ich die Dokumente in den Pilotenkoffer packe und das Cockpit klarmache, geht er schon zum Outside Check.

»Dein erstes Mal Wien, oder?«, fragt er dann, als wir nebeneinander das Flughafengebäude betreten. »Was wirst du dir ansehen?«

»Gar nichts«, sage ich stöhnend. »Werde mich ausschlafen.«

Väterlich nickt er mir zu. »Sehr vernünftig. Dann hau dich aufs Ohr. So ein Umlauf ist anstrengender, als man denkt. Du wirst ja jetzt regelmäßig Gelegenheiten haben, die Stadt zu erkunden …«

»Genau.« Höflich lächle ich zurück.

Ich will die Stadt gar nicht erkunden. Was soll daran schon so toll sein? Alte Gebäude gibt es in Madrid zuhauf. Mit Gloria hätte ich sie vielleicht sehen wollen, ja. Hätte mich durch Orte ihrer Kindheit führen lassen, alte Erinnerungen meiner Eltern besichtigt. Aber so? Nein danke. Kein Interesse.

Meine Eltern wollten fort aus Wien und waren nur zweimal wieder hier, und zwar zu den Begräbnissen meiner beiden Großmütter. Anscheinend gibt es nichts, was sie an Wien vermissen, außer Schlumberger Sekt vielleicht, aber den bekäme ich ganz sicher auch an der Hotelbar. Wenn ich das denn wollte.

Nachdem ich mein Zimmer im Hotel direkt am Flughafen bezogen und mich ein wenig im Bett ausgestreckt habe, um meine steifen Muskeln zu dehnen, knurrt mein Magen und zeitgleich klopft es an der Tür. Als ich öffne, steht Fernanda aus der Kabine, eine der Freundinnen von Gloria, hibbelig und für mich ganz ungewohnt in Jeans und Glitzertop vor mir.

»Hola, querida! Wir gehen jetzt was essen und dann tanzen, venga, venga, beeil dich!«

»Ich, nein, ich …« Doch sie hüpft schon die Treppe hinunter in die Lobby. Widerwillig schlüpfe ich in die Schuhe und ziehe seufzend die Schlüsselkarte aus dem Schlitz. Sofort wird das gesamte Zimmer so dunkel wie meine Laune. Meine Tasche lasse ich oben, will ja nur kurz Bescheid sagen, dass ich hierbleibe.

In der Lobby treffe ich auf die anderen. Spanisches Gequassel und ausgelassenes Gelächter erfüllen die weitläufige helle Halle. Die wenigen anderen Gäste, hauptsächlich männliche Businessreisende, drehen interessiert die Köpfe. So eine Schar an schönen, lebenslustigen Frauen sieht man nicht alle Tage.

»Können wir los? Sind alle da?«, fragt Rafaela und zählt einmal durch wie eine eifrige Grundschullehrerin. »Ja, ich denke, wir können. Also los! Vamonos!«

»Ähm, tut mir leid, Mädels, aber ich denke, ich komme nicht mit«, sage ich mit etwas schlechtem Gewissen. Ich will nicht, dass sie glauben, es läge an ihnen oder dass ich als Pilotin gar Standesdünkel hätte.

Vier Paar getuschte Wimpernkränze richten sich auf mich und fächern ungläubig auf und nieder.

»Ja, aber wieso denn nicht?«, fragt Fernanda bass erstaunt.

»Ich bin echt müde, bin das schließlich noch nicht so gewohnt wie ihr.« Es fällt mir schwer, ihr in die Augen zu sehen, ich will nicht, dass sie den wahren Grund darin erkennt. Kann ja schlecht sagen, dass ich beschlossen habe, Wien zu hassen, weil Gloria mich im Stich gelassen hat. Sie halten mich bestimmt für kindisch.

»Aber du musst dir doch die Stadt ansehen. Jetzt komm schon …« Sie will meinen Arm nehmen, doch ich weiche ein paar Schritte zurück.

»Ach, nein, ich will echt nur schlafen. Ich nehme noch einen Schlummertrunk und verziehe mich dann ins Bett. Vielleicht beim nächsten Mal, ja?« Ich bin schon auf halbem Weg in die Bar. »Ihr habt ohne mich bestimmt mehr Spaß, so kaputt, wie ich heute bin. Also, ich wünsche euch viel Vergnügen! Wir sehen uns morgen beim Frühstück. Adiós, ihr Schönen!«

Brummelnd und mit vorwurfsvollen Blicken trollen sie sich. »Na schön, aber dann unbedingt beim nächsten Mal. Schlaf gut.«

»Buenas noches!« Ich winke ihnen noch hinterher und atme erleichtert auf, als sie durch die Glastür nach draußen verschwinden. Dann drehe ich mich um und marschiere entschlossen in die Bar.

In der Mitte des Raumes rund um eine Säule befindet sich ein gefülltes Bücherregal. Mit nur einem Blick erkenne ich, dass ein

Buch von Cecily Belle darunter ist. Gedankenverloren lasse ich die Finger darüberstreichen.

Plötzlich fühle ich mich beobachtet. Ein Mann um die Fünfzig sitzt nicht weit von mir allein auf einem roten Samtsofa und ich könnte schwören, dass er mich mit seinen Blicken auszieht. Dabei trage ich noch immer meine Arbeitskleidung, allerdings ohne das Jackett. Vielleicht steht er ja auf Uniform … Er zwinkert mir zu und bietet mir stumm einen Platz neben sich an, was ich ebenso stumm mit einem bitterbösen Blick ablehne. Hilfe! Hoffentlich spricht er mich nicht an.

Um möglichst weit weg von ihm zu sitzen, nehme ich auf einem der ebenfalls roten Barhocker Platz. Im Gegensatz zu meinem Verehrer hat mich der Barkeeper jedoch noch nicht bemerkt. Zumindest wischt er weiter seelenruhig die Theke.

Ganz anders als Carlos in »unserer« Bar in Madrid, ist dieser eher unscheinbar. Eine normale sportliche Figur, helle Haut, hellbraunes Haar, oben etwas länger und leicht gelockt, an den Seiten kürzer, hellbrauner, kurzer Vollbart, nicht besonders raffiniert getrimmt, schwarze Hose, schwarzes T-Shirt, darüber eine schwarze Schürze. Keine Riesenmuckis, keine Tattoos, absolut harmlos. Zum Glück nicht noch ein Don Juan in diesem Raum. Langsam entspanne ich mich wieder.

Mit einem Räuspern mache ich ihn auf mich aufmerksam, will hier schließlich nicht den ganzen Abend verbringen, sondern nur einen kleinen Drink nehmen. Da blickt er auf und ich schnappe nach Luft. Diese Augen sind von solch einem unwirklichen, kräftigen Blau, wie sie nie zuvor gesehen habe. Und ein Lächeln kommt dazu, das einen Schauer über meinen Nacken kitzeln lässt. Dios mío! Also doch nicht so harmlos, wie ich dachte.

Er kommt näher. »Hi! What can I do for you? Sorry, but my Spanish es muy horrible«, sagt er mit einem süßen Akzent, presst dann die Lippen aufeinander und zuckt entschuldigend mit den Achseln.

Also hat er mich vorhin wohl doch bemerkt, sogar gehört. Oder nein, wahrscheinlich eher die Stewardessen …

Keine Ahnung wieso, aber es fühlt sich an, als saugten diese Augen mich ein, als würden sie größer und größer, wie Teiche, in denen sich der Himmel spiegelt. Wie hypnotisiert kann ich nicht wegsehen. Auch er unterbricht den Blickkontakt nicht. Langsam wird das echt peinlich.

Dann bemerke ich, wie sich das Lächeln seiner Augen auf seinen Mund, sein gesamtes Gesicht ausweitet, und auch meine Mundwinkel ziehen automatisch mit, als wäre ich eine Marionette. Durch meinen Bauch huscht ein leises Kribbeln. Was ist mit mir los?

Am Rande nehme ich wahr, dass er mir die Hand über den Tresen hinweg entgegenstreckt. »Hi«, sagt er noch mal. »I'm Leo.«

Automatisch ergreife ich sie, doch von einem festen Händedruck bin ich weit entfernt, das, was ich zustande bringe, ist butterweich.

»Du … du kannst auch Deutsch reden«, erwidere ich statt meines Namens.

Überrascht lacht er auf. »Ah … Gut für mich. Für uns beide! Und wie heißt du?«

»Nerea.« Etwas zu spät erkenne ich, dass ich immer noch seine Hand halte, und lasse sie schlagartig los. Meine Handfläche prickelt. Alle Nervenenden sind hellwach.

Sein Lächeln vertieft sich und er beugt sich näher zu mir. »Was darf ich dir bringen, Göttin der Meere?«, fragt er gespielt ehrfürchtig.

In meinen Ohren rauscht es, als hätte er mit seinen leisen Worten selbst das Meer heraufbeschworen. Kurz wird mir schwindelig und ich muss mich an der Kante des Tresens festhalten, um nicht hintüber zu fallen. Was macht mich nur so benommen? Sein unglaublicher Duft? Oder ist es die Art und Weise, wie er die Bedeutung meines Namens haucht, oder die Tatsache, dass er sie überhaupt kennt? Denn das tut niemand. Nie! Was ich trinken will? Ich will lieber wissen, was hier gerade mit mir passiert. Es ist wie ein Rausch, nur viel köstlicher.

Ganz plötzlich erklingt in meinem Kopf die gefühlvolle Stimme meiner Mutter bei einer der unzähligen Lesungen, die ich in meiner Jugend besuchen musste: *Wie ein Blitz, der einen trockenen Stamm zu spalten vermag, fuhr dieser Mann in mein Leben, in mich. Er kam aus dem Nichts. Und was er zurückließ, waren Rauch und verbrannte Erde. Und dennoch. Ich würde es wieder tun, ein ums andere Mal …*

Verzweifelt suche ich in meinem Kopf nach einem klaren Gedanken. Hinter ihm leuchtet mir eine blaue Flasche entgegen, ebenso blau wie seine Augen. *Bombay Sapphire*. Wenn das kein Zeichen ist.

»Gin Tonic«, sage ich erleichtert, dankbar, dass mir doch etwas eingefallen ist und ich ihn nicht weiterhin wie bescheuert anstarren muss. Ich greife mir eine Handvoll Erdnüsse aus der Schale neben mir und knabbere los.

»Wird gemacht.« Schwungvoll nimmt er Flaschen, Glas, Eiswürfel und Strohhalm, eine Orangenscheibe, einen Rosmarinzweig sowie eine Himbeere und stellt das fertige Getränk schneller vor mir ab, als ich wieder komplett zu Verstand kommen kann. »Wohl bekomm's, Nerea.«

»Danke.«

Ich ziehe das Glas zu mir heran und sauge einmal kräftig am Strohhalm. Der bittere Geschmack und die Kälte holen mich endlich vollends in die Realität zurück, und ich beobachte Leo heimlich, während er neue Gäste begrüßt, die gerade die Bar betreten haben.

Was für ein Irrsinn war das denn eben? Er ist ein ganz normaler Mann mit einem gutaussehenden, aber stinknormalen österreichischen Gesicht. Kein Blitz, keine Erscheinung, nichts Besonderes. Geschichten wie die von meiner Mutter existieren nicht, sie sind eine Wunschvorstellung, eine Fantasie. Nicht das echte Leben.

ZWÖLF

Leo

Wien

Die Kleine ist eine interessante Mischung. Gehört zur spanischen Crew und spricht Deutsch mit leichtem Wiener Akzent. Ist wunderhübsch, zart wie ein Rehlein, mit dunkelbraunen
Augen und dunkelblondem Haar, trägt aber hässliche schwarze
Halbschuhe, eine langweilige dunkelblaue Hose und ein un-
förmiges Pilotinnenhemd. Beides umschmeichelt ihren Körper
nicht, sondern verhüllt ihn unvorteilhaft.

Angesehen hat sie mich, als käme ich vom Mond, total eingeschüchtert. Dabei war ich weder provokant noch unfreundlich.
Ich bemühe mich doch. Nun sitzt sie da, den Blick gesenkt, und
schlürft viel zu schnell den Longdrink. Ob das so eine gute Idee
ist? Keine Ahnung, woran es liegt, aber sie kommt mir traurig
vor, tieftraurig. Als wäre etwas in ihr zerbrochen und ich könnte
die Splitter spüren, die durch ihre Haut dringen.

Der schmierige Vertretertyp hat es wohl auf sie abgesehen,
denn kaum wende ich mich den anderen Gästen zu, schleicht er
zu ihr rüber. Stocksteif richtet sie sich auf, lehnt sich so weit wie
möglich von ihm weg. Seinen Mundgeruch riecht man aber auch
meilenweit gegen den Wind. Die Abneigung ist ihr ins Gesicht
geschrieben. Und obwohl sie sich nicht hilfesuchend umsieht,
eile ich wieder hinter den Tresen und stelle mich mit verschränkten Armen in Höhe der beiden. Mein Herz ballert in Alarmbereitschaft.

Vielleicht sollte ich das nicht tun, sollte mich nicht schon wieder einmischen. Die Dinge geraten allzu leicht aus dem Ruder. Doch sie sieht so fragil, so unschuldig aus und er so grob und prollig, dass ich meinen Mund nicht halten kann.

»Ich denke Sie sollten gehen. Merken Sie das nicht, Sie Vollidiot? Die Dame ist nicht interessiert.« Schon sprudelt prickelndes Adrenalin durch meine Adern, ein köstlicher Mix aus Aggression und Angst.

»Sagt wer? Wer denkst du, dass du bist?«, bellt er mich an und reflexartig balle ich die Fäuste hinter meinen verschränkten Oberarmen.

Ich sehe zu Nerea. »Hast du Interesse an einer Unterhaltung mit diesem Mann?« Auch ihr gegenüber klinge ich ruppig, als wäre sie in einem Verhör.

Ängstlich reißt sie die Augen auf und schüttelt entschieden den Kopf.

»Sie sagt Nein.« Meine Stimme dröhnt nun durch den Raum. »Also verschwinden Sie endlich oder ich rufe den Manager.« Schon greife ich zum Hörer. »Oder soll ich Sie besser gleich hinausbegleiten?«

»Fuck you!« Sein Gesicht wird puterrot vor Zorn, er stützt sich auf den Tresen. »Du kannst darauf wetten, dass ich mit dem Manager rede! Ich lasse dich feuern, du Arschloch!«, zischt er mir ins Gesicht, dass ich Spucketropfen auf mir spüre. Nach einem lauten Schlag mit der flachen Hand auf die Theke rauscht er wutschnaubend aus der Bar. Alle Anwesenden sehen ihm erschrocken nach.

Ich wische mir über das Gesicht und schaue zu Nerea. Sie guckt ein wenig beschämt, es könnte auch abgestoßen sein.

»Danke. Aber ich hätte mich schon selbst wehren können ...«

»Ach ja?« Ich spüre immer noch das Adrenalin in mir. Dieses köstliche Gericht, von dem ich kaum mehr zu kosten wage.

Einen Augenblick will ich es noch genießen, es durch jede meiner Adern fließen lassen. Es tut so gut. Also höre ich nur so halb hin, was Nerea erzählt.

»… lauter männliche Kollegen … meisten sind aber korrekt … schon gewohnt, mit unangenehmen Typen klarzukommen …«

In mir wächst der Stress, ich bin hin- und hergerissen zwischen meinen rauschhaften körperlichen Empfindungen, meinem unerklärlichen Bedürfnis, Nerea zu beschützen, und dem Job, den ich zu erledigen habe, wenn ich ihn nicht wie die letzten verlieren will. Die anderen Gäste warten immer noch auf ihre Bestellung und ein paar weitere haben sich gerade in einer Sitzgruppe niedergelassen und suchen schon ungeduldig mit den Blicken nach meinem. Ich muss raus aus diesem Rausch, auch wenn es schwerfällt. *Reiß dich zusammen, Leo.*

»Jedenfalls gern geschehen. Soll ich das Getränk aufs Zimmer schreiben?«, frage ich sie und bemerke leider zu spät, dass sie noch längst nicht fertig war.

Sie wird rot und schließt den Mund. Mist, jetzt habe ich sie voll vor den Kopf gestoßen.

»Äh, ja, Zimmer hundertvierundzwanzig. Danke«, murmelt sie.

Schnell wende ich mich ab, um die Getränke vorzubereiten, und als ich mich wieder umdrehe, ist sie verschwunden. Die Schale mit den Erdnüssen hat sie einfach mitgenommen. Ich tippe die Zimmernummer in die Kasse und hake seufzend den doofen Vorfall und das wunderschöne Mädchen ab.

Letzteres sehe ich in dieser Nacht auch nicht mehr wieder. Doch die Auseinandersetzung mit dem Gast handelt mir ein Gespräch mit Robert, unserem Manager, ein.

»Leo, prinzipiell finde ich es ja gut, dass du auf die Sicherheit der weiblichen Gäste achtest, aber trotzdem gehen uns die privaten Gespräche der Gäste nichts an. Da hat er schon recht. Also warte bitte das nächste Mal, bis du tatsächlich zu Hilfe gerufen wirst, ja?«

Bis ich gerufen werde? Manche Menschen rufen nicht nach Hilfe. Wissen nicht, von wem sie sie erwarten können. Manchen Menschen muss man Hilfe erst anbieten. Aber vielleicht ist das mein Problem. Vielleicht glaube ich immer nur, zu wissen, wann jemand meine Hilfe braucht. Womöglich bin ich nur ein so viel größerer Schisser als alle anderen.

»In Ordnung. Tut mir leid, Robert. Kommt nicht wieder vor«, sage ich schuldbewusst.

»Ist für diesmal okay, Leo, ich konnte ihn beschwichtigen. Ich hatte bei deiner Einstellung keine Bedenken. Ich habe auch jetzt keine.« Aufmunternd nickt er mir zu, ehe er sich wieder in sein Büro begibt. Ich bin ihm unglaublich dankbar für diese Worte. Als ich mich umdrehe, entdecke ich ein paar aufgebrezelte Flugbegleiterinnen einer anderen Airline in der Lobby. Warum bloß Nerea nicht mit ihren Kolleginnen mitgegangen ist? Besonders müde sah sie gar nicht aus. Ich frage mich, wer sie so traurig gemacht hat. Dem würde ich gerne was erzählen.

DREIZEHN
Nerea

Wien

Dieser Leo ist doof. Zuerst spielt er den ehrenvollen Retter, und als ich mit ihm quatschen will, lässt er mich eiskalt abblitzen. Voll unfreundlich. Was bitte ist sein Problem?

Obwohl der selbsternannte Robin Hood den Drink ziemlich schwach gemixt hat – wahrscheinlich nur, weil ich eine Frau bin – schlafe ich rasch ein. Um dann leider doch wieder um vier Uhr früh putzmunter zu sein, doch zum Glück wird es nun im Frühling schon bald hell draußen.

Ich habe immer wenig Schlaf gebraucht, schon als Baby. Papa sagt, er ist mit mir von Arzt zu Arzt getingelt, um herauszufinden, warum ich nicht schlafe, ob es ein körperliches Problem ist. Bei den Untersuchungen kam nie etwas raus. Ich bin gesund, ich bin aktiv, hatte nie Probleme mit der Konzentration. Es ist eben so.

Der Boden des Zimmers ist sauber, leider kein Teppich, aber es wird auch so gehen. Also mache ich meine täglichen Kraftübungen. Nachdem ich die Muskeln noch ausgiebig gedehnt habe, setze ich mich wieder aufs Bett, nehme das Handy und scrolle zum Instagram-Account meiner Mutter. Das neue Buch ist gestern erschienen, ihre Story ist voll von Rezensionen, von abfotografierten Zeitungsausschnitten, von Bildern der gestrigen Releaseparty. Mein Vater im Smoking und sie im kleinen Schwarzen, wie immer demonstrativ verliebt in die Kamera lächelnd, so als wollte sie damit sagen: »Wenn ihr meine Bücher lest, werdet ihr auch irgendwann so glücklich wie ich.« Gleich wird mir übel.

Ich kommentiere mit: *Herzlichen Glückwunsch zum Release des neuen Bestsellers* 🖤 🖤 🖤

Damit habe ich meine Pflicht erfüllt und schließe Instagram. Nur um es zwei Sekunden später noch mal zu öffnen und auf Glorias Profil zu gehen. Schon seit drei Wochen stalke ich sie, ohne mit ihr zu sprechen, ohne zu kommentieren, ohne auch nur mit einem einzigen Herzchen zu reagieren. Das hat sie nicht verdient. Und doch, sie fehlt mir so sehr, dass es in jeder Zelle schmerzt. Ich würde ihr so gern von gestern erzählen, von meinem ersten Umlauf, von dem ekligen Typen in der Bar und dass dieser Leo sich echt seltsam verhalten hat. Niemand schafft es so wie sie, mich zum Lachen zu bringen, dass ich mich gleich besser fühle, selbstbewusster, dass ich mir die Dinge nicht zu Herzen nehme. Aber da ich mir die Sache mit ihr ganz besonders zu Herzen nehme, bleibt mir aktuell nichts anderes übrig, als Trost in ihren Bildern zu suchen, jeden Beitrag, jedes Lächeln von ihr in mich aufzusaugen, auch wenn es nicht mir gilt.

Der letzte Post zeigt ein Foto von ihr am Strand La Piscina im traumhaften Tayrona Park. Der berühmteste Nationalpark Kolumbiens scheint der reinste Garten Eden zu sein. Seine Strände gehören zu den schönsten ganz Lateinamerikas. Schreibt zumindest Gloria. Und die muss es wissen, fliegt sie doch von einem Paradies zum nächsten. Braungebrannt wie immer, in einem weißen Triangel Bikinitop und mit glitzernden Sandkörnern auf der Schulter strahlt sie mit der Sonne um die Wette. Der Wind hat einige vom Salzwasser wellig getrocknete Strähnen erfasst und vor ihr Gesicht geblasen.

Das Foto ist die pure Lebensfreude, sie sieht so glücklich aus, dass mir die Tränen in die Augen schießen. Nie war sie so weit weg von mir, und nie habe ich mich einsamer, unbedeutender gefühlt. Sie aber braucht mich nicht. Sie kann überall glücklich sein. Auch ohne mich.

Und ich? Ich fliege kreuz und quer durch Europa und bin in jeder einzelnen Stadt unglücklicher als in der vorigen. Aber nirgendwo unglücklicher als hier. Ich hasse Wien.

Abrupt schließe ich die App und werfe das Handy aufs Bett. Dann lasse ich das heiße Wasser in der Dusche so lange über mein Gesicht laufen, bis ich sicher bin, dass keine Träne sich mehr daruntermischt, föhne meine Haare und ziehe mich an. Um sechs bin ich die Erste beim Early Bird Frühstück. Pünktlich um sieben geht unser Flug nach Hause.

Auch der zweite Umlauftag ist anstrengend. Der Kapitän lässt mich zwei Starts und eine Landung fliegen. Alles läuft glatt. Insgeheim wundere ich mich darüber. Denn in mir ist es alles andere als glatt. Holprig und zackig fühlt sich mein Innerstes an.

Wenn ich im Cockpit sitze und achtzig Prozent meines Tages über den Wolken in reinstem Sonnenschein verbringe, dann bin ich manchmal tatsächlich so etwas wie zufrieden. Dann weiß ich, dass der Beruf die richtige Wahl war. Doch wenn ich am Boden bin, physisch meine ich, immer etwas abseits von den Flugbegleiterinnen stehe und keine Gloria weit und breit, dann spiele ich mit dem Gedanken, aufzuhören. Einfach nicht mehr hinzugehen, sondern alle Sachen zu packen und meine Zelte in Kolumbien aufzuschlagen. Besser heute als morgen.

Erst in der Crew Control nach der Landung in Madrid schalte ich mein Handy wieder ein. Eine lang ersehnte Nachricht erscheint auf dem Display.

Gloria: *Warst du nun endlich in Wien? Wie hat es dir gefallen? Wann sprichst du wieder mit mir? Du kannst doch nicht ewig sauer sein!*

Mein Herz hüpft ein bisschen und rollt dann wieder in die Ecke. Sekundenlang starre ich auf die Nachricht. Keine Entschuldigung? Keine Erklärung? Gar nichts? Mehr ist ihr das Zerschmettern meines Lebenstraums nicht wert?

Ich: *Doch, schon.*

Natürlich weiß ich, wie kindisch sich das anhört. Ich weiß auch, dass es nicht wahr ist. Denn nur zu gern will ich das Ganze hinter uns lassen und mich wieder mit ihr vertragen. Aber mein Stolz hält mich noch ein kleines bisschen zu fest, als dass ich mich losreißen könnte.

Wie automatisch fliegen meine Finger über das Display.

Ich: *Bar? Jetzt?*

Alvaro: *Klar! Gern!*

VIERZEHN

Leo

Wien

Eine Woche geht schnell vorbei. Am Mittwochabend halte ich unwillkürlich nach Nerea Ausschau, denn mein Freund, der Vertreter, war bis vor zehn Minuten auch wieder da. Doch wie es scheint, ist sie heute nicht hier. Ich habe zwar gehört, dass eine spanische Crew da ist, aber gesehen habe ich niemanden. Und die meisten bleiben schließlich nicht im Hotel, sondern wollen traditionelle, österreichische Köstlichkeiten genießen und ein wenig die Stadt besichtigen.

Gerade im Frühling ist sie wunderschön, wenn die Stadtgärtner wieder gezaubert haben und jede Straßeninsel von bunten Blumen nur so strotzt, wenn die weißen Blüten in den Kastanienalleen rieseln. Dann erwacht die Stadt zu neuem Leben, alles strömt nach draußen, flaniert und bummelt durch die Straßen. Und für ein paar Wochen sind sogar die Grantigsten unter den Wienern besänftigt.

Alina von der Rezeption ruft an und gibt eine Bestellung durch. »Kannst du es bitte in Zimmer Einhundertdrei bringen? Darko vom Zimmerservice habe ich gerade mit Fieber nach Hause geschickt. Oder soll ich?«

»Nein, alles gut, gerade ist nichts los«, sage ich und mache mich an das Mixen.

Midori Fizz. Sehr ungewöhnlich. Der Drink ist kaum bekannt und ich kontrolliere das Haltbarkeitsdatum auf der Melonenlikörflasche, bisher wurde sie noch nicht benutzt. Aber er hält zum Glück noch einige Jahre.

Ich trage das giftgrüne Getränk in den ersten Stock und klopfe an, bereit, mein eingeübtes Sprüchlein aufzusagen. Die Tür öffnet sich und bekannte, dunkelbraune Rehaugen starren mich an. Die Freude, sie zu sehen, die in mich schießt, und die Enttäuschung, die gleich dahinter folgt, weil sie nicht in die Bar kommen, sondern lieber anonym beim Zimmerservice bestellen wollte, machen mich für einen kurzen Moment sprachlos.

»Du bist ja doch da«, brabble ich irgendwie und ordne mich dann erst einmal, bevor ich weiterspreche. »Verzeihung. Guten Abend, hier bitte sehr, der bestellte *Midori Fizz*. Wir wünschen Ihnen einen angenehmen Aufenthalt, also dir …« Zum Glück ist mir mein Text wieder eingefallen, na ja so halbwegs.

Nerea greift hastig nach dem Drink, sodass er beinahe überschwappt. »Danke«, brummt sie und vermeidet es, mir in die Augen zu sehen. Anscheinend kann sie mich gar nicht schnell genug loswerden.

Peinlich berührt wende ich mich zum Gehen, doch bevor die Tür sich schließt, muss ich mich noch mal umdrehen. Ich behaupte immer, mein Ruf ist mir egal. Doch sie … Bei ihr ist er mir nicht egal. Der Gedanke, sie könnte schlecht von mir denken, sich in meiner Gegenwart unwohl fühlen, rumort in mir seit einer Woche.

»Äh, Nerea?«

Sie stockt in der Bewegung, öffnet die Tür wieder ein Stück mehr.

»Ja?«, piepst sie.

»Ich … ich wollte mich entschuldigen, dass ich dir letzte Woche ins Wort gefallen bin und … wenn ich dir Angst gemacht habe, tut es mir sehr leid …«

Überrascht schüttelt sie den Kopf und räuspert sich. »Ich habe keine Angst vor dir«, sagt sie dann mit ihrer hellen, klaren Stimme.

Wie sie wohl durch den Lautsprecher im Flugzeug klingt? Aber bestimmt will sie nur höflich sein.

»Ernsthaft. Du musst mich nicht schonen oder so, aber ich kann meinen Job verlieren, wenn sich die Gäste unwohl fühlen. Deshalb sollte ich wissen, ob ich was ändern muss. Findest du mich zu aufdringlich? Ich halte mich eh ständig zurück, der Arsch von neulich hat Glück gehabt, dass ich ihm nicht eine reinge …« Ich verstumme abrupt, denn nun sieht sie noch überraschter aus und runzelt dann die Stirn. Leider kam das jetzt nicht so raus, wie es sollte.

»Aber es ist doch gar nichts passiert. Warum würdest du ihn gleich schlagen wollen?«, fragt sie verwirrt.

Mein Herz klopft hart gegen meine Rippen und ich spüre, wie die Röte mein Gesicht erreicht. Ja, warum? Weil ich äußerlich so ruhig bin, wie man es mir beigebracht hat, aber innerlich brodelt ein Vulkan. Meist genügt ein kleiner Anstoß und glühende Wut wabert durch jede meiner Zellen. Und ich sehne mich so danach, mich ihr hinzugeben, sie die Kontrolle übernehmen zu lassen. Mich frei zu fühlen.

Dämlich grinsend rubble ich mir durch das Haar am Hinterkopf. »Will ich gar nicht, das war nur so dahergesagt. Der Typ ist jedenfalls weg, du musst also weder vor ihm noch vor mir Angst haben, falls du deshalb nicht nach unten gekommen bist …« Ich mache ein paar Schritte von der Tür weg. »Also dann. Schönen Abend noch.«

Mit heißem Kopf fliehe ich zurück nach unten und hinter meinen Tresen. Was für ein peinlicher Auftritt. Bestimmt hält sie mich für den größten Vollidioten und für komplett übertrieben aggressiv noch dazu.

Die Bar ist nach wie vor menschenleer. Gähnend langweilig.

Ich wische ein wenig herum, obwohl nichts schmutzig ist, drehe alle Flaschen, sodass man die Etiketten schön sehen kann. Dann bleibt echt nichts mehr zu tun und so ziehe ich meinen Laptop aus dem Rucksack und widme mich meiner Lektüre.

»Was guckst du denn da?« Nereas melodisches Stimmchen lässt mich hochfahren und den Laptop zuklappen.

»Puh! Du hast mich erschreckt«, sage ich keuchend.

»Tut mir leid. Aber ich war gar nicht so leise, du nur anscheinend sehr im Flow.« Sie lächelt und hält mir das leere Glas hin. »Da, ich dachte, dann musst du nicht noch mal hochkommen, um es abzuholen.«

»Aber das machen doch die … Ah. Okay.« Wieder bekomme ich heiße Wangen, weil ich ihren Scherz nicht gleich verstanden habe. Natürlich weiß sie, dass die Zimmermädchen morgen die Gläser wegräumen. Es sollte nur die Ausrede sein, warum sie doch noch heruntergekommen ist. Plötzlich muss ich lächeln. Ja, sie ist heruntergekommen. Meinetwegen. Freude zischt durch meine Adern, wie geschüttelter Schampus.

Rasch nehme ich ihr das Glas ab und stelle es in den Geschirrspüler. Währenddessen nimmt sie auf einem der Barhocker Platz.

»Magst du noch was?« Ich werfe einen Blick auf die Uhr. Es ist fünf vor elf.

Sie zuckt mit den Schultern. »Ja, warum nicht. Was empfiehlst du mir?«

»Für dich … Lass mich nachdenken … Du magst Gin und was Fruchtiges. Wie wäre es mit einem *Singapore Sling*?« Ich gebe gern ein bisschen an, welche exotischen Drinks ich beherrsche und dass ich weiß, was den jungen Frauen schmeckt.

Da grinst sie breit. »Gern. Aber lass den Ananassaft weg, da kriege ich eine pelzige Zunge. Und bitte nicht so schwach wie den Gin Tonic, wenn's geht.«

Für einen Moment bin ich sprachlos, nicht nur dass sie seltene Getränke wie den *Midori Fizz* trinkt, sie kennt auch noch die Zutaten der Cocktails.

»Du hast auch die Lizenz zum Mixen, gib's zu!«, sage ich grinsend, während ich die Zutaten abmesse.

Doch sie schüttelt nur lachend den Kopf. Es sieht zuckersüß aus, wie ihr langer dunkelblonder Pferdeschwanz von einer zur anderen Seite schaukelt. Ich kann meine Hand gerade noch davon abhalten, ihn anzufassen, um mit meinen Fingern seine glatte Länge hinabzugleiten.

»Warum kennst du dich dann so gut aus?«

Ihre Augen blitzen vergnügt. »Vorher musst du mir verraten, warum du die Bedeutung meines Namens kennst und was du so fasziniert im Computer angestarrt hast. Etwa was Unanständiges?«

Ich lache laut auf. »Das ist beides kein Geheimnis. Ich hatte jahrelang am Gymnasium Altgriechisch und Latein. Der Meeresgott Nereus war der Vater der fünfzig Nereiden. Nereus, Nerea, einfache Ableitung.«

»Gut kombiniert«, sagt sie lächelnd. »Aber ich muss dich enttäuschen. Meine Schwester durfte den Namen auswählen und sie hat es aufgrund der baskischen Bedeutung getan. Im Baskenland heißt Nerea *die Meine* oder auch *die vom Himmel kommende* …«

»Ah!«, mache ich und kann mich an ihrem Lächeln kaum sattsehen.

»Und was hast du geschaut?«

»Ich hab gelesen. Prozessakten, Gerichtsurteile.«

»Oh!« Sie schürzt erschrocken die Lippen, was sie wie ein Porzellanpüppchen aussehen lässt. »Deine?«

Als müsste ich die nochmals durchlesen, kenne sie längst auswendig. Ich schüttle den Kopf. »Nein, die anderer.«

»Dann studierst du also Jura?«

»*Jus* sagt man bei uns. Das habe ich, ich bin fertig.«

»Und warum arbeitest du dann hier? Wartest du auf eine freie Stelle?«

Die wartet wohl eher auf mich. Der Gedanke verursacht mir einen bitteren Geschmack im Mund.

»Nein, wenn ich wollte, könnte ich in der Kanzlei meines Vaters anfangen. Aber jetzt bist du dran. Warum kannst du Cocktails mixen? Und warum sprichst du so gut Deutsch?«

Sie zuckt mit den Achseln. »Hab mir das Mixen selbst beigebracht … und meine Eltern stammen aus Österreich.« Ausweichend blickt sie zur Seite. »Hast du noch Erdnüsse?«

»Sicher.« Ich stelle die Schale, die ich eigentlich schon weggeräumt hatte, wieder auf die Theke und schüttle den Shaker. Dann schiebe ich ihr den roten Cocktail mit Kirsche und Zitronenscheibe hin. »Hier, bitte, *Singapore Sling*.«

»Danke«, sagt sie und nimmt den ersten Schluck.

»Also ich habe jetzt Feierabend«, sage ich frohlockend, nehme meine Schürze ab und verstaue den Laptop in meinem Rucksack.

»Oh, verstehe.« Das klingt enttäuscht. Sie nimmt das Glas vom Tresen und rutscht vom Hocker. »Dann gute Nacht.« Noch ein angedeutetes Lächeln und sie wendet sich ab, ehe ich verstehe, was hier gerade passiert ist.

FÜNFZEHN

Nerea

Wien

Klar, dass er nach Hause möchte, er ist bestimmt müde nach seiner Schicht. Aber schade irgendwie. Eigentlich ist es ganz nett, mit ihm zu quatschen und nicht ständig an Gloria denken zu müssen. Komisch, dass er sich solche Sorgen gemacht hat, ich könnte mich in seiner Gegenwart unwohl fühlen. Das Gegenteil ist der Fall. Langsam gewöhne ich mich sogar an seine Augen, nur zu lange reinschauen darf ich nicht, das macht mich nervös.

Vielleicht kann ich ja auch bald schlafen, wobei ich besser daran gedacht hätte, einen Drink ohne Extrazucker zu nehmen. Zu spät. Es geht bestimmt auch so.

»Hey! Warte!«, ruft Leo und ich drehe mich um. Er läuft die paar Schritte zu mir. »Sorry, so meinte ich es nicht. Du kannst doch noch bleiben … Was ich sagen wollte, war, dass ich mich nun auch setzen kann. Zu dir. Also, wenn das okay ist. Falls du noch Lust zu plaudern hast oder so …«

Plötzlich wirkt er wieder total unsicher, richtig süß, so wie oben vor meinem Zimmer. Als hätte er zwei Gesichter, eines selbstbewusst und angriffslustig, so wie er den Typen letzte Woche angemacht hat, und eines unsicher und schüchtern. Vielleicht freut auch er sich über ein freundliches Gespräch, vielleicht wartet heute auf ihn genauso wenig jemand wie auf mich.

»Ja, gut.« Etwas unschlüssig verlagere ich das Gewicht von einem Bein auf das andere. Dann entscheide ich mich für die

Sitzgruppe rechts von mir und setze mich auf eines der Sofas. Er nimmt auf der Couch gegenüber Platz, stellt den Rucksack neben sich. Stille legt sich zwischen uns, eine unangenehme Cringe-Stimmung. Wie besessen sauge ich an dem Strohhalm, während Leo verlegen lächelt.

»Hm«, brummt er und rutscht weiter vor, an die Kante der Couch. Es liegen bestimmt zwei Meter Abstand zwischen uns, ausgefüllt von einem schwarzen, quadratischen Coffee table. »Das ist echt komisch. So kann man sich doch nicht unterhalten«, stellt er fest und steht wieder auf.

Den Rucksack lässt er liegen, während er den Tisch umrundet und sich auf das andere Ende meines Sofas setzt. Er dreht sich zu mir, lässt sich gegen die Armlehne zurücksinken und zieht ein Knie auf die Sitzfläche. Erleichtert wende ich ihm auch meinen Körper zu. Nun sind wir keinen halben Meter mehr voneinander entfernt, nicht ungebührlich nahe, aber nahe genug, um nicht durch den Raum schreien zu müssen.

»Viel besser«, sagt er zufrieden. »Also Nerea, Göttin des Himmels und der Meere, wieso sitzt du hier einsam herum und bist wieder nicht mit den anderen spanischen Mädels in der Stadt? Hast du etwa Liebeskummer?«

Ich muss auflachen. Liebeskummer? Ich weiß nicht mal, was das ist.

»Aber nein, nur kein Interesse. Madrid hat auch eine schöne Altstadt, und so sehr unterscheiden sich die europäischen Hauptstädte ja nicht. Prag, Budapest, Paris, Wien, die sind doch alle total gleich …«

Ein Schmunzeln legt sich über sein Gesicht, während ich spreche – ein wunderschönes Schmunzeln, um genau zu sein – doch er lässt mich ausreden, lässt meine Worte etwas nachhallen.

Dann sagt er: »Okay, klingt super. Und was ist der wahre Grund?«

Seine Dreistigkeit verschlägt mir für einen Moment die Sprache. »Was … Wieso sagst du das?«

»Weil ich festgestellt habe, dass die erste Erklärung selten die ehrlichste ist, sondern die, die man sich zurechtgelegt hat. In diesem Job muss man nur etwas abwarten und die Wahrheit wird einem auf dem Silbertablett serviert. Böser Alkohol. Außerdem, Spaß kann man auch in Städten haben, die sich ähnlich sind. Also sei ehrlich.«

Mein Puls beschleunigt sich nervös. »Ich bin aber überhaupt nicht betrunken. Wieso meinst du also, dass ich Lust habe, gerade dir die Wahrheit zu sagen?«, maule ich hastig.

Wie zwei blaue Scheinwerfer richten sich seine Augen auf mich und er sieht mich prüfend an. Wieder jagt mir ein Schauer über den Rücken.

»Ja, erstaunlich, du verträgst echt viel, wirkst nicht einmal beschwipst und das nach zwei Longdrinks«, sagt er nachdenklich, was meinen Puls nun laut Alarm klopfen lässt. »Aber hey, wir sind zwei Fremde, wir sind mutterseelenallein …«

Nach und nach entspanne ich mich wieder.

»Willst du mir nun doch Angst machen?« Das sollte lustig klingen, doch er wirkt wieder erschrocken.

Abwehrend hebt er die Hände. »Nein, nein, auf keinen Fall. Tut mir leid.« Ich winke lachend ab. Nach einer kurzen Pause sagt er: »Aber hast du dich nicht auch schon mal gefragt, warum man sogar Wildfremden gegenüber eine Rolle spielt? Man kennt sich schließlich nicht, wird sich womöglich nie mehr wiedersehen. Da wäre es doch egal, was sie von einem denken … oder?« Klingt so, als hätte ihn das Thema schon mal beschäftigt.

»Hm.« Ich hingegen muss darüber kurz nachdenken. »Vielleicht, weil man sich, sobald man etwas von sich preisgibt, eben nicht mehr so fremd ist? Wäre dir denn egal, was zum Beispiel ich über dich denke?«

Er sieht mir erst in das eine Auge, dann in das andere, was ein beinahe unerträgliches Kribbeln in meinem Magen auslöst, und sagt dann grinsend. »Ich verweigere die Aussage.«

Das lässt mich verlegen lachen. »Und übrigens, sofern du hier nicht heute Abend kündigst, WERDEN wir uns wiedersehen«, flüstere ich und wage nur einen schüchternen Blick zu ihm.

Seine Augen blitzen. »Du hast recht. Habe ich gar nicht bedacht. Das ist natürlich ein Problem.« Kurz huscht sein Blick von meinen Augen zu meinen Lippen, beeilt sich aber sofort zurück nach oben. Mir wird warm. Meine Wangen glühen, das Blut rauscht in meinen Ohren. Doch mein Gewissen flüstert leise Alvaros Namen. Ich sollte gehen.

»Dann bis nächste Woche, Leo«, sage ich im Aufstehen und strecke ihm meine Hand entgegen.

Sichtlich irritiert von meinem plötzlichen Aufbruch erhebt auch er sich. »Äh … Bis Mittwoch, Nerea«, murmelt er und legt seine Hand in meine, die augenblicklich so glutheiß wird wie eben noch mein Gesicht.

Feuer und Asche. Leidenschaft und Leiden. Alles in mir verzehrte sich nach ihm wie eine Verdurstende nach einem Schlückchen Wasser.

Verdammte Stimme meine Mutter! Ich schüttle das Haar, um sie endlich loszuwerden, während ich mich umdrehe und die Bar schnellen Schrittes verlasse.

Ob ich ihm die Wahrheit sagen werde, weiß ich nicht. Aber Fremde sind wir irgendwie auch nicht mehr. Und um ehrlich zu sein, ist dieser Leo bisher das einzig Sympathische an Wien.

SECHZEHN
Leo

Wien

Nachdem ich mit dem Zug bis Wien Mitte gefahren bin und gerade noch die letzte U-Bahn erwischt habe, wandere ich die Alser Straße in Richtung Ring hinunter. Vorbei am St. Anna Kinderspital, das mir immer ein Gruseln über den gesamten Körper jagt, seit mein bester Freund Konsti plötzlich mitten im ersten Schuljahr hinter dessen Mauern verschwand und erst ein gutes dreiviertel Jahr später ohne Haare und ohne Augenbrauen zurück ins Leben fand.

Auch wenn sein Blut frei von Krebszellen war, seine Seele ist es danach lange nicht geworden. Unsere restliche gemeinsame Schulzeit war er vorsichtig, besorgt, nachdenklich. Vielleicht musste ich deswegen wild, verwegen und vorlaut für uns beide sein?

Fast schon am Ende der Straße, nur ein paar Schritte von meinem Wohnhaus entfernt, entscheide ich spontan, noch einen Abstecher ins Alte AKH, das zu Kaiserzeiten erbaute Allgemeine Krankenhaus, zu machen. Vielleicht ist Konsti ja gerade hier. Das weitläufige Vierkantgebäude gehört nun zum Campus der Universität Wien und in dessen parkähnlichem Innenhof befinden sich ein paar Schanigärten und Lokale. Ein beliebter Treffpunkt für Studierende oder Ehemalige. Aufmerksam schlendere ich durch die Biertischreihen. Konsti kann ich nicht entdecken, aber vor dem bereits geschlossenen Universitätsbräu sitzen drei bekannte Gesichter. In Wien trifft man schließlich immer auf Bekannte und sie winken mich zu sich.

»Oida, Leo! Ewig nicht gesehen!«, ruft der Stocki und der Trauni stürmt auf mich zu und schließt mich kraftvoll in die Arme. Beide sind offensichtlich schon ziemlich angeheitert. Nur der Baierl, stets der Vernünftigste von unserem ehemaligen Uni-Basketballteam, nickt mir stumm und kameradschaftlich zu.

»Setzt du dich noch zu uns? Wir haben bei der letzten Bestellung gleich ordentlich zugeschlagen, damit wir noch länger sitzen bleiben können«, erklärt er und schiebt mir großzügig ein Krügerl zu.

»Klar, gern! Danke!«

»Aber pscht!«, wirft der Stocki lautstark ein, »Sperrstund' is!«

Nickend nehme ich einen Schluck und wische mir dann mit der Hand über den schaumigen Bart. »Na, wie läuft's bei euch? Schon das Neueste von unserem zauberhaften Kanzler gehört?«

»Ich pack den nicht. Wie kann der glauben, dass das nicht ans Licht kommt?«

»Aber geh, das hat ihm sicher nur die Opposition in die Schuhe geschoben.«

»Ja, ganz genau, und die haben seine Frau auch gezwungen, mit dem Bodyguard in die Hapfen zu hüpfen. In welcher Traumwelt lebst du eigentlich?«

»Und was sich der Finanzminister geliefert hat! So geil!«

Nach einem absolut oberflächlichen, vor Spott und Häme triefenden, aber gerade deshalb so erquicklichen Gespräch über die aktuellen Skandale der diversen Regierungsmitglieder und nachdem alle Gläser leergetrunken sind, verabschieden wir uns. Ich bummle mit schweren Beinen nach Hause, wo Chewbacca bereits auf mich wartet. Aber nur, weil ich derjenige bin, der seine Dose öffnet, nicht aus Liebe. Und das, obwohl er weiß Gott genug

Reserven besitzt, nicht an Liebe, sondern an Bauchspeck. Dann lege ich mich in mein geliebtes King Size Bett, höre ihm beim Schmatzen zu, und der vorletzte Gedanke, der mich findet, ist: *Sie hat gesagt, wir sehen uns wieder.*

Die, die vom Himmel kommt, ist der letzte.

Am Donnerstag schlafe ich lange, lese viel und arbeite nachts. Das Gleiche am Freitag. Samstag habe ich frei und treffe mich, wie mit den Burschen im Bierrausch vereinbart, frühmorgens zum Basketball im Schönbornpark. Echt die dämlichste Idee seit langem. Der morgendliche Nebel hängt noch in den Straßen und außer uns ist nur noch ein Vater da, der mit fadem Aug und seinem Junior im Kinderwagen Kreise zieht.

Wir sind alle etwas aus der Übung, der Stocki hat mindestens zehn Kilo zugelegt seit der Uni, dem Baierl tun alsbald die Knie weh.

»Was seid ihr nur für Weicheier«, ätze ich, bin aber insgeheim ganz froh, dass wir unser Treffen in ein Frühstückslokal verlegen. Der Trauni hat sogar reserviert. So viel Vorausschau hätte ich ihm gar nicht zugetraut.

Das Café Edison verströmt im unteren Stockwerk lässigen Barcharakter und im oberen Bereich mit seinen niedrigen, buntbedruckten Polstermöbeln süßlichen Sechziger-Jahre-Flair. Doch weil wir den typisch männlichen Aftersport-Odeur ausdünsten, bleiben wir doch lieber im Außenbereich.

Gerade, als ich in einen leckeren Hangover Bun beißen will, spaziert mein Bruder Niki auf der gegenüberliegenden Straßenseite vorbei, im Arm eine frischgeföhnte Blondine. Der Richtung nach zu urteilen sind sie auf dem Weg ins *Landtmann*. Er sieht mich nicht und ich hüte mich, das zu ändern.

»Hey, ist das nicht dein Bruder?«, ruft da der Baierl viel zu laut und deutet hinüber, doch ich drücke seinen Arm nach unten.

»Psst. Lass ihn, er ist beschäftigt«, murmle ich.

»Ist er immer noch so ein Arsch wie früher?«, fragt der Trauni mit vollem Mund und ich nicke nur, während ich dem Niki hinterhersehe, wie er einem Gockel gleich mit dunkelblauem Blazer und Halstuch auf der Sonnenseite des Lebens stolziert.

In Wahrheit war der Niki nie ein Arsch. Er war nur immer drei Jahre älter als ich, immer der Erste bei allem, im Schwimmkurs, bei der Matura, beim Führerschein, beim Uniabschluss, immer besser angepasst, immer gemäßigter in seinem Temperament. Er war nie ein Problemkind. Im Gegenteil. Er war immer der, auf den man stolz sein konnte.

Mühsam zwinge ich den Bissen die Kehle hinunter, denn das würgt mich immer noch wie eine zu eng gebundene Krawatte. Das würgt mich, obwohl ich ihn vielleicht fünfmal im Jahr sehe und mein Leben gut auf die Reihe bekommen habe. Besser, als es so mancher erwartet hat. Ich habe keine Konflikte mehr, schon lange nicht, weder mit dem Direktor noch mit dem Gesetz. Mit meinem Vater? Scheiß der Hund drauf! Das wird wohl so bleiben.

»Ist das seine Freundin?«, will der Stocki wissen.

Ich zucke mit den Achseln. »Keine Ahnung, ich kenne sie nicht.«

»Schaut eh nicht schlecht aus«, überlegt der Trauni und die anderen nicken zustimmend.

Sie ist hübsch, denke ich, während ich mich wieder meinem Essen zuwende. *Nerea ist auch richtig hübsch.* Ach, verdammt, das gibt's doch nicht! Da war nichts zwischen ihr und mir, keine Zündung, kein sprühender Funke und trotzdem geht sie mir nicht aus dem Kopf. Mit diesen scheuen Augen und dem verhaltenen Lächeln. Sie hat etwas an sich, was ich gar nicht beschreiben kann, etwas, weswegen ich am liebsten in eine Rüstung springen würde, um sie mit gezücktem Schwert vor allen Widrigkeiten dieser Welt zu beschützen. Und das, obwohl wir einander nicht einmal richtig kennen. Ist das nicht seltsam? Vielleicht liegt es daran, dass sie den Eindruck vermittelt, in einem hohen Turm eingesperrt zu sein.

»Und?«, fragt der Baierl. »Hast du dich jetzt schon entschieden wegen dem Café von deinem Onkel?« Der plötzliche Themenwechsel kratzt in meiner Brust. Vielleicht, weil ich meine Gedanken von Nerea abziehen muss. Vielleicht auch, weil ich innerlich schon wund bin von den ganzen Grübeleien über meine Zukunft. »Nein, keine Ahnung. Es ist echt eine Ehre, dass er mich fragt, und ich denke, es läuft auch gar nicht schlecht, wäre schon ein schönes Einkommen. Aber ich als Kaffeehausbesitzer? Könnt ihr euch das vorstellen?« Ich lache etwas zu laut, denn eigentlich ist es mir ernst mir dieser Frage, aber unangenehm.

Die Jungs und ich, wir reden nie über wichtige Dinge, geschweige denn über Sorgen oder Ängste. Nie, nicht mal im Suff käme einer auf die Idee, den anderen sein Herz auszuschütten und um Hilfe zu bitten. Das wäre einfach würdelos und uncool. Es wird gejammert, ja, das schon. Es wird auch viel geschimpft und abgelästert über die Regierung, die Stadt Wien, das Wetter, die Vorgesetzten und körperliche Beschwerden. Aber ich hoffe, dass niemals nie einer von ihnen zu mir kommt und mit den Worten beginnt: »Leo, ich hab da ein Problem …« Denn dann renne ich. Und dann können wir auch keine Freunde mehr sein, weil ich den Mann nicht mehr bewundern kann für seine männliche Wurschtigkeit, auf Deutsch: seine entspannte Abgeklärtheit, seinen Stoizismus. Den sollten Männer besitzen, den müssen meine Freunde besitzen, denn es ist schlimm genug, dass ich ihn nicht mein Eigen nenne.

Meine Freunde lachen nur dämlich. »Doch, na sicher, kann ich mir das vorstellen, Schmäh führen und Getränke ausschenken kannst du ja schon, hahaha.«

»Der Baierl will nur wissen, ob er in Zukunft den kleinen Braunen gratis bekommt, alter Schnorrer.«

»Ich schick dir dann meine Oma zum Kuchen backen. Einen besseren Marmorgugelhupf gibt's in ganz Wien nicht, vielleicht nagst du dann nicht sofort am Hungertuch.«

»Abgemacht?« Lachend halte ich ihm die Hand hin und er schlägt übertrieben fest ein. »Abgemacht!«

Freude und Erleichterung breiten sich in mir aus. Das sind meine Jungs! Es ist so schön, dass wir einfach nur eine gute Zeit zusammen haben können, dass ihnen meine Zukunft vollkommen egal ist. Ob ich ein Althan bin, einer der Söhne auf dem Kanzleischild, ein Barkeeper, ein Kaffeehausoligarch oder ganz was anderes. Das nenne ich wahre Freundschaft.

SIEBZEHN
Nerea

Madrid

Ich kann nicht mehr, ich gebe auf. Besser gesagt, mein Stolz gibt auf. Ich werde sie anrufen. Oder ihr schreiben. Diese paar Wochen ohne Gloria waren die schlimmsten meines Lebens. Sie waren noch schlimmer als damals, als sie bei unseren Eltern auszog und sich eine eigene Wohnung nahm. Jeden Nachmittag, wenn ich aus der Schule kam, schrie mich die Stille aus ihrem Zimmer derart an, dass ich beinahe verrückt wurde. Der Geruch ihres Parfums hing immer noch in den Gardinen, in ihrem Kleiderschrank und ich verbrachte Stunden in diesem Raum, nur um mich ihr nahe zu fühlen. Aus ihrer in einer alten Glasvitrine sorgsam gehüteten Sammlung ausgefallener Flaschen mixte ich mir heimlich meine ersten Drinks, so lange, bis Papa aus dem Raum ein Schlechtwetterschreibzimmer für Mama machte, danach war das Zimmer Sperrzone. Der Geruch war sowieso irgendwann verflogen, vielleicht hatte ich ihn auch zu lange inhaliert.

Doch damals telefonierten wir zumindest regelmäßig miteinander, das vermisse ich nun sehr. Wenn ich schon nicht in ihrer Nähe sein kann, dann will ich wenigstens ihre Stimme hören, ihr Lachen, ihre Geschichten. Will durch sie mehr Zugang zu meinen Eltern finden und auch irgendwie zu mir selbst. Weil ich das Gefühl habe, nur wirklich da zu sein, wenn sie mich sieht.

Auch ihren Rat und Zuspruch könnte ich gebrauchen. Heute ganz besonders. Dieser Leo bringt mich so durcheinander. Mit zitternden Fingern wähle ich ihre Nummer und kann nur hoffen, dass sie nicht gerade arbeitet – und dass sie ebenfalls mit mir sprechen möchte.

»Hola, mi corazón! Wie schön, dass du dich meldest!« Ihre Stimme klingt froh, erleichtert. Vielleicht hat sie ja doch auch ein kleines bisschen gelitten.

Ich spüre, wie sich meine Mundwinkel heben, wie sich die Freude wie ein kreisender Papierflieger in meinen Bauch schleicht. Und Erleichterung so groß wie ein Frachtflugzeug.

»Hallo, Gloria! Wie es aussieht, bist du im Paradies gelandet. Das sind ja tolle Fotos auf Instagram.« Gar nicht so schlecht für einen neutralen Anfang.

»Ja, nicht wahr? Oh, es ist so schön hier, es würde dir so gefallen. Irgendwann kommst du zu mir und ich zeige dir die schönsten Orte Kolumbiens.«

Warum muss sie genau das sagen? Es fühlt sich wie ein Fausthieb in meinen Magen an.

»So, wie du mir Wien gezeigt hast?«, rutscht es mir vom Herzen und ich beiße mir auf die Unterlippe.

Ich habe sie nicht angerufen, um ihr Vorwürfe zu machen, sie zu vergraulen. Im Gegenteil, um wieder einen Platz in ihrem Leben einzunehmen. Hoffentlich wird sie nicht sauer. Wenn Gloria sauer auf mich ist, ist es noch schlimmer, als dass sie wegzieht.

»Was? Aber Nerea!«, ruft sie ehrlich überrascht, was mir ihre hohe Stimme verrät. »Du hast nie gesagt, dass dich Wien so interessiert … Ich dachte, du würdest nur mir zuliebe einmal mitkommen wollen … Das tut mir echt leid.«

Sie macht eine kurze Pause und ich sehe vor meinem inneren Auge, wie sie besorgt die Lippen aufeinanderpresst und nachdenkt.

»Soll ich dir meine Lieblingsorte aufschreiben?«, ruft sie dann eifrig. »Ja, das mache ich, ich werde dir eine Mail schicken. Dann weißt du das nächste Mal, wenn du dort bist, wo es das beste Schnitzel, die besten Mehlspeisen gibt und wo man einkaufen muss. Okay?«

Gar nicht okay! Doch der innere Schrei schafft es nicht durch den Kloß in meinem Hals. Er bleibt darunter stecken. Was würde er auch bringen? Sie ist weg. Und auch wenn sie im Urlaub extra käme, um mit mir eine Reise nach Wien anzutreten, wäre es nicht dasselbe. Der Traum von uns beiden in einer Fluglinie, in einer Crew, einem gemeinsamen Alltag, einer Nähe wie früher ist tot.

»Mhm«, antworte ich nur. Wien interessiert mich nicht die Bohne.

»Was hast du denn bisher gemacht, wenn du dort warst? Bist du mit Fernanda und den anderen ins *Skopik und Lohn* gefahren? Das Essen ist richtig, richtig gut und die Drinks erst, oder?« Sie lacht glockenhell.

»Äh nein, ich war nicht mit … War nur an der Hotelbar. Hab mich mit Leo, dem Barkeeper, getroffen. Kennst du ihn?«

»Im Flughafenhotel? Nein …?« Sie klingt argwöhnisch. »Was heißt *mit ihm getroffen*? Absichtlich?«

»Nein, oder … schon irgendwie. Davon wollte ich dir gern erzählen. Weißt du, er ist nett, wir haben uns ein bisschen unterhalten … Er ist Jurist. Und seine Augen sind so unfassbar blau, du solltest sie mal sehen, er …«

»Oh, oh, Nerea!«, unterbricht sie mich warnend. »Pass bitte auf. Du hast einen Freund und so einen Schatz wie Alvaro wirst du nicht mehr so schnell finden. Er ist absolutes Heiratsmaterial. Mach das jetzt nicht kaputt, nur weil dir in einer fremden Stadt langweilig ist.« In mir grummelt es. »Das nächste Mal gehst du mit der Crew mit. Die passen dann auch auf dich auf. Du bist viel zu jung und hübsch, um allein an einer Hotelbar abzuhängen. Oder du fragst eines der Mädchen, ob es mit dir ein paar Sehenswürdigkeiten anschaut. Das wird dir gefallen. Versprich es mir.«

Das Grummeln wird lauter. Sie gibt mir Anweisungen für Wien, anstatt selbst mit mir dort zu sein. Wenn sie hier wäre, wäre ich überhaupt nicht in Versuchung gekommen, mich mit Leo zu unterhalten. Am liebsten würde ich ihr das um die Ohren pfeffern. Aber andererseits waren mir Glorias Ratschläge immer lieb und teuer. Wo wäre ich ohne sie? Auch wenn ich enttäuscht von ihr bin, sollte ich trotzdem dankbar dafür sein, dass sie auf mich aufpasst. Und natürlich! Wie könnte ich irgendeinen impulsiven Barkeeper mit Alvaro vergleichen? Es ist, wie Gloria sagt: Alvaro hat alles, was Frau braucht, und wir passen ausgezeichnet zusammen.

»Du hast ja recht,« gebe ich zu und verbanne das Grummeln mit einem tiefen Seufzer in die letzte Ecke meines Herzens. »Gut, versprochen.« Keine Ahnung, was ich mir gedacht habe, als ich angefangen habe, von Leo zu erzählen. Vielleicht wollte ich ihre Zustimmung, dass es okay ist, wenn ich Zeit mit ihm verbringe. Aber selbstverständlich ist das nicht okay. Überhaupt nicht.

Was für ein Mist, dass ich trotzdem schon jetzt Herzklopfen habe, wenn ich nur daran denke, den Flughafen Schwechat anzufliegen.

ACHTZEHN
Leo

Wien

Am Mittwoch habe ich schon seit Schichtbeginn feuchte Hände. Immer wieder wische ich sie mir an meiner Schürze ab und sehe auf die Uhr. Die *Iberia*-Maschine sollte um neunzehn Uhr landen. Außer sie hatte Verspätung. Ich krame mein Handy heraus und rufe die Website des Flughafens auf. Nein, sie waren sogar fünf Minuten eher da, also kann es nicht mehr lange dauern, bis die Crew hier eintrifft. Aber wird Nerea herunterkommen? Und wenn ja, wann? Früher als das letzte Mal? Mein ganzer Körper ist unter Strom. Meine Synapsen vibrieren in freudiger Erwartung.

Ich stelle mich an den äußersten Rand des Tresens, tue, als müsste ich die Servietten ordnen, und habe so einen guten Blick in die Lobby. Ah! Stöckelschuhe klackern auf dem Marmorboden, das Geschnatter und Gelächter der Flugbegleiterinnen bringt Leben in die Halle. Es wird immer lauter – auch in mir. Da ist der Kapitän, ein drahtiger, sonnengebräunter Iberer mit dem typischen Pilotenkoffer. Und dann sehe ich auch Nerea. Dieser Anblick reißt meine Laune sofort nach oben wie ein Shop-Betreiber seinen Rollladen am frühen Morgen. Sie geht ein paar Schritte hinter ihm, wartet geduldig an der Rezeption, bis ihr Alina die Schlüsselkarte aushändigt.

»Danke!«, sagt sie. Zumindest glaube ich, das deutsche Wort aus dem spanischen Singsang herauszuhören.

Sie dreht sich in Richtung Aufzug und ... sieht kurz zu mir rüber. Ja, sie wirft einen Blick herein und zieht ihn sofort erschrocken wieder ab, als er meinem begegnet.

Ein Wirbelsturm der Freude steigt in mir auf, eine Windhose, die sich immer schneller dreht. Ein herrliches Gefühl. Da bemerke ich, dass ich die Servietten habe zu Boden fallen lassen. Schnell hebe ich sie auf und ordne sie erneut. Als ich das nächste Mal aufblicke, ist Nerea im Lift verschwunden. Schade.

Keine zwanzig Minuten später kommen jedoch schon die ersten Crewmitglieder herunter, allem Anschein nach geduscht und umgezogen. Auch el capitán ist dabei, nun nicht mehr in der seriösen Uniform, sondern in Jeans und Lederjacke. Passt mir irgendwie gar nicht, dass er so schneidig aussieht. Ob er im Cockpit mit ihr flirtet? ICH würde es tun.

Lautstark und wild gestikulierend dirigiert er die Crewmitglieder in die Bar. Anscheinend möchte er hier bei einem Getränk auf die anderen warten. Er läuft vorneweg, dahinter kommen zwei Stewardessen. Irgendwann erscheint auch Nerea. Doch beinahe hätte ich sie gar nicht erkannt. Es ist das erste Mal, dass ich sie in etwas anderem als dem Pilotinnenhemd und der dunklen Hose sehe. Sie trägt eine sommerliche, beige weite Hose und ein weißes Crop-Top, das ein wenig von ihrem leicht gebräunten Bauch hervorblitzen lässt. Das lange Haar fällt ihr nun offen, glatt und in der Mitte gescheitelt über die Schultern. Sie erinnert mich an die Fotos der Blumenkinder aus den Siebzigern, das Einzige, was noch fehlt, sind eine Häkeltasche und ein Blütenkranz. Viel zu fasziniert kann ich nicht wegsehen.

Nerea setzt sich neben den Piloten und sieht mich nicht an, als ich zum Tisch komme, um die Karten zu verteilen. Erst als alle anderen bestellt haben, hebt sie ihre dichten Wimpern und sagt mit dünner Stimme: »Für mich einen *Ricorico* bitte, aber ...«

»Ohne Ananassaft«, ergänze ich leise und unsere Blicke treffen sich.

Ihr Lächeln ist kaum zu sehen, es sitzt primär in ihren Augen. Aber so, wie sie die unteren Lider anspannt, fährt es direkt in meinen Bauch und verbreitet dort eine prickelnde Wärme. So gern würde ich sie noch viel länger ansehen, die anderen haben bisher nichts davon gemerkt, die Gespräche wabern weiterhin um uns herum. Doch leider kommen in dem Moment auch die restlichen Crewmitglieder herein, sodass ich gezwungen bin, mich loszureißen und ihre Bestellung aufzunehmen.

Während des Mixens werfe ich immer wieder einen Blick auf sie, doch sie hält das Gesicht von mir abgewandt, während sie den anderen lauscht. Auch als ich die Getränke serviere, sieht sie mich nicht an. Schwer enttäuscht begebe ich mich an meinen Platz hinter dem Tresen zurück und warte.

Wieder ist es der wichtigtuende Kapitän, der den Ton angibt. Nachdem er ausgetrunken hat, steht er auf und fordert die Frauen mit einem Deut auf seine teure Fliegeruhr auf, auszutrinken und ihm zu folgen. Lachend kommen sie seiner Ermahnung nach und stolpern übermütig hinter ihm her nach draußen.

Nerea ist die Letzte im Raum, der nun ganz still geworden ist. Auch sie erhebt sich, und endlich! Endlich schaut sie mich offen an. Für einen Moment halte ich die Luft an. Vielleicht kann ich so auch die Zeit anhalten, diesen Augenblick in die Länge ziehen, genießen?

Doch da ist eine Bewegung in der Tür. »Nerea! Date prisa!« Die laute Stimme gehört einer dunkelhaarigen Schönheit, die Nerea ungeduldig zu sich winkt.

»Sí! Ya voy!«, ruft ihr Nerea zu und wendet sich dann trotzdem noch einmal an mich. »War okay, der Ricorico. Nur ein bisschen zu viel Grenadine«, sagt sie fast ernst.

»Pah!« Empört verschränke ich die Arme vor der Brust und

da ist es wieder, ihr Lächeln, für das ich jederzeit mein letztes Hemd geben würde.

»Nur Spaß. Er war gut. Könnte ich mich wirklich dran gewöhnen.«

Mir fehlen die Worte. Klang es nicht so, als würde sie etwas anderes damit meinen? Als könnte sie sich an diese Bar, an MICH gewöhnen?

Lächelnd steht sie da und ich sauge es auf, trinke ihr Lächeln. Es berauscht mich mit einer anderen Art von Adrenalin, mit einer sanfteren, als ich es kenne. Und ich möchte mich so gern daran betrinken, durch diese silberglitzernden Wellen zwischen uns tauchen, doch sie hebt nur noch einmal die Hand zum Gruß und läuft zu den anderen nach draußen. Die Wellen lösen sich in Luft auf. Ich atme aus.

Also fährt sie heute doch mit nach Wien hinein. Bleibt nicht hier, nicht bei mir. Der abrupte Dämpfer macht meine Glieder schwer. Was ist das Gegenteil von Adrenalin? Keine Ahnung. Jedenfalls breitet sich das in jeder meiner Zellen aus, eine bleierne Müdigkeit. Das wird die langweiligste Mittwochnacht meines Lebens. Schwer seufzend räume ich den Tisch ab und mache alles sauber. Dann sind es also heute Abend doch wieder nur ich und meine Akten.

NEUNZEHN
Nerea

Wien

Pablo, wie ich Kapitän Hernandez Morales nun auch nennen darf, hat zwei Taxis für uns bestellt und ich sitze auf dem Beifahrersitz vor Camilla und Laura. Die ganze Fahrt über unterhalten sie sich über Strumpfhosenmarken und deren Haltbarkeit und ich frage mich, was ich mir da nur eingebrockt habe. Als ich Gloria versprochen habe, mich der Crew anzuschließen, klang es nach einer guten Idee. Jetzt bin ich mir nicht mehr sicher. Aber Gloria hat eigentlich immer recht. Der Abend wird ganz bestimmt noch netter.

Und dann Leos Blicke, seine lächelnden Augen und dieser grinsende Mund dazu. Es ist auf jeden Fall besser, wenn ich mich vom Hotel fernhalte, wann immer es möglich ist.

Das Taxi bringt uns in den zweiten Bezirk in besagtes Lokal mit dem altehrwürdigen Namen *Skopik und Lohn*, das, wie ich erfahre, aber kein normales Restaurant mehr ist, sondern eher eine Bar mit einer wilden Mischung aus aufregenden Cocktails und gutem Essen. Die Speisen sind tatsächlich ausgezeichnet, auch wenn die Karte nicht besonders groß ist. Bei den Cocktails kann Leo absolut mithalten, und das, obwohl er nicht so ausgefallene Drinks wie *Popcorn Old Fashioned* oder *Tasmanian Daiquiri* serviert.

Die Crew ist nett, bemüht sich anfangs sehr, dass ich mich zugehörig fühle, aber nach einer Weile tratscht dann doch jede mit der Person, mit der sie am meisten auf einer Wellenlänge liegt. Und das bin grundsätzlich nicht ich. War ich doch noch nie so gesprächig, so lustig, so gesellig wie zum Beispiel Gloria. Wie all die anderen hier.

Auch mit Pablo ergibt sich kein interessantes Gespräch, er macht irgendwie sein eigenes Ding und knallt sich die Birne voll. Typisch Pilot. Nach dem Essen wird allgemein überlegt, noch in einen Club zu fahren, doch Pablo winkt ab, er bleibt lieber hier bei seinem Rotwein, hat keine Lust auf Tanzen.

»Und du, Nerea? Kommst du mit uns oder machst du eine erste kleine Sightseeing-Runde über die Ringstraße? Du musst doch endlich die Stadt sehen!«

»Ich … Also … Ja, genau, das wollte ich tun. Gloria hat mir eine Liste gemacht. Ruft ihr für mich auch ein Taxi?«

»Schon erledigt. Mit dir und Pablo hätten wir ohnehin zwei gebraucht. Aber so können wir uns auch in eines quetschen. In fünf Minuten sind sie vor der Tür.«

Wir bezahlen und verabschieden uns von Pablo, treten dann hinaus in die warme, dunkle Frühlingsluft. Da rollen schon die Taxis heran und die Mädels steigen in das vordere ein.

»Viel Spaß, Nerea! Schau dir unbedingt das neu renovierte Parlament und die Staatsoper an. So schön in der nächtlichen Beleuchtung. Wir sehen uns morgen früh!«

»Ja, bis morgen. Euch auch viel Spaß!« Ich winke ihnen noch zu, während ich in den Fonds des weißen Mercedes steige.

»Wo darf's hingehen?«, brummt der Fahrer.

Ich zögere. Noch vor ein paar Minuten war ich wirklich fest entschlossen, mich an Glorias Vorgaben zu halten. So wie ich mich immer an ihre Vorgaben halte. Doch nachdem ich im Lokal so allein inmitten der mir immer noch fremden, sich königlich unterhaltenden Schönheiten gesessen und mich total einsam gefühlt habe, kommt mir zum ersten Mal der Gedanke, es vielleicht ein einziges Mal nicht zu tun.

Denn nun ist die Gelegenheit einfach zu gut. Nun ist niemand mehr da, der bezeugen könnte, dass ich nicht wirklich auf einer Sightseeingtour war. Ich kann tun, was ich will. Mit klopfendem Herzen beschließe ich, dem verrücktesten Gedanken nachzugeben. Einmal nur. Nur weil Wien mich tatsächlich nicht interessiert. Und nur aus kleinem, leisem Trotz, weil Gloria mich so im Stich gelassen hat. Danach mache ich es bestimmt nicht wieder.

»Zum Flughafen bitte.«

Es ist Punkt dreiundzwanzig Uhr, als ich die Lobby betrete, und meine schnellen Schritte und mein noch schnellerer Herzschlag lassen mich erkennen, dass ich vielleicht doch nicht nur aus Trotz zurück ins Hotel wollte. Ob Leo noch da ist? Um elf macht er mittwochs immer Schluss. Doch ich habe Pech. In der Bar herrscht nur noch dämmrige Beleuchtung. Die Theke liegt im Dunkeln, keiner mehr da.

Enttäuscht drehe ich um, will zum Lift, da krache ich in jemanden. Kurz liegen meine Hände an seiner Brust, ehe ich zurückweiche, und doch raubt mir diese Berührung beinahe den Atem, meine Knie schlottern. Es ist Leos Brust.

»Hey«, sagt er erfreut.

»Hey«, stoße ich überfordert aus.

Dann stehen wir da, unschlüssig, mein Herz schwebt irgendwo zwischen Bauch und Hirn und meine Wangen werden heiß, er lächelt verlegen. Die Concierge an der Rezeption reckt neugierig den Hals, um zu sehen, was hier abgeht. Leo bemerkt es auch und runzelt die Stirn.

»Verdammt, hast du nichts zu tun, Alina?«, knurrt er und mein Herz macht einen Bauchplatscher auf den Boden. Da ist es wieder durchgeblitzt, sein zweites Gesicht. Verständnislos schüttle ich den Kopf, doch er bemerkt es gar nicht.

»Doch, doch«, erwidert sie genervt, steht auf und geht nach hinten ins Büro.

»Komm mit. Ich zeig dir was.« Mit einem Mal wirkt er geradezu überdreht und zerrt mich mit sich in den Fahrstuhl, dass ich ihm nur überrumpelt hinterherstolpern kann.

»Au! He! Das tut weh.« Entschieden schäle ich mich aus seinem festen Griff und reibe mein Handgelenk.

Mit einem Bimmeln schließt sich die Tür hinter uns.

Seine andere Hand, die soeben auf einen Liftknopf drücken wollte, verharrt in der Luft. Dann fällt sie kraftlos nach unten. Wie es scheint, wird ihm sein Verhalten gerade erst bewusst. Sein Kopf wird hochrot.

»Entschuldige, ich … ich wollte nicht … Es … Egal, vergiss es.« Verzweifelt drückt er mehrmals auf den untersten Knopf, um die Fahrstuhltür wieder zu öffnen, doch die lässt sich Zeit. Seine Reue, seine Scham spüre ich heiß zu mir herüberwabern. Nun tut er mir richtig leid.

Keine Ahnung, wieso er mir keine Angst macht. Er könnte ein Psychopath sein, ein Vergewaltiger. Vielleicht ist er aber auch nur einer, der sehr impulsiv, einfach geradeheraus ist.

Die Tür geht auf und er will fliehen. Doch nun bin ich es, die ihn zurückhält. »Leo, warte.« Bei meinen Worten bleibt er stehen. »Du bist wie … wie ein … Krokodil«, sage ich behutsam zu seinem Rücken. Ein besserer Vergleich fällt mir gerade nicht ein. Geknickt lässt er den Kopf hängen. »Wirkst meistens cool und entspannt, blinzelst ein paarmal harmlos. Und dann, zack, schnappst du wie aus dem Nichts vor, dass man gar nicht so schnell schauen kann«, füge ich hinzu und muss plötzlich lächeln, weil er überhaupt nicht aussieht wie ein Krokodil, nicht stachelig und gefährlich, sondern sanft und gerade sehr betreten. Außerdem scheint er überhaupt keine dicke Panzerhaut zu haben, so wie ihn meine Reaktion sofort aus der Bahn geworfen hat.

Er dreht sich zu mir um, sieht mir aber nicht in die Augen.

»Ich weiß. Und das ist mir auch total unangenehm. Ich bin …
immer … zu viel.«

Und ich immer zu wenig, denke ich bitter. Das passt ja.

Wie zerknirscht er nun aussieht, dass ich ihm am liebsten aufmunternd durchs Haar fahren möchte. Oder ihn umarmen, meinen Kopf an seine Schulter legen. Nur um ihn zu trösten natürlich. Es ist im Grunde ja nichts passiert, und ich kann nicht
anders, irgendwie mag ich dieses Krokodil.

»Also, was wolltest du mir zeigen?«, frage ich versöhnlich.

»Wirklich?« Hoffnungsvoll legt er den Kopf schief und ich
nicke. Da lächelt er und drückt auf den obersten Knopf.

Wir fahren rauf in den letzten Stock und stehen dann vor
einer Tür. Er fischt einen Schlüssel aus der Hosentasche, steckt
ihn ins Schloss, und als die Tür aufschwingt, liegt vor uns das
Flachdach des Hotels. Gegenüber das hell erleuchtete Glasge-
bäude des Flughafens und rechts von uns der mächtige, majestä-
tische Tower. Über meinen Rücken perlt ein aufgeregtes Kribbeln bis hoch unter die Haarwurzeln, während er ganz behutsam
sagt: »Kommst du?«

Was machen wir hier? Was hat er vor? »Ist das erlaubt?«, frage
ich tonlos.

»Nein«, sagt er, legt einen Finger an seinen Mund und zwinkert mir zu.

Mich angstvoll umsehend, folge ich ihm nach draußen, halte
mich an seinem Rucksack fest, denn auf dem Dach ist es ziemlich
finster, ich kann nicht sehen, wo ich hintrete. Doch am Boden
scheint nichts zu sein außer glatten Steinplatten und, dem Geräusch nach zur urteilen, Rigolen aus Metall, damit das Regenwasser ablaufen kann. Wir schieben uns an der Wand des Lift-
häuschens entlang.

Nach ein paar Schritten stoppt er, nimmt den Rucksack ab

und rutscht mit dem Rücken die Wand nach unten, bis er am Boden sitzt. Ich sehe mich noch einmal um, nach Kameras, nach Security, doch alles ist still und ruhig, nirgendwo ein rotes, verräterisches Lämpchen.

Dafür nähert sich ein allzu vertrautes Geräusch, das mich in den Himmel blicken lässt.

Und dann bleibt mir fast das Herz stehen und ich presse reflexartig die Hände auf die Ohren. *Whoooooo!* Der Lärm eines Flugzeuges erklingt für mich laut wie nie zuvor und ein zur Landung ansetzender Airbus rauscht direkt über meinen Kopf hinweg, unfassbar nahe. Ich kann die ausgeklappten Fahrwerke sehen, habe das Gefühl, sie berühren zu können, wenn ich hochspringe.

Überwältigt lasse ich mich neben Leo plumpsen. »Wow, wie geil ist das denn?«

»Ja, nicht wahr?« Ich höre sein Grinsen.

Eine Weile sitzen wir stumm nebeneinander in der Dunkelheit und nichts passiert.

»Das war ein Glückstreffer. Von diesem Winkel kommen nur die wenigsten Flugzeuge an«, erklärt er. »Aber auch die, die etwas weiter entfernt vorbeifliegen, sehen von hier aus riesig aus.«

»Hattest du es deshalb so eilig, mit mir hier hochzukommen? Um diese Maschine zu erwischen?«

»Vielleicht. Na gut, ich geb's zu. Ich dachte, dir würde es gefallen. Du bist bestimmt verrückt nach Flugzeugen. Sonst wärst du ja nicht Pilotin geworden …«

»Stimmt«, antworte ich wie automatisch. »Es ist einfach toll, eine so große Maschine selbst zu steuern und den Traum der Menschheit vom Fliegen leben zu können.«

Er erwidert nichts darauf, wartet ab, doch dieser Moment der Stille macht etwas mit mir. Und ehe er von selbst damit anfängt, lenke ich ein. »Na gut, du hast recht. Das war die erste Antwort.

Und sie stimmt nicht. Ich bin in Wahrheit nicht besonders flug-zeugaffin.« Meine Nackenhaare stellen sich auf, als mir klar wird, dass ich das noch nie jemandem verraten habe. Schon gar nicht Alvaro und Gloria. So ganz vielleicht nicht einmal mir.

Ohne meine Reaktion zu bemerken, lacht er leise auf und das klingt supersüß und besänftigt die Härchen ein wenig. Dennoch wage ich nicht, ihn anzusehen, kann mir aber genau vorstellen, was er für ein Gesicht dabei macht. »Hab doch gar nichts ge-sagt … Aber jetzt interessiert es mich natürlich umso mehr. Wa-rum bist du dann Pilotin geworden?«

Seine Frage sticht. Doch sie sticht auch etwas auf, was noch mehr Wahrheit hervorquellen lässt. »Weil ich mit meiner Schwes-ter die Welt sehen wollte. Eigentlich hatte ich vor, Flugbegleite-rin zu werden, so wie sie, doch sie meinte, Pilotin wäre besser. Vom Gehalt, vom Ansehen und so …«

»Ach, welche ist denn deine Schwester? Die nach dir gerufen hat, die mit den schwarzen, langen Haaren?«

»Nein, das ist Fernanda. Gloria fliegt nicht mehr für *Iberia*.« Ohne es zu wollen, ist meine Stimme eine Oktave nach unten gefallen. Vielleicht um mein Herz aufzufangen, das immer tiefer rutscht.

»Verstehe«, sagt er langsam, und obwohl ich angestrengt nach vorn schaue, merke ich, dass er den Kopf zu mir dreht. »Ist es das, was dich so traurig macht?«, fragt er vorsichtig.

Nun bin ich erstaunt. »War das denn so offensichtlich?«

»Offensichtlich? Ich weiß nicht. Aber ich konnte es schon am ersten Abend spüren.«

Zum Glück kann ich seine Augen nicht sehen, während er das sagt. Dass er mich oder etwas von mir spüren konnte, macht mich mehr als nur nervös, es wühlt mich auf.

Denn auch ich kann ihn spüren. Die Wärme seines Körpers, nicht weit entfernt von meinem. Da ist ein Pulsieren zwischen uns, so ein Flackern, als wollten Strahlen seiner Energie sich mit meiner verbinden. Als warteten sie nur darauf, zu verschmelzen. Ob er ein guter Küsser ist? Verdammt, was denke ich da?

»Hast du denn auch Geschwister?«, plappere ich los, den Blick weiterhin fest auf den Himmel gerichtet.

»Ja, zwei … Brüder. Einer älter, einer jünger.«

»Und macht ihr viel zusammen?«

Er lacht bitter. »Nein, es ist für alle besser, wenn wir das nicht tun.«

»Noch mehr Krokodile?«, ziehe ich ihn auf.

Er seufzt theatralisch. »Nein, Hasen und Einhörner.«

Ich pruste los. »Wie soll ich das verstehen?«

»Das musst du nicht verstehen.« Ich höre heraus, dass er über das Thema nicht gern spricht.

»Naja, für mich jedenfalls ist Gloria der wichtigste Mensch, sie ist mein Tower«, sage ich lächelnd mit Blick auf den beleuchteten Turm. »Sie war immer für mich da, mein ganzes Leben lang und ich verdanke ihr so viel. Um ehrlich zu sein, ich überlege sogar, zu ihr nach Kolumbien zu ziehen. Dann sind wir wieder vereint.«

Wie seltsam, dass ich das tatsächlich laut gesagt habe. Dass ich gerade Leo meine geheimsten Wünsche offenbare. Ich gestehe sie mir kaum selbst ein. Es liegt bestimmt an der Dunkelheit, da sagt sich so etwas einfach leichter.

Er lacht leise. »Bist du sicher? Wenn ich mir vorstelle, einer meiner Brüder würde zu mir ziehen, kriege ich Schnappatmung. Vielleicht will sie mal was für sich alleine machen. Und du ja … vielleicht auch?«

»Pff«, mache ich sprachlos. Das wollte ich jetzt ganz sicher nicht hören. Er kennt sie doch gar nicht. Oder mich.

»Sorry«, lenkt er sofort ein. »Wenn ihr zwei das wollt, dann ist das doch super …«

»Ja, genau«, sage ich mit Nachdruck. Gloria ist schließlich nicht meinetwegen gegangen. Sicher, sie wollte, dass ich versorgt bin, ehe sie sich in Kolumbien ein neues Leben aufbaut. Aber das bedeutet doch nicht, dass sie etwas dagegen hat, wenn ich ein Teil dieses neuen Lebens werde.

Plötzlich schüttelt mich ein Schauer.

»Ist dir kalt? Willst du lieber reingehen?«, fragt Leo ritterlich.

»Ach, nein, geht schon. Eine Maschine will ich noch abwarten. Es ist so magisch hier.«

ZWANZIG
Leo

Wien

»Ja, das finde ich auch«, sage ich leise und fühle mich glücklich wie schon lange nicht mehr.

Soll ich ihr sagen, dass keine Maschine mehr kommt? Es ist doch viel zu spät. Nach dreiundzwanzig Uhr dreißig wird der Flugbetrieb hier in Schwechat eingestellt. Aber es ist so großartig, ganz nahe neben ihr zu sitzen und zu wissen, dass sie mir nicht böse ist wegen meines ungestümen Benehmens vorhin. Ich werde mich auch bei Alina entschuldigen, ganz sicher.

Nerea zieht die Beine an und legt die Arme darum, dabei ist die Luft eigentlich warm. Aber mir ist ja im Grunde nie kalt, gehe auch im Winter für kurze Strecken ohne Jacke nach draußen.

»ICH kann dich wärmen!« Die Worte purzeln einfach so aus meinem Mund. Vor Aufregung flattert nun auch mein Puls. Allein der Gedanke, sie im Arm zu halten, ist so schön, dass ich abheben könnte. »Also nur, wenn du magst …«, füge ich dann noch hinzu, denn aufgrund ihres Zögerns dämmert mir, dass sie die Frage vielleicht in Verlegenheit bringen könnte.

Sie denkt sichtlich nach, wahrscheinlich über eine höfliche Ausrede und ich lande unsanft wieder am Boden der Realität. Sie mag mich nicht so wie ich sie. Ich Idiot. Da bin ich wieder mal mit der Tür ins Haus gefallen. Wie peinlich. Die Scham brennt in meinem Magen.

»Ja, okay«, sagt sie da zu meiner großen Überraschung. Und

als ich vollkommen perplex nicht gleich in die Gänge komme, rutscht sie näher an mich heran. Ehe mein Verstand das so richtig erfasst hat, liegt mein Arm um ihre Schultern und sie lehnt sich sanft an mich.

Whoa! Mir wird schwindelig, so phänomenal fühlt sich das an. Als wäre soeben ein verspäteter Düsenjet über mich hinweggebraust. Mag sie mich doch? Fühlt sie genauso wie ich? Das pure Glück dieses Augenblicks umfasst mein ganzes Sein. Ein köstlicher Hormoncocktail fetzt durch meine Zellen. Das Herz rast, die Haare an meinen Armen und im Nacken richten sich auf. Hinter meinen Lidern explodieren Farben, als feierten meine Synapsen das indische Holi-Fest. Ich rieche ihr Shampoo, ihre Haut, würde am liebsten meine Nase in ihrem Nacken vergraben und wage gleichzeitig kaum, zu atmen.

Da dreht sie langsam den Kopf zu mir, ihr Mund schimmert feucht im fahlen Licht, ihr Blick ist warm, als hätte es meine Umarmung bis in ihre Augen geschafft. Ja, nun bin ich sicher. Sie fühlt das Gleiche wie ich. Und ohne das geringste Zögern liegen meine Lippen auf ihren. Wie weich sie sind und gleichzeitig voller Spannkraft. Sie schmecken so süß wie Honigmelone. Mein ganzer Körper badet in einem Schauer aus Endorphinen. Im Kopf das reinste Feuerwerk.

»He! Hör auf!« Ihre Stimme ist schrill und Nerea drückt mich kraftvoll von sich weg.

»W…was?« Ich bin immer noch vollgepumpt, besoffen von Gefühlen, Hormonen, Glück. Mein Hirn arbeitet nicht richtig. »Aber … aber du hast dich an mich gelehnt, du hast den Kopf zu mir gedreht. O Gott! Ich … ich dachte, du wolltest auch … Ich hab das wohl falsch … Es tut mir leid«, stammle ich und möchte mich auf der Stelle in Luft auflösen.

»Nein, ich … ich wollte nur …«, ruft sie. »Ich habe einen Freund, Leo!«

Mit einem Mal bin ich stocknüchtern, als zöge sich etwas in mir zurück wie das Meer unmittelbar vor einer Flutwelle. Die Nacht ist wieder schwarz, nein, sie ist schwärzer als vorhin. Jedes Licht, alle Farben sind verschwunden.

»Ha.« Mit einem bitteren Ton stoße ich die Luft aus, lehne mich zurück und lasse meinen Hinterkopf an die Wand donnern.

Klar, dass eine Frau wie sie nicht Single ist. Doch meine Enttäuschung darüber schlägt sogleich in eine ebenso ernüchternde Erkenntnis um. Scheiße. Ich habe sie geküsst, obwohl sie es nicht wollte. Meine Gefühle waren wohl ein weiteres Mal so groß, dass sie sogar für uns beide gereicht haben. Ein heißes Gefühl wabert in meinem Bauch.

Warum kann es nicht einmal einfach sein? Warum muss ich mich ständig kontrollieren, an der Leine reißen, in einen Zwinger sperren? Und wenn ich es einmal nicht tue, geht alles schief. Ich bin zu schnell, zu euphorisch, zu ungeduldig, zu unbeherrscht. Zu alles. Wut steigt brodelnd in mir auf. Zuerst auf mich, auf diese Situation, auf alle Situationen seit meiner Kindheit, wo ich gestört oder überzogen reagiert habe, wo ich allen zu viel war. Dann sogar auf Nerea. Die Flutwelle ist da und ich kann sie nicht mehr aufhalten.

»Was zum Teufel willst du dann hier oben mit mir, verdammt noch mal? Warum bist du überhaupt mitgekommen? Warum hast du zugelassen, dass ich dich im Arm halte?«, belle ich viel zu laut und beiße mir sogleich auf die Unterlippe. Es ist nicht fair, das weiß ich. Ich klinge wie ein Sexualstraftäter, der die Schuld auf das Opfer abwälzen will. Mir wird kotzübel. Natürlich darf sie all das und muss mich trotzdem nicht küssen, wenn sie es nicht will.

Aber es tut so weh. Es tut so verdammt weh, dass sie es nicht will. Dass das größte Glück immer in den furchtbarsten Schmerz umschlägt. Und noch viel mehr tut es weh, immer und immer wieder der Schuldige zu sein, so sehr ich auch versuche, das Richtige zu tun. Ich kann das nicht mehr. Meine Augen brennen, gequält presse ich die Lider zusammen, in der Hoffnung, die Tränen der Enttäuschung zu stoppen.

Nerea rappelt sich auf. »Ja, keine Ahnung, was ich mir dabei gedacht habe«, zischt sie und taumelt in Richtung der Tür. Im Öffnen dreht sie sich noch einmal vor Wut bebend zu mir um. »Du … du kannst mich nicht einfach so überfallen, du … du Trampeltier! Und dann auch noch anschreien! Qué estabas pensando, imbécil?«

Die Tür fällt hinter ihr ins Schloss und ich drehe erschüttert den Kopf wieder nach vorn, lasse ihn auf mein aufgestelltes Knie sinken. Ein Teil von mir will aufspringen, ihr nachlaufen, sie um Verzeihung bitten. Dieses Mal für den zweiten Fehler innerhalb weniger Minuten. Der andere Teil ist schwer vor Verwirrung, Scham und Schuld und schafft es nicht, sich auch nur einen Zentimeter zu bewegen. Verflucht. Zuerst Krokodil, nun Trampeltier. Was das Spanische bedeutet, weiß ich nicht. In Gedanken füge ich die Namen zu der Liste der Begriffe hinzu, die man mir bisher in meinem Leben an den Kopf geschmissen hat: nervig, anstrengend, unberechenbar, schwer erziehbar, versteht kein Nein, ADHS, Arschloch, neurountypisch, Krokodil, Trampeltier … Alles das Gleiche. Nämlich alles gleich unerwünscht. Warum kann ich nicht so sein wie die anderen? Besonnen, ruhig, geduldig, NORMAL.

Langsam lassen Wut und Schmerz nach, auch die Tränen haben sich zurückgezogen. Was bleibt, ist dumpfe Leere, Resignation.

Gratuliere, Leopold. Du hast es wieder mal geschafft, dass alle sauer auf dich sind.

Ja, und wieder habe ich es geschafft, eine Frau zu vergraulen, bevor es mit uns überhaupt begonnen hat …

Ich wünschte nur, es wäre irgendeine gewesen und nicht gerade die Einzige, von der mir wichtig ist, welche Meinung sie von mir hat. Der Tower, mit dem sie ihre Schwester verglichen hat, leuchtet hell wie eh und je. Ich fühle mich von ihm beobachtet, verhöhnt, denn in mir ist jedes Licht erloschen.

EINUNDZWANZIG

Nerea

Wien

»**M**ierda! Scheiße, verdammte«, entfährt es mir, als ich im Lift nach unten fahre. Mein Körper windet sich in dem Zwiespalt, von Leo fort und zugleich zu ihm zurück zu wollen.

Gott, wie ich mich schäme, denn er hat leider recht. Ja, ich wollte mit ihm allein sein. Und ja, ich wollte auch von ihm gehalten werden, habe jeden Gedanken an Alvaro so weit nach hinten geschoben, wie ich nur konnte. Nebeneinandersitzen ist doch kein Betrug. Und es war einfach wunderschön, ihm so nahe zu sein. Mein ganzer Körper sehnte sich danach, ihn zu fühlen, so sehr, dass auch der letzte Rest Vernunft ausgeschaltet wurde.

Und doch hat mich der schnelle Kuss überrumpelt, regelrecht überfahren. Vor allem das, was er in mir ausgelöst hat. Nämlich pure, nackte, panische Angst. Selbst hier im Aufzug befindet sich mein Köper noch im Fluchtmodus, merke ich doch erst jetzt, wie flach meine Atmung geht.

Das Problem ist nicht nur, dass er mich ungefragt geküsst hat. Das Problem ist, dass ich, allein wenn ich neben ihm sitze, so viel mehr fühle, als wenn Alvaro mich küsst oder mit mir schläft. Die Tatsache, dass ich noch nie in meinem Leben so intensive Gefühle gespürt habe wie für diesen Fremden, erschreckt mich bis ins Mark. Und ich bin nicht sicher, ob das gut für mich ist. Und ich bin überhaupt nicht sicher, ob ER gut für mich ist. Nach seinem Wutausbruch umso weniger.

In meinem Zimmer werfe ich mich auf das Bett und starre an die Decke. Alvaro ist beständig und immer für mich da, er ist perfekt für mich und verdient so etwas nicht. Ich muss mich endlich wieder zusammennehmen, tun, was man von mir erwartet. Was ich von mir erwarte.

Doch irgendetwas hat Leo an sich, was mich alle Regeln vergessen lässt. Ich werde von ihm angezogen wie eine Motte vom Licht. Wie ein Stier von einem roten Tuch. Doch was, wenn das in Wahrheit eine Red Flag ist? Etwas, wovon sich eine Frau besser fernhält?

Stöhnend lege ich den Arm über die Augen, denn das schlechte Gewissen erreicht mein Bewusstsein nun mit voller Wucht. Wegen Alvaro. Habe ich ihn nicht doch längst vor dem Kuss betrogen? In Gedanken? Aber auch wegen Leo, dem ich die ganze Schuld in die Schuhe geschoben habe und ihn dafür büßen lasse, dass ich vergeben und zu feig bin, mir meine Gefühle einzugestehen. Wenn ich fair zu den beiden wäre, sollte ich mit Alvaro Schluss machen. Denn das macht man doch im Allgemeinen, wenn man Lust hat, von jemand anderem geküsst zu werden, oder nicht? Und dann könnte ich Leos stürmische Art vielleicht sogar genießen ... Zumindest beim Küssen.

Ungehalten schnalze ich mit der Zunge. Ich will doch keine andere Beziehung, ich will zu Gloria nach Kolumbien. Dann wird alles wieder einfach, dann kommt alles wieder ins Lot. Dieser Gedanke lockert endlich meinen angespannten Körper und ich rolle mich auf den Bauch, ziehe das Handy aus meiner Tasche.

In Windeseile fliegen meine Finger über das Display und keine halbe Minute später vibriert Glorias Antwort.

Gloria: *Nein, bei uns suchen sie gerade keine Piloten. Warum fragst du?*

Ich: *Nur so.*

Mist. Also doch keine rasche Lösung für mein Problem. Ich

muss selbst Fluglinien raussuchen und Bewerbungen schreiben. Ich muss die Episode mit Leo vergessen, so tun, als wäre sie nie geschehen, meine Gewissensbisse runterschlucken, mich auf meine Gefühle für Alvaro besinnen. Aber Leo lässt sich schwer abschütteln. Immer noch glaube ich, seinen Arm um meine Schultern, seine Finger an meinem Oberarm zu spüren, warm und zärtlich. Es ist, als säße sein Duft immer noch in meiner Nase.

Verdammt! Raus aus meinem Kopf! Wie zum Teufel soll ich jetzt einschlafen? Ich werde noch was trinken. Meine Regel besagt: nie mehr als zwei Drinks pro Abend. Aber was soll schon groß passieren? Unruhig stehe ich wieder auf, greife mir fahrig eine kleine Flasche Billigwodka aus der Minibar und nehme mit zittrigen Händen Schluck für Schluck. Gott ist das eklig und scharf, es brennt mir fast die Speiseröhre weg. Mit Orangensaft würde er sicher besser schmecken, doch ich will jetzt nicht noch mehr Zeit verlieren. Alles, was ich will, ist seine Wirkung und zwar *rápido*. Sonst bin ich morgen zu nichts zu gebrauchen.

Endlich wird mein Kopf in den erlösenden Nebel getaucht. Ganz kurz taucht der Gedanke in mir auf, dass das langsam zum Problem wird, dass ich vorsichtig sein sollte mit dem Alkohol, doch die sanften Nebelschwaden tragen ihn sofort weiter.

Erleichtert kuschle ich mich unter die weiße, perfekt gestärkte und gebügelte Decke und schließe die Augen. Wie in Watte fühle ich mich gepackt, fast schon beschützt und geborgen. Das warme Gefühl im Bauch, die Gedanken so herrlich langsam, und diese Gleichgültigkeit, die jeden Schmerz ausradiert, wiegen mich zärtlich in den Schlaf.

Etwas später als sonst weckt mich meine volle Blase und der schlechte Geschmack im Mund scheucht mich aus dem Bett. Mein Kopf ist schwer, müde trinke ich zwei große Gläser Wasser und putze die Zähne. Wie in Zeitlupe quäle ich mich in die bereitgelegte Uniform, kämme mir durch das Haar und starre mich dann lange im Spiegel an. War ich gestern Abend noch nervös und unstet, bin ich jetzt die Ruhe selbst. Auch wenn sich die Probleme über Nacht nicht verabschiedet haben, bewegen sich mein Körper und mein Geist gedämpft. Ein letzter Schulterblick ins Zimmer, ob ich alles habe, dann greife ich mir die Stange des Trolleys und trotte zum Frühstück.

Keine zehn Minuten später ist die ganze Crew versammelt. Während die Mädels, auch die in fortgeschrittenerem Alter, wie aus dem Ei gepellt erscheinen, taucht Pablo etwas derangiert auf. Nicht nur seine Tränensäcke, sondern auch die Lippen sind röter als sonst und etwas angeschwollen. Er sieht so aus, wie ich mich fühle. Das waren wohl zu viele Gläser. Zum Glück trinke ich keinen Rotwein. Mir persönlich wäre es unendlich peinlich, wenn man mir Alkohol derart ansähe. Da nimmt ihn doch keiner mehr ernst.

»Buenos días«, sagt er mit kratziger Stimme und setzt sich stöhnend neben mich, was mir seine Fahne vor die Nase bläst. Angewidert nehme ich einen weiteren Schluck vom frisch gepressten Orangensaft.

»Mach du bitte den ersten Sektor, ab München übernehme dann ich.« Völlig fertig stützt er den Kopf auf die Hand.

»Por supuesto! Klar doch, capitán!« Ich versuche, witzig und gutgelaunt rüberzukommen und salutiere einmal.

Niemals würde ich so trinken, dass ich nicht mehr arbeiten könnte. Erbärmlich. Doch er lächelt nur müde und bestellt einen doppelten Espresso. Vielleicht nehme ich auch noch einen. Nur zur Sicherheit.

Laura, eine der älteren Stewardessen, beugt sich zu mir vor. »Und wie war deine Stadtbesichtigung, Nerea? Die Atmosphäre ist schon was Besonderes, findest du nicht? Was hat dir denn am besten gefallen?«

Mir wird schlagartig heiß. Erschrocken tue ich so, als müsste ich den Bissen in meinem Mund erst hinunterschlucken, und kaue extra langsam. Denk nach! Was hat Gloria von Wien erzählt? Was gibt es hier für Sehenswürdigkeiten? Gott! Das war doch irgendeine Kirche …

»Die Kirche, äh, der … Dom …«

»Der Stephansdom?«

»Ja, genau, und das … das Riesenrad.«

»Du bist nach der Ringrunde und dem Stephansdom dann noch extra in den Prater gefahren? Das war aber bestimmt total teuer mit dem Taxi, allein zum Flughafen kostet es über vierzig Euro. Wie viel hast du bezahlt?«

Mist, wie viel kann das gewesen sein? Ich bin total schlecht im Schätzen.

»Ach weißt du, es war schließlich mein erstes Mal, da wollte ich nicht auf den Preis achten …«, flunkere ich weiter und unerwartet kommt mir Fernanda zu Hilfe.

»Und außerdem liegt der Prater doch eh quasi am Weg zum Flughafen, der kleine Umweg ist dann auch schon egal. Ich finde es toll, dass du endlich ein bisschen Wienluft geschnuppert hast. Gloria freut sich bestimmt, deinen Bericht zu hören.«

Sie lächelt mir zu und ich verstecke mich wieder hinter meinem Orangensaftglas.

Ach verdammt, Gloria. An die habe ich jetzt gar nicht gedacht. Sie wird mich bestimmt über Wien ausfragen in der Erwartung, dass ich ihre Liste abgearbeitet habe. Nichts interessiert mich weniger. Aber nachdem es ohnehin besser ist, wenn ich Leo nie mehr wiedersehe, und daher auch nicht mehr in die Hotelbar gehen kann, muss ich die Sache wohl oder übel hinter mich bringen. Nächste Woche mache ich es bestimmt.

Ich wünschte nur, der Gedanke mit der Bar würde nicht so einen elenden, bitteren Nachgeschmack hinterlassen.

ZWEIUNDZWANZIG

Leo

Wien

Kurz nach zehn weckt mich Chewbacca mit einem Miauen, als würde er den Hungertod erleiden. Gerädert schleife ich mich in die Küche und gebe ihm wortlos sein Futter. Die Sache mit Nerea, mein verfluchtes Verhalten zieht mich tief runter. Bin einfach nicht in der Stimmung für ein Gespräch, er versteht das schon. Doch dann macht mich meine eigene Stille so ruhelos, dass ich über die Boxershorts die schwarze Jogginghose ziehe, in Socken und Schuhe schlüpfe und los jogge.

Auf der Alser Straße empfängt mich der Berufsverkehr und das Rauschen und Brummen und Hupen übertönt auf angenehme Weise das Sausen in meinem Kopf. Ich lasse die Votivkirche hinter mir und laufe durch den kleinen, davor gelegenen Park, der nun zur warmen Jahreszeit wieder voller Studierender ist. Auch ich habe früher hier die Pausen verbracht, habe lernend oder knutschend im Gras gelegen oder mit Kommilitonen einen Fall ausdiskutiert. War eigentlich eine coole Zeit.

Der Gedanke ans Knutschen ruft mir mein peinliches Versagen wieder ins Gedächtnis und ich steigere das Tempo in dem Versuch, vor diesen Gedanken davonzulaufen. Noch etwas schneller, den Blick fest auf die Wiese gerichtet. Und endlich klappt es und ich reise weiter zurück als bis in die vergangene Nacht.

Es war die Zeit, in der ich dachte, ich könnte das mit Papa

wieder geradebiegen, wenn ich mich nur richtig anstrenge. Es war auch die Zeit, als ich noch glaubte, mit den richtigen Medikamenten würde ich normal werden. Ist nicht das erste Mal gewesen, dass ich mich geirrt habe, auch nicht das letzte Mal.

Ich mag den alleengesäumten Radweg über den Ring, und als ich unten am Wienkanal angelangt bin, hüpfe ich trippelnd die Treppe hinunter und laufe am Wasser entlang.

Vor der Urania Sternwarte überquere ich die Brücke, um von nun an am linken Ufer weiter zu joggen, immer in Richtung Grüner Prater. Die saftigen Wiesen und blühenden Bäume empfangen mich schon von Weitem und mein Herz tanzt fröhlich mit den Blättern, sobald es die gerade Unendlichkeit der Prater Hauptallee entdeckt.

Für einen Moment kommt es mir so vor, als sähe ich mich selbst, mich und Onkel Gustl. Beide jünger, er auf seinem schwarzen Waffenrad, ich in dem Sportdress meiner Schulmannschaft, den ich eigentlich gar nicht mehr tragen durfte.

Jeden Tag ist er mit mir hergekommen, jeden Tag haben wir die viereinhalb Kilometer hoch bis zum Lusthaus und wieder hinunter abgespult. So lange, bis es nicht mehr anstrengend für mich war. So lange, bis mir die Gleichförmigkeit der Bewegung, die Regelmäßigkeit wieder Halt gab, bis ich mich zum ersten Mal selbst fand.

Und immer noch erinnert sich mein Körper, obwohl ich schon lange nicht mehr täglich laufe. Aber betrete ich die Allee, wird mein Atem ruhiger, werden meine Schritte länger und kraftvoller. Ich fühle mich geerdet.

Tap tap tap tap machen die Gummisohlen auf dem Beton, hu hu hu hu schnaufe ich rhythmisch. Ich überhole Joggende, manche hängen mich ab, andere gleiten aufrecht auf Fahrrädern sitzend ohne Hände am Lenker vorbei. Auf dem weicheren Streifen am Straßenrand sind Reiterinnen im Schritt unterwegs, ganz selten sieht man einen schmächtigen Fahrer in seinem leichten Sulky von der Trabrennbahn.

Als ich an der Querstraße zum Ernst Happel Stadion ankomme, mache ich, ohne die Geschwindigkeit zu drosseln, einen U-Turn und laufe wieder zurück. Die ganze Strecke bis zum Lusthaus in der Freudenau schaffe ich heute nicht.

Der Rückweg ist beschwerlicher, ich bin nicht wirklich in Form, außerdem ziehen Wolken auf am Horizont. Wieso habe ich beim Weggehen nicht auf die Wetterapp geschaut? Der letzte Abschnitt vom Kanal hinauf in meine Straße ist steil und nun kommt noch ein starker Wind dazu. Und das mit bereits zwölf Kilometern in den Beinen. Ich keuche und fluche. Direkt auf Höhe der Votivkirche beginnt es zu regnen. Nicht so ein fröhlich-zarter Sommerregen mit wenigen dicken Tropfen und der Aussicht auf einen Regenbogen, sondern ein kalter, ungemütlicher Frühlingsnieselregen, den mir der Wind in die Augen treibt. Mit gesenktem Kopf kämpfe ich mich weiter. Nass bin ich ja sowieso und aufgeben kommt nicht infrage.

Als ich mein Haus erreiche, nehme ich mit letzter Kraft die Stiegen in das Mezzanin. Der Lift bringt mich gähnend langsam in den dritten Stock und ich schleppe mich in meine Wohnung, nur um darin durchnässt und frierend an der Eingangstür nach unten zu rutschen und den Kopf zwischen den Knien hängen zu lassen. Und sobald der Körper zur Ruhe kommt, der Druck raus ist, erreichen mich endlich Gefühle und Gedanken. So ist es immer.

Chewbacca kommt dazu und reibt sich an mir. Er steht einfach voll auf Menschenschweiß, keine Ahnung, ob das normal ist. Doch als er auch noch beginnt, meinen Arm abzulecken, scheuche ich ihn weg.

Bezeichnend für mich, denke ich bitter. Dass ich Menschen und sogar Tiere von mir wegscheuche, dass es über kurz oder lang niemand mehr als ein paar Stunden mit mir aushält.

Ich erinnere mich, dass es Mama immer furchtbar peinlich war, wenn wir zu Besuch bei Freunden waren und sie den Zeitpunkt verpasste, von dem an ich mich nicht mehr benehmen konnte, meine Freunde triezte, auf dem Sofa sprang wie ein Irrer und nicht mehr kooperieren konnte. Die Synapsen durchgebrannt.

Diese Probleme habe ich heute kaum mehr, ich fühle es genau, wann ich raus muss, körperlich habe ich mich im Griff. Na ja, zumindest meistens. Außer vielleicht, wenn Nerea dabei ist. Vor allem dank Onkel Gustl, der mir gezeigt hat, wie heilsam Ausdauersport für Menschen wie mich sein kann. Auch wenn meine Gefühle immer noch stärker als bei anderen Menschen sind, Feuerwerke an Euphorie, Sprengsätze an Wut und auch die Verzweiflung an mir selbst, so wie jetzt gerade.

Nerea mochte mich, da bin ich sicher, und ich habe jedes Gefühl zerstört in meinem Überschwang. Vielleicht hätte ich das noch irgendwie geradebiegen können, aber sie hat außerdem einen Freund. Beides zusammen stellt eine ziemlich große Hürde für mich dar, zumal ich mich wohl auch in Zukunft nicht hundertprozentig normal verhalten kann. Nichts versprechen kann. Ich bin, wie ich bin. Ich bleibe es leider auch.

In den letzten Monaten bin ich gut klargekommen, habe das Leben eines einsamen Wolfes gelebt. Niemanden zu nahe an mich herangelassen, mit keiner Seele übermäßig viel Zeit verbracht, sodass sie genervt von mir sein könnte. Habe nachts gearbeitet und dazwischen meine Freizeit genossen. Es ging mir gut. Ich hatte nicht mal großes Verlangen nach Sex. So seltsam das klingt, aber je seltener man es macht, desto weniger braucht man es auch.

Dann lerne ich dieses Mädchen kennen, das so eine atemberaubende Mischung ist, Spanisch-Österreichisch, wunderschön, aber nicht eingebildet, zart wie ein Reh und steuert riesige Flugzeuge. Sie wirkt, als ruhe sie in sich, und löst bei mir dennoch einen Beschützerinstinkt aus, wie ich ihn nur einmal gefühlt habe. Da ging es auch um eine Art von Liebe, selbst wenn die Situationen überhaupt nicht zu vergleichen sind.

Ich wäre so gern anders.

DREIUNDZWANZIG
Nerea

Madrid

Ich sitze neben Alvaro im Starbucks und beantworte die Fragen meines Vaters über *WhatsApp*.

Papa: *Ich habe gehört, dass du und Gloria euch wieder vertragt. Wie schön! Und wann hast du wieder frei und kommst zu uns?*

In den letzten Wochen war ich sehr nachlässig mit meinen Besuchen. Mein Verlangen, nach Hause zu kommen, hält sich in Grenzen. Gloria fehlt, Mama ist wie immer und Papa scheint einsam zu sein. Es ist, als würde er seine Liebe und Aufmerksamkeit nun vollständig auf mich konzentrieren. Er hat sogar gefragt, ob wir mal gemeinsam ins Fitnesscenter gehen wollen, das fände er cool. Ich nicht.

Alvaro gähnt und beugt sich zu mir rüber. »Wem schreibst du denn?«, fragt er.

»Meinem Vater. Er will wissen, wann ich zu Besuch komme.«

»Wann stellst du mich endlich ihm und der großen Cecily Belle vor? Wie lautet überhaupt ihr richtiger Name?«

»Petra« brumme ich und hoffe, er vergisst den übrigen Teil seiner Frage.

»Ich würde sie echt gern kennenlernen.« Erwartungsvoll strahlt er über das ganze Gesicht. Mist.

»Ja, bald«, sage ich beschwichtigend und kann ihm dabei nicht in die Augen sehen. Er ist immer so unkompliziert und heiter und ich hatte doch tatsächlich überlegt, mit ihm Schluss zu machen, hätte beinahe einen anderen zurückgeküsst. Das fühlt sich wirklich mies an. Alles daran.

Vielleicht ist es tatsächlich an der Zeit, ihn meinen Eltern zu präsentieren. Dann wäre das offiziell, dann MUSS ich mir Leo ein für alle Mal aus dem Kopf schlagen. Und Papa merkt vielleicht auch, dass ich anderes zu tun habe, als seinen Babysitter zu spielen.

Ich: *Wie wär's, wenn ich euch morgen besuche? Ich möchte euch jemanden vorstellen.*

Papa: *Wundervoll.*

An Alvaro gewandt, sage ich: »Weißt du was? Wir sind morgen zum Essen eingeladen.«

Vor Freude reibt er sich die Hände. »Oh wie cool!« Dann springt er auf. »Ich hole noch einen Caramel Macchiato. Magst du auch was?«

Ich schüttle den Kopf und lächle, doch mein Herz macht irgendwie dicht, während ich ihm zusehe, wie er zur Theke marschiert. Es fühlt sich an wie eine Blüte, die sich verschließt und den Kopf hängen lässt. Aber vielleicht ist das gut, der erste Schritt, Leo zu vergessen.

Ich habe mich also entschieden. Wer sagt eigentlich, dass Alvaro nicht nach Kolumbien mitkommen kann? Es ist ein großes Land. Wo Platz für eine Pilotin ist, ist vielleicht auch Platz für zwei. Und er ist ein toller Mann, er liebt mich. Mehr kann man sich doch nicht wünschen.

Als er zurückkommt, strahlt er immer noch. »Darf ich sie dann um ein Autogramm für meine Mama bitten?«

»Äh … klar.«

VIERUNDZWANZIG
Leo

Wien

Gerade bin ich dabei, missgelaunt ein Müsli zu essen, als das Telefon klingelt. Eine Festnetznummer. Bestimmt wieder eine Umfrage zur baldigen Wahl. Immer her damit.

»Hallo, Leo«, sagt eine demonstrativ gelangweilte, nasale Stimme.

Verdammt! Warum habe ich die Scheißnummer von der Kanzlei nicht eingespeichert? Es ist der Niki, den ich in meiner grantigen Verfassung überhaupt nicht gebrauchen kann.

»Papa sagt, ich soll dir sagen, dass er bald eine Antwort braucht, sonst wird die freie Stelle an jemand anderen vergeben. Bewerber gibt es zuhauf. Also?«

Ich lasse den Löffel in die Schüssel fallen und stehe auf, muss ein paar Schritte machen. Das Gespräch wühlt mich schon jetzt auf. Ich kann diese Entscheidung nicht treffen. Nicht heute. Nicht mit endgültiger Wirkung. Ich weiß nicht, was ich will.

»Was, also?«, frage ich mich dumm stellend.

»Was gedenkst du zu tun?«

»Du sagtest doch, dass er BALD eine Antwort braucht, nicht sofort.«

Er seufzt. »Gut, das war schwammig ausgedrückt, mein Fehler. Er sagte, ich zitiere: Ich brauche eine Antwort.«

»Und ich werde sie ihm bald geben.«

»Warum nicht sofort?«

»Einfach darum, du Trottel.«

»Du brauchst mich nicht zu beleidigen, mir ist doch scheißegal, ob du in die Kanzlei kommst oder nicht. Aber wie kann man sein Leben nur so wegschmeißen? Das verstehe ich nicht.«

»Du verstehst vieles nicht, Nikolaus. Vielleicht liegt's an mangelnder Intelligenz.«

»Ach, leck mich doch.«

»Leck dich selber!«

Er legt auf.

»Aaah!«, schreie ich und bin kurz versucht, das Handy auf den Boden zu knallen, kriege mich jedoch gerade noch unter Kontrolle.

Okay, zugegeben, der Streit war unnötig. Ich hätte ihm ganz normal auf seine Frage antworten können, aber der Niki triggert in mir einfach alles. Die Nackenhaare stellt es mir auf, wenn er ein »ernstes Wort« an mich richtet. Denn er verkörpert meinen Vater in einer jüngeren Ausgabe so dermaßen gut wie ein hässlicher, kleiner Klon. Und seit sie auch noch zusammenarbeiten, kleben sie aneinander wie Pech und Schwefel, immer auf einer Wellenlänge, beste Buddys, und werden einander von Monat zu Monat nur noch ähnlicher.

Mir wäre das ja schnurzegal, aber für den Julius tut es mir leid. Der Julius wohnt noch zu Hause und bekommt vom Papa außer den typischen Vorhaltungen, warum er in der Schule so schlecht ist, und einem »Wehe, wenn du die Matura nicht schaffst« überhaupt nichts. Wie es ihm geht und was er sich vom Leben wünscht, hat unseren Vater noch nie interessiert. Der kann sich ja nicht mal vorstellen, dass es andere Ziele gibt, als den Wohlstand und das Ansehen der Familie zu erhalten.

Beim Gedanken an Julius rumort in mir das schlechte Gewissen. Seit Opapas Fest habe ich ihn nicht mehr gesprochen und da war ich auch nicht sehr nett. Also wähle ich seine Nummer.

»Was gibt's?« So wie er abhebt, ist er noch sauer.

»Hi. Wollte nur fragen, was so läuft bei dir?«

»Nicht viel«, brummt er. »Ich lerne.«

»Wollen wir mal wieder was zusammen machen? *Top Gun 2* ist im Kino. Oder einfach mal einen trinken gehen?«

»Du arbeitest doch immer nachts, sollen wir schon in die Kindervorstellung am Nachmittag gehen?« Langsam taut er auf, ich höre sein spöttisches Grinsen.

»Ich hab auch mal frei, Montag zum Beispiel.«

»Da hab ich Musterung.«

Für einen Moment verschlägt es mir die Sprache und leichte Panik steigt in mir auf. »Du gehst doch wohl zum Zivildienst?«

»Nein, zum Heer«, sagt er mit fester Stimme.

Mein Herz klopft ungebührlich laut. »Juli, beim Bundesheer fressen sie solche wie dich zum Frühstück.«

»Solche wie mich? Sehr nett. Dankeschön. Keine Sorge, ich schaffe das schon.«

»Pff.« Ich kann nicht glauben, was ich da höre. Die Angst um meinen kleinen Bruder krabbelt in mir hoch und setzt sich mitten auf meinen Kehlkopf. »Bitte glaub mir, die machen dich dort fertig, die machen JEDEN fertig, der nicht so ein stupider Prolet ist wie sie selber. Du musst niemandem was beweisen. Steh doch zu dir, egal, was Papa sagt … Du …«

»Papa hat GAR nichts gesagt!«, schreit er mich unerwartet heftig an. »Du bist der Einzige, der mich dauernd unter Druck setzt. Nur weil ich dir einmal … Ach egal. Weißt du was? Ich hasse dich dafür. Denn du kannst das einfach nicht vergessen und ruhen lassen. Lass mich endlich in Frieden! Kümmere dich um deinen eigenen Scheiß! Ich brauche deine Hilfe nicht!«

Bäm. Ich fühle mich, als hätte mein Kopf zwischen den glänzenden Tschinellen der Wiener Philharmoniker gesteckt. In meinen Ohren scheppert es unerträglich laut. Mir fällt gar keine Antwort ein. Nicht einmal die Wut ergreift ihre Chance. Sie ist genauso baff wie ich.

Ich schlucke, atme ein und flüstere dann: »Okay.«

Mit zitternden Fingern lege ich das Handy weg. Alles, was ich noch höre, ist mein eigener Herzschlag, der in meinen Ohren pocht.

Dass der Niki mich hasst, ist mir egal, aber der Julius? Das zieht mir den Boden unter den Füßen weg. Nun hassen sie mich alle. Bis auf die Mama. Oder versteckt sie es nur gut genug?

Im Grunde war es ein langer Prozess bis hierhin, ein ständiger Kampf. Ich habe es doch kommen sehen, es war schon so oft knapp davor. Vermutlich ist es nun endlich an der Zeit, einzusehen, dass ich nicht mehr zu dieser Familie gehöre, nie wirklich gehört habe. Und doch zerreißt in diesem Moment irgendetwas in meiner Brust, etwas Breites, stark wie Leder, und es tut so unsagbar weh, dass ich mich auf den Boden legen muss und vielleicht bis morgen oder sogar für immer hier so liegen bleiben würde. Doch leider erinnert mich Chewbacca ein paar Stunden später in seiner unbarmherzigen Art an seine Thunfischdose.

FÜNFUNDZWANZIG
Nerea

Madrid

Vor dem Essen mit meinen Eltern bin ich doch einigermaßen nervös, sodass ich mir zur Beruhigung einen kleinen Schluck Southern Comfort gönne, vielleicht auch zwei. Ab morgen trinke ich wieder weniger.

Etwas entspannter lasse ich mich dann von Alvaro in dem schicken Cupra seiner Mutter zu meinen Eltern fahren. Es duftet köstlich, kaum dass ich die Wohnungstür geöffnet habe.

Wir betreten das Wohnzimmer und entdecken meine Eltern Arm in Arm am Terrassengeländer stehend, die Blicke in die Ferne gerichtet. Das Erste, was ich spüre, ist Freude, dass Mama auch dabei ist. Das Zweite ist ein ungewohnter Stich, so ähnlich wie Neid. Ich komme nicht umhin, zu bemerken, wie sehr ihr inniges Miteinander von unserem kühlen Nebeneinander abweicht.

Mama legt den Kopf auf Papas Schulter und er drückt ihr zärtlich einen Kuss auf den Scheitel, da bemerkt er uns aus dem Augenwinkel. Beide fahren herum.

»Mein Herz, da bist du ja! Und wen hast du uns mitgebracht? Was für ein fescher junger Spanier«, frohlockt Mama auf Deutsch, ehe sie in flüssiges Spanisch wechselt. »Bienvenidos! Herzlich willkommen bei uns. Ich bin Petra, bitte sag ruhig du zu mir. Auch zu meinem Mann Thomas.« Sie umarmt Alvaro und küsst ihn links und rechts.

Ehrfürchtig schmachtet er sie an. Anscheinend fehlen ihm nun doch die Worte, weshalb ich mich gezwungen sehe, einzuspringen.

»Das ist Alvaro, er ist auch Pilot bei *Iberia*.«

»Muy bien, muy bien«, sagt Papa und begrüßt ihn ebenfalls.

Nun umarme auch ich meine Eltern. Ich bin richtig gerührt, dass Mama sich tatsächlich die Zeit für uns genommen hat. Das passiert sonst nur, wenn ein Manuskript den Weg in die Hände des Verlegers gefunden hat. Dann herrscht in diesem Haus ausgelassene Ferienstimmung. Zumindest so lange, bis sie in einem neuen Projekt abgetaucht, nein, untergegangen ist.

Papa bringt Cava zum Anstoßen und wir setzen uns an den bereits gedeckten Tisch unter die schattige Markise.

»So schön, dich kennenzulernen«, sagt Mama zu Alvaro. »Nerea hält sich ja gern bedeckt und macht ein Geheimnis aus ihrer Beziehung. Dabei bin ich doch so neugierig, alles über dich zu erfahren. Magst du uns denn vielleicht etwas von dir erzählen, Alvaro?« Entwaffnend lächelt sie ihn an und ich kann förmlich sehen, wie er dahinschmilzt.

Mama war nie Stewardess, kann aber mindestens so charmant und gewinnend wie Gloria sein. Geschmeichelt stellt mein Freund die Sektflöte ab.

»Nun, was soll ich euch erzählen? Ich bin in Madrid aufgewachsen, mein Vater ist Immobilienmakler, meine Mutter Hausfrau. Ich bin ein Einzelkind und war schon immer vom Fliegen fasziniert. Meine Eltern haben mir bereits früh Flugstunden ermöglicht. Ich dachte erst, es soll ein Hobby bleiben, doch als ich nach der Schule nicht wusste, was ich studieren soll, habe ich entschieden, mein Hobby zum Beruf zu machen.«

»Das ist immer eine gute Wahl«, sagt meine Mutter und lächelt zustimmend. War ja auch die ihre.

Alvaro nickt eifrig und hat anscheinend seine Schüchternheit überwunden. »Was Sie … äh du, Petra, machst, weiß ich ja. Wirklich ganz toll. Mama und alle meine Tanten lieben deine Bücher … Und was ist dein Beruf, Thomas?«

»Ich bin Hausmann und lasse mich von meiner Frau aushalten«, erwidert Papa und seine Mundwinkel zucken wie immer, wenn diese Frage aufkommt.

Er genießt die Wirkung, die seine Antwort hat. Und sie hat immer eine Wirkung. Zumindest auf jeden Mann. Die meisten sind verblüfft, ein paar pikiert, ein paar wenige schaffen es, zuzugeben, dass sie ihn glühend beneiden.

»Aha.« Alvaro ist sichtlich überrascht und weiß nicht, was er sagen soll.

Auch meine Mutter mag diese Erklärung nicht. »Nein, nein, er ist Privatier«, erklärt sie mit einem nervösen Lachen. »Er hatte eine äußerst erfolgreiche Firma in Wien, ist aber mir zuliebe hierher ausgewandert, um mir meinen Traum vom Schreiben zu erfüllen.«

Mit Dankbarkeit in den Augen legt sie die Hand auf Papas Knie und seine Finger fahren zärtlich ihren Unterarm hoch und runter.

»Wie … wie nett …« Alvaro ist offensichtlich aufs Neue fasziniert, nun nicht nur von meiner Mutter, sondern von der offen zur Schau gestellten Liebesbeziehung meiner Eltern. So wie alle stets fasziniert davon sind. Auch ich, obwohl ich sie mein Leben lang kenne.

Und sie ist auch gar kein Fake. Nur hatte ich immer das Gefühl, dass sie auch nicht die ganze Wahrheit ist. Dass es irgendeinen Aspekt gibt, der mir verborgen bleibt. Vielleicht das Geheimnis einer Beziehung wie dieser? Was braucht es bloß dafür? Keine Ahnung. Ich schenke mir noch ein Glas Sprudel nach.

»Und erzähl, wo und wie habt ihr beide euch kennengelernt?«, will Mama direkt wissen. »Bei *Iberia*?«

All ihre Antennen sind nun auf Alvaro gerichtet, als wäre er die spannendste Person im Universum. So macht sie es immer, denn genau so kriegt man auch am meisten Information aus den Menschen heraus. Innerlich verdrehe ich die Augen. Daher weht also der Wind. Hat sie sich wieder nur die Zeit genommen, um Inspiration zu finden? Eine Liebesgeschichte zu hören, aus der man vielleicht etwas machen kann? Ich beiße die Zähne zusammen, sodass mein Kiefergelenk schmerzt. Warum muss immer alles, was gut ist, von ihr noch besser gemacht werden? Warum muss für sie alles besonders, aufregend, atemberaubend sein? Das tut einfach weh. Denn so etwas ist nicht so leicht zu finden. Das Außergewöhnliche liegt nicht einfach auf der Straße, man kann es sich nicht aus dem Ärmel schütteln wie eine Autorin ihre Geschichten. Und womöglich ist es auch nicht jedem bestimmt. Vielleicht gibt es die große Liebe nicht für meine Schwester. Und vielleicht auch nicht für mich. Sollte man nicht mit dem zufrieden sein, was man hat?

Und doch überfällt mich plötzlich die Erinnerung an einen vermeintlichen Blitz bei einem ersten Blickkontakt. An prickelnde Nervenenden, an nicht endendes Herzklopfen. An Leo.

»Ja, bei *Iberia*«, antworte ich knapp und stelle damit klar, dass ich nicht weiter darüber reden möchte.

»Also eigentlich«, steigt Alvaro eifrig ein, »hat Gloria uns einander vorgestellt und es war von Anfang an klar, dass wir ein absolut tolles Team sind, nicht wahr, cariño?«

Ich nicke und ringe mir ein Lächeln ab, sehe aus den Augenwinkeln aber genau, welchen Blick Mama Papa zuwirft.

»Perfekt«, sagt sie dann ebenso lächelnd, doch ihre Augen verraten ihre wahren Gefühle sofort. Nämlich herbe Enttäuschung.

Anscheinend gelingt es auch dieser Tochter nicht, eine aufregende, wahrhaftige, alles niederreißende Liebe zu finden. Was für ein schwerer Schlag das sein muss für die Königin der Romantik.

Wie ich den Rest des Essens durchgestanden habe, kann ich gar nicht mehr genau sagen. Als hätte ich einen Blackout. Während ich neben Alvaro im Auto sitze, erinnere ich mich nur noch daran, dass ich sehr still war, mein Vater unaufhaltsam Speisen und Getränke aufgetragen und abserviert hat und meine Mutter und Alvaro den Großteil des Gesprächs bestritten haben. Meine Mutter konnte ich vor Ärger kaum ansehen, dafür beobachtete ich Alvaro umso genauer. Wie aus der Ferne. Und ohne es zu wollen, begann ich damit, ihn mit Leo zu vergleichen.

Auch jetzt hänge ich stumm auf dem Beifahrersitz und mustere ihn von der Seite. Unwillkürlich frage ich mich, was genau ich eigentlich an ihm mochte. Seine ruhige Beständigkeit? Dass er nie große Ansprüche gestellt hat?

Wenn ich ehrlich zu mir selbst bin, war das, was mir am besten an ihm gefiel, die Tatsache, dass Gloria ihn für mich ausgewählt hatte. Wie ein liebgemeintes, sorgfältig ausgesuchtes Geschenk. Das kann man schließlich nicht einfach so zurückgeben! Oder doch?

Verdammt, ich hätte ihn niemals mit zu meinen Eltern nehmen dürfen. Denn heute Abend wurde mir wieder einmal bildhaft vor Augen geführt, wie wenig wir beide einem verliebten Traumpaar entsprechen und wie sehr Alvaro von dem abweicht, was bei mir Herzklopfen und Kopflosigkeit verursacht. Nämlich von Leo. Und wenn Mama recht hat, dann soll Liebe so sein. Berauschend, Welten erschütternd, alles einnehmend, Leben verändernd. Dann brauchen mir meine starken Gefühle für Leo ja gar keine Angst zu machen. Ganz im Gegenteil.

»Alles okay?«, fragt Alvaro besorgt und wirft einen Seitenblick auf mich. »Ist dir übel?«

»Nein, aber ich … ich glaube … ich kann das nicht mehr«, flüstere ich rau.

»Was meinst du?«, seine Stimme ist vollkommen neutral. Ich glaube, er hat nichts von dem mitbekommen, was in den letzten Stunden in mir los war. In den letzten Wochen.

»Lass uns Schluss machen.« Diese Entschlossenheit erschreckt selbst mich. Wo kommt die denn plötzlich her?

Alvaro lacht laut auf, als hätte ich einen Witz gemacht. »Ja, klar! Jetzt, wo ich endlich deine Eltern getroffen habe. Sehr lustig.«

Ich sage nichts und schaue auf meine Hände, die fest verknotet auf meinem Schoß liegen. Da lenkt er den Wagen an den Straßenrand und schaltet den Motor ab. Oh, verdammt …

»Was ist los?« Seine Stimme klingt plötzlich alarmiert. »Warum sagst du das? Was kannst du nicht mehr?«

Ich traue mich nicht, ihn anzusehen, ich schäme mich so sehr für das, was ich gleich sage. Noch einen tiefen Atemzug.

»Ich kann nicht mehr so tun, als würde es mir nichts ausmachen, dass ich dich nicht … liebe. Ich hab's wirklich versucht, aber ich fühle nichts. Oder nicht genug«, wispere ich.

Einen Moment schweigt er fassungslos. Dann sagt er hart: »Du redest wirres Zeug. Du bist betrunken. Schlaf erst mal deinen Rausch aus.«

»Ich bin nicht betrunken«, sage ich müde.

Wie sehr ich wünschte, ich wäre es, hätte gern so richtig hartes Zeug, das meine Scham und Schuld ertränkt. Doch war ich noch nie so klar wie jetzt.

»Es tut mir leid. Sehr, sehr leid«, flüstere ich und wage einen letzten Blick in sein Gesicht. Die Bestürzung und den Schmerz darin kann ich kaum ertragen. Die Schuld gräbt sich tiefer und tiefer, erobert meinen ganzen Körper, sodass die Tränen unwillkürlich nach draußen gedrückt werden.

Fluchtartig stolpere ich aus dem Wagen und renne schluchzend den Rest des Weges nach Hause. Wenn doch nur Gloria hier wäre. Sie würde mich trösten. Mir sagen, dass ich nicht der furchtbarste Mensch auf Erden bin. Doch ich bin allein, wie damals, als sie auszog und mich zurückließ. Und wie damals sind es wieder nur die bunten Flaschen, die auf meiner Seite sind.

Das Telefon reißt mich aus dem Schlaf. Stöhnend taste ich danach, doch nach einem Blick auf das Display springt zumindest mein Herz freudig auf. Der Rest meines Körpers ist zu kaputt dafür. Gloria! Sie ruft mich sonst nie an! Dann fällt mir ein, dass ich ihr gestern nach dem einen oder anderen Glas geschrieben habe, dass ich mit Alvaro Schluss gemacht habe, und ich schlucke, um den abgestandenen Geschmack der Schuld loszuwerden. Mein Kopf dröhnt erbärmlich. Endlich findet mein Finger den Abhebebutton.

»Hallo«, krächze ich so zerschlagen, wie ich mich fühle.

»Hi. Was ist denn los bei dir?«, fragt sie mitfühlend. »Ich dachte, es wäre alles fein zwischen euch. Lief doch gut mit Alvaro oder habe ich mich getäuscht?«

Beim Klang ihrer verständnisvollen Stimme fühle ich mich sofort besser. »Na ja, nicht wirklich schlecht, aber auch nicht richtig gut. Ich weiß auch nicht«, sage ich seufzend und lasse mich noch tiefer in das Kissen sinken.

»O Mann, hoffentlich war das kein Fehler. Weißt du, wie schwer man einen Mann findet, der so lieb und beständig ist wie Alvaro? Und er hat so gut zu dir gepasst.« Das klingt nun eher tadelnd als bemitleidend und meine Haut ist heute ganz besonders dünn.

Hat er zu mir gepasst, weil ich auch so ruhig und beständig bin? Sie könnte genauso gut sagen: langweilig. Nun rapple ich mich doch ins Sitzen auf. Übelkeit schwappt gefährlich durch meinen Magen.

»Ja, ich weiß, das hast du mir schon mehrmals gesagt«, brumme ich, während ich mich auf die Füße kämpfe. Es ärgert mich, dass sie darauf so herumreitet. Mit einem leichten Schwindelgefühl trete ich ans Fenster und schaue in Richtung Flughafen, wo sich eine Maschine gerade im Landeanflug befindet. »Aber was soll ich machen, wenn ich ihn nicht liebe?«

Sie seufzt schwer. »Langsam glaub ich, dieses große Gefühl ist wirklich nur eine Illusion aus Mamas Büchern. So eine alles überstrahlende Liebe und Leidenschaft gibt es doch heute nicht mehr. Oder glaubst du etwa immer noch daran?«

Nun erst fällt mir auf, wie müde und deprimiert sie selbst klingt. Ich kann ihre Traurigkeit fast greifen. Ob sie einsam ist in Kolumbien? Ohne mich, ihre Familie und Freunde?

Wie sollte ich ihr da sagen, dass ich vor allem deshalb mit Alvaro Schluss gemacht habe, weil ich gerade anfange, daran zu glauben, dass diese Möglichkeit für mich besteht? Dass auch ich zu großen Gefühlen fähig bin? Weil Leo mich mit jedem Blick mitten ins Mark getroffen und durcheinandergewirbelt hat wie niemals jemand zuvor? Das bringe ich nicht übers Herz. Und das will ich gerade auch nicht aussprechen. Denn ich weiß genau, wie zart und schwach dieser Glaube in mir noch ist. Ich könnte es jetzt nicht ertragen, wenn sie ihn mir wieder auszureden versucht.

Da wechsele ich lieber das Thema, und dieses brennt mir ohnehin schon eine ganze Weile auf der Seele. Vielleicht kann ich sie ja damit ein wenig aufheitern. Vor Nervosität beschleunigt sich mein Puls auf das Doppelte. Wie sie auf meinen Plan wohl reagieren wird? Ob sie sich freut?

»Du, ich wollte dir noch was Wichtiges sagen … Ich habe mich bei verschiedenen Fluglinien beworben. Ich will zu dir nach Kolumbien kommen. Es ist ein schönes Land und ich wollte immer schon mal woanders leben. Dann würde es wieder so sein wie früher. Ist das nicht toll? Dann könnte ich vielleicht sogar bei dir wohnen oder du hilfst mir, eine Wohnung in der Nähe zu finden? Und wenn wir nicht arbeiten, können wir uns das Land und die Sehenswürdigkeiten ansehen … Ausflüge machen. Was sagst du?« Meine Begeisterung wächst mit jedem Wort.

Auf der anderen Seite der Leitung hingegen herrscht Stille. Erst denke ich, die Verbindung ist weg. Auf dem Display aber kann ich noch immer die wortlos verstreichenden Sekunden sehen.

»Gloria?«

Doch dann höre ich sie atmen. »Querida, Süße …« Anscheinend versucht sie, die richtigen Worte zu finden, was in mir die Befürchtung zum Leben erweckt, es werden die falschen sein. Zumindest für mich. »Es tut mir leid, aber … Nein, nein, das ist eine ganz schlechte Idee. Das ist wirklich nichts für dich. Du bleibst zu Hause.«

Ihre letzten Worte klingen hart, unverhandelbar. Jedes einzelne sitzt wie eine Ohrfeige und genauso heiß fühlen sich meine Wangen auch an. In meiner Brust klafft ein schwarzes Loch und es verschlingt alle Hoffnung und jedes bisschen Selbstwert.

Ein piepsiges »Aber warum?« ist das Einzige, das ich herausbringe.

Nun kann ich am eigenen Leib fühlen, wie Alvaro sich gefühlt haben muss. So eine schroffe Abfuhr von der Person, von der du denkst, dass sie zu dir gehört, ist niederschmetternd. Sie zertrampelt dir das Herz.

»Ich habe jetzt keine Zeit mehr, lass uns ein anderes Mal darüber reden«, sagt sie noch und irgendetwas anderes, doch es dringt nicht zu mir durch.

Meine Knie geben nach. Langsam gleite ich zu Boden, lege mich flach hin und sehe in den Himmel über Madrid. Er ist so trostlos und so leer, wie es in mir drinnen aussieht.

SECHSUNDZWANZIG
Leo

Wien

Kaum, dass ich die Augen aufschlage, springe ich aus dem Bett und ziehe mich an. In dieser Nacht ist mir endlich etwas klar geworden. Niki und Juli haben mir in Wahrheit einen Gefallen getan und eine schwierige Entscheidung abgenommen.

Ich könnte noch tagelang weiter Trübsal blasen oder ich sehe das als Chance für einen Neuanfang. Tabula rasa. Nichts, was mich mehr zurückhält. Kein kümmerlicher Rest Pflichtgefühl, keine Angst, Gefühle zu verletzen. Ich werde mich vollends zurückziehen, mit meiner Familie den Kontakt abbrechen. Für Mama tut es mir leid, aber es ist besser so. Für uns alle.

Während ich die Treppe hinunterlaufe, texte ich meinem Vater aufs Handy.

Ich: *Habe mich entschieden. Du kannst die Stelle jemand anderem geben.*

Dann packe ich das Handy weg, ziehe meinen Helm fest und schwinge mich aufs Rad. Über die Universitätsstraße, die Freyung und den Graben brauche ich nur knapp zehn Minuten, bis ich vor Gustls Kaffeehaus stehe. Während ich das Fahrrad an der hölzernen Umrandung des Schanigartens ankette, schiele ich durch die breiten Fenster, in denen sich das helle Frühlingslicht spiegelt, ins Innere. Ah, gut, Gustl ist schon da. Ich kann seinen kahlen Kopf erkennen. Hoffentlich hat er Zeit, mit mir über das Café und meine Zukunft zu sprechen.

Mit dem Helm in der Hand betrete ich das Lokal. Hinter der Theke werkelt der Herr Franz, wieder liegt die Mischung alter Sitzpolster, Kaffee und Strudel in der Luft. In einer Ecke sitzt wie jeden Morgen Doktor Svoboda, seines Zeichens Psychotherapeut, angeblich ein alter Freudianer, also mit Spezialgebiet Psychoanalyse.

»Guten Morgen, Herr Doktor. Schön, Sie zu sehen«, begrüße ich ihn und denke, wie herrlich vertraut hier alles ist.

Der Doktor beißt gerade beherzt in sein Kipferl und nickt mir freundlich zu. Als der Herr Franz mich kommen sieht, neigt er ebenso höflich den Kopf, während er schwungvoll mit einer Hand das Silbertablett vor einer Dame abstellt. Wie immer bewundere ich seine schlichte Eleganz.

Zuversichtlich, dass dieser Tag besser als die letzten wird, wende ich mich endlich dem Tisch hinter der Säule zu, an dem mein Onkel immer sitzt. Doch schon, als mir ein brauner Kurzhaardackel vor die Füße rennt und einmal zur Begrüßung bellt, schwant mir Böses. Kaum habe ich die Säule umrundet, wird mein Körper abrupt in seinem Schwung gestoppt. Denn neben Gustl sitzt sein Bruder Viktor. Mein Vater höchstpersönlich. In meiner Brust stolpert es. Wahrscheinlich, weil mein Herz meinen Fluchtgedanken erkennt.

Beide bemerken mich und heben den Kopf aus einem Stapel Dokumente. Gustl schiebt die Brille auf die Stirn.

»Servus, Poldi. Kommst du zum Frühstücken oder was treibt dich so früh her?«

Ich nicke nur und lächle schief, während mir das Grauen den Rücken hoch wandert.

Papa hat ein blasses Gesicht und hustet, ehe er spricht: »Guten Morgen, Leopold. Gustav und ich haben etwas zu besprechen. Der Opapa will sein Testament machen und wir sollen uns selbst einigen, wie wir das Erbe aufteilen.«

Huch, was für ein erfreuliches Thema.

»Hat sich ja immer schon gern rausgehalten, der Alte«, fügt Gustl hinzu und zu meiner Überraschung seufzt mein Vater zustimmend. So einträchtig habe ich sie selten erlebt.

Wieder nicke ich und nehme wie betäubt an dem Nebentisch Platz. Papa klang sehr neutral mir gegenüber. Wie es scheint, hat ihn meine Nachricht gar nicht gekränkt. Vielleicht hatte er sich ohnehin längst damit abgefunden, mich aufgegeben. Der alte Stich der Enttäuschung wird jedoch von noch größerer Erleichterung zugedeckt. Das macht mir Appetit.

Wie aufs Stichwort kommt Herr Franz an den Tisch. »Was darf's sein?«

»Ein Wiener Frühstück, bitte und zwei Eier im Glas. Und eine Melange.«

Die in einen Zeitungshalter gespannte Tageszeitung nehme ich mir auch vom Haken. Das Frühstück kommt prompt und hungrig schlinge ich die Marmeladensemmel und danach das Kipferl in mich hinein.

Am Nebentisch murmeln Papa und Gustl überraschend gesittet über ihren Papieren. Was hat der Opapa eigentlich noch an Vermögen? Die Jagd im Helenental, die Villa in der Elßlergasse … Und sonst? Ich spitze die Ohren, höre aber nicht viel.

»Kannst du haben«, murrt der Gustl plötzlich lauter. »Ich will von dem Gedankengut wirklich nichts sehen.« Ich wette, es geht um Devotionalien aus dem Zweiten Weltkrieg.

Papa schließt für einen Moment die Augen und zischt dann: »Es geht nicht um das Gedankengut, das sind nun mal Familienerbstücke. Aber schön, ist mir recht, dann nehme ich sie.« Mit der Eintracht scheint es schon wieder vorbei zu sein.

»Hast ja immer schon geliebäugelt mit der braunen Gesinnung … Hahaha.« Gustl kann es auch nicht lassen, zu sticheln. Das habe ich dann wohl von ihm.

»Sag mal, spinnst du?« Dem Papa fallen fast die Augen aus dem Kopf.

»Ich sag nur Burschenschaft …«

»Das war eine Studentenverbindung! Nicht mal schlagend. Du dichtest dir schon wieder was zusammen, Gustav. Bleiben wir bitte bei den Fakten.«

»Wie du willst, Herr Anwalt. Und wenn du die Jagd nimmst und ich das Konto in der Schweiz, was machen wir mit der Villa?«

»Die nehme ich, habe schließlich drei Söhne und du keine Kinder. Das wäre nur gerecht.«

»Ja, klar!« Der Gustl schnaubt durch die Nase. »Nur wenn du mich auszahlst.«

»Und wie soll ich das machen?«

»Dann verkaufen wir sie und teilen das Geld.«

»Bist du wahnsinnig? Nur über meine Leiche. Die Elßlergasse ist schon seit Maria Theresia im Besitz der Althans. Und das wird sie bleiben für einen meiner Söhne.« Trotzig verschränkt er die Arme vor der sich hastig hebenden und senkenden Brust, sein Atem geht rasend schnell.

Innerlich jaule ich auf. Ja, für einen der Söhne. Ich weiß auch schon, für welchen.

»Dann musst du wohl oder übel die Gloriettegasse verkaufen und in die Elßlergasse ziehen, diese kaiserliche Bruchbude.« Der Gustl grinst hämisch.

»Pah!« Papa stößt hörbar die Luft aus.

Mit zwei Fingern fährt er in den Kragen seines gestärkten Hemdes, um ihn und die Krawatte zu lockern. Seine Stirn glänzt und seine blassblauen Augen wirken genauso farblos wie seine Haut. Wie es scheint, braucht er all seine Selbstbeherrschung, um die Contenance zu wahren und nicht zu explodieren. Ich vergesse, weiter zu essen, so gespannt bin ich, was passiert.

»Darüber reden wir noch, Gustav. Ich muss jetzt ans Gericht. Das dauert hier ohnehin schon viel zu lange.«

Mein Vater seufzt resigniert und nimmt das Handy aus der Innentasche des Sakkos, anscheinend, um auf die Uhr zu sehen. Erstarrt hält er inne, liest. Mir wird plötzlich siedend heiß vor Angst. Sieht er womöglich erst jetzt meine Nachricht? Langsam und nach Luft schnappend dreht er den Kopf zu mir.

»Papa, ich …«, fange ich an, ohne zu wissen, was ich ihm eigentlich sagen will.

Dann kann nur noch zusehen, wie er sich mit der freien Hand an der Tischkante festkrallt und dennoch wie ein Sack vom Stuhl rutscht. Mit einem dumpfen Rumms knallt sein Kopf auf den Boden. Waldheim hüpft erschrocken zur Seite und bellt aufgeregt. Mein Herz setzt zwei Schläge aus.

»Papa!«, rufe ich, doch meine Stimme knickt weg.

Gustl und ich springen zeitgleich auf. Auch mein Herz reißt sich aus der Starre und rast kopflos vornweg. Ich stürze zu meinem Vater, aber Gustl ist näher dran. Beide sinken wir neben ihm auf die Knie.

»Franz, rufen'S die Rettung, schnell! Er ist bewusstlos, atmet aber«, keucht Gustl.

Mit fahrigen Fingern löst er Papas Krawatte und öffnet den obersten Hemdknopf, dreht den Körper in die stabile Seitenlage. Gott sei Dank ist mein Onkel da. Ich bin nicht sicher, ob ich in dem Moment daran gedacht hätte. Mein Gehirn ist gelähmt. Meine Zunge auch.

»Nimm endlich den Köter weg!«, fährt er mich angespannt an, während Waldheim immer noch nach seinem Herrchen bellt und offensichtlich nicht versteht, was das soll.

Ich greife mir sein Halsband und ziehe ihn auf meinen Schoß. Mit einem »Ruhig!« versuche ich, den dominanten Tonfall meines Vaters nachzuahmen, doch meine Stimme bebt. Trotzdem stellt der Hund sein Gebell ein und ich lockere den Griff um sein Halsband, während die Angst mir selbst einen Choker anlegt. Und der wird von Atemzug zu Atemzug enger.

Bitte lass ihn nicht sterben. Nicht so. Nicht, ohne dass wir uns versöhnt haben. Ich hätte nicht so eine Nachricht schreiben dürfen. Übelkeit steigt in mir auf. Es ist alles meine Schuld.

Ist es ein Schlaganfall? Ein Herzinfarkt? Meine eigene Brust krampft sich bei der Vorstellung zusammen. Mama. Ich muss Mama Bescheid geben. Ein eiskalter Schauer läuft mir über den Rücken.

»Wo bleibt die Rettung?«, höre ich mich viel zu laut brüllen. Waldheim heult auf.

»Er atmet«, wiederholt der Gustl, die Finger an Papas Handgelenk. »Der Puls ist schwach, aber da.«

Vielleicht ist es ja nur ein Schwächeanfall. Vielleicht ist gleich alles wieder gut, denke ich und glaube mir selbst nicht. Doch das muss es einfach. Die Hilflosigkeit frisst mich von innen heraus auf.

Die wenigen Minuten, in denen ich auf das totenblasse Gesicht meines Vaters starre und in mir Angst, Schuld und Grauen durcheinanderbrüllen, fühlen sich wie Stunden an. Dann aber schlägt Papa endlich die Augen auf – sie sind verschleiert, müde.

Tränen steigen mir in die Augen. Dass gerade einer seiner Blicke einmal so viel Erleichterung in mir auslösen könnte, hätte ich nie für möglich gehalten.

»Bleib liegen, Vikerl«, sagt der Gustl und legt seine Hand beruhigend auf Papas Kopf.

Dieser schließt artig die Augen. Erst jetzt bemerke ich, dass uns ein paar schaulustige Gäste umringt haben. Doch nun setzen sie sich wieder. Zum Glück keiner tot, alles andere ist nicht so spannend. Von draußen ertönt endlich die Sirene des Krankenwagens, ehe er direkt vor dem Lokal am Gehsteig geparkt wird.

Das Blaulicht wirbelt zwischen den vielen Spiegeln an den Wänden hin und her. Ein Mann und eine Frau in Weiß-Rot eilen mit einer fahrbaren Liege herein.

»Erzählen Sie uns, was passiert ist«, bittet der Mann, während er sich neben Papa hinkniet und seine Vitalfunktionen prüft.

»Er ist einfach umgefallen, auf den Kopf geknallt, war eine Weile bewusstlos«, erklärt Gustl.

Unfähig, ebenfalls etwas zu sagen, streiche ich immer noch mechanisch über Waldis seidiges, glattes Fell. Das habe ich bestimmt zehn Jahre nicht mehr gemacht, da war er noch ein Welpe. Es beruhigt ihn, vor allem aber mich.

»Wissen Sie, wie Sie heißen?«, wendet sich der Sanitäter an Papa.

»Äh, ja natürlich, Doktor Viktor Althan«, antwortet dieser mit einer Stimme, so schwach, wie ich sie nie zuvor gehört habe, und guckt verwirrt.

Ich bin gleichzeitig erleichtert und besorgt, falls das möglich ist. Gut, dass er klar im Kopf ist, aber warum ist er umgefallen?

»Okay. Wir heben Sie jetzt auf die Liege. Christl, bist du so weit? Eins, zwei, drei und hopp.«

Gustl, der ihnen geholfen hat, läuft nun hinter der Liege her nach draußen, dreht sich jedoch noch einmal zu mir um. »Ich fahr mit. Ruf du die Konstanze an.«

Ich nicke, bin immer noch zu betäubt, um tatsächlich die Nummer meiner Mutter zu wählen.

»Wir fahren ins Lorenz Böhler,« ruft mir die Sanitäterin über die Schulter zu.

Christl hieß sie, oder? Ja, Christl …

Erst, als die Tür mit einem Bimmeln hinter ihnen ins Schloss gefallen ist, weicht die Starre langsam von mir. Ich schiebe Waldi von meinem Schoß, stehe in Zeitlupe auf und setze mich auf den Stuhl, auf dem gerade noch mein Vater saß. Doch irgendwie ist das gruselig, sogar die Härchen an meinen Armen stellen sich auf, und so wechsle ich zu Gustls Sitzplatz. Waldi steht nervös neben mir und sieht mit aufgerissenen Augen zu mir auf, als wollte er sagen: *Und jetzt?*

»Keine Ahnung.« Hilflos ziehe ich die Schultern hoch und schlucke. Erst mal die Mama anrufen.

»Ist das wichtig? Ich bin beim Friseur!«, schreit sie, statt Hallo zu sagen, gegen den Lärm des Föhns im Hintergrund an.

»Ja«, rufe ich überfordert zurück. »Der Papa ist umgekippt und wurde von der Rettung abgeholt. Aber er ist wieder bei Bewusstsein.«

»Waaaas? Um Himmels willen! Und ich sitze noch bei den Mèchen! Kann jetzt nicht weg. Dorli, bitte schalt kurz aus, mein Mann ist im Krankenhaus.« Das Hintergrundgeräusch verstummt abrupt.

»Keine Sorge, er ist nicht allein. Gustl ist bei ihm.«

»Gustav?«, sagt Mama erstaunt, geht aber nicht weiter darauf ein. »Was war mit Papa? Erzähl! Was ist passiert?«

»Er war beim Gustl im Café und hat sich … ähm …« Da ist sie wieder, die mich lauthals anbrüllende Schuld. »… aufgeregt, ist umgefallen und war kurz bewusstlos.«

Ich höre, wie sie vor Angst um ihn die Luft einzieht. Was ich mit der Sache zu tun habe, kann ich ihr nicht auch noch beichten.

»Die Rettung ist gekommen, da ist er wieder aufgewacht. Sie konnten noch nicht feststellen, was ihm fehlt. Aber vielleicht war es ja nur ein kleiner … Schwächeanfall?«

Was für ein kläglicher Versuch, sie zu trösten. Oder uns beide? Ein erbärmliches Bemühen, positiv zu denken.

»Hoffentlich«, flüstert sie.

»Soll ich dem Niki Bescheid geben? Und dem Julius?« Noch so ein erbärmlicher Versuch – als könnte ich durch Hilfsbereitschaft wiedergutmachen, was ich angerichtet habe. Indem ich mich ganz besonders bemühe, ein Vorzeigesohn zu sein. »Den Waldi habe ich auch hier, du kannst ihn ja vielleicht nach dem Krankenhaus mitnehmen?«

»Ja, danke, Leo. Ich fahr gleich hin«, sagt sie mit dünner Stimme. »Wo liegt er denn?«

»Im Lorenz Böhler. Ruf mich bitte an, wenn du was weißt!«

»Ja, mach ich.«

»Es wird bestimmt alles gut«, sage ich, obwohl ich mir ganz und gar nicht sicher bin.

»Ja«, antwortet sie leise. »Baba.« Dann legt sie auf.

Seufzend blicke ich auf den Hund zu meinen Füßen, dem diese Situation auch zu schaffen macht. Er zappelt herum, trippelt ein paar Schritte zur Tür und wieder zurück. Aber zumindest scheint er mich als vorübergehendes Herrchen zu akzeptieren, denn er verfolgt jede meiner Bewegungen mit dem Blick.

Auf dem Tisch liegen noch alle Papiere wild durcheinander und Papas großer Aktenkoffer steht auf dem Stuhl neben mir. Gedankenverloren starre ich auf das Chaos vor mir, ohne dass es mich von dem in mir ablenken könnte. In meinem Kopf bin ich bei Papa hinten im Krankenwagen, stelle mir vor, wie der Wagen während der Fahrt rumpelt und schwankt, Christl vielleicht seinen Blutdruck misst und Gustl ihn nicht aus den Augen lässt. Er ist bestimmt in guten Händen. Die Ärzte werden ihm helfen. Sie werden alle Tests machen und ihn überwachen. Dennoch gibt dieser eine Gedankenstachel keine Ruhe: Was hab ich nur getan? Wenn es nur nichts Ernstes ist.

»Brauchen Sie was, Herr Magister?« Die sanfte Stimme von Herrn Franz holt mich ins Kaffeehaus zurück.

Verloren blicke ich zu ihm auf und räuspere meinen Kloß im Hals weg. »Nein, danke. Ich … ich denke, ich werde nach Hause gehen.«

»Machen Sie sich nicht zu viele Sorgen. Ihr Vater ist ein zäher Knochen.« Er schenkt mir ein aufmunterndes Lächeln.

Nach einem tiefen Seufzen nicke ich, überraschenderweise tröstet mich der Satz. Ja, Papa ist ein zäher Knochen. Der lässt sich nicht so leicht unterkriegen.

Wieder etwas zuversichtlicher raffe ich die Dokumente zusammen und verstaue sie im Aktenkoffer, ebenso seine *Montblanc*-Füllfeder mit den Initialen V. v. A. und sein Handy, das auf dem Tisch liegengeblieben ist. Vom geschwungenen Garderobenständer nehme ich Waldis lederne Leine und befestige sie an seinem Halsband.

Dann schnalze ich einmal mit der Zunge. »Oisdann!«, sage ich so selbstverständlich, dass ich erschrocken zusammenzucke.

Warum zum Geier, musste ich von allen Wörtern dieser Welt, von allen dummen Aufbruchsfloskeln, die es gibt, ausgerechnet die meines Vaters verwenden? Es ist, als wäre schon jetzt ein Erbe auf mich übergegangen. Ein Erbe, das ich so nicht will. Papa lebt. Es wird ihm wieder gutgehen. Er hat noch viele nervige, selbstgefällige, dominante Jahre vor sich. Zum ersten Mal im Leben wünsche ich mir das wirklich. Waldheim jedenfalls hat mich verstanden, wenn ich es schon nicht selbst tue. Zielstrebig steuert er den Ausgang an.

SIEBENUNDZWANZIG

Seufzend lasse ich mein Fahrrad vor dem Kaffeehaus stehen, denn mit dem großen Aktenkoffer und dem Hund kann ich es nicht mal schieben. Wir wenden uns in Richtung Graben. Mit seinen kurzen Beinchen wuselt Waldheim neben mir her, aber zumindest sehr gesittet und bei Fuß. Hoffentlich macht er nirgendwo hin. In Wien gilt die Regel »Nimm ein Sackerl für das Gackerl« und natürlich habe ich keines.

Kurz vor dem Kohlmarkt läutet das Handy im Aktenkoffer. Erst ignoriere ich es, doch als es nach nur dreißig Sekunden erneut losgeht, krame ich es heraus. *Gernot Koller* steht auf dem Display. Er arbeitet in der Kanzlei meines Vaters.

Ich räuspere mich, ehe ich abhebe. »Hallo, Gernot, hier ist Leopold, mein Vater ist im Krankenhaus, deshalb ist das Handy bei mir.«

»Was? Das ist eine Katastrophe! Die Verhandlung beginnt gleich und er hat alle Akten, ich schaffe es niemals in die Kanzlei für einen neuen Ausdruck und zurück. Die Frau Rat ist ohnehin schon ungehalten, weil wir zweimal verschieben mussten. Verdammte Scheiße, wieso zum Teufel gerade heute … Äh, alles okay mit ihm?«

Hätte ich noch irgendeinen Beweis dafür benötigt, dass ich nicht in diese kalte, seelenlose Kanzlei gehöre, wäre er hiermit erbracht.

»Ich weiß nicht, er wurde kurz ohnmächtig, nicht so schlimm, denke ich.« Wie sehr ich es zumindest hoffe …

»Gut! Wo sind die Akten? Vielleicht kann ich einen Boten schicken …«

»Wenn sie im Aktenkoffer sind, dann bei mir.«

»Ha! Und wo bist du?«

»Am Graben. Soll ich zu dir kommen?«

»Leo! Ja! Du bist der Beste. Ins Straflandesgericht. Wann kannst du hier sein?«

»Zehn, maximal fünfzehn Minuten …«

»Perfekt! Ich bin im Verhandlungssaal 205. Danke.« Er legt auf.

»Klar«, sage ich noch gegen die Stille und stecke das Handy weg. Dann lege ich eine forschere Gangart ein. »Komm, Waldi, wir müssen uns beeilen.«

Schnellen Schrittes marschieren wir über den Kohlmarkt und die Löwelstraße entlang, vorbei am Bundeskanzleramt und überqueren beim Burgtheater den Ring. Dann schräg durch den Rathauspark, dessen alter Baumbestand in prächtigster Blüte steht. Der Platz vor dem Rathaus ist ausnahmsweise leer. Das sieht komisch aus, so nackt. Normalerweise finden hier das ganze Jahr über Veranstaltungen statt. Vom Wiener Eistraum im Januar über Film- und Food-Festivals, Zirkusaufführungen, das Vienna Masters Springreitturnier, bis hin zum Christkindlmarkt. Früher gab es auch noch den legendären Life Ball, doch der ist leider seit ein paar Jahren nur mehr Geschichte.

Nicht weit hinter dem beeindruckenden Rathaus befindet sich das Landesgericht für Strafsachen. Ein nicht minder imposanter Bau aus dem Jahre 1839 in toskanischem Stil, zumindest von außen.

Als ich vor der Sicherheitskontrolle in der Schlange stehe, bekomme ich ein mulmiges Gefühl wegen Waldheim. Hoffentlich kann ich ihn kurz hier bei den Beamten lassen. Nur ungern würde ich ihn draußen anbinden. Wenn der geliebte Hund geklaut würde, würde Papa mir das nie verzeihen.

Von der Beamtin werde ich nach vorn gewinkt und öffne den Mund, um untertänigst um Asyl für einen kleinen, unschuldigen Dackel zu bitten, da beugt sich der einschüchternde Koloss von ihrem Kollegen bereits nach unten.

»Ja, wer kommt denn da? Wen hamma denn da? Ist das nicht unser Presidente? Servus, Waldheim!«

Und Waldheim, der familienfernen Menschen sonst stoisch und hochnäsig begegnet, wedelt so heftig mit dem Schwanz, dass die gesamte hintere Dackelhälfte mitwedelt. Die beiden begrüßen einander auf das Herzlichste, bis sich der Beamte an meine Anwesenheit erinnert und mich prüfend ansieht.

»Ähm, ich möchte nur etwas vorbeibringen, ich habe die Akten meines Vaters Doktor Viktor Althan und sie werden in Saal 205 benötigt …«

»Selbstverständlich, wenn Sie bitte hier durchgehen möchten, Herr Althan Junior. Der Präsident bleibt derweil bei uns. Gell, Waldi?«, sagt er zwinkernd und deutet auf das Metalldetektortor. »Der Koffer kommt aber zu meiner Kollegin.« Schwungvoll nimmt er ihn mir ab und die junge Beamtin prüft den Inhalt.

»Gut, sie können durch.«

Ganz verdattert, wie problemlos das geklappt hat, nehme ich den Koffer hinter dem Tor wieder in Empfang und marschiere schleunigst in den zweiten Stock in die Richtung, die die Pfeile mir weisen.

Seit meinem Studium war ich nicht mehr hier, doch verändert hat sich natürlich nichts. Ich versuche, ein neutrales, professionelles Gesicht zu machen, aber ich spüre neugieriges Interesse in mir wachsen. Ohne Frage war Strafrecht im Studium das spannendste Fach. Doch mein Vater übernimmt nur ganz selten Strafrechtsfälle, denn damit ist im Normalfall weder viel Geld noch Prestige zu machen. Geht es womöglich um einen Bekannten? Einen Stammklienten? Vor Spannung läuft mir ein Schauer den

Rücken hinauf. Wie gern würde ich der Verhandlung beiwohnen, wieder einmal diesen Nervenkitzel spüren, zu wessen Gunsten Justitia entscheiden wird. Selbstverständlich wird in einem Rechtsstaat wie Österreich nach den Gesetzen entschieden. Und dennoch bleibt eine kleine Grauzone, ein Ermessensspielraum, es ist immer auch Auslegungssache und zum Teil wirklich reines Glück, an welchen Richter man gerät.

Mit Herzklopfen drücke ich die große Tür zum Verhandlungssaal 205 auf und, nachdem ich den Koller vorn identifiziert habe, schleiche ich mit leisen, ehrfürchtigen Schritten zu ihm.

Die Richterin, eine kleine, aber achtunggebietende Frau in den Vierzigern mit kurzem blondem Haar und der schwarzen Richterkutte, verliest gerade die Anklagepunkte. Als ich näher komme, blickt sie misstrauisch auf, ohne jedoch zu unterbrechen.

»Ah! Verzeihung, Frau Rat«, ruft Gernot Koller und springt auf. »Mein Bote!«

Ich überreiche ihm den Koffer und weiche dann ein paar Schritte zurück, nur um mich wie hypnotisiert in die erste Zuschauerreihe zu setzen. Ich kann nicht anders. Nur ein bisschen, nur ganz kurz zuhören, dann lasse ich dieses Kapitel endgültig hinter mir.

ACHTUNDZWANZIG

Nerea

Wien

Wieder Mittwochabend, wieder Wien. Durch die letzten Tage habe ich mich nur mit größter Kraftanstrengung geschleppt. Die Erleichterung darüber, mit Alvaro Schluss gemacht zu haben, wurde von der Enttäuschung wegen Glorias Reaktion überdeckt. Zum Glück musste ich so viel arbeiten, dass ich kaum Zeit hatte, darüber nachzudenken. Und wenn ich Zeit hatte, wusste ich, was ich zu tun hatte, um im Vergessen zu versinken. Der Vorsatz, das Trinken etwas einzuschränken, hat bisher also nicht geklappt. Aber es macht keine Probleme, beim Arbeiten bin ich ruhig und konzentriert wie immer.

Und kaum, dass ich mein Hotelzimmer in Wien bezogen habe, wird mein Drang nach einem gut gemixten Drink wieder unstillbar groß. Auch danach, Leo zu sehen. Schon beim Gedanken, ihm gegenüberzustehen, klopft mein Herz wie verrückt. Das Verlangen ist fast so groß wie das Bedürfnis, mich irgendwo zu vergraben, weil es mir so peinlich ist, dass ich ihn derart brüsk abgewiesen, diesen riesigen Aufstand gemacht habe.

Natürlich ist es nicht okay, jemanden einfach unvermittelt zu küssen. Aber eben nur so lange, wie das Gegenüber es nicht will. Ist der- oder diejenige auch verliebt, wird es plötzlich zu einer mutigen, superromantischen Geste. Und das wäre es auch gewesen, wenn ich nicht so große Panik bekommen hätte. Aber ich habe die ganze Woche darüber nachgedacht. Und ich bin bereit, dem Ganzen eine Chance zu geben. Zumindest so lange, bis ich nach Kolumbien ziehe. Doch nun wird sich Leo garantiert nie wieder trauen, etwas zu unternehmen. Wenn ich will, dass wir uns näherkommen, muss wohl ich das nächste Mal den ersten Schritt machen. Also wenn er mich überhaupt noch sehen will.

Nach einer halben Stunde fahrigen Herumtigerns in meinem Zimmer schleiche ich mich mit heißen Ohren hinunter in die Lobby und einmal außen an der Bar vorbei, wobei ich einen winzigen Blick hineinwerfe. Und wie angewurzelt stehen bleibe.

Eine junge Frau, ungefähr so alt wie ich, mit dunkelbraunem Pferdeschwanz trägt Leos Schürze, wischt seinen Tresen, mixt seine Drinks. Er ist nicht da. Eine triefende Enttäuschung durchflutet mich wie die schwarzblaue Tinte eines Oktopus. Dennoch setze ich mich in Bewegung in Richtung Theke. Im Vorübergehen schnappe ich mir das Buch meiner Mutter aus dem Bücherregal. So merkt die Brünette wenigstens gleich, dass ich nicht in der Stimmung für eine Unterhaltung bin.

»Good evening. Weißt du schon, was du willst, oder möchtest du die Karte?«, fragt sie auf Englisch und ich belasse es dabei.

»*Brandy Crusta*, please.« Sauer soll ja angeblich lustig machen. Klappt mit ziemlicher Sicherheit nicht.

Sie macht sich an die Arbeit, während ich missmutig durch die Seiten blättere, doch die Buchstaben kommen nicht in meinem Gehirn an. Warum ist Leo nicht hier? Nur heute nicht oder nie mehr? Wie soll ich Wien jede Woche ohne die Aussicht, ihn zumindest zu sehen, ertragen? Ist er krank? Hat er Schichten getauscht? Meinetwegen? War meine Reaktion so schlimm für ihn? Ich wünschte, ich hätte ihn auch geküsst. So richtig. Oder ihn zumindest nicht angefaucht. So wird er niemals wissen, dass ich etwas für ihn empfinde. Dass ich mich nun doch schneller als erwartet von Alvaro getrennt habe.

Warum bin ich so schlecht in diesen Dingen? Im Entscheiden und überhaupt im Fühlen, was ich will. Wäre Gloria an meiner Stelle, wüsste sie es sofort und hätte etwas Charmantes gesagt, um die Situation zu retten. Ihn vielleicht für den überstürzten Kuss getadelt, aber immerhin hätte er sein Gesicht wahren können. Meine Reaktion war in Anbetracht meiner wahren Gefühle viel zu heftig.

»Ach, sprichst du Deutsch?«, fragt sie.

Ich schrecke hoch. Habe ich meine Gedanken etwas laut ausgesprochen? Doch sie deutet auf das Buch vor mir, während sie mir den Drink hinstellt. »Ziemlich spicy, nicht?«

»Äh … ja«, murmle ich und erröte spürbar.

»So was lese ich auch echt gerne«, sagt sie freundlich und lächelt.

Ich versuche, das Lächeln zurückzugeben, wahrscheinlich sieht es ziemlich gequält aus, aber wenn wir schon dabei sind, will ich mich vielleicht doch ganz kurz mit ihr unterhalten.

»Ähm. Weißt du zufällig, was mit Leo ist?«

Hoffentlich klingt die Frage einigermaßen harmlos und meine Wangen sind nicht so rot, wie sie sich anfühlen.

»Der Barkeeper? Keine Ahnung, ich glaube, er kommt nicht mehr. Bin nur zur Aushilfe hier. Wenn du was Spezielles wissen willst, fragst du besser Alina an der Rezeption.«

»Ja. Okay«, murmle ich und stecke die Nase schnell ins Glas, bin den Tränen näher, als mir lieb ist. Doch selbst der Zuckerrand des Cocktails tröstet mich nicht, auch nicht sein saurer und zimtiger Geschmack.

Er hat gekündigt und ich sehe ihn nie wieder. Die Erkenntnis fährt mir wie ein Dolchstoß ins Herz. Woche für Woche werde ich hier stranden, um allein an dieser Bar zu sitzen und zu hoffen, dass die Nacht schnell vorbeigeht. Ohne zu wissen, ob es meine Schuld war, dass er gegangen ist. Und ohne zu wissen, woher diese krassen Gefühle kommen, die ich in seiner Nähe spüre. Die ich nun nie wieder spüren werde.

Missmutig lasse ich die Seiten des Buches durch die Finger gleiten und schlage eine beliebige Stelle auf. Es ist die Szene, in der die Protagonistin Laure nicht mehr versucht, Maurice zu vergessen, denn sie spürt längst, dass er ihr Schicksal ist. *Nun muss ich es wissen. Muss in Erfahrung bringen, was ihm zugestoßen ist. Ein einziges Mal noch will ich ihn sehen. Denn das Fehlen seiner Stimme lässt meine Ohren bluten. Die Abwesenheit seines Anblicks macht mich blind. Der Gedanke, für immer ohne ihn zu sein, reißt Löcher in mein kümmerlich zuckendes Herz.*

Ich muss schlucken und meine Wangen glühen erneut. Mehrmals blinzelnd schlage ich das Buch etwas heftiger zu als beabsichtigt. Was für eine Dramatik! Gern würde ich darüber lachen, wie so oft, doch diesmal gelingt es mir nicht.

In einem Zug leere ich das Glas und stehe auf. »Schreib es bitte auf Zimmer hundertzwölf. Danke. Schönen Abend«, sage ich mit dünner Stimme und fliehe aus der Bar. Das doofe Buch lasse ich einfach liegen. Sie wird es bestimmt wegräumen.

Ich haste durch die Lobby, an der Rezeption vorbei zum Lift und fahre hoch in den zweiten Stock. Vor meiner Zimmertür halte ich inne und drehe mich um. Und wenn ich Alina doch frage? Nein, das ist Blödsinn. Ich wende mich wieder zur Tür und halte die Schlüsselkarte an die Klinke, drücke diese aber nach dem leisen Klick nicht nach unten.

Es schadet doch nichts. Ich muss ja dann nichts unternehmen. Ich drehe mich zurück zum Lift. Vielleicht ist es ein Missverständnis und er ist nur krank, kommt nächste Woche wieder. Warum sollte er meinetwegen gekündigt haben? Das ist doch lächerlich. Es ist ja gar nichts passiert. Ja, eben, umso schlimmer, dass ich ihn so brüsk zurechtgewiesen habe. Ich drücke auf den Knopf und sofort springt die Lifttür auf.

Auf meiner Unterlippe kauend fahre ich nach unten in die Lobby. Durch die Glastür identifiziere ich Alina im Büro hinter dem Empfang. Ich stelle mich an die Rezeption und warte. Nach nur wenigen Augenblicken bemerkt sie mich und läuft eiligst heraus.

»Oh! Hallo! Entschuldigung, ich habe Sie gar nicht gehört. Was kann ich für Sie tun?«

»Ich … ähm … wissen Sie, warum Leo … äh, der aus der Bar … nicht mehr da ist?«

Ich knete meine Hände wie einen Antistressball. Sie muss denken, ich bin so ein leichtes Flittchen, das sich mit jedem Barkeeper, Animateur oder Surflehrer einlässt. Und sie mustert mich auch interessiert – oder ist es sogar spöttisch? Ich könnte im Boden versinken.

Fast bin ich so weit, dass ich kehrtmache und Reißaus nehme, da sagt sie: »Bist du Nerea?« Und als ich verwundert nicke, beugt sie sich zu einem Fach unter dem Tresen. »Ah ja. Den soll ich dir geben, falls du nach ihm fragst.«

In meiner Brust vibriert es plötzlich vor Aufregung. Da ist etwas für mich? Von ihm?

»Hier, bitte.« Schwungvoll schiebt sie mir ein weißes Kuvert mit dem Logo des Hotels über die Platte und ich greife begierig danach.

»Danke«, flüstere ich und wende mich ab. Mit klopfendem Herzen fahre ich im Lift nach oben und betrachte meinen Namen in krakeliger Männerschrift, ziemlich schmal und eckig, auf dem Kuvert.

Im Zimmer setze ich mich auf das Bett und atme einmal tief durch. Er hat mir einen Brief geschrieben. Noch nie habe ich von einem Mann einen Brief bekommen. Ist es ein Liebesbrief oder eine Anklageschrift? Eben im Lift fiel mir ein, dass er doch auch gekündigt worden sein könnte. Vielleicht hat jemand rausgekriegt, dass er mit mir auf dem Dach war, und er wurde hochkant rausgeworfen. Das wäre dann irgendwie auch meine Schuld. Jetzt kriege ich noch mehr Angst, den Brief zu öffnen.

Wenn nur Gloria hier wäre, würde sie das für mich übernehmen. Für einen Moment siegt Sehnsucht über Enttäuschung – wenn sie doch nur hier wäre.

Soll ich ihn gar nicht öffnen? So tun, als hätte ich nicht nach ihm gefragt? Aber womöglich steckt ihm Alina, dass ich da war. Ob sie wohl weiß, was in dem Brief steht?

Okay, jetzt halte ich es nicht mehr aus. Vielleicht wissen es alle, nur ich nicht. Ich reiße das Kuvert auf und entfalte das Papier.

Himmlische Meeresgöttin, Nerea,

es tut mir leid, wie ich mich dir gegenüber verhalten habe. Dafür gibt es keine Entschuldigung. Ich wünschte, es wäre anders gelaufen. So bin ich leider, ich spüre irgendwie mehr als andere – offenbar sogar Dinge, die gar nicht da sind – und gleichzeitig zu wenige der Grenzen, die für andere so natürlich sind, sodass ich meine Impulse manchmal schwer unterdrücken kann. Vor allem, wenn ich wütend bin oder jemanden mag. Und ich mag dich sehr. Vielleicht zu sehr für die kurze Zeit, die wir uns kennen. Als Kind wurde ich mit ADHS diagnostiziert, aber das soll keine Ausrede sein. Jeder Mensch muss sehen, wie er mit seinen Eigenheiten und Gefühlen klarkommt, ohne andere zu verletzen. Noch einmal: es tut mir ehrlich leid.

Und keine Sorge. Du bist mich los. Ich habe mich entschieden, ins Familienunternehmen einzusteigen. Auch, wenn ich die Flugzeuge vermissen werde, vor allem das am Mittwoch um 19:00 Uhr …

Alles Gute mit deinem Freund und in Kolumbien. Leo

Mein Herz wird tonnenschwer. Das war's. Er ist tatsächlich weg. Mit einem gequälten Stöhnen lasse ich die Hand mit dem Brief sinken und mich in die Kissen zurückfallen. Fassungslos starre ich an die Decke, kann nicht glauben, wie sehr mich das tatsächlich trifft. Mit Alvaro war ich zusammen, richtig zusammen, einige Monate lang, und der Abschied von ihm war mir regelrecht egal. So als wäre ich ein gefühlloses Biest.

Leo habe ich ... wie oft? ... vielleicht dreimal getroffen und alles in mir ist in Aufruhr. Seine Augen gehen mir nicht aus dem Kopf. Nicht nur die blauesten, sondern auch die wachsten, lebendigsten Augen, die ich je gesehen habe. Die ich nun nie mehr wiedersehen werde. Er war der einzige Lichtblick hier. Wie ein hell leuchtender Stern. Ein Fixstern, denn ich war darauf eingestellt, dass er hier ist, wenn ich nach Wien komme. Kommen muss, ohne Gloria. Und das war so, seit wir uns das erste Mal getroffen haben. Schon seltsam. Ich schließe die Augen. Nun spüre ich auch die Wirkung des Brandys. Endlich. Ich will nicht mehr grübeln müssen. Alles, was ich will, ist vergessen.

NEUNUNDZWANZIG
Leo

Wien

Wie so oft sitze ich unruhig vor dem Fernseher, doch heute schiele ich zusätzlich ständig auf die Uhr. Ob sie da war? Nach mir gefragt hat? Und wenn ja, was denkt sie jetzt? Hätte ich doch meine Telefonnummer oder die Adresse des Cafés anführen sollen? Doch dann hätte ich mir wieder Hoffnungen und ihr womöglich Druck gemacht und beides wollte ich doch vermeiden.

»Schlag sie dir endlich aus dem Kopf, Leo!«, rufe ich so laut, dass sowohl Chewbacca als auch Waldi, die beide auf dem Teppich liegen, auffahren.

»Sorry«, murmle ich und beobachte kopfschüttelnd, wie sich die beiden wie selbstverständlich aneinander kuscheln.

Mama hat den Hund noch immer nicht abgeholt. Nachdem der erste Tag ein reiner Alptraum war, weil sich die beiden unbedingt wie das zum Leben erwachte Klischee von Hund und Katze aufführen mussten, haben sie gestern über einer Schale Innereien, die mir die Nachbarin immer für den Kater rüberbringt, überraschend Frieden geschlossen. Kein Futterneid, keine Drohgebärden, sondern Brüder im Genuss. Wenn es immer so einfach wäre, gäbe es vielleicht keine Kriege auf der Welt.

Um mich von den Gedanken um Nerea abzulenken, scrolle ich durch WhatsApp und sehe, dass Konsti trotz der späten Stunde online ist.

Ich: Hey! Wie läuft's? Wir haben uns lange nicht gehört.

Es müssen einige Wochen sein.

Konstantin: Allerdings! Das tut mir echt leid! Hatte so viel um die Ohren. Hab das Klinisch-Praktische Jahr endlich fertig und fange jetzt mit der Facharztausbildung zum Hämatologen an. Das ist voll aufregend. Und jetzt ist es endlich fix, die Hochzeit findet im September statt! Einladungen gehen bald raus.

Eine Woge der Freude erfasst mich und doch schwimmt in ihr ein Tropfen Selbstmitleid mit.

Ich: Wie toll! Ich freue mich riesig für dich und Elli.

Konstantin: Und bei dir?

Ich: Geht so. Hab eine unglaublich tolle Frau aus Madrid kennengelernt, aber schon wieder vergrault. Du kennst mich ja.

Ob ich mich besser fühle, wenn ich darüber Witze mache? Fürs Erste jedenfalls nicht.

Konstantin: Eines Tages findest du die Richtige. Wirst schon sehen.

Ich befürchte, er ist der Einzige, der noch daran glaubt. Aber wenigstens einer. Und hat Konsti nicht eigentlich immer recht? Ich seufze so schwer, dass Waldi ein Augenlid hebt, als kontrolliere er, ob alles okay ist.

Ich: Sicher ...

Dann weiß ich nicht mehr, was ich schreiben soll. Ich freue mich wirklich für sein Glück. Niemand hat es mehr verdient als er. Er hatte so einen schweren Start. Und doch tut es wieder weh, dass alle es zu etwas bringen, sich ein Leben aufbauen, ihren Deckel finden, das tun, was sie lieben. Und ich? Ich bringe es zu nichts. Ein Wunder, dass ich das Studium überhaupt abgeschlossen habe, während ich es heutzutage kaum schaffe, einen ganzen Film zu Ende zu sehen. Ständig fällt mir etwas anderes ein, was ich gern tun würde. Aber es lag wohl an der Materie, die mich einfach wirklich fasziniert hat. Da konnte ich stundenlang lernen, war hyperfokussiert, einfach im Flow. So wie damals als Kind beim Modellautobauen.

Wo sind die eigentlich geblieben, meine Autos? Viele sind es eh nicht mehr, habe in diversen Wutanfällen einige davon zertrümmert. Aber die anderen? Die habe ich im Haus meiner Eltern schon lange nicht mehr gesehen. Vermutlich sind sie einfach in den Müll gewandert. So wie meine Schuluniform.

Ich: Du, Konsti, du warst doch dabei. Meinst du, es war rückblickend ein Fehler, den Direx umzuhauen?

Konstantin: Es war die einzig folgerichtige Entscheidung und ich bewundere dich heute noch dafür.

Ich: Danke, mein Freund.

Konstantin: Die Wahrheit und nichts als die Wahrheit. Apropos: Was macht Justitia?

Ich: Keine Ahnung, sie führt Waage und Schwert gut ohne mich.

Konstantin: Wieso das? Das ist dein Ding! Du bist dafür geboren!

Ich: Genau darum. Das denkt mein Vater nämlich auch. Geboren, um dem Hause Althan und der Kanzlei Ehre zu machen.

Zum ersten Mal fühlt es sich seltsam an, Worte wie diese zu schreiben, zu denken. Nicht, dass sie nicht weniger wahr wären als zuvor, dennoch klopft das schlechte Gewissen an, und die Tür erscheint mir seit dem Zwischenfall im Kaffeehaus nicht so verrammelt wie sonst.

Konstantin: Das meine ich nicht. Nicht für die Kanzlei deines Vaters, sondern für die Gerechtigkeit. Dann geh doch in eine andere Kanzlei.

Ich: Nimmt mich doch keine mit meiner Reputation.

Konstantin: Hast du es versucht?

Ich: Nö

Konstantin: Dann krieg endlich den Arsch hoch.

Ich: Schau ma mal.

Konstantin: Und was ist mit deinem Papa? Meine Mutter sagt, er liegt im Krankenhaus?

Ich: Wir wissen noch nichts Genaueres. Als ich mit Mama gesprochen habe, hatten sie noch nicht alle Testergebnisse. Herzinfarkt war es jedenfalls keiner.

Konstantin: Zum Glück. Sorry, muss jetzt schlafen, morgen langer Dienst. Bis bald hoffentlich. Mach's gut, Leo!

Ich: Du auch! Tschau tschau und gute Nacht

Ich schalte den TV aus und lege mich auch ins Bett. Morgen Früh beginnt meine Einarbeitung bei Gustl, da sollte ich ausgeruht und pünktlich sein. Keine drei Minuten später krabbelt Chewbacca über mich auf die freie Seite des Bettes und lässt sich seufzend nieder. Weitere zwei Minuten später trippeln kleine Stummelbeine heran und Waldheim springt wie manisch immer und immer wieder gegen die Seite des hohen Boxspringbettes, bis ich laut lachen muss. Der Wicht ist einfach zu klein, um allein raufzugelangen.

Glucksend, aber voller Mitgefühl fasse ich unter seinen Bauch, hebe ihn über mich und platziere ihn neben dem Kater. Dieser scheint nichts dagegen zu haben, das Lager mit seinem neuen Freund zu teilen. Und so schnarchen die beiden bald um die Wette.

Ich drehe mich zur Seite, lege mir ein Kissen über das Ohr, schließe die Augen und versuche, an nichts zu denken. Nicht an die Tatsache, dass ich gern Anwalt wäre, nicht an Nereas Lachen, nicht an den kurzen, aber gewaltigen Kuss und wie sie mich danach angeschrien hat, nicht daran, wie Papa vor meinen Augen zusammengebrochen ist, nicht an seinen enttäuschten Blick, nicht an all die Fehler, die ich in meiner Jugend begangen habe und auch später. Nicht daran, dass ich die Frau, in die ich mich unsterblich verliebt habe, nie mehr wiedersehen werde. Man kann sich ausmalen, wie gut das funktioniert.

DREISSIG
Nerea

Madrid

Mir ist so übel heute, schon den ganzen Tag. Wie ich diese Mittwoche hasse. Mehr als alle anderen Tage der Woche. Auf dem Weg zum Flughafen erwäge ich kurz, umzukehren und zu behaupten, ich wäre krank. Doch genau da ruft mich die Crew Control an, um mir mitzuteilen, dass mehrere Kapitäne ausfallen und ich mich beeilen soll, weil wir länger bei der Vorbesprechung brauchen werden, um die Dienstpläne zu ändern.

Muss ich dann heute vielleicht doch nicht nach Wien? Wie weggeblasen ist die Übelkeit und ich freue mich sogar fast auf den Arbeitstag über den Wolken.

In Madrid ist es bereits sommerlich heiß, was mir nach den angenehmen Temperaturen im Frühling immer ein bisschen auf den Kreislauf schlägt. Vielleicht liegt es auch daran, dass ich ständig in einem gleichmäßig gekühlten Cockpit sitze.

In der Zentrale herrscht große Aufregung, es werden Destinationen gestrichen, Zeitpläne umgeworfen, Crews neu zusammengewürfelt.

Nach der Morgenbesprechung hat meine Übelkeit wieder eingesetzt, auch meine Hände zittern leicht – wie ich erfahren habe, erspart man mir Wien heute leider nicht. Im Gegenteil, alle Nachmittagsflüge werden gestrichen und so wird unser Airbus am Abend bis auf den letzten Platz gefüllt sein.

Den Kapitän, mit dem ich heute fliege, kenne ich noch nicht. Für gewöhnlich macht er die Langstrecke, für die ich immer noch nicht eingeteilt wurde, und war heute auf Standby.

»Ich bin Sebastián, nenn mich ruhig Sebe. Spannend, mein erster Kurzstreckenumlauf seit zwei Jahren ...«, stellt er sich vor und hält mir die Faust hin wie so ein fünfzehnjähriger Bro, dabei ist er wohl Ende dreißig.

»Nerea.« Ich berühre seine Faust mit meiner und komme mir megablöd dabei vor.

»Ah! Dann bist du wohl Glorias kleine Schwester? Sie erzählte, dass du auch zu *Iberia* kommen wolltest. Echt schade, dass sie nicht mehr da ist, wir hatten immer so viel Spaß. Wie geht es ihr denn?«

»Gut. Gut. Danke der Nachfrage«, antworte ich hölzern. Ich will nicht unbedingt mit einem Fremden besprechen, dass zwischen Gloria und mir Funkstille herrscht, seit sie gesagt hat, dass sie mich in Bogotá nicht haben will.

Während des Takeoffs sind wir konzentriert, doch kaum in der Luft, beginnt er wieder zu plaudern.

»Also, jetzt sag doch mal. Was ist der wahre Grund, warum sie nach Kolumbien wollte? Das kann nicht das Geld gewesen sein. Sie hat doch bestimmt einen Freund dort? Ist sie der Liebe wegen um die halbe Welt gezogen?« Aufgeschreckt drehe ich den Kopf zu ihm. »Die alte Crew würde das wahnsinnig interessieren. Wir hoffen alle, endlich zu einer Traumhochzeit eingeladen zu werden, denn sie war wirklich lange genug in der Warteschleife«, sagt er so locker flockig, als wäre ihr Privatleben nicht nur ihre Sache, sondern Allgemeingut.

»Also das musst du sie schon selbst fragen.« Mit einem aufgesetzten Lachen tue ich so, als vertiefe ich mich wieder in die Flugdaten, wobei mir innen drin in Wahrheit heiß und kalt wird.

Könnte das sein? Dass sie einen Mann kennengelernt hat und

deshalb nach Kolumbien gezogen ist? Sie hat mir nichts erzählt. Und ich habe sie auch nie gefragt, sondern war im Grunde, seit ich es erfahren habe, sauer auf sie. Aber warum war sie dann am Telefon nicht glücklich, sondern traurig und ohne Glauben an die Liebe? Ob etwas vorgefallen ist? Wie ein Segelflieger in Windböen schwanke ich hin und her zwischen tiefem Mitgefühl für sie und einer leisen egoistischen Hoffnung. Vielleicht kommt sie dann ja bald wieder?

»Machst du die Durchsage?« Sebes gutgelaunten Worte unterbrechen meine Grübeleien.

»Äh, klar«, sage ich verwirrt, ohne daran zu denken, dass ich schrecklich gehemmt bin, wenn ich vor einer Gruppe von Menschen sprechen muss, und mich bisher vor jeder Durchsage derart überwinden musste, als gelte es, ohne Fallschirm aus dem Flugzeug zu springen.

Doch die Aussicht, dass Gloria vielleicht doch wieder zurückkommt, macht mich frei. Todesmutig nehme ich das Mikrofon.

»Schönen guten Morgen. Ich bin Nerea Wallner, Ihre erste Offizierin, und heiße Sie herzlich willkommen auf unserem Flug von Madrid nach Oslo. Wir bedauern die Unannehmlichkeiten aufgrund der heutigen Flugstreichungen und freuen uns umso mehr, Sie an Bord unseres Airbusses *A320 Neo* begrüßen zu dürfen. Aktuell befinden wir uns auf einer Flughöhe von einunddreißigtausend Fuß. Unsere Restflugzeit beträgt drei Stunden neunundzwanzig Minuten. Das Wetter in Oslo ist bestes Frühlingswetter, zu unserer Ankunftszeit wird es milde achtzehn Grad haben. Wir wünschen Ihnen einen angenehmen Aufenthalt.«

Das ging ganz leicht. Ich bin richtig überrascht über mich selbst.

»Gut gemacht«, sagt Sebe. »Das liegt wohl in der Familie.« Na, wenn der wüsste …

Zum Glück fragt er nicht weiter nach Gloria, sondern erzählt lustige Geschichten von seinem kleinen Sohn. So vergeht der Tag eigentlich wie im Flug.

Erst am Abend, als wir uns tatsächlich Wien nähern, denke ich wieder an Leo, oder besser gesagt, daran, dass er nicht mehr da ist, wenn ich ankomme. Traurigkeit drückt auf meine Brust. Niemandem, weder Alvaro noch meinen Eltern, ist aufgefallen, wie todunglücklich ich wegen Glorias Verschwinden war, nur Leo. Wie gern würde ich wieder mit ihm sprechen, ein wenig Leichtigkeit fühlen.

Ob es ihm gutgeht? Oder hat er meinetwegen Ärger bekommen und sich deshalb doch für die Kanzlei seines Vaters entschieden? Ob es ihm dort gefällt? Hat sich allerdings nicht so angehört, als ob es das könnte.

»Nerea, bitte konzentriere dich«, warnt Sebe. »Ich weiß, es war ein langer Tag«.

Ich schrecke auf. »Tut mir leid.« Sofort drücke ich die erforderlichen Knöpfe und gebe ihm die Daten durch.

Dann spreche ich wieder zu den Passagieren. »Meine Damen und Herren, wir befinden uns im Landeanflug auf Wien. Die Temperatur beträgt zwanzig Grad Celsius, das wird eine klare Nacht. Ihr Kapitän und ich wünschen Ihnen einen schönen Aufenthalt oder eine angenehme Weiterreise. Danke, dass Sie mit *Iberia* geflogen sind. Buenas noches und guten Abend!«

Diesmal dauert es lange, bis der Airbus endlich leer ist und wir uns nach dem Outside Check selbst auf den Weg durch den Tunnel, das Hauptgebäude und schließlich über den Parkplatz in Richtung Hotel machen.

Meine Traurigkeit schleust die Sehnsucht nach einem Drink durch meinen gesamten Körper, mein Herz wünscht sich, dass Leo wieder da ist.

Ich trödle rum und gehe in der Lobby auf die Toilette, damit die anderen von der Crew bei meiner Rückkehr verschwunden sind und ich direkt einen Abstecher in die Bar machen kann.

Obwohl ich wusste, was mich erwartet, muss ich beim Blick zum Tresen zittrig durchatmen – dort steht ein fremder Barkeeper. Wohl der Neue. Er ist älter als Leo, mit grauen Schläfen und einem ernsten Gesicht.

»Hallo, kann ich bitte einen *Strawberry Mojito* haben? Den nehme ich dann mit aufs Zimmer.«

»Alles klar, kommt sofort.«

Ich esse eine Handvoll Erdnüsse, bis mein Cocktail fertig ist, nehme sogleich einen ersten großen Schluck und trage dann schlürfend das Glas nach oben. Erleichtert seufze ich auf. Viel besser.

Ich trinke es aus, dusche und ziehe Alltagskleidung an. Da klopft es an meiner Tür.

»Ich bin's. Sebe. Wollen wir los?«

Verdattert öffne ich. »Los … wohin?«

»Na, in die Stadt. Ándale! Die anderen sind schon unten. Ein bisschen feiern haben wir uns heute echt verdient nach dem stressigen Tag.«

Puh, meine Lust hält sich wie üblich in Grenzen. Aber hatte ich mir nicht vorgenommen, Glorias Liste abzuklappern? Nur damit ich Bescheid weiß, wenn sie mich fragt. Damit sie sich freut, wenn ich mit ihr über ihre Lieblingsstadt plaudern kann. Und damit sie noch mehr Gründe hat, um wieder zurückzukommen. Außerdem wartet hier im Hotel schließlich niemand mehr auf mich.

»Okay«, murmle ich und schlurfe nach drinnen, um in die Sandalen zu schlüpfen und meine Tasche zu holen, in die ich seufzend Glorias Liste stopfe.

Als Sebe und ich in die Lobby kommen, sind entgegen seiner Ankündigung doch nicht alle da. Die beiden Flugbegleiter, die ich vor heute noch nicht kannte, zwei junge Männer, fehlen noch.

Fernanda und Belén setzen sich tratschend auf eines der Sofas. Sebe und Alma gehen nach draußen auf eine Zigarette. Und ich stehe unschlüssig in der Mitte der Lobby und weiß nicht, ob ich mich jemandem anschließen soll. Da fällt mir auf, dass ich meine Schlüsselkarte noch in der Hand habe. Die gebe ich lieber ab, bevor ich sie verliere wie Gloria, die einmal nachts in Mexico nicht mehr in ein Hostel reinkam und im Fahrradschuppen schlafen musste.

Ich wende mich zur Rezeption. Wie immer am Mittwoch hat Alina Dienst.

»Hallo! Die möchte ich abgeben.«

»Alles klar.« Sie nimmt die Karte entgegen. »Und? Wirst du Leo heute im *Café Althan* besuchen?«, fragt sie neugierig und zwinkert mir zu.

Ich bin irritiert. »In welchem Café?«

»Na, wo er jetzt arbeitet«, sagt sie, als wäre ich schwer von Begriff.

»Ich dachte, er arbeitet in einer Kanzlei?«

Sie runzelt die Stirn und zuckt mit den Schultern. Da berührt mich jemand von hinten am Arm.

»Nerea, kommst du? Wir fahren los.« Sebe grinst breit, während mir vom Zigarettengestank, den er verströmt, geradezu schlecht wird.

»Ja, gut«, sage ich immer noch verwirrt. Und zu Alina »Tschüss«, ehe ich mich grübelnd abwende.

Hat Leo gelogen? Um besser dazustehen? Damit ich denke, dass er nun doch als Jurist arbeitet und kein Barkeeper mehr ist? Das wäre mir doch egal. Vielleicht meinte er sich selbst, als er sagte, wir spielen sogar vor Menschen eine Rolle, die wir niemals wiedersehen. Ist doch idiotisch.

»Schönen Abend!«, ruft sie uns hinterher.

EINUNDDREISSIG
Leo

Wien

Seit heute bin ich also offiziell als Gustls Nachfolger eingesetzt. Die letzten Tage wurde ich von ihm hinten im winzigen Büro in das Bestellsystem des Großhandels, in die Buchhaltung, Kassenabschlüsse, Finanzamtsmitteilungen und Lohnver-
rechnung eingewiesen und auch jetzt sitzen wir noch abends
zusammen und besprechen die demnächst anstehenden Entscheidungen bezüglich des Küchenpersonals.

»Apropos Küche, ich verhungere«, stöhnt Gustl. »Lass uns
was essen.« Da läutet sein Handy.

»Geh schon mal raus, ich komm gleich nach«, sagt er und so
klatsche ich mir zweimal mit der Hand gegen den Oberschenkel,
damit Waldi mir nach draußen folgt.

Wir beide sind schon ein eingespieltes Team. Irgendwie ist es
richtig nett, immer jemanden an meiner Seite zu haben.

»Gehen'S, Herr Franz, bringen'S mir bitte einen Verlängerten
und wenn noch was vom Apfelstrudel da ist, mein Gehirn braucht
Zucker.« Grinsend kraule ich Waldis Köpfchen, der sich zwischen meinen Füßen unter dem Marmortischchen niederlässt.

Zuerst kommt der Herr Franz mit dem Silbertablett, dann erscheint Gustl.

»Das war die Konstanze am Telefon«, sagt er, während ich
genüsslich eine Gabel Strudel voll mit weißem Staubzucker in
meinen Mund schiebe.

»Kommt sie irgendwann den Waldi abholen?«, frage ich kauend, ohne aufzublicken.

Seit wir erfahren haben, dass es kein Herzinfarkt und auch kein Schlaganfall war, bin ich beruhigter. Und eigentlich weiß ich gar nicht sicher, ob ich möchte, dass Waldi bald abgeholt wird. Aber er ist schließlich Papas Hund. Der will ihn bestimmt wiederhaben. Doch Gustl ignoriert meine Frage und bleibt stumm neben mir stehen. Verwirrt hebe ich den Kopf. Blass sieht er aus.

»Ich … soll morgen ins Krankenhaus kommen und mir Blut abnehmen lassen«, stößt er aus.

Die Gabel stoppt knapp vor meinem Mund. »Du? Warum?«

Er schluckt. »Um zu sehen, ob ich als Stammzellenspender infrage komme.«

Mein Herz setzt für mehrere Augenblicke aus. Stammzellen … Knochenmark. Das ist Krebs. Das bekommen Leukämiepatienten. Konsti hatte eine Stammzellentransplantation.

Ich starre Gustl an und öffne den Mund. Doch es kommt kein Ton heraus. Das darf nicht sein. So eine riesige Scheiße. Aber warum wird nur er gefragt? Warum nicht auch ich?

»Ich muss kurz an die frische Luft«, keucht er, während sich rote Flecken über seinen Hals ziehen.

Ich nicke mechanisch. »Natürlich.« Meine Stimme bricht, als wäre ich noch im Stimmbruch.

Mein Onkel eilt aus dem Lokal und ich lege die Gabel wie in Zeitlupe auf den Teller und den Kopf in die Hände. Krebs? O mein Gott. Vor meinem inneren Auge ziehen Erinnerungen vorbei – wie oft ich wütend war auf meinen Vater, wie kindisch inbrünstig ich ihm Krätze und Eiterbeulen an den Hals gewünscht habe. Aber Krebs? Krebs klingt nach Tod. Nach langsamem Tod.

Was macht die Kanzlei *Althan & Söhne* ohne den Althan? Und mit nur einem Sohn? Und was macht Mama ganz allein?

Schon der Gedanke klingt total bescheuert, aber dennoch … Ich sollte meinen Vater anrufen und ich traue mich nicht. Ich bin fünfundzwanzig Jahre alt und habe Angst davor, mit meinem Vater zu telefonieren. Davor, dass er immer noch furchtbar wütend auf mich ist, davor, wie es um seine Gesundheit steht. Am meisten davor, dass er weint. Oder ich. Oder noch schlimmer: Dass wir uns trotz allem nichts zu sagen haben.

Mit Waldi bei Fuß marschiere ich ins Bürokämmerchen und rufe erst mal die Mama an.

»Nein, es ist nicht Krebs«, sagt sie und eine ganze Wagenladung Steine rasselt mir vom Herzen. Gott sei Dank. »Es ist etwas, das man vereinfacht Knochenmarksinsuffizienz nennt, eine schwere Form davon.« Ihre Stimme klingt belegt vor Angst und das lädt eine neue Fracht auf meinem Herzen ab.

»Aber … das ist doch gut … dass es nicht bösartig ist … oder?«, frage ich verunsichert.

Sie seufzt todtraurig. »Ja und nein. Es ist unbehandelt genauso tödlich. Sein Knochenmark produziert keine Blutzellen mehr. Du hättest das Blutbild sehen sollen! Niemals hätte ich gedacht, dass jemand mit derart wenig Blutzellen noch so normal leben kann!« Immer schriller wird ihre Stimme, bis sie beinahe schluchzt, was eine Gänsehaut über meinen gesamten Körper schickt. »Abgesehen davon, dass er schnell außer Atem war und deshalb auch für kurze Wege immer das Auto genommen hat, ist mir nichts aufgefallen. Im Krankenhaus hat er zwei Bluttransfusionen bekommen, einmal rote Blutkörperchen und einmal Blutplättchen.«

»Er hat einfach so aufgehört, Blut zu produzieren? Warum?« In der absurden Hoffnung, alles dadurch besser zu fassen zu kriegen, umschließe ich das Handy fester, doch meine Brust wird ganz eng.

»Die genaue Ursache wissen sie noch nicht. Dass es durch

einen Virus oder andere äußere Faktoren entstanden ist, konnten sie bereits ausschließen. Vielleicht werden sie es nie herausfinden. In vielen Fällen bleibt das ungeklärt.«

»Was? Beim heutigen Stand der Wissenschaft? Aber sie können was dagegen tun?«, frage ich voller überzeugter Hoffnung.

»Schon ja, wenn es durch eine Autoimmunreaktion hervorgerufen wurde, können sie versuchen, diese zu unterdrücken. Wenn nicht oder wenn das nicht klappt, bleibt nur mehr die Knochenmarktransplantation. Deshalb wird schon jetzt nach einem möglichen Spender gesucht. Ich wünschte so sehr, er müsste das nicht durchmachen.« Sie klingt am Boden zerstört. Mir wird vor Verzweiflung ganz heiß.

»Aber dann wäre er vollständig geheilt, oder? So wie der Konsti, das ist doch gut!« Mit aller Kraft klammere ich mich an diese Erfolgsgeschichte.

Stille. Doch je länger sie zögert, desto lauter wird es in mir. »Du hast damals wohl nicht mitbekommen, wie das läuft und wie gefährlich es ist?«, flüstert sie und weint plötzlich hemmungslos.

Für einen Moment habe ich den exorbitanten Drang, das Handy weit, weit wegzuwerfen oder zumindest aufzulegen, doch ich zwinge mich, es nicht zu tun. Das letzte Mal, als ich mitbekommen habe, dass Mama offen geweint hat, war nach meinem Rausschmiss aus der Schule. Das wollte ich nie nie nie nie wieder erleben. Aber da war ich jünger, unreifer. Jetzt bin ich ein Mann und muss … kann für meine Mutter stark sein.

»Nein, ich weiß nicht, wie es damals bei Konsti war«, sage ich beschämt und die Angst kriecht mir über das Brustbein und setzt sich auf meine Lunge. »Ich weiß nur mehr, dass er danach geheilt war. Auch wenn er keine Haare mehr hatte.«

»Die verlor er durch die Intensivchemo. Vor der Transplantation muss das eigene Immunsystem vollständig zerstört werden. Konsti hat viele Wochen davor und danach im Krankenhaus verbracht, allein und isoliert, mit Nebenwirkungen, die du deinem größten Feind nicht wünschst. Erbrechen, Durchfall, die Haut wie von der Sonne verbrannt, entzündete Schleimhäute, sodass er wochenlang nichts essen konnte und über eine Nasensonde ernährt werden musste, zerstörte Geschmacksnerven und was weiß ich nicht alles. Währenddessen habt ihr anderen Fußball gespielt, schwimmen gelernt, jeden Tag ein Eis nach dem anderen gefuttert und im Garten gezeltet. Jede für uns lächerliche Infektion hätte für ihn tödlich enden können. Und auch danach waren seine Abwehrkräfte lange Zeit wie die eines Babys. Er musste alle Impfungen nachholen und immer in der Angst um einen Rückfall leben. Es ist hart für einen Erwachsenen, so etwas durchzumachen, für ein Kind unbeschreiblich grausam und risikoreich. Viele versterben an den Komplikationen.«

Bilder tauchen vor mir auf. Von meinem unbeschwerten Sommer. Von Konsti. Vorher und nachher. Wie schrecklich verändert er war. Ich schlucke schwer, durch den engen Hals will gar nichts durch.

Mamas Worte klingen wie ein Vorwurf und ich würde mich gern verteidigen. Doch allein die Tatsache, dass ich mich nie wirklich danach erkundigt habe, ja, es vielleicht intuitiv gar nicht genau wissen wollte, spricht mich schuldig. Und Mama kenne ich so gar nicht, so verbittert, so verzweifelt. Meine Mama ist doch die, die sich nie unterkriegen lässt, die immer weiterkämpft … Vielleicht ist es das, was mich am allermeisten aus der Bahn wirft.

»Ich … Es …«

Doch sie redet gleich weiter. »Das Warten frisst mich auf, die Angst, ich habe Herzrasen, Extrasystolen, wahrscheinlich so was wie Panikattacken. Mir ist bewusst, dass der Tag irgendwann kommt, aber ich bin noch nicht bereit, ihn gehen zu lassen. Ich kann das nicht, Leo.«

Sie schluchzt, während sich in mir alles zusammenkrampft.

Und ich kann nichts tun, nicht durchs Telefon krabbeln und sie umarmen, nicht sagen *Alles wird gut,* denn das weiß ich einfach nicht. Ich kann nur für sie da sein und versuchen, Ruhe zu bewahren. Tief atme ich ein.

»Was wird jetzt mit ihm? Was ist der nächste Schritt?«, frage ich sanft. Denn dass man so eine Riesensache Schritt für Schritt angehen muss, ist sogar mir klar.

Sie putzt sich die Nase. »Bis ein Spender gefunden wird, bekommt er regelmäßig Bluttransfusionen, die ihn stabil halten. Man kann nur beten, dass es nicht zu lange dauert. Je länger er warten muss, desto schlechter wird die Ausgangslage für die Transplantation.«

»Soll ich mich testen lassen? Natürlich lasse ich mich testen! Wo muss ich da hin?«

»Ja, lass dich testen, aber bitte, um registriert zu sein, für jeden Einzelnen, der einen Spender braucht. Für Papa ist nur Gustav wichtig.«

Verständnislos schüttle ich den Kopf. »Warum?«

»Wir anderen sind in dieser Hinsicht Fremde. Als unser Sohn hast du die Hälfte der Gene von mir und bist damit ein schlechteres Match als Gustav mit denselben Eltern. Dem Himmel sei Dank, dass er einen Bruder hat. Das könnte ihm das Leben retten. Leo, ich muss aufhören. Geht es mit Waldi oder soll ich den Niki bitten?«

»Nein, es geht schon, er kann bei mir bleiben.« Wenigstens kann ich irgendetwas beitragen.

»Dann mach's gut, Leo«, sagt sie mit von Tränen gepresster Stimme. »Danke, dass du mir zugehört hast.«

»Aber natürlich. Du auch, Mama, mach's gut«, flüstere ich und lege auf, lasse den Kopf in eine Hand sinken, bin ratlos.

Ein Bruder ist überlebensnotwendiger als ein Sohn? Wer hätte das gedacht? Man muss sich glücklich schätzen, einen zu haben?

Und ich habe sogar zwei. Ich denke an Niki und Juli. Und dass sie mich hassen. Wären sie bereit, mir Zellen aus ihrem Knochenmark zu spenden? Nach allem, was zwischen uns war? Und nach allem, was zwischen uns nicht war? Nämlich Brüderlichkeit, Freundschaft, Zusammenhalt.

Gustl ist bereit dazu, obwohl es zwischen ihm und meinem Vater wahrlich auch nicht einfach war. Aber vielleicht waren sie zumindest als Kinder gute Freunde? Darüber weiß ich nichts. Ich würde es tun, für jeden von ihnen. Trotz allem. Aber auf sie zugehen, in dem Wissen, dass sie mich nicht brauchen, mich nicht wollen, nein, ich denke, das kann ich nicht. Nicht jetzt.

Immer noch habe ich das Telefon in der Hand und gehe auf *WhatsApp*.

Ich: Papa, ich habe es soeben erfahren. Es tut mir sehr leid, was dir widerfahren ist. Gute Besserung!

Ich lösche das wieder, es klingt doof.

Ich: Mama hat es mir gerade gesagt. Wie schrecklich. Tut mir leid, dass du das durchmachen musst.

O Gott. Noch blöder. Ich lösche es erneut.

Ich: Es tut mir so leid, kann ich irgendetwas tun?

Ach, Himmel! Was soll ich nur schreiben? Was schreibt man jemandem, der eine lebensbedrohliche Krankheit hat? Alle üblichen Floskeln laufen ins Leere, klingen bescheuert. Hat er sein Handy überhaupt bei sich? Ich hatte es Gustl gegeben. Nun habe ich Mama gar nicht gefragt, wie es ihm aktuell geht. Ist er stabil? Oder schwach, bettlägerig? Wann darf er nach Hause?

Es klopft an der Bürotür.

»Ja?«

Der Herr Franz reckt den Kopf herein. »Herr Magister, Sie haben Besuch.«

»Komme.« Ich stecke das Handy weg. Was ich Papa schreiben soll, muss ich noch mal ganz in Ruhe überlegen.

Waldi begleitet mich aus dem dunklen Kabäuschen ins helle Gastzimmer. Das Erste, was ich sehe, sind blonde Haare von hinten, lang und glänzend. Stutzig trete ich an sie heran.

»Ja, bitte?«

Sie dreht sich um, und da sehe ich auch den Niki. Mit einem Mal fühle ich mich schwach, müde von allen widerstreitenden alten und neuen Gefühlen, schwer von Widersprüchen, von Schuld, von Sorge.

Er kommt näher, bleibt vor mir stehen, sein Gesichtsausdruck ist traurig, ebenso mitgenommen, wie ich mich fühle. Versöhnlich hält er mir die Hand hin.

»Brüder?«, fragt er. Vermutlich hat auch er die Neuigkeit gehört. Vielleicht von Gustl, vielleicht von Papa selbst.

»Ach, Niki«, seufze ich und ziehe ihn in einem Überschwang von Gefühlen an mich, umarme ihn fest, etwas fester als nötig. So ein Streber, sogar im Versöhnen ist er besser als ich. Trotzdem, heute bin ich unendlich dankbar dafür.

Die Umarmung ist ungewohnt, doch sie tut gut. Vor allem zu wissen, in dieser Sache nicht allein zu sein. Verlegen lösen wir uns wieder voneinander. So etwas braucht vielleicht etwas Übung. Dann strecke ich der jungen Frau meine Hand entgegen.

»Und du musst Amelie sein. Freut mich, dich kennenzulernen.«

ZWEIUNDDREISSIG

Nerea

Wien

Die erste Station ist ein Restaurant im ersten Bezirk. Dieses hat jedoch Sebastián ausgesucht. Es liegt mitten in der Innenstadt, heißt genauso wie der Platz, auf dem es steht, nämlich *Lugeck* und ist bekannt für seine hervorragenden Wiener Schnitzel.

Goldgelb und knusprig kommen sie daher mit Erdäpfel-Vogerlsalat und Preiselbeeren. Sie sind ein derartiger Genuss, dass ich zu spüren glaube, wie meine Wiener Gene erwachen. Ich MUSS dazu einfach ein Krügerl Bier bestellen, alles andere wäre ein Frevel. Und die anderen tun es auch.

Als Nachspeise gibt es Kaiserschmarrn mit Zwetschkenröster und Apfelmus. Da vergessen sogar die Stewardessen ihre zuckerfreie Diät. Und: Die Mehlspeise steht auf Glorias Liste, ein Häkchen kann ich also schon daneben setzen. Ebenso auf ihrer Liste für den ersten Bezirk steht: Eissalon Tuchlauben.

Ich krame mein Handy hervor und sehe auf Google Maps nach, ob der Salon in der Nähe liegt. Es ist gar nicht weit, nur geradeaus über den Hohen Markt, vorbei an der Ankeruhr, was auch immer das ist, und dann nach links. Dort liegen die Tuchlauben. Mein Blick fällt auf einen anderen Namen in einer kleinen Seitenstraße und Nervosität kribbelt durch meine Blutbahnen. *Althan* steht da. Das ist der, den Alina genannt hat. Und als ich mit schneller werdendem Puls daraufklicke, tatsächlich:

Café Althan. O Gott. Das ist keine drei Minuten von hier. Mir wird ganz schwummerig.

»Zahlen, bitte!«, ruft unser Kapitän dem Kellner zu. Er spricht überraschend gut Deutsch und alle werfen ein paar Scheine zusammen, sodass er für uns alle bezahlt.

»Ich würde sagen, wir nehmen jetzt noch einen gemütlichen Drink in der berühmten *Loos Bar*, bevor wir ins Hotel zurückfahren. Hoffentlich passen wir da alle noch rein«, sagt er lachend.

Fernanda und Alma hängen sich links und rechts bei ihm ein. Wir anderen folgen ihnen nach draußen, die beiden Neuen sind mit Belén ins Gespräch vertieft und ich fühle mich wieder mal wie das fünfte Rad am Wagen.

»Ähm, ich komme gleich nach. Muss noch was von Glorias Liste abarbeiten«, rufe ich mit dünner Stimme gegen ihre Rücken.

Sebe ganz vorn hat mich dennoch gehört und dreht sich und seine Begleiterinnen zu mir um.

»Ah! Die Liste!«, schmettert er schmunzelnd. »Gut, aber pass auf dich auf, guapa, versprochen? Ich bin hier schließlich verantwortlich für meine Crew. Wir warten auf dich in der Bar.«

»Ja, klar! Ich passe schon auf. Bis später.«

Innerlich verdrehe ich die Augen. Er ist verantwortlich für uns? Wir sind hier doch nicht auf Klassenfahrt. Alles erwachsene Menschen, die auf sich selbst aufpassen können. Aber bitte, wenn er meint, sich als unser aller Daddy aufführen zu müssen.

Ich wende mich ab, laufe die Straße hoch, immer in Richtung des Eissalons. Vor einem Bogen, der aussieht wie eine Brücke zwischen zwei Häusern, steht eine Traube von Menschen und starrt hinauf. Offenkundig Touristen, Rucksäcke vor der Brust, Handys auf Selfiestangen, Trekkingsandalen. Ich werde langsamer und schaue auch nach oben. Da ist eine Figur in Gold und Schwarz gehalten in einem grünen Rahmen, darüber die Abbildung einer Sonne. Sogar jetzt im Licht der Straßenlaternen leuchtet und glänzt das Gold, als würde es von sich aus strahlen.

Alles sieht sehr nach einem bestimmten Kunststil aus, kann mich aber nicht erinnern, wie er heißt. Ähnlich den Gemälden von Gustav Klimt. War es Jugendstil? Keine Ahnung. Plötzlich kommt Leben in die Sache, die Figur setzt sich in Bewegung, und während sie hinter dem Rahmen verschwindet, taucht eine neue auf. Die Uhr ist eine Stunde weitergezogen. Wie hübsch ist das denn? Auch die Touristen sind entzückt.

Mit einem Lächeln setze ich mich wieder in Bewegung, überquere die Straße knapp vor einer Pferdekutsche, in der ganz romantisch ein knutschendes Pärchen sitzt. Der junge Kutscher hebt grüßend die schwarze Melone und ruft mir etwas zu, was ich trotz meiner Österreichisch-Deutsch-Kenntnisse nicht verstehe. Bestimmt was Unanständiges. Es gibt eben viele Hallodris in der Stadt, wie Papa sagt. Lauter leichtfertige, unzuverlässige, unberechenbare junge Männer. So wie Leo. Vielleicht nicht ganz so wie Leo. Warum hat er mich angelogen? Ich knirsche mit den Zähnen. Ehe ich mich versehe, bin ich in eine kleine Gasse abgebogen, dann rechts und links und noch mal links und vor mir leuchtet ein dunkelgrünes Schild mit roter Schrift – *Café Althan*.

Mein Herz klopft wie wild. Ich werfe nur einen Blick hinein. Will nur sehen, ob es wirklich stimmt und er nun hier Kellner ist oder Barista oder wie auch immer man das nennt.

Glücklicherweise ist die Straße menschenleer und sehr dunkel. Innen sind längst die Lampen angemacht worden, man wird mich also von drinnen nicht sofort entdecken. An einem der tiefen Fenster ist ein Tisch belegt von einem älteren Herrn, daran gehe ich rasch vorbei. Doch der Tisch hinter dem nächsten Fenster ist leer und so stelle ich mich davor und spähe nach drinnen. Ganz hinten links ist eine Theke mit imposanter Espressomaschine und glänzenden Zapfhähnen, dahinter ein Fenster zur

Küche. Gerade reicht die Köchin dem Kellner einen Teller, ein zweiter steht daneben und zapft Bier in hohe Gläser. Beide sind dunkelhaarig und schon älter, beide sind nicht Leo. Könnte natürlich sein, dass er gerade heute frei hat …

Enttäuscht will ich mich abwenden, als eine Bewegung meine Aufmerksamkeit auf sich zieht. Von einem Tisch im hinteren Bereich des Lokals, etwas von einer Säule versteckt, erhebt sich ein Mann und steuert die hölzerne Tür mit der Aufschrift Toilette an. An seinem Tisch bleiben zwei Personen zurück. Eine wunderhübsche junge Frau und … Leo.

Mein Herz springt in die Luft. Bei seinem Anblick fliegen alle Zweifel, die vielleicht noch in mir schlummerten, auf und davon und ich sauge jedes Detail von ihm auf. Das leicht gelockte Haar, das immer aussieht, als wäre er gerade erst aufgewacht, seinen Bart, der interessanterweise kaum lockig ist. Seine geschmeidigen Bewegungen. Er trägt ein hellblaues Hemd mit langen, aber etwas hochgekrempelten Ärmeln, die Hose kann ich nicht erkennen. Jedenfalls sieht er eindeutig nicht nach Kellner aus.

Aber seine intensiven Augen, die Augen, die mich vom ersten Tag an gefangen genommen haben, kann ich nicht sehen, denn sie sind angestrengt in jenen der schönen Frau versunken. Das versetzt mir einen schmerzvollen Stich.

Sie spricht, und obwohl ich weder das Lippenlesen beherrsche noch ein Gehör habe, an das Stimmen sogar durch Fensterglas dringen, trete ich unwillkürlich einen Schritt näher.

Nun nickt er und beginnt selbst zu sprechen, blickt ihr immer wieder gequält ins Gesicht. Ist sie seine Freundin? Ex-Freundin? Für mich sieht das so aus, als wolle er sie überzeugen? Zurückgewinnen? Der Gedanke schmerzt mehr, als ich zugeben möchte. Wie eine Panzerfaust bohrt sich etwas in meinen Magen und zerspringt dort in tausend Splitter, die sich in meine Eingeweide bohren, denn nun legt sie auch noch eine Hand auf seine und er … Ich seufze wie unter Schmerzen. Er lässt es geschehen, lächelt dankbar.

Ich habe genug gesehen. Was habe ich denn erwartet? Dass er sehnsüchtig darauf wartet, dass eine Fremde, die ihn abgewiesen und zudem einen Freund hat, bei ihm auftaucht und in seine Arme fliegt? *And they lived happily ever after*?

Das passiert in Märchen, in Mamas Büchern. Die Realität aber hat ein ganz anderes Gesicht. Ich kenne ihn nicht. Und er kennt mich nicht. Er hat ein Leben, Vergangenheit, Pläne. Das auf dem Dach war eine unbedeutende Flirterei, bei seiner Impulsivität wahrscheinlich umso weniger bedeutsam.

»Tschüss, Leo«, flüstere ich eher zu mir selbst und wende mich mit blutendem Herzen ab. »Adiós.«

DREIUNDDREISSIG

Leo

Wien

In meinem Magen explodiert bei dem Anblick spontan ein Feuerwerkskörper. Das ist doch … Da draußen am Fenster. Die Frau, die da eben stand. Das war doch Nerea! Diese Erkenntnis zündet noch ein paar kribbelnde Zusatzraketen. In meinen Ohren rauscht es.

Dennoch weiß ich nicht, was ich tun soll. Mein Gesicht, mein ganzer Körper fühlen sich so unglaublich schwer an. Wie ein mit Wasser vollgesogener Skianzug. Dabei rast mein Puls, als würde ich rennen. Sie war da. Sie hat mich gesehen und jetzt geht sie wieder. Soll ich hinterher?

»Alles okay, Leo?«, fragt Amelie und sieht ebenfalls zum Fenster, das nur dunkel und leer zurückglotzt.

»Ich, ich … weiß nicht«, murmle ich, kann keinen klaren Gedanken fassen.

Nerea wollte mich nicht. Aber sie hat mich gesucht. Sie hat einen Freund. Aber wenn ich ihr jetzt nicht hinterherlaufe, sehe ich sie vielleicht nie wieder. Plötzlich fährt Leben in mich, ich springe auf.

»Ich muss kurz«, rufe ich und stürme zur Tür.

Waldi bellt einmal, aber er reagiert nicht schnell genug, um mir zu folgen. Schon stürze ich auf die Straße und in die Richtung, in die sie verschwunden ist. Das Blut rauscht heiß in meinen Ohren. Bis zur nächsten Kreuzung laufe ich und spähe angestrengt in jede Richtung. Doch verdammt … Ich sehe sie nicht. Weg ist sie. Ich war zu langsam.

So atemlos wie resigniert lehne ich mich an die Hausmauer und lege die Hände vor das Gesicht. Unverdünnte Enttäuschung rinnt wie Gift durch meine Adern. Es soll nicht sein. Das Timing war doch von Anfang an verkehrt zwischen uns. Ich muss sie vergessen.

Als hätten Kopf und Herz noch nicht genug zu tun, dringt plötzlich auch Papas Erkrankung wieder in mein Bewusstsein. Ach Scheiße. Ich lasse die Hände hinabfallen und blicke die Straße zurück in Richtung Café. Ich muss jetzt meine Familie unterstützen, ich kann gerade keinen Liebeskummer gebrauchen. Dennoch kann ich mich nicht davon abhalten, noch einmal angestrengt in die Straßen zu schauen, in die Nerea eben verschwunden sein könnte, dann aber stoße ich mich endlich seufzend von der Mauer ab und trotte zurück. Ich wünschte nur, da wäre nicht dieses Gefühl, gerade noch mehr verloren zu haben als ohnehin.

Schon durch das Fenster erkenne ich, dass Niki von der Toilette wieder am Tisch sitzt. Doch erst, als ich mich setze, sehe ich seine geröteten Augen. Auch mir ist so was von zum Heulen zumute. Wegen Papa und wegen Nerea. Mit aller Kraft schiebe ich Letztere aus meinem Herzen und wende mich an die beiden.

»Tut mir leid, ich dachte, ich hätte jemanden gesehen …«

»Schon gut«, sagt der Niki müde. »Wir müssen dann eh gehen. Ich wollte nur noch sagen, dass wir uns vielleicht abwechseln könnten? Wenn er morgen aus dem Krankenhaus kommt, gehst du ihn dann besuchen?«

Wie eine Vogelspinne krabbelt mir die Beklemmung über die Brust. Puh! Eine schwierige Frage. Schließlich habe ich es nicht mal geschafft, eine Nachricht abzuschicken. Aber ich will ihn schon besuchen. Ich muss es.

»Ja, werd's versuchen. Muss ihm ja auch den Waldi bringen«, überlege ich laut.

»Hm.« Da macht mein Bruder ein zweifelndes Gesicht. »Keine Ahnung, ob er ihn behalten kann, er muss seinen Alltag aufgrund der Infektanfälligkeit komplett umkrempeln.«

»Uh, ehrlich? Der Hund ist schlecht für ihn?« Ist das nicht übertrieben? Aber ich habe wohl echt keine Ahnung von dem Thema.

»Und wie hat es Juli aufgenommen?«, frage ich mit schlechtem Gewissen, weil ich an unser letztes Gespräch denke.

Niki zuckt mit den Achseln. »Ich kann es dir nicht sagen. Er öffnet sich mir nicht, gar nicht. So, als wäre ihm das alles egal. Außerdem wirkt er mit dem Kopf ganz woanders. Vielleicht hat er ja eine Freundin …« Er lächelt bekümmert.

»Hm«, mache nun ich. Das glaube ich eher nicht. Armer Julius. Er verkriecht sich immer mehr in seinem Schneckenhaus.

»Auch die Mama zeigt uns gegenüber keine Gefühle, ist nur am Organisieren und Tun. Ist immer stark. Für mich ist das schrecklich, nicht helfen zu können«, klagt er und Amelie nickt dazu.

Mein Inneres fühlt sich wund an. Irgendwie bröckelt diese Familie doch auseinander. Oder bilde ich mir das nur ein? Ich dachte, zumindest die restlichen vier wären eine Einheit, wenn ich schon den Störenfried gegeben habe. Aber dass ich anscheinend der Einzige bin, bei dem Mama sich zu weinen traut und bei dem der Julius auch mal wütend wird und aus sich rauskommt, das überrascht mich wirklich.

Niki steht auf und schiebt seinen Stuhl ordentlich an den Tisch. »Also, mach's gut. Ich ruf dich an, sobald ich was erfahre. Okay?« Er umarmt mich zum Abschied und ich bin froh darüber, auch wenn es sich immer noch sehr ungewohnt anfühlt.

»Ja, gut, ich dich auch. Danke, dass ihr hier wart«, stammle ich. Das finde ich wirklich.

»Baba, Leo«, sagt Amelie und umarmt mich ebenso.

»Tschüss. War schön, dich kennenzulernen.« Sie ist nett, viel natürlicher, als sie auf den ersten Blick scheint.

»Finde ich auch.« Sie strahlt und hängt sich bei Niki ein.

Dann bringe ich die beiden zur Tür und sehe ihnen zu, wie sie Arm in Arm die kaum beleuchtete Gasse hinunterschlendern. Und ein bisschen beneide ich Niki. Jemanden zu haben, mit dem man nach Hause geht, der einem Stütze und Trost und ein Licht in dunklen Stunden ist, das wäre schon schön. Wieder ein Gedanke an Nerea, doch er tut zu weh, um ihn länger zuzulassen. Vielleicht ist es mir einfach nicht bestimmt.

Seufzend schließe ich die Tür und drehe mich um. Da sitzt er ja vor meinen Füßen, mein kleiner Begleiter, der Einzige, der mit mir nach Hause geht. Aber ein wenig Trost und Stütze ist er mir tatsächlich. Ich glaube, ich bin gar nicht allzu traurig, wenn ich ihn behalten muss.

»Soll ich die Gerti fragen, ob sie ein paar Leberreste für dich hat? Und für den Kater natürlich.«

Er wedelt mit dem Schwanz.

»Ja? Na, dann komm.«

VIERUNDDREISSIG

Nerea

Wien

Mit wässrigen Augen irre ich durch die winzigen Gassen und suche verzweifelt die *Loos American Bar*. Die Gässchen sehen alle gleich aus und die alten Tafeln mit den geschwungenen Buchstaben kann ich kaum entziffern. Das war doch nur ein paar Straßen weiter. Fahrig nehme ich das Handy zu Hilfe und renne dann vollkommen durch den Wind die letzten Meter, als könnte ich so die Tränen abschütteln. Da ist sie endlich. Fast hätte ich sie übersehen. So etwas nennt sich Bar? Na ja, etwas, um die Realität runterzuspülen, wird es in diesem Vogelhäuschen wohl hier geben.

Es ist gerade mal etwas breiter als die Eingangstür und so winzig, dass höchstens zwanzig Menschen bequem hineinpassen. Die Tische im Schanigarten sind alle belegt, jedoch nicht von meiner Crew. Also muss ich wohl hinein. Entschlossen wische ich mir über Nase und Augen und quetsche mich ins Innere. Erst durch ein Grüppchen lautstark tratschender Frauen und dann durch eine Handvoll stumm genießender Männer, die ich dadurch bald alle persönlich kenne. Zumindest ihr Parfum, ihren Drinkgeschmack und wie sie sich anfühlen. Aber ironischerweise tut er sogar gut, der Körperkontakt. Auf gewisse Weise tröstet er mich. Und die dunkle Enge der Bar wirkt wie eine Höhle. Eine Höhle, in der man sich gut vor sich selbst verstecken kann.

Trotz der vielen Leute kann ich erkennen, dass das Lokal wunderschön ist. Spiegel überall, satte Holzvertäfelungen, dunkler Marmor. Ein wahres Schmuckkästchen. Jetzt müssen nur noch die Drinks gut sein. Oder auch nicht. Heute wäre es mir komplett egal, wie sie schmecken.

»Hola«, sage ich atemlos, als ich es endlich zu meiner Crew geschafft habe.

»Ah, da ist sie ja! Wie schön, meine Liebe!« Sebes Fröhlichkeit geht mir langsam extrem auf die Nerven.

Hastig drehe ich mich zur Theke und bedeute dem Barkeeper, dass ich bestellen möchte. »Hallo! Was empfiehlst du mir? Mit Rum? Stark?«, rufe ich gegen die Geräuschkulisse um mich herum an.

Er lächelt wissend und beugt sich näher zu mir. »Dark 'n Stormy? Mit Ginger Beer und Zitrone. Schön aromatisch und kraftvoll.«

Ich nicke. Ja, dunkel und stürmisch, so sieht es in meinem Herzen aus. Vielleicht genau das Richtige, um mir Leo aus dem Kopf zu pusten. Denn da drin zieht sein Name eine Endlosschleife, so sehr ich auch versuche, nicht mehr an ihn und die Blondine zu denken. Leo. Leo. Leo. Leo. Endlich kommt der rettende Drink und ich stürze ihn hinunter.

Der weitere Abend ist überraschend okay. Weil ich gar nicht erst in die Gelegenheit kommen will, weiter über Leo zu grübeln, plaudere ich wie aufgezogen mit dem Fremden, an dessen Brust gedrückt ich stehe, nachdem sich noch ein paar Gäste vorn in die Bar zwängen mussten. Er ist zu alt für mich, ich glaube, auch verheiratet, aber die Tatsache, dass ich Pilotin bin, fasziniert ihn ungemein und so haben wir wenigstens ein Gesprächsthema.

Um weiterhin kommunikationsfreudig zu bleiben, bestelle ich einen weiteren Drink, dann noch einen, was sich vielleicht als

Fehler herausstellen wird. Aber heute ist mir das egal. Um meine Enttäuschung wegen Leo zu vergessen, ist mir jedes Mittel recht.

Doch nach einer Weile wird mir schlecht. Es ist so stickig hier und der Fremde namens Rolli drückt sich auch immer fester an mich. Ich brauche dringend frische Luft.

Wieder durch all die Leiber durchgequetscht, endlich atmen, doch schwindelig ist mir noch immer. Es war zu viel, im Hotel der *Strawberry Mojito*, dann das Bier, der *Dark 'n Stormy* und noch zwei *Whiskey Julep*. Ich taumle ein paar Schritte weiter und setze mich auf den Rand eines hölzernen Baumtroges vor einem Geschäft – oder wie nennt man einen riesigen Blumentopf, in dem ein Baum steht?

Immer wieder schlendern Leute vorbei, gucken, ob in der Bar noch Platz für sie ist. Jedes Mal, wenn sich die Tür öffnet, schwillt der Lärmpegel an und sinkt, sobald sie sich schließt. Wie das Crescendo eines Orchesters. *Sehr tiefsinnig, Nerea.*

Ich sitze und atme, versuche, mit frischer, kühler Nachtluft meiner Übelkeit Herrin zu werden, und lasse den Blick die Straße hinunterschweifen. Plötzlich dreht sich mir der Magen um, dass ich für einen Moment befürchte, seinen Inhalt nicht bei mir behalten zu können. Träume ich? Oder hat sich mein Schwindel jetzt auch noch in Halluzinationen verwandelt? Nein, es ist viel eher mein rasendes Herz, das Schwindel und Übelkeit weiter anfacht, denn vorn an der Ecke, keine zehn Meter von mir entfernt, steht tatsächlich Leo. Allein, oder zumindest fast.

Fuck, ich bin viel zu benebelt, um schnell zu reagieren und zu flüchten. Das Einzige, was ich schaffe, ist, mich wie in Zeitlupe von dem Trog zu lösen und auf die wackeligen Beine zu stellen. In dem Moment blickt er von dem Hund auf, den er an der Leine führt, und sieht mich. Erst sichtlich überrascht, verzieht er dann gequält das Gesicht. Ich starre ihn nur an. Und er mich. Immer lauter pocht mein Herz in meinen Ohren, es übertönt die Geräuschkulisse der Straße. Unschlüssig tritt er von einem Bein auf das andere, zögert, doch der Dackel zieht ihn weiter.

Und so kommt er langsam näher und bleibt in gebührendem Abstand vor mir stehen, sein Blick sucht schüchtern meinen.

»Warst du das vorhin vor dem Café?«, fragt er gedrückt.

Mein Herz trommelt wie wild und ich nicke, wenn auch widerwillig. Weiß noch nicht, wie ich das erklären soll.

»Hast du mich gesucht?« In seinen Augen schimmert ein kleiner Funken Hoffnung.

Unsicher zucke ich mit den Achseln.

Der Funke erlischt so schnell, wie er gekommen ist. »Warum bist du nicht reingekommen?«, fragt er mit belegter Stimme.

Da ist ein starkes Stechen in meiner Brust, wenn ich an ihn und die andere Frau denke. So also fühlt sich Eifersucht an. Eklig und ziemlich stachelig.

»Ich … wollte nicht stören«, presse ich hervor.

»Du störst nicht, ich hätte mich gefreut«, sagt er, klingt dabei aber total traurig.

Ich stoße ein ungläubiges Lachen aus. »Obwohl du mit der Schönen beschäftigt warst?«

Er runzelt die Stirn. Habe ich gelallt?

»Das ist vielleicht meine zukünftige Schwägerin und du bist … viel schöner als sie.« Er sagt es ruhig, in vollem Ernst, mit diesem Blick, der sich mir direkt in die Seele bohrt. Vielleicht liegt es an meinem benebelten Kopf, aber ich muss ihm glauben. Ich WILL ihm glauben. Er findet mich schön. Er empfindet immer noch etwas für mich.

Etwas zu schnell mache ich ein paar Schritte auf ihn zu, sodass sich ein wildes Karussell in meinem Kopf dreht und ich zur Seite wanke. Unwillkürlich fasse ich nach etwas, erwische seine Hand und er hält mich fest, bis es vorüber ist. Seine Haut ist warm, seine Finger sind sanft, die Berührung lässt mein Herz tanzen.

Als ich wieder klarer bin, wird mir bewusst, dass sein Blick mein Gesicht abtastet. Durch meinen ganzen Körper rauscht ein Kribbeln. Ich muss es jetzt endlich sagen.

»Leo, das letzte Mal … auf dem Dach … Ich … Also eigentlich …« Ach verdammt. Warum bin ich nur so schlecht im Reden über Gefühle? Und meine Zunge ist gerade auch noch viel zu langsam dafür.

Aber was sollen all die Worte? Taten sprechen doch ohnehin viel lauter. Also trete ich mutig noch näher, lege meine Hände an seine Wangen, streiche über seinen Bart. Er zieht scharf die Luft ein und presst die Augen zusammen, kämpft augenscheinlich mit sich. Doch diesmal werde ich nicht kneifen, sondern diejenige sein, die den ersten Schritt macht. Das habe ich mir selbst versprochen. Ohne noch weiter zu zögern, stelle ich mich auf die Zehenspitzen und drücke meinen Mund auf seinen. Zumindest einen Sekundenbruchteil lang, denn zu meinem Erschrecken nimmt Leo meine Handgelenke und drückt mich von sich weg. Ich ersten Moment habe ich das Gefühl, man hätte mir kaltes Wasser ins Gesicht geschüttet. Ernüchtert starre ich ihn an.

Sein Blick tanzt unruhig hin und her, während er den Kopf schüttelt.

»Nerea«, raunt er und leichte Verzweiflung liegt in seiner Stimme. »Du bist total dicht. Bitte tu das nicht. Was soll denn daraus werden?«

Gekränkt winde ich meine Handgelenke aus seinem Griff. »Was soll die Frage? Du willst mich und ich will dich! Das soll daraus werden«, meckere ich. Klingt nicht gerade sehr eindrucksvoll. Aber wo ist das Problem?

Da, wo Leos Hände waren, um mich loszuwerden, spüre ich nun eine unangenehme Kälte und ich verschränke die Arme vor der Brust, klemme die Hände unter meine Achseln. Er dagegen lässt die Arme kraftlos fallen und schüttelt erneut den Kopf.

»Aber wollen und wollen ist nicht immer das Gleiche. Du hast doch einen Freund«, sagt er leise.

Erleichtert lache ich auf – es ging gar nicht um mich, als er mich abgewiesen hat.

»Nicht mehr«, rufe ich triumphierend. Nur seinetwegen. Das muss doch etwas bedeuten.

Kurz flackert ein Leuchten in seinen Augen auf, wie ein angeriebenes Streichholz, nur um sofort wieder zu erlöschen. »Aber du willst doch nach Kolumbien zu deiner Schwester.«

Gerade noch kann ich ein schmerzerfülltes Zischen unterdrücken. Der saß.

»Ja schon …«, beginne ich dann zögerlich, »aber du hattest recht. Sie … sie will mich nicht … sie hat gesagt, ich soll nicht kommen.« Vielleicht hätte ich das besser verschwiegen, es klingt so, als wäre er ein Lückenbüßer, aber bei Leo flutscht mir die Wahrheit einfach ständig so heraus. Selbst wenn ich das nicht will. »Und jetzt bin ich nun mal da, jede Woche. Und dann dein Brief … Ich habe dich vermisst … Ich will …«

Er mag mich doch auch, das hat er geschrieben und gesagt, das kann doch nicht so einfach verpufft sein. Wieder komme ich näher und lege meine Hände um seinen Hals. Doch diesmal schaffe ich es nicht mal, meine Lippen den seinen zu nähern, denn er dreht den Kopf weg, was mein Herz sich zu einem verschrumpelten Etwas zusammenziehen lässt.

Ich bin so naiv. Nein. Er will mich nicht. Niemand will mich. Absolut niemand. Gott, tut das weh. Mein Körper wird eiskalt und hart wie Stein.

»Woohooo! Was geht denn hier ab?«, tönt Sebes Stimme plötzlich hinter mir. Der Kapitän ist samt Crew aus dem Lokal getreten und alle feuern uns johlend an.

Erschrocken lasse ich Leos Hals los und mache einen Schritt von ihm weg, versuche, meine tiefe Bestürzung zu verbergen.

»Steht das auch auf Glorias Liste?«, witzelt Sebe und alle lachen.

Ich werfe einen besorgten Blick zu Leo und frage mich, wie er das aufnimmt, doch Sebe hat zum Glück Spanisch gesprochen. Leos Gesicht ist zu einem Pokerface gefroren.

»Komm, querida, verabschiede dich von deinem Don Juan, die Taxis warten«, ruft Fernanda lachend und streckt die Hand nach mir aus. Die anderen setzen sich bereits in Bewegung.

Mit hängenden Schultern steht Leo da, nur der Dackel sieht mich erwartungsvoll an.

»Warum nicht, Leo?«, flüstere ich und die Tränen der Enttäuschung drücken erbarmungslos hinter meinen Augen.

»Weil's nicht richtig ist. Nicht jetzt. Nicht so«, sagt er todtraurig. »Tut mir leid.«

»Mir auch«, hauche ich tonlos, damit mir ein Schluchzen nicht noch mein letztes bisschen Würde raubt und wende mich ab, um den anderen hinterherzutrotten, während ich mit dem Handrücken versuche, meinen Tränen Einhalt zu gebieten.

Fernandas Arm nimmt mich in Empfang und gibt mir Halt, ebenso wie ihr unablässiges Geplauder, ein Singsang an spanischen Wörtern, deren Inhalt keinerlei Bedeutung für mich hat. Als ich mich noch einmal umdrehe, ist Leo verschwunden. Sieht mir nicht nach, ruft mich nicht zurück, kämpft nicht um mich wie die Männer in Mamas Büchern. Es ist endgültig vorbei. Mein ganzer Körper schmerzt bei dieser Erkenntnis.

FÜNFUNDDREISSIG
Leo

Wien

K aum, dass ich um die Ecke gebogen und aus Nereas Sicht-feld verschwunden bin, bleibe ich stehen und vergrabe das Gesicht in den Händen. So kann ich nicht ins Café zurückgehen, ich muss mich erst mal sammeln. Keine Entscheidung ist mir im Leben so schwergefallen, wie die, genau jetzt das Richtige zu tun und Nerea loszulassen. Doch ich meinte die Frage vollkommen ernst. Was sollte daraus werden? Ja, sie gefällt mir unfassbar gut. Ja, ich bin verliebt wie schon lange nicht mehr. Vielleicht war ich es nie auf diese überstürzte, intensive Weise. Aber das zwischen uns, das funktioniert einfach nicht. Wenn ich will, will sie nicht. Wenn sie will, ist es für mich der falsche Zeitpunkt. Sie lebt in einem anderen Land und wäre gern auf einem anderen Konti-nent. Auf meinem Planeten bin ich sowieso allein. Keine Ahnung, warum sie ihre Meinung so plötzlich geändert hat. Aber ich ver-mute, sie sieht einfach ein Abenteuer in mir, den bösen Jungen, der so ganz anders ist als ihr braver Freund zu Hause. Und selbst wenn sie es aus unerfindlichen Gründen ernst meinen würde, könnte es zwischen uns nicht klappen. Denn ich mache ohnehin immer alles kaputt. Früher oder später werde ich sie enttäu-schen. Und dann täte es noch viel mehr weh als jetzt schon. Es ist besser so.

Waldi zieht an der Leine.

»Ja, komm. Gehen wir zurück und machen Sperrstund'.«

Seufzend setze ich mich in Bewegung. Es ist kurz vor Mitternacht. Das Kaffeehaus ist fast leer. Die letzten Gäste lasse ich im Vorübergehen wissen, dass wir gleich schließen, und sie begleichen sofort die Rechnung.

Nachdem sie gegangen sind und der Herr Franz den Tisch abgeräumt hat, mache ich den Tagesabschluss in der Registrierkasse, drucke den Bericht aus und lege ihn im Ordner ab.

»Franz, haben Sie morgen Frühschicht?«

»Nein, Herr Magister, der Toni sperrt morgen auf.«

Ich muss trotz allem leise lachen. »Wollen Sie nicht endlich Leo zu mir sagen? Sie kennen mich schließlich seit meiner Jugend.«

»Das ist wohl wahr, Herr Magister, aber so viel Zeit muss sein«, sagt er mit liebenswürdigem Nachdruck.

»Ich glaube, Wien ist die einzige Stadt der Welt, die so viel Zeit hat, immer noch an alten Traditionen festzuhalten«, sage ich schmunzelnd.

Er runzelt missbilligend die Stirn. »Ich behaupte nicht, dass früher alles besser war, auch früher haben die Leut' gejammert. Aber Traditionen, die müssen schon sein. Die geben Sicherheit in einer unsicheren Welt. Ein Trugschluss vielleicht, aber einer, der niemandem wehtut.«

»Hm. Sie sind ein weiser Mensch, Herr Franz.«

»Und das von einem Juristen.«

Er verneigt sich dankbar – oder ist es ironisch? Das lässt sich in Wien ja nicht immer so genau unterscheiden. Vielleicht bin ich auch nicht aufmerksam genug. In meinen Gedanken läuft die Szene vorhin mit Nerea in Dauerschleife. Wie ein grausamer Loop auf *TikTok*. Ich fühle mich erbärmlich.

»Und was können Sie mir zu einer unglücklichen Liebe sagen?«, seufze ich. Aktuell würde ich jeden Rat annehmen.

Er lächelt wissend, als bekäme er die Frage jeden Tag gestellt oder als hätte er mir längst angesehen, was mit mir los ist.

»Ich würde sagen, Liebe ist Liebe. Aber ob etwas uns glücklich macht oder unglücklich, entscheiden wir immer noch selbst.«

»Ha!« Der Mann verblüfft mich immer wieder. Nur habe ich nicht die leiseste Ahnung, wie er das meint.

»Habe die Ehre und gute Nacht, Herr Magister.« Schon steht er an der Tür.

»Gute Nacht, Herr Franz, und danke«, murmle ich und lasse mich grübelnd auf den nächstbesten Stuhl fallen.

Könnte ich an dem, was zwischen mir und Nerea entstanden oder nicht entstanden ist, etwas Positives finden? Irgendeine Lehre, die ich daraus ziehen kann? Momentan fällt mir nichts ein. Ich sehe nach unten. Waldi steht neben mir und wedelt vergnügt mit dem Schwanz. Ihn so zu sehen, wärmt mein Herz. Ganz so einsam bin ich ja nicht. Schon komisch, dass so ein kleines Wesen so viel Trost spenden kann. Nur durch seine Anwesenheit. Ich lösche die Lichter und sperre ab.

Mittlerweile genieße ich den täglichen Fußmarsch mit Waldi nach Hause. Natürlich dauert es länger als mit dem Rad. Aber die erzwungene Langsamkeit tut sogar gut. Wir gehen ein paar Schritte, und wenn er dann an der nächsten Häuserecke herumschnüffelt, habe ich Gelegenheit, mich umzusehen. So habe ich jeden Tag unzählige neue Eindrücke meiner Heimatstadt gesammelt – kleine Statuen in Stuckfassaden, winzige, mir bisher unbekannte Geschäftslokale, verzauberte Innenhöfe, Menschen jeden Alters und jeder Herkunft, die es sogar nachts eilig haben, die dringend irgendwohin wollen. Es ist ein Vergnügen, sie zu beobachten, während ich selbst alle Zeit der Welt zu haben scheine. Es erdet mich ungemein.

Zum ersten Mal stelle ich mir vor, wie es wäre, frühmorgens allein im Nebel der aufgehenden Sonne mit Waldheim durch den Wald zu wandern. Hier ein piepsendes Vögelchen, dort ein knackender Ast. In der Ferne vielleicht ein äsendes Reh. Bestimmt ist es wunderschön und friedlich.

Womöglich liebt mein Vater den Wald und diese gehende Meditation tatsächlich. Vielleicht schießt er das Wild wirklich nur, um das Gleichgewicht des Waldes aufrecht zu erhalten, ihn vor Überpopulation und damit vor Krankheit zu schützen. Vielleicht hält er an all den alten Traditionen fest, weil sie ihm Sicherheit geben. Das alles nicht mehr tun zu dürfen, muss schwer sein. Gleich morgen werde ich ihn besuchen. Ganz bestimmt.

SECHSUNDDREISSIG

Nerea

Wien

Am nächsten Morgen spüre ich den Herzschmerz der letzten Nacht nur deshalb nicht mehr so stark, weil er von quälenden Kopfschmerzen überlagert wird. Der gestrige Abend war ein Versagen, und zwar in jeder Hinsicht. Wie konnte ich nur so blöd sein? Wie konnte ich mich derart lächerlich machen wegen etwas, woran ich aus gutem Grund all die Jahre nicht geglaubt habe? Da lasse ich einmal meinen Gefühlen freien Lauf und bin zu allem bereit, werfe jemandem mein offenes Herz zu Füßen und mich ihm an den Hals und werde eiskalt zurückgeschleudert wie so ein schmutziger, nasser Lappen. Zuerst von Gloria, dann von Leo.

Den Fehler werde ich nicht noch einmal begehen.

Trotz meiner eh schon grauenvollen Laune nehme ich pflichtschuldig das Handy vom Nachttisch, um halbherzig Mamas Social Media-Beiträgen Likes zu schenken. Und auch um zu sehen, was es Neues bei Gloria gibt. Wie gern würde ich sie anrufen, mich von ihr trösten lassen oder die Sache mit Leo zumindest durchsprechen. Doch mit Trost kann ich vermutlich ohnehin nicht rechnen, denn sie hat ja vorausgesehen, dass es mit Leo nicht gutgehen kann und es ein Fehler war, Alvaro zu verlassen. Dass sie immer so viel besser als ich selbst weiß, was gut für mich ist, ist erschreckend. Außerdem bin ich im Grunde immer noch verletzt, dass sie mich nicht bei sich haben will.

Wenn nur mein Kopf sich nicht so anfühlte, als würde er in einer Schraubzwinge stecken. Dann könnte ich überlegen, was ich jetzt tun soll.

In dem Moment poppt eine E-Mail an meinem Display auf und ich bin schon dabei, sie nach oben hin wegzuwischen, als mir die ersten Worte ins Auge springen. Absender ist eine kleine kolumbianische Fluglinie und der Betreff lautet: Einladung zum Einstellungsgespräch. Mein Magen rumpelt nervös und ich halte die Luft an, während ich hastig die Nachricht überfliege.

Und tatsächlich! Sie wollen mich einstellen, brauchen dringend eine Pilotin. Es gilt nur noch, die Einzelheiten wie die Höhe des Gehalts, den Beginn des Arbeitsverhältnisses und so weiter zu fixieren.

Trotz meiner pochenden Schläfen wächst meine Aufregung ins Unermessliche. Ich kann es gar nicht glauben. Das ist doch ein Zeichen. Und an Zeichen von oben hat Gloria immer schon geglaubt. Es soll einfach so sein. Ganz egal, was sie gesagt hat. Bestimmt hat das Universum deshalb auch entschieden, dass es mit Leo nicht klappt.

»Aaah!«, kreische ich in mich hinein, ich bin ja im Hotel und es ist noch vor sechs Uhr morgens. Juhuu! Autsch!

Wie es aussieht, feuert die Aufregung den Kopfschmerz nur noch weiter an. Gequält schließe ich die Augen und massiere meine Stirn. Zumindest hilft es ein wenig.

Was mache ich denn nun wegen Gloria? Klar, sie war nicht begeistert, aber dass es Schicksal ist, wird sie überzeugen. Vielleicht denkt sie auch nur, dass es zu gefährlich für mich ist oder dass ich zu jung bin, um auf einen anderen Kontinent zu ziehen. Aber dass ich mir selbst einen Job verschafft habe, bedeutet doch auch, dass ich für mich selbst sorgen kann, oder? Ich werde sie so lange bearbeiten, bis sie ja sagt. Doch jetzt muss ich erst mal die Sache mit der Fluglinie klarmachen. Bogotá, ich komme!

Sofort schreibe ich zurück, dass ich mich gleich morgen telefonisch bei ihnen melden werde, um einen passenden Termin zu finden. Muss schließlich erst bei *Iberia* fragen, wann ich mir freinehmen kann. Mit den vielen Ausfällen wird das momentan ohnehin nicht so leicht.

Dann wähle ich mit schwitzenden Händen Glorias Nummer, doch sie hebt nicht ab. Als die Mailbox rangeht, kann ich nicht mehr an mich halten.

»Gloria! Ich habe es geschafft! Ich kriege einen Job bei SFT *Airline*. Ich weiß, du hast gesagt, du willst es nicht. Du machst dir bestimmt Sorgen, aber ich schaffe das, du wirst schon sehen. Das wird so unglaublich wunderbar! Ruf mich zurück, damit wir über alles sprechen können. Ruf mich an! So schnell du kannst, ja? Besos! Küsse!«

Sobald ich mich wieder beruhigt habe, kehren die Kopfschmerzen in alter Heftigkeit zurück. Okay, ich werfe jetzt was ein. Zum Glück finde ich noch eine Tablette in meinem Kulturbeutel. Doch das flaue Gefühl im Magen bleibt. Ich muss was essen. Ausnahmsweise lasse ich das Training heute mal ausfallen und mache mich fertig. Dann begebe ich mich nach unten zum Frühstück.

»Buenos días! Einen schönen guten Morgen, kleine Draufgängerin«, begrüßt mich Sebe, doch nach der guten Nachricht stört mich nicht mal seine Strahlemannlaune.

»Guten Morgen auch dir«, sage ich lächelnd und hoffe, er geht nicht näher auf gestern Nacht ein.

Die anderen kommen auch zum Frühstück, doch abgesehen von ein paar Schmunzlern bei der Begrüßung hat man mir den peinlichen Auftritt anscheinend verziehen.

Auch wenn ein Teil von mir todtraurig ist, Leo nie mehr wiederzusehen, weiß ich, es ist das Beste, was mir gerade passieren kann, und ich verbanne ihn aus meinem Kopf und in den hintersten Winkel meines Herzens. Lieber konzentriere ich mich auf meine strahlend helle Zukunft. Ich werde bei Gloria sein. Weit weg in Südamerika. Dort fange ich vollkommen neu an. Und dann brauche ich auch keinen Alkohol mehr, um gelöst und mutig zu sein.

Der Himmel über den Wolken kommt mir heute blauer vor als sonst und unser zweiter Umlauftag ist so schnell vorbei wie noch nie. In Madrid angekommen bin ich zwar körperlich kaputt, aber immer noch voller sirrender Freude, als ich mich ins Auto setze.

Papa hat mir eine Nachricht hinterlassen, dass ich mich sofort melden soll, wenn ich gelandet bin. Und da ich mangels Alvaro oder anderer Freunde nichts Besseres vorhabe, kann ich genauso gut gleich bei ihnen vorbeifahren und sie überraschen. War eh schon lange nicht mehr da. Die große Freude über die lebensverändernde Zusage erleichtert mir sogar diesen Schritt.

»Hallo! Ich bin's«, rufe ich, als ich die Wohnung betrete, und wappne mich grinsend gegen das womöglich nicht vorhandene Outfit meines Vaters, doch er kommt nicht.

Im Vorzimmer brennt Licht und die Tür war auch nicht abgeschlossen, aber das Wohnzimmer ist leer, ebenso die Küche. Ein Blick durch die Terrassentür verrät, auch draußen ist niemand. Nur Mamas Laptop steht einsam und geöffnet da.

Das ist es, was mir plötzlich Unbehagen bereitet. Sie schließt ihn immer, hat große Angst, dass sich ein Vogel daraufsetzen und alles löschen könnte. Da höre ich etwas aus dem Schlafzimmer, seltsame Geräusche. Sie werden doch nicht … Soll ich besser wieder gehen? Oder läuten?

Doch dann erklingt die Stimme meines Vaters, murmelnd, auch wenn ich nicht hören kann, was er spricht.

»Papa?«, rufe ich, um mich anzukündigen, und öffne klopfend die Schlafzimmertür.

Das Zimmer liegt im Dämmerlicht, draußen herrscht die blaue Stunde, drinnen wurde noch keine Lampe angemacht. Meine Mutter liegt bäuchlings auf dem Bett und schluchzt in ein Kissen, mein Vater sitzt an der Bettkante, eine Hand auf ihrem Rücken, auf die andere hat er seinen Kopf gestützt. Ich mache ein paar Schritte in den Raum, während sich die Furcht in meinem Magen immer weiter ausbreitet wie rauchender Teer.

Nun hebt er den Kopf, sein Gesicht ist kreidebleich, seine Augen sind rot umrandet. In meinen Schläfen pocht das Blut. Wie schwarze, schwere Ketten legt sich das Grauen über mich, sodass ich keinen weiteren Schritt tun kann. Wie angewurzelt bleibe ich stehen. Ein bedeutender Teil von mir will bloß nicht fragen, was passiert ist, während alles in mir gleichzeitig nach der Antwort schreit.

»Weißt du es?«, fragt er tonlos.

Ich schüttle benommen den Kopf und starre ihn an. »Was denn?« Doch ich kann fühlen, wie das Unaussprechliche unaufhaltsam auf mich zukriecht.

»Wir wurden angerufen … aus Bogotá. Gloria, sie … sie hatte einen Autounfall …«

Mein Herz rast und tobt, rüttelt verzweifelt an meinen Rippen wie ein Gorilla am Käfig.

»Wie geht es ihr? Ist sie im Krankenhaus? Können wir zu ihr fliegen?«, frage ich so atemlos, als wäre ich gerannt, dabei bin ich starr vor Schreck.

Meine Mutter schluchzt lauter, schreit vor Verzweiflung ins Kissen, und ich spüre, wie das Blut in mir gefriert.

Papa legt eine Hand auf seine zitternde Mundpartie und presst die Augen zusammen, Tränen rinnen über seine Wangen. Als er die Augen wieder öffnet, schüttelt er den Kopf.

»Wir werden hinfliegen, aber … um sie abzuholen. Die Ärztin sagt, sie können nichts mehr für sie tun. Sie … sie liegt … im

Sterben.« Das letzte Wort war nur mehr ein Hauchen, tonlos. Er schlägt die Hände vors Gesicht.

In mir ist alles tot, gelähmt, als wäre das, was durch meine Adern fließt, nun Beton statt Eis. Und gerade als die graue Masse mein Herz und meine Lunge erreicht, härtet sie aus. Nichts bewegt sich, nichts lebt mehr in mir. Vom Schwindel des fehlenden Atems erfasst, taumle ich nach hinten und stolpere über meine eigenen Füße, stoße mit dem Rücken gegen die halb geöffnete Tür, die mit einem lauten Knall ins Schloss fällt, und rutsche daran hinunter. Erst als mein Hintern auf den Boden prallt, stößt meine Lunge die Luft aus und zieht sie hörbar wieder ein. Dann versinkt die ganze Welt in einem Meer von Tränen.

SIEBENUNDDREISSIG

Leo

Wien

Onkel Gustl scheint zufrieden mit mir zu sein, obwohl ich nicht wüsste, was ich hätte falsch machen können. Das Lokal ist ein Selbstläufer. Die Buchhaltung und die Abstimmung mit den Lieferanten kriege ich gerade noch hin. Ich meine, ich habe Jus mit Summa cum Laude spondiert.

»Und? Weißt du schon, ob du als Spender infrage kommst?«, will ich wissen.

»Nein, das dauert leider noch.« Er seufzt.

»Und wie geht es ihm?« Beschämt wage ich nicht, in seine Augen zu sehen. Mein Vater ist seit zwei Tagen zu Hause. Und ich habe ihm noch immer nicht einmal geschrieben.

Er nimmt die Brille ab. »Warst du ihn immer noch nicht besuchen?« Vor Empörung wird sein Kopf ganz rot. Empört ist er selten über mich. Es fühlt sich scheußlich an.

Ich winde mich. »Na ja, also, ich bin doch erst in der Einarbeitungsphase … Wollte das Café nicht allein …«

»Jajaja!«, unterbricht er mich und zieht vorwurfsvoll eine Augenbraue hoch. »Dann hättest halt mich gebeten, zu kommen. Außerdem kann auch der Franz einmal zusperren …«

»Und der Kassenabschluss?«, werfe ich rechtfertigend ein, aber es klingt schwach, nach Schuldeingeständnis.

Tadelnd schüttelt er den Kopf. »Bub, schau her. Wir alle haben unterschiedliche Meinungen, unsere eigene Art der Lebensführung und die sollte auch von jedem respektiert werden. Aber wenn's wirklich brennt, dann hält die Familie zusammen. Da denkt man gar nicht darüber nach. Dann lässt man seine Differenzen außen vor. Verstehst du, was ich sagen will?«

Ich wackle etwas unsicher mit dem Kopf, was an ein Nicken erinnern soll. Ist seine Familie dieselbe wie meine? Was ist mit meinem abtrünnigen Revoluzzer-Onkel passiert?

Doch er hat recht. Damals, als ich mit gerade achtzehn Jahren unseren Direktor verprügelt habe, hat Papa eisern hinter mir gestanden. In einer zähen Verhandlung hat er sich für mich eingesetzt und den Richter überzeugt, dass ich mit einer Geldstrafe davonkam und nicht einsitzen musste. Ich und vor allem die Mama waren ihm damals unglaublich dankbar. Dass er ansonsten nur diesen einzig und allein für meine Wenigkeit reservierten Blick für mich übrighat, steht auf einem anderen Blatt. Vielleicht weil das Feuer dann gelöscht war, vielleicht war zusammenstehen dann nicht mehr nötig.

»Komm, gib mir den Schlüssel«, fordert mich mein Onkel mit geöffneter Hand auf und immer noch in Gedanken lasse ich den Schlüsselbund hineinfallen. »Du nimmst jetzt den Wasti … äh, Waldi und tummelst dich nach Hietzing. Da, für's Taxi. Gemma!« Er hält mir einen Fünfzig-Euro-Schein hin.

So entschlossen war er selten. Widerspruch ist wohl zwecklos. Und bei Onkel Gustl verspüre ich seltsamerweise auch kaum einmal den Wunsch, zu widersprechen. Vielleicht liegt es daran, dass er mich besser kennt als ich mich selbst.

Gehorsam nehme ich den Schein, rufe nach Waldi und setze mich seufzend in Bewegung. Zwei Straßen weiter befindet sich der Taxistand und fünfunddreißig Minuten später stehen wir vor der elterlichen Villa in der Gloriettegasse. Waldi ist unglaublich aufgeregt. Ich auch. Das Herz klopft mir bis zum Hals. Er winselt und kratzt an der antiken Holztür, bis endlich jemand kommt und sie öffnet. Es ist Julius. Und ich werde noch nervöser.

»Hallo, Juli«, sage ich.

Doch statt einer Antwort lässt er die Tür einfach sperrangelweit offen und verdrückt sich wieder. Sehr freundlich. Waldi und ich treten ein. Im Vorraum ziehe ich die Sneakers aus und hänge die Hundeleine an ihren Haken. Da kommt mir schon die Mama entgegen.

»Leo? So spät noch? Alles okay?«, fragt sie besorgt, doch umarmt mich dann herzlich.

»Hallo. Ich wollte den Papa besuchen«, sage ich und erst jetzt fällt mir auf, dass ich was hätte mitbringen können. Blumen, eine Bonbonniere oder so. Zu spät.

Sie lächelt etwas verschreckt. »Ich sag's ihm.« Dann verschwindet sie hurtig auf lautlosen Sohlen.

Langsamer folge ich ihr durch den langen Flur, das Esszimmer, das Wohnzimmer. Waldi ist schon vorausgewuselt. Die Tür zur Bibliothek, in der auch Papas fetter antiker Bauhaus Schreibtisch aus glänzender Eiche steht, ist offen. Darin höre ich sie flüstern und ihn brummen. Will er mich vielleicht gar nicht sehen? Am liebsten würde ich umdrehen. Doch mein letzter Schritt knarrt am Holzparkett und die Stimmen verstummen.

Mama kommt heraus und sagt aufgesetzt fröhlich: »Magst du was trinken? Tee?«

Ich grinse dämlich, weil ich eigentlich nur Tee trinke, wenn ich krank bin, doch sie ist schon mit roten Wangen an mir vorbeigerauscht.

Okay, dann muss ich jetzt wohl reingehen. An der offenen Tür klopfe ich höflicherweise noch einmal an, ehe ich den Raum betrete. Papa sitzt in seinem Drehsessel, jedoch mit dem Rücken zum Schreibtisch, den Blick durch das breite Panoramafenster auf den dämmrigen Garten geheftet, eine Decke über den Beinen. Er streichelt Waldheim, der die Vorderbeine auf Papas Knie gestellt hat und freudig mit dem Hintern wedelt. Zu sehen, dass er meinen Vater so sehr liebt, macht mich irgendwie traurig.

Ich räuspere mich. »Hallo, Papa, wie geht's dir?«

Er dreht kaum den Kopf und murmelt irgendetwas in seinen nicht vorhandenen Bart.

Schräg rechts von ihm steht ein Ohrenstuhl und ich mache Anstalten, mich darauf niederzulassen. Da reißt er den Kopf ruckartig herum.

»Moment. Hast du Schnupfen oder Husten? Bist du gesund?« Plötzlich ist seine Stimme wieder überdeutlich und klar.

Erschrocken stocke ich in der Bewegung. »Äh, nein, das heißt, ja, ich bin gesund.«

»Hast du dir beim Reinkommen die Hände gewaschen?

Irritiert runzle ich die Stirn. »Nein.«

»Ich darf keine Keime abbekommen, keinen Infekt. Dahinten steht das Desinfektionsmittel, reinige dir die Hände und bring es mir auch. Ich hab den Hund gestreichelt …« Er sagt es abfällig, fast so, als würde es ihn ekeln. Vor seinem Waldheim!

Mit einem engen Gefühl in der Brust gehe ich um den Schreibtisch herum und sprühe mir etwas aus der hellblauen Flasche in die Handflächen. Dann verreibe ich alles auf den Händen und zwischen meinen Fingern und warte, bis das Mittel getrocknet ist. Ich bringe ihm die Flasche und er hält seine Hände wie ein aufgeschlagenes Buch vor mich hin. Also sprühe ich hinein und fühle mich komisch dabei. Als würde ich etwas total Intimes tun.

Es ist bestimmt das erste Mal, dass ich etwas, wenn auch nur eine Winzigkeit, mit seiner Körperhygiene zu tun habe. Ich kann mich nicht einmal erinnern, dass wir jemals gemeinsam im Bad waren, nebeneinander die Hände gewaschen hätten oder er mir als Kind die Zähne geputzt oder die Haare gekämmt hätte. Vielleicht machen das immer nur die Mütter? Wobei, nein, mir fällt ein, dass Konstis Vater ihm, als ich wieder dort übernachten durfte, morgens täglich die dunkelbraunen Stoppeln bürstete, ganz egal wie kurz sie waren. Erst in diesem Moment kommt mir in den Sinn, dass es vielleicht Ritualcharakter hatte nach seiner Erkrankung. Damals fand ich es einfach unnötig.

Papas Hände sind hell und für einen Mann zart. Vielleicht waren sie es immer, ich habe sie nie bewusst betrachtet. Sein breiter, goldener Ehering sitzt locker. Ich stelle die Desinfektionsflasche wieder weg und setze mich. Das Köpfchen auf den Vorderpfoten, liegt Waldi, von seiner eigenen Freude erschöpft, zwischen uns, seinen beiden Herrchen. Fast wie ein symbolisches Verbindungsglied.

Ebenso zwischen uns liegt eine besondere Stille, eine, wie ich finde, fast feierliche. Ich bin sicher, ich muss nur das Richtige sagen, etwas, was dieser Ausnahmesituation gerecht wird, und wir können beide die Vergangenheit vergessen, von vorn anfangen. Sagt man nicht, dass im Angesicht einer lebensbedrohlichen Krankheit zum Vorschein kommt, was wirklich wichtig ist? Eben Familie, Freundschaft, Zusammenhalt. Er soll wissen, dass ich zu ihm und dieser Familie stehe, wenn es brennt, so wie er damals zu mir gestanden hat.

Als würde auch er auf meine Initiative warten, ruht sein Blick auf Waldi. Gerade als ich mir ein Herz gefasst habe und den Mund öffne, flackert der Blick aus seinen blauen Augen zu mir hoch.

»Der Hund ist richtig fett geworden. Und unerzogen. Eines Althan unwürdig«, sagt er schneidend.

Wie von einem Wurfmesser durchbohrt, lasse ich mein Herz wieder fallen, schließe den Mund und stopfe die Worte, die ich zu ihm sagen wollte, tief und tiefer in mein Innerstes zurück. Über meine Seele legt sich ein dunkler Schleier, denn plötzlich fällt es mir wie Schuppen von den Augen. Damals bei der Verhandlung hat er überhaupt nicht mich verteidigt. Alles, was er retten wollte, waren unser Name und sein Ruf.

Finde dich endlich damit ab, Leo. Ohrfeigen könnte ich mich für die Hoffnung, die ich mir gemacht habe. So wie es aussieht, schaffen es nur andere Familien, ihre Konflikte durch einen Schicksalsschlag zu lösen. Keine Ahnung, was dazu nötig ist.

Als ich nach unendlich langen zehn Minuten wieder auf die Straße trete, steht Julius wie ein Gauner hinter dem Vorsprung des Garagentors und raucht. Ich muss zweimal hinsehen, ob er es auch wirklich ist. Gut, er ist mittlerweile achtzehn, trotzdem bin ich überrascht und auch etwas besorgt. Er bemerkt mich, tut aber so, als könne er durch mich hindurchsehen.

»Du rauchst?«, raune ich aus der Entfernung.

»Was geht's dich an?«, lautet seine patzige Antwort.

Meine Armmuskeln zucken. Nach dem missglückten Besuch bei Papa bin ich eh schon emotional belastet, dass ich mich am liebsten an ihm abreagieren möchte, so richtig aus der Haut fahren. Zumindest währenddessen fühlt sich das immer gut an, irgendwie nach Freiheit. Aber er hat recht. Hier geht mich eigentlich gar nichts mehr auch nur irgendwas an. Mit heißem Kopf und zusammengebissenen Zähnen wende ich mich ab. Da steckt die Mama den Kopf aus der Tür.

»Leo, ach bitte, wenn du schon nicht zum Essen bleiben willst, dann sei doch so gut, mach den Schlenker in die Elßlergasse. Das liegt ja fast am Weg. Die Mariana hat gerade angerufen, sie ist krank und kann dem Opapa nichts kochen. Ich würde selber gehen, hab aber noch die übrigen Schnitzel im Fett.« Sie eilt lächelnd auf mich zu und drückt mir eine Thermotasche in die Hand. »Sag ihm, das ist frischer als frisch, das brutzelt quasi noch. Danke dir!«

Und schon ist sie wieder in der Küche verschwunden. Den

Julius hat sie gar nicht bemerkt. Na toll. Da bin ich einmal da, vermutlich das letzte Mal, und werde gleich für Botendienste missbraucht.

»Puh.« Stöhnend schaue ich in die Tasche, das Schnitzel duftet köstlich, und dann zu meinem Bruder, der schadenfroh grinst und die Achseln zuckt. So nach dem Motto: Nicht mein Problem.

Ohne darauf einzugehen, setze ich mich in Bewegung. Der Opapa wohnt tatsächlich nur ein paar Gassen weit entfernt, es ist kein großer Umweg. Nach dem Gespräch mit meinem Vater allerdings eine umso größere Überwindung. Jeder Schritt macht mich müder und schwerfälliger.

Was ist das mit dieser Familie? Immer in dem Augenblick, in dem ich versuche, mich endgültig von ihr loszueisen, werde ich wieder tiefer hineingezogen. Wie ein grausames, ewigwährendes Spiel.

Die Villa vom Opapa ist ebenso in Schönbrunnergelb gestrichen wie neunzig Prozent der umliegenden Häuser. Manche sind ausgeblichen hellgelb, einige schmutziggelb vom sauren Regen der Großstadt, nur ganz wenige aufrührerisch weiß. Doch das Prunkstück der Althans ist zumindest von außen gut in Schuss, wird es doch auf der Wetterseite von einem großen Neubau abgeschirmt. Am weißen schmiedeeisernen Tor läute ich an und nach einer Weile lässt mich ein leises Surren ein. Kaum habe ich den ersten Fuß auf die Außentreppe gesetzt, wird die massive Holztür aufgerissen und der Opapa erscheint in einer Damenschürze in burgenländischem Blaudruck über seiner grauen Hose und der braunen Strickjacke.

»Was wollen Sie?«, bellt er und fuchtelt mit einem Schneebesen von anno dazumal vor meiner Nase herum.

Abrupt aus meiner Lethargie gerissen, weiche ich einen Schritt zurück. »Opapa. Ich bin's, der Leo. Ich bring dir das Essen von der Mama.«

Der Schneebesen stellt die Attacke ein. »Ah, ja, wusst' ich eh«, brummt der Opapa, lässt die Tür offen und geht zurück in die Küche.

Ich verdrehe die Augen, stampfe die Freitreppe hoch und schließe die Tür hinter mir. »Ähm, wenn du nicht sicher bist, wer es ist, würde ich nicht das Tor öffnen. Nur so als Tipp«, rufe ich ihm hinterher.

»Jajaja. Red nicht so g'scheit daher. Ich kann mich schon wehren. Warst du im Krieg oder ich?«

Tief einatmend schlucke ich eine Erwiderung hinunter. Es ist sinnlos, das zu erörtern. Der Opapa ist im letzten Kriegsjahr geboren, quasi in den finalen Atemzügen, doch er ist fest der Meinung, er habe den Krieg sozusagen mit der Muttermilch aufgesogen.

Ich verfrachte die Thermotasche auf die Küchenplatte und packe die Tupperware aus.

»Na, mit dem Schneebesen schlägst du jedenfalls keinen in die Flucht. Was machst du überhaupt damit?«

Ich bin sicher, mein Vater weiß nicht mal, wozu man ihn benutzt. Beim Opapa war ich der gleichen Meinung.

»Kartoffelpüree«, murmelt er, während er sich die Lesebrille auf die Nase setzt, die neben ihm am Küchentresen liegt. Dann studiert er die Anweisung auf der Packung, wobei ich ihn anscheinend gerade unterbrochen habe.

»Du kochst?«, frage ich einigermaßen amüsiert.

»Gelegentlich. Nur weil ich's nicht oft mach, heißt das nicht, dass ich es nicht kann. Glaubst du, die Mariana kriegt die Fleischlaberl je so hin wie die Omama? Pfui Teufel. Da mach ich's lieber selber. Schau her.«

Er schlurft ein paar Schritte zum Kühlschrank und öffnet ihn. Darin liegt ein Tablett voll mit sorgfältigst gerollten und perfekt plattgedrückten Frikadellen. Hellrosa Fleisch, durchzogen von weißen Zwiebeln, Semmelwürferl und Gewürzen. Mir rinnt das Wasser im Mund zusammen. Omas Faschierte Laibchen waren wirklich die besten.

»Bleibst da?«, fragt er mit einem Blick über den Brillenrand.

Der Abend wird immer verwirrender. Opapa macht Essen für mich und deckt den Tisch. Nicht sehr elegant, als Servietten legt er zwei gefaltete Küchenrollenblätter hin. Aber es wirkt fast bemüht. So habe ich meinen Großvater noch nie gesehen. Früher, als wir als Kinder bei ihm und Omama manche Wochenenden verbrachten, war er ins *Amtsblatt der Wiener Zeitung* vertieft, während die Omama mit uns Sterne bastelte, Eier bemalte, nebenbei die Wäsche machte und kochte. Er ließ sich bedienen und mäkelte herum, wenn etwas zu salzig oder zu unsalzig war. Anders habe ich ihn nie erlebt.

Nach dem ersten Bissen bin ich noch überraschter. Denn die Fleischlaberl schmecken richtig gut, ganz genauso wie damals bei der Omama.

»Du kochst richtig gut. Und von dem Humpeln nach der Hüft-OP merkt man auch nichts mehr. Brauchst du die Mariana eigentlich noch?«, frage ich.

»Na ja …«, er lächelt zynisch. »In naher Zukunft werde ich es wohl nicht mehr allein auf die Toilette schaffen oder aus dem Bett. Den ganzen Tag allein will ich auch nicht verbringen, bis ich unter die Erde komme. Also ja, ich brauche sie.«

Ich nicke und esse die nächsten paar Bissen. Das Kartoffelpüree ist flaumig und buttrig. Genauso, wie ich es mag. Bei der Omama gab es immer auch Fisolen dazu, aber Gemüse ist dem Opapa anscheinend nicht so wichtig. Muss seltsam sein, zu wissen, dass man nur noch ein paar Jahre hat. Und meistens sind die letzten nicht mal besonders gute. Ob er Angst vor dem Tod hat?

»Wie geht's dem Viktor?« Seine Frage reißt mich aus den Gedanken. Passt aber in puncto Düsternis.

»Eh gut«, gebe ich, ohne mit der Wimper zu zucken, meine Standardantwort.

Doch der Opapa prüft mich mit seinem jahrelang einstudierten Anwaltsblick. Das macht mich nervös und ich breche ein.

»Also ehrlich gesagt, ich weiß es nicht. Körperlich anscheinend okay. Er hat ja keine Schmerzen oder Ähnliches, soll sich nur schonen und von Infekten fernhalten. Mental? Emotional? Keine Ahnung. Mit mir redet er jedenfalls nicht darüber.«

»Kränk dich nicht. Mit mir auch nicht. Er macht seit fünfunddreißig Jahren alles mit sich selber aus. Ist auch besser so. Magst ein Bier dazu? Ich finde, ein Faschiertes ohne Ottakringer ist nur der halbe Genuss.«

»Gern.«

Er steht noch mal auf, holt zwei Gläser und aus dem Kühlschrank eine grüne Bierflasche mit gelbem Etikett, dann schenkt er uns ein.

»Prost!«, sagt er.

Auch ich hebe das Glas zum Mund, doch stocke dann irritiert mitten in der Bewegung, als mir richtig aufgeht, was er eben gesagt hat.

»Wieso seit fünfunddreißig Jahren?« Ich dachte, der Papa war immer so.

»Hm? Na, vielleicht vierunddreißig oder auch nur dreiunddreißig. Jedenfalls kurz, nachdem er die Konstanze kennengelernt hat.«

»Warum?«

»Was fragst du mich? Weiß ich nicht. Aber Gott sei Dank hat er sich damals gefangen!« Erleichtert schlägt er die Hände zusammen und verbirgt dann geschickt einen Rülpser dahinter. »Verzeihung, das Bier.«

»Und davor?«

»Was davor?«

»Bevor er Mama traf? Wie war er da?«

»Ach geh, frag nicht. Eine Katastrophe. In der Jugend hat er der Omama den letzten Nerv geraubt. Ich war Gott sei Dank die meiste Zeit in der Kanzlei. Aber Kämpfe haben die zwei ausgetragen. Ich sage dir. Täglich! Er hat nie auch nur ein Nein akzeptiert, er hat rumgebrüllt, getobt, war der Schlimmste in der Schule. Die Omama war jede Woche beim Direktor. Kannst dir vorstellen ...« Kopfschüttelnd schiebt er sich einen weiteren Bissen in den Mund, während mir meiner beinahe im Hals stecken bleib. »Auch als Student war er ständig in was verwickelt ... Aber eines muss man ihm zugutehalten. Er wusste immer, was am Ende zählt. Für seinen Abschluss und für die Konstanze hat er gekämpft wie ein Löwe.«

In meinen Ohren rauscht das Blut, während ich versuche, meine Verstörung zu verbergen. *Er war wie ich*, denke ich. Vielleicht sogar noch schlimmer? Diese Enthüllung muss ich erst verdauen.

»Und um die Mama musste er kämpfen? Warum denn?«

Er schaut mich an, als wäre ich schwer von Begriff. Dieses Kämpfen um eine Frau, sie zu erobern, kennen anscheinend nur Männer vom alten Schlag. Was bedeutet das überhaupt?

»Blöde Frage. Na, weil du die Frau, die dir was bedeutet, nicht einfach so gehen lässt, wenn es mal schwierig wird. Was glaubst du, wie viele solcher Frauen du im Leben triffst?«, poltert er.

Nicht viele, denke ich. Und die letzte Frau, die für mich ohne Frage etwas Besonderes war, die hab ich ziehen lassen. Einfach so. Kampflos. Weil es schwierig wurde.

Da murmelt er weiter: »Na ja, heutzutage vielleicht schon, ihr Jungen geht ja eh gleich mit jeder ins Bett.«

»Also nein, eigentlich nicht«, verteidige ich mich vehement, falls das auf mich gemünzt war, obwohl der Opapa das gar nicht wissen kann. Aber selbst wenn, jemanden, der das Herz berührt, findet man auch dann nicht so leicht.

»Aha.« Offensichtlich interessiert es ihn gar nicht mehr wirklich. Er kratzt die Reste auf seinem Teller zusammen. »So und jetzt kosten wir noch das Schnitzel von der Konstanze, gell?«

Er greift hinter sich zum Tuppergeschirr. Aber ich habe plötzlich das Verlangen, allein zu sein, und stehe auf. Ich schäme mich, weil ich die Sache mit Nerea so verbockt habe. Weil ich geflüchtet bin, anstatt zu kämpfen. Aber gerade das Kämpfen nimmt man mir doch für gewöhnlich übel.

»Danke, aber ich glaube, ich gehe dann besser. Muss morgen früh die Getränkelieferung entgegennehmen.«

»Hab schon gehört, dass du jetzt Gustavs Nachfolger bist«, sagt er mit einem zweifelnden Unterton. »Wie lange willst du das denn machen?«

»Was heißt wie lange? Bis zur Pension?« Ich trage meinen Teller und das halbleere Glas zur Spüle.

»Red nicht so blöd«, brummt er und ich spanne die Kiefermuskeln an, schütte den Rest aus meinem Glas zackig in die Spüle. »Für den Gustav war das vielleicht das Richtige, bin eh überrascht, was er sich aufgebaut hat. Aber du bist nicht wie der Gustav.«

Da ist er also wieder, der alte Opapa. Wie immer sehr von seiner Meinung überzeugt.

Ach nein. Wie ich eben erfahren habe, bin ich ja wie mein Vater. Nur weniger pflichtbewusst und weniger Manns. In meinem Magen grummelt es gefährlich.

»ICH bin sehr zufrieden da«, sage ich scharf.

Der Opapa hebt die dicken Brauen und ich glaube, den Hauch eines Schmunzelns in seinen Mundwinkeln zu sehen, ehe er sich mit der Küchenrolle darüber tupft. Aber zumindest schweigt er.

»Also dann«, sage ich mit ausgesuchter Höflichkeit, wie ich es gelernt habe. »Danke dir herzlich für das köstliche Essen. Hoffentlich ist die Mariana bald wieder gesund, damit dir nicht fad wird.«

»Bestimmt. Wiederschauen, Leopold. Mach das Tor ordentlich zu«, brummt er.

»Mach ich. Baba.«

Fluchtartig verlasse ich das Haus, ziehe das Gartentor demonstrativ gewissenhaft hinter mir zu und laufe zur U-Bahn. Zweimal betaste ich meine Hosentaschen, weil ich das unbestimmte Gefühl habe, etwas vergessen zu haben. Doch Schlüssel, Geldbörse und Handy sind da. Erst beim dritten Mal wird mir bewusst, dass es Waldi ist, der mir abgeht, hat er mich doch zwei Wochen lang auf Schritt und Tritt begleitet. Nun fühle ich mich allein wie schon lange nicht.

Mein Herz sackt zu Boden. Ich habe alles falsch gemacht. Einfach alles. Wenn ich nur die Zeit zurückdrehen könnte. Dann würde ich Nerea festhalten und ihr sagen, dass ich mit ihr zusammen sein will, egal wie schlecht der Zeitpunkt gerade für uns ist. Dass auch nur eine Minute mit ihr mich entschädigt für jede lange Trennung. Dass ich auf sie warte. Jedes Mal. Weil sie die ist, die mein Innerstes berührt. Doch die Zeit, die läuft nicht rückwärts, sondern immer nur voran und wartet nicht auf einen wie mich.

ACHTUNDDREISSIG
Nerea

Bogotá

Papa und ich sitzen im Flugzeug. Stumm. Nebeneinander wie zwei Fremde. Wie Touristen des Todes. Seit gestern Abend haben wir kaum ein Wort gewechselt. Oder ich kann mich daran nicht erinnern. Ich habe einen Filmriss. Das Einzige, woran ich mich erinnere, ist, was er gefragt hat, nachdem er seine Stimme wieder gefunden hatte: »Drei Tickets oder zwei?« Und meine Mutter hatte gequält ins Kissen geschluchzt: »Ich kann nicht.«

Wenn ich nicht von dem alles zerstörenden Schmerz zu Boden gepresst worden wäre, wäre ich wohl aufgesprungen und hätte sie geschüttelt, wie eine Wilde um mich geschlagen. *Es geht um Gloria und nicht mal dazu bist du für sie bereit?* Doch ich blieb liegen wie ein überfahrenes Reh auf einer finsteren, eiskalten Landstraße, während alles Leben aus mir heraussickerte.

Jetzt aber, eingequetscht in dieser engen Sitzreihe, zwischen lauter fröhlichen Fremden, steigt die Wut wieder in mir hoch und meine Gedanken beißen sich an meiner Mutter fest. Vielleicht auch nur, weil die Wut die Trauer für einen Moment in Schach zu halten vermag, mir eine winzige Pause gönnt in meiner Qual.

Es ist uns ja allen bekannt: Sie verabscheut Krankenhäuser, Arztbesuche, Untersuchungen. Aber tun wir das nicht alle? Von sterbenden Menschen, Metallsärgen, Beerdigungen will ich gar nicht erst anfangen. Aber sie ist ihr Kind! Es ist verdammt noch mal ihre Pflicht, diesen Weg zu gehen!

Papa stupst mich mit dem Ellbogen an. Erschrocken fahre ich zusammen und mit voller Wucht durchbohrt mich die Erkenntnis, wo ich bin. Augenblicklich ist die Wut über meine Mutter verschwunden, als hätte es sie nie gegeben. Ausgelöscht, zur Unkenntlichkeit zermalmt von dem grausamsten aller Gefühle. Unbarmherzig wirft sich die Trauer auf mich, würgt mich, ringt mit mir, dass ich kaum noch atmen kann. Meine Schwester wird sterben. Meine geliebte, wundervolle, lebenslustige Gloria. Vielleicht ist sie schon tot. Vor Schmerz presse ich die Hände an den Hals und krümme mich lautlos. Der Gedanke an das, was vor uns liegt, drückt den Inhalt meines Magens nach oben. Ich muss atmen. Doch ich ertrage diesen Schmerz nicht länger. Schaffe ich es, nach vorn zu rennen und die Tür aufzureißen, um mich in die Tiefe zu stürzen? Nein. Das Einzige, was ich schaffe, ist, stumm wie ein Fisch an Land nach Luft zu schnappen.

»Ob du noch Kaffee willst, hat sie gefragt«, sagt Papa mit rauer Stimme.

Erst jetzt bemerke ich die Flugbegleiterin, die neben mir steht, und anstatt meinem leeren Leben ein Ende zu setzen, reiche ich ihr zitternd meine Tasse und sie füllt sie wieder auf. Den benommenen Blick auf den dünnen, braunen Strahl gerichtet, flüchtet sich mein Kopf in eine irrwitzige Hoffnung. Vielleicht lebt Gloria noch. Vielleicht überlebt sie ja doch. An diesen winzigen Strohhalm klammere ich mich mit allerletzter Kraft. Einen anderen habe ich nicht.

Heiß dampft der Kaffee, den mir die Stewardess reicht. Ich glaube, das ist nun schon mein vierter heute. Er hält zumindest meinen Körper aufrecht. Der Kaffee und die Tabletten. Ich weiß nicht mehr, wie viel ich gestern Nacht getrunken habe. Es muss viel gewesen sein, aber es war auch die einzige Möglichkeit, mich so weit zu beruhigen, dass ich zumindest ein paar wenige Stunden Schlaf finden konnte.

»Gracias«, murmle ich und vermeide es, den Blick zu ihr zu heben. Ich habe Angst, sofort wieder in Tränen auszubrechen. Genauso hat Gloria bestimmt den Kaffee ausgeschenkt, mit ihrem schönen, gewinnenden Lächeln. Sie wird es nie wieder tun. Wie wird sie nun aussehen? Wie sieht jemand aus, der so schwer verletzt ist, dass er …

Ich muss mir die freie Hand auf den Mund pressen, als der Gedanke erneut Galle nach oben schleust. Während ich hastig den Kaffee abstelle, zittert meine Hand so stark, dass etwas der heißen Flüssigkeit überschwappt. Ich kann es nicht fühlen. Die feuchte Hand drücke ich, sobald sie den Kaffee an einem Taschentuch losgeworden ist, auf meinen rebellierenden Bauch. Darin verknoten sich Schmerz und Angst und Trauer zu etwas, bei dem ich nicht weiß, wo das eine anfängt und das andere aufhört. Ich fühle mich ihnen so ausgeliefert, sie sind einfach überall. Mir wird schwindelig. Ich habe keine Kraft mehr. Keine Kraft, mein Schluchzen noch länger zu unterdrücken, keine Kraft, aufrecht zu sitzen, wenn ich eigentlich auf dem Boden kauern will. Keine Kraft, weiterzumachen. Ich schaffe das nicht. Und doch, ich könnte mir niemals verzeihen, wenn ich die Chance, sie ein letztes Mal zu sehen, ausgeschlagen hätte. Ich muss da durch. Irgendwie.

Der Kapitän verabschiedet sich über Lautsprecher, bald landen wir. Es fühlt sich surreal an, hier unter den Passagieren zu sitzen anstatt vorn im Cockpit. Wann immer ich das früher getan habe, war es neben Gloria. Gloria, die mir aus dem Reiseführer vorlas, als ich selbst noch nicht lesen konnte. Die mir ihre Pläne präsentierte, was wir alles im Urlaub erleben mussten. Nie kam ich auch nur auf die Idee, eigene zu schmieden. Glorias waren immer perfekt für mich. Der Gedanke an diese unbeschwerte Zeit lässt mich tiefer und tiefer sinken, als würde ich nach und nach in einem schwarzen Moor verschwinden. Ohne Hoffnung, jemals wieder daraus aufzutauchen.

Es ist Abend und eiskalt, als das Taxi uns vor dem Krankenhaus rauslässt. Das alte Klostergebäude ist so absurd hübsch, für das, was uns bevorsteht, dass mir beim Betrachten gleich wieder übel wird. Es sieht aus wie ein Haus, in dem Gott zu Hause ist, aber wenn ich etwas nicht spüren kann zwischen all den unzähligen Emotionen, dann ist es seine Existenz.

Was genau in mir vorgeht, kann ich kaum erfassen, weil es tausend Gefühle auf einmal sind. Angst, Horror, Panik, Verzweiflung, Trauer und die dürre Hoffnung, dass alles nur ein Irrtum ist. Meine Handflächen und Achseln schwitzen, obwohl sich meine Finger und Zehen wie gefroren anfühlen. Meine Bewegungen funktionieren nur auf Autopilot. Keine Ahnung, ob mein Atem so rast, weil ich so schnell wie möglich zu Gloria möchte. Oder weil ich es nicht will.

Papa geht aufrecht neben mir her. Ich höre, wie bemüht er ist, tief zu atmen, um sich oder seinen Herzschlag zu beruhigen. Mit leiser Stimme meldet er uns am Schalter an, während ich zitternd danebenstehe.

Nach nur wenigen Augenblicken werden wir von einer geistlichen Krankenschwester gebeten, mitzukommen. Sie trägt zwar keinen Habit, trotzdem erkenne ich an ihrem schwarzen Rock, der weißen Bluse und dem Kreuzanhänger um ihren Hals, dass sie Nonne ist.

»Sie sind noch rechtzeitig gekommen«, flüstert sie und eine Welle der Erleichterung rollt über mich. Sie lebt noch!

Sie führt uns über einen langen Korridor vorbei an der offenen Tür zur Krankenhauskapelle, auf deren Altar eine Vase mit rosafarbenen Rosen steht und in deren hinterster Stuhlreihe ein Mann sitzt. Weiter vorbei an einem Raum mit einem winzigen Schild, auf dem *Psychologischer Dienst* steht.

Wie seltsam, dass ich all diese Details in mich aufsauge wie ein Schwamm, dabei könnte doch nichts unwichtiger sein. Lieber sollte ich mich darauf vorbereiten, was jetzt passieren wird. Ein Schauer läuft über meinen Rücken. Ist sie vielleicht sogar ansprechbar? Mit einem Mal kann es mir nicht schnell genug gehen. Jede Sekunde mit ihr an meiner Seite ist kostbar wie nie.

Vor der Zimmertür, auf die wir zusteuern, kommt uns eine Ärztin entgegen. Sie schüttelt unsere Hände und stellt sich vor. Leise erklärt sie uns, was wir wissen müssen. Dass Gloria so starke Schmerzmittel erhält, dass sie nichts von ihren Verletzungen spürt. Dass sie nicht mehr zu Bewusstsein kommen wird, aber die Ärzte das Gefühl haben, dass sie noch wartet. Vermutlich auf uns. Ich drücke die Hände auf mein Herz. Gott, tut das weh. Als reiße jemand meinen Brustkorb auseinander und wühle mit glühenden Stäben darin. In dem Moment, in dem ich ihre Worte vernehme, wird es Realität. Die schlimmste Realität auf Erden. Gloria wird sterben.

Es ist nicht fair! Sie sollte hier nicht sein. Wir sollten hier nicht sein. Sie sollte leben und lachen und glücklich sein. Einen Mann finden und Kinder kriegen und alt werden. Steinalt. Nicht hier darauf warten müssen, dass sie sterben kann. Der Drang zu schreien ist beinahe unerträglich. Nur Papa zuliebe presse ich so fest die Lippen aufeinander, dass sie nicht einmal mehr zittern können.

»Sie können jetzt zu ihr. Bleiben Sie, so lange Sie wollen. Wir bekommen über den Monitor mit, wenn … die Zeit gekommen ist«, sagt sie sanft.

Papa nickt träge und sie drückt mitfühlend seinen Arm. Dann lässt man uns allein. Keine Sache meines Lebens kam mir jemals so unüberwindlich schwer vor, wie diese weiße Tür zu öffnen. Es ist, als stünde ich vor einer spiegelglatten Mauer und die Türklinke befände sich Hunderte Meter über mir. Wäre ich hier allein, ich bin sicher, ich würde vor dieser Aufgabe zusammenbrechen, einfach auf die Knie fallen und auf ewig dort kauern.

Meine Hände sind ineinander verkrampft, unfähig, etwas zu berühren.

Doch Papa ist anscheinend stark für zwei oder drei, wenn man Mama mitzählt. Er atmet einmal tief ein, sammelt sich und drückt dann leise die Klinke hinab. Wie ein Waggon seiner Lokomotive folgen muss, werde ich mit in den Raum gezogen, bleibe ganz knapp an ihm dran, wage kaum, den Blick zu heben. Innerlich flehe ich, dass er keinen falschen Schritt macht, niemals zwischen uns beiden weggeht. Und das, obwohl ich mein Leben lang immer nur gehofft habe, dass nichts und niemand zwischen mir und Gloria steht. Doch die Panik vor ihrem Anblick stranguliert mich fast.

Da bewegt er sich zur Seite, um einen Stuhl neben das Bett zu stellen, und es passiert. Der Blick wird für mich frei auf sie und ich erstarre. Werde zu Stein. Nur die Bröckchen meines Herzens kullern eins nach dem anderen zu Boden und zerfallen zu Staub.

Meine wunderschöne Schwester liegt in einem weiß bezogenen Krankenbett und ihr Gesicht, zumindest das, was die Verbände freigelassen haben, ist dunkelblau, lila, weinrot … Den Körper kann ich unter der Decke nicht genau ausmachen, doch laut dem Telefonat, das meine Eltern erreicht hat, sind fast sämtliche Organe beschädigt. Da sie nicht innerhalb der ersten Stunde, der golden hour of shock, behandelt wurde, und massiv Blut verloren hat, waren ihre Chancen von Anfang an gering. Es hätte schon ein Wunder gebraucht.

Wie sehr ich ein Wunder bräuchte …

Auch meine Eingeweide bluten, wölben sich auf. Ich fühle mich wie unter Folter. Alles würde ich versprechen, wenn ich sie damit retten könnte. Ich würde mein eigenes Leben geben für sie. Doch niemand will mit mir verhandeln.

Papa schiebt den Stuhl ganz nahe an ihr Bett heran und setzt sich neben sie, greift nach ihrer Hand. Dann beginnt er zu sprechen, und zwar so, dass ich den starken Drang verspüre, zu rennen. Nur weg von hier! Die beiden allein lassen. Wenn ich mich nur bewegen könnte.

»Hallo, mein Schatz. Was machst du nur für Sachen, hm?«, beginnt er sanft und die Tapferkeit in seiner Stimme bricht mir das Herz. »Mama schickt dir alle Liebe, die sie hat, und du weißt, das ist enorm, wenn man damit sechzig Romane füllen kann.« Er lächelt, nur um sofort wieder ernst zu werden. »Aber sie konnte nicht kommen. Du weißt, das kann sie nicht. Sei ihr nicht böse.«

Ich schlucke und starre auf meine Schuhe, dränge jeden Gedanken an meine Mutter beiseite.

»Nerea ist hier. Natürlich ist sie gekommen, sie würde alles für dich tun, so wie du für sie. Das ist es, was ich euch beigebracht habe. Geschwister sind immer füreinander da, solange sie …«

Von meinem Herzen stürzt eine ganze Geröllawine auf einmal. *Leben* wollte er sagen, doch er beißt sich auf die Unterlippe, kämpft mit sich und kann nicht weitersprechen. Die Stille, wo einmal genau das sein sollte – Leben –, ist kaum auszuhalten. Gequält presse ich die Lider zusammen und heiße Tropfen fallen auf meine Hände, die ich krampfhaft vor dem Bauch verschränkt habe. Ich muss etwas sagen. Ich muss mich verabschieden, muss ihr beistehen. Solange sie noch bei uns ist.

»Gloria«, flüstere ich, obwohl ich am liebsten schreien will: *Du darfst nicht gehen! Bitte geh nicht. Bitte bleib bei mir.*

Doch ich habe keine Kraft, zu schreien. Und auch nicht mehr für noch so wenig Hoffnung. Ich brauche jedes Fitzelchen Stärke und Disziplin, das ich in mir finde, um nicht zusammenzubrechen.

»Ich liebe dich«, wispere ich. Es ist das Einzige, das ich herausbringe. Und auch das Wichtigste.

Plötzlich läuft eine kleine Bewegung durch ihren Körper. Ihre Lider flattern, dann atmet sie laut. Mein Herzschlag setzt aus.

Dann rast er euphorisch weiter. Das gibt es doch nicht! Sie wacht auf. Für mich! Es ist ein Wunder. Ein Wunder ist geschehen! In mir geht die Sonne auf. Im selben Moment bin ich vorn an ihrem Bett, lege eine Hand auf ihr Bein.

»Ich bin da, ich bin da, Gloria«, rufe ich und erwarte, dass sie jeden Moment die Augen aufschlägt und mich anlächelt. Jetzt wird alles gut. Ich spüre es.

Mit einem überwältigten Auflachen sehe ich zu Papa, doch der hängt zusammengesunken auf seinem Stuhl, den Kopf in den Händen vergraben. Mein Lachen verstummt. Hat er es nicht gehört?

»Papa, sie …«

Ich will auf Gloria zeigen, da streift mein Blick den Überwachungsmonitor und mir bleibt der Mund offenstehen. Der Monitor blinkt lautlos, rot. Die Kurve ist keine Kurve mehr, da ist nur noch ein Strich. Gefühlt vergehen Minuten, bis mein Hirn und mein Herz verstanden haben, was das bedeutet. Ich schwebe in einer Zwischenwelt, in einem zeit- und geräuschlosen Raum. Und das Einzige, was ich denken kann, ist: Da fehlt doch was. Ein Blitz, der zur Erde schießt, ein Donnergrummeln, Pauken und Trompeten, irgendetwas. Das kann es doch nicht gewesen sein? Dreißig Jahre leben, lachen, wachsen, lernen … für nichts und wieder nichts? Kein Lebenszweck, der erfüllt wurde, nichts, was ihre irdische Existenz überlebt, was von ihr bleibt? Außer meinen Erinnerungen.

Nun kommen die Ärztin und die Pflegekraft herein. Die Ärztin hört Glorias Herz ab und schaltet den Monitor aus. Ich versuche, dem zu folgen, was sie sagt, aber nichts dringt zu mir durch.

Plötzlich spüre ich eine warme Hand auf meiner Schulter. Die Ärztin hat mich im Vorübergehen voller Mitgefühl gestreift und damit unsanft aus meinem Trancezustand geholt. Wie durch einen schwarzen, dreckigen Tunnel werde ich in die Realität geschleudert und die Wucht des Schmerzes trifft mich wie eine eiskalte Tsunamiwelle, sodass ich von Glorias Bett zurücktaumle. Nein! Bitte nicht. Sie darf nicht tot sein! Das ergibt keinen Sinn!

Ich wirble herum. »Hat sie noch irgendetwas gesagt? Was waren ihre letzten Worte?«, schreie ich der Ärztin hinterher, obwohl sie kaum fünf Schritte von mir entfernt ist.

Mit gerunzelter Stirn dreht sie sich um. »Ja … ähm … sie sagte etwas.« Nachdenklich fasst sie an ihr Kinn. »Kurz nach der Einlieferung. Sie sagte: *Ich will nach Hause. Nach Wien.*«

Fassungslos starre ich sie an. *Sonst nichts? Nichts Wichtiges? Bedeutungsvolles? Das war's?*

Wien, Wien, Wien!, will ich brüllen. Dieses Scheiß-Wien!

Was ist mit Papa? Was ist mit mir? Doch ich schweige. Weil ich meiner geliebten Schwester weniger bedeutet habe als eine Stadt. Wie sollte ich jemandem letzte Worte wert sein, wenn ich nicht einmal einen Anruf wert war? Und weil ich nicht einmal flüstern kann: *Wieso?* und dann eine Antwort bekäme. Denn nie wieder wird da eine Antwort sein. Nicht von Gloria.

»Wie kam es zu dem Unfall? Wo war es? Wer ist schuld daran?«, stoße ich atemlos hervor.

Ich weiß nicht, warum mir das plötzlich wichtig ist. Es ist, als klammere ich mich an jeden ihrer letzten Augenblicke, damit ich sie nicht gehen lassen muss.

Ausweichend blickt die *Doctora* einen Moment zur Seite, so als kämpfe sie mit sich. »Einzelheiten weiß ich leider nicht, da müssen Sie mit der Polizei sprechen. Ich weiß nur, dass sie eine erhebliche Menge Alkohol im Blut hatte.«

Sie presst die Lippen aufeinander und nickt uns noch einmal zu. Dann geht sie. Und ich fühle mich, als hätte sie mir zum Abschied noch eine heftige Ohrfeige verpasst. Verdattert, ungläubig, schockiert.

Nun wendet sich die Krankenschwester an Papa. »Geben Sie Bescheid, wenn Sie so weit sind. Dann wird sie für den Transport fertig gemacht. Ich bin draußen am Desk.« Sie lächelt ihm mitfühlend zu.

Papa und Gloria anzusehen, ist mir unmöglich. Mich hier neben ihm weinend über ihren toten Körper zu beugen, bringe ich nicht über mich. Ich weiß, dann sterbe ich ebenso.

»Ich bin in der Kapelle«, presse ich hervor und fliehe aus dem Totenzimmer.

Mit Tränen verschleierten Augen finde ich kaum deren Eingang. Doch zum Glück ist die Kapelle nun leer. Ich setze mich in die vorderste Reihe, so nahe wie es nur eben geht am Altar und an dem Kreuz, an dem Jesus hängt, und lasse meinen Tränen freien Lauf. Wie sehr wünschte ich, ich hätte einen Glauben, einen echten. Dann würde mir Gott jetzt erscheinen und mir Trost spenden, mir sagen, was ich tun soll. Aber Gott gibt es nicht, zumindest nicht für mich. Alles ist verloren. Das ist der Nullpunkt. Mit Gloria ist mein ganzes Leben verschwunden. Sie war mein Leitstern, mein Anker. Was soll ich noch auf dieser Welt?

Ich wollte zu *Iberia* und sie ging fort. Ich wollte nach Kolumbien und sie ging für immer. Vielleicht ist alles meine Schuld. Mein ganzer Körper wird von Schluchzern begleitet. Das hier, dieser Schmerz, der hört niemals auf.

NEUNUNDDREISSIG

rgendwann versiegt zumindest jeder Tränenfluss. So unwahr-
scheinlich es auch erscheint. Ich bin ausgetrocknet, leer. Nicht
nur mein Flüssigkeitshaushalt, sondern auch der Kopf. Mein
Hals kratzt. Das Gesicht ist fast schon wund, so aufgequollen
und rau ist es vom Salz der Tränen, das hart auf meinen Wangen
trocknet.

Keine Ahnung, wie lange ich hier gesessen habe. In der Kapelle gibt es keine Uhr. Wozu auch? Trauer ist für die Unendlichkeit.

Ich bin zu schwach, um mein Handy rauszukramen, und im
Grunde ist mir die Uhrzeit auch egal. Nur meinem Magen nicht.
Er knurrt rebellierend. Plötzlich spüre ich, dass ich nicht allein
bin, und drehe den Kopf. In der letzten Reihe sitzt Papa, auch
sein Gesicht ist aufgequollen und rot.

Trotz all der Traurigkeit in seinen Augen, schenkt er mir ein
Lächeln. »Lass uns gehen, Puppi«, flüstert er.

Wie soll ich das schaffen? Kann ich jemals wieder aufrecht
stehen? Tragen mich meine Knochen überhaupt noch? Doch sobald ich meine steifen Beine in den Boden gestemmt habe, geht
alles fast wie von selbst. Der Körper scheint erleichtert zu sein,
sich bewegen zu dürfen, etwas tun zu können, was sich halbwegs normal anfühlt.

Ich atme tief durch und werfe einen letzten Blick auf Jesus, der
den Kopf hängen lässt, als würde er mit mir leiden. *Ob es dich gibt
oder nicht – bitte beschütze sie, wo immer sie jetzt ist.*

Als ich bei Papa ankomme, nimmt er meine Hand, und obwohl mir das in den letzten Jahren immer unangenehm war, schenkt es mir Halt und Wärme. Jetzt wird mir auch bewusst, wie sehr ich zittere. Aus Erschöpfung vermutlich, vor Hunger, Durst. Und wenn ich ehrlich zu mir selbst bin, wohl auch, weil ich heute noch keinen Drink hatte. Ich will es nicht fühlen, doch es ist da und vermischt sich mit all den anderen Gefühlen, in die man mich heute hineingezwungen hat.

Ich weiß nur, dass sie eine erhebliche Menge Alkohol im Blut hatte, hallen die Worte der Ärztin in mir wider, und ich muss für einen Moment die Augen zusammenkneifen, als sich auch diese Worte mit etwas vermischen, womit ich mich nie ganz auseinandersetzen wollte – dass auch ich mit Alkohol im Blut nicht nur einmal gefahren, sogar geflogen bin. Schnell reiße ich die Lider wieder hoch.

»Ich bin so hungrig«, piepse ich mit meinen wundgeschluchzten Stimmbändern.

»Ich auch«, krächzt er. »Wir gehen gleich in das nächstbeste Lokal.«

Erneut laufen wir an dem Schild des psychologischen Dienstes vorbei und mein Blick bleibt darauf haften. Vielleicht täte es ja gut, mit jemandem … Doch schon hat Papa mich weitergezogen. Und ja, essen und trinken ist nun am dringlichsten.

Am Desk steht die freundliche Schwester und mein Vater unterschreibt, dass Glorias Leichnam von einem Bestattungsunternehmen abgeholt werden darf. Noch immer ist alles so unwirklich. Ich fühle mich wie in einem Film, einer falschen Identität. Das kann doch nicht mein Leben sein.

»Gott sei mit Ihnen«, flüstert die Nonne zum Abschied. Ich weiß nichts darauf zu erwidern.

Dann treten wir raus in die feuchte, kalte Nacht Bogotás mit all ihren lebendigen, pulsierenden Geräuschen. Für einen Moment bin ich wie von einer Keule getroffen. Der Verkehrslärm, die vielen Lichter, lachende, singende Menschen. Kinder, die um uns herum Fangen spielen. Ich drücke Papas Hand fester, der ebenso taumelnd stehen geblieben ist. Auch er braucht anscheinend einen Augenblick, um sich auf diese andere Welt außerhalb der friedlichen Krankenhausmauern einzustellen. Eine Welt ohne Gloria.

Doch dann weist er mit dem Arm nach rechts. »Ah! Hier drüben, siehst du? *Bistecca e Vino Da Trattoria de la Plaza*«, liest er vor. »Ist zwar italienisch, aber dafür an der nächsten Ecke.«

»Ganz egal.«

Nun bin ich es, die ihn weiterzieht. Ich glaube, ich habe vor vierundzwanzig Stunden das letzte Mal gegessen.

Die Trattoria ist voll und laut. Anscheinend findet eine Feier statt, denn auf der einen Seite des Raumes wurden alle Tische zusammengeschoben für eine große, heitere Runde. Das kommt mir gänzlich falsch vor. Wie ein makabres Schauspiel. Gerade mussten wir meine Schwester für immer verabschieden und hier wird gefeiert, als würde das Leben so weitergehen wie bisher. Aber so ist es, stelle ich mit zerbrochenem Herzen fest. Die Erde dreht sich einfach weiter, ganz egal, was uns passiert und wie niedergeschmettert wir sind. Wie grauenvoll. Aber auf eine widersinnige Art auch seltsam tröstlich.

Wir setzen uns an die andere Seite des Raumes und blicken stumm in die Karte, die der Kellner uns reicht.

Ich entscheide mich augenblicklich für eine Pizza Margarita, weil sie das Erste auf der Karte ist und ich denke, dass Pizza auch am schnellsten geht. Papa nimmt Risotto mit Spargel.

»Ich trinke einen Roten. Und was willst du?«, fragt er, während er die Weinkarte studiert.

Ich zögere und schiele prüfend zu ihm rüber. Es wäre bestimmt ein Leichtes, einen harten Drink zu bestellen. Gerade heute wäre es nur zu verständlich, wenn man zu einem starken Trostmittel greift. Papa würde garantiert nichts dagegen haben. Dennoch schwanke ich. Etwas anderes hält mich zurück.

Gloria ist betrunken gefahren, nun ist sie tot. Und diese Erkenntnis hat sich in mich eingegraben, sich in mich reingefressen, wie ein glühendes Brandeisen in glatte Haut. Irreversibel. Die Worte der Ärztin fühlten sich an, als wären sie an mich gerichtet gewesen. Als hätte sie ganz genau gewusst, was mit mir los ist.

Erneut fällt mein Blick auf die Karte mit all den Drinks, nach denen alles in mir lechzt. *Es würde dir besser gehen*, zischelt ein Stimmchen, das ich bei dem Anblick nicht zum ersten Mal höre.

Doch Gloria ist tot. Und ich will mich zum Teufel NIE wieder besser fühlen. Und ich will nicht, dass sich irgendwer auf der Welt meinetwegen irgendwann so grauenvoll fühlen muss, wie ich mich gerade fühle.

»Ich nehme Wasser, ein stilles«, sage ich leise, obwohl mein Körper ganz etwas anderes schreit.

Mit der Pizza auf leeren Magen ist mein Körper erst mal vollauf beschäftigt. Das Zittern ist nicht mehr so stark. Zwar streift mein Blick immer wieder gierig Papas Weinglas, doch ich schlucke das Verlangen bestmöglich hinunter. Das sollte doch nicht so schwer sein. Oder? Gloria musste höllische Schmerzen ertragen und diese Welt für immer verlassen. Es ist gut, wenn es auch in mir wehtut. Ja, es SOLL wehtun. Die Qual ist Genugtuung für mich. Sie lenkt mich wenigstens in Bruchteilen von dem Schmerz in meinem Herzen ab.

Papa zahlt und winkt dann vor dem Lokal ein Taxi heran. Ich bin unglaublich dankbar, dass auch ihm nicht nach Reden zumute ist. So sitzen wir beide schweigend aneinander gelehnt, jeder in seinen Gedanken vergraben und von seinen Tränen benetzt. Ich weiß auch nicht, was es zu sagen gäbe, fühle mich übervoll und leer zugleich. Nach zwanzig Minuten Fahrtzeit werden wir vor einem kleinen altmodischen Hotel rausgelassen und checken ein.

Von Madrid aus hat Papa, wohl ohne groß darüber nachzudenken, ein Zimmer mit zwei Einzelbetten reserviert. Für ihn bleibe ich wohl immer das kleine Mädchen, das nachts nicht allein sein will. Nun wird ihm anscheinend erst bewusst, dass wir beide Privatsphäre brauchen und jeder von uns mit seiner Trauer allein sein muss.

»Sí, Señor Wallner, wir haben noch ein freies Einzelzimmer«, sagt der Concierge und reicht uns die Schlüssel. Ein wenig mitleidig beäugt er uns, wie auch schon der Kellner im Restaurant. Bestimmt sehen wir beide verheult und todtraurig aus.

Stumm gehen wir nebeneinander in den ersten Stock. Papa muss nach rechts, ich nach links.

»Willst du noch reden?«, fragt er sanft.

Ich schüttle nur den Kopf. Worüber sollen wir reden? Alle Worte dieser Welt können mich nicht trösten, machen Gloria nicht wieder lebendig.

»Bis morgen«, flüstere ich.

Er seufzt schwer. »Schlaf dich aus.«

Gleichzeitig sperren wir die rustikalen Holztüren auf und gleichzeitig schließen wir sie hinter uns. Dann bin ich allein. Die Stille und die Fremdheit des Zimmers sind erdrückend, ich mache mir nicht die Mühe, die Lampe einzuschalten. Vom Fenster kommt genügend Licht der Straßenbeleuchtung herein. Ich lasse meine Tasche einfach fallen und lege mich aufs Bett, rolle mich in die Tagesdecke ein.

Mein Körper lechzt nach Alkohol, nach dem Rausch des Vergessens. Er ist es so gewohnt. Jede Pore sehnt sich nach diesem Schluck Trost. Ich fühle mich wie eine Verdurstende. Nie habe ich wirklich darüber nachgedacht – irgendwie konnte ich es nicht. Vielleicht weil die Konsequenzen zu groß gewesen wären und weil ich diejenige gewesen wäre, die sie hätte ziehen müssen. Doch hier und heute fühle ich mich geradezu gezwungen, mir die Frage zu stellen: Wie lange bin ich nicht mehr ohne einen abendlichen Drink eingeschlafen? Zwei Jahre? Drei?

Genau jetzt bräuchte ich ihn so sehr, gerade das ist doch eine Situation, in der man jede Hilfe annehmen sollte, die man kriegen kann. Und doch missgönne ich sie mir, versage mir den leichten Weg. Ich rühre keinen Tropfen mehr an. Nicht etwa für mich, denn ich habe, weiß Gott, nichts mehr zu verlieren. Für Gloria. Vielleicht werde ich nie wieder schlafen. Wie ein Zombie. Auf jeden Fall werde ich nie wieder glücklich sein, denn mein Glück ist mit Gloria ausgelöscht worden. Aber ihr Tod DARF nicht umsonst gewesen sein. Und wenn ich dabei draufgehe. Es ist das letzte, was ich für sie tun kann. Ihm einen Sinn zu geben.

Gequält presse ich Augen und Zähne zusammen, die Hände an die Schläfen. Die Gewissheit, Gloria für immer verloren zu haben, zerreißt mich und legt meine Organe ungeschützt frei. Dem Körper nicht zu geben, wonach es ihn verlangt, schüttet zusätzlich ätzende Säure darauf. Vielleicht gehe ich ja wirklich drauf. Auch das wäre mir egal. Gloria ist tot. Leo will mich nicht. Es gibt doch in Wahrheit nichts, wofür es sich lohnt, wieder aufzustehen.

Lange, elende, quälende Stunden finde ich nicht in den Schlaf, mein Herz rast unregelmäßig, ich finde einfach keine Ruhe. Fetzen von Erinnerungen an meine Kindheit, an meine letzten Gespräche mit Gloria flattern mir wie grimmige Vampire durch Kopf und Herz, mein schlechtes Gewissen, weil ich so wütend über ihren Umzug war, saugt mich aus. Und ich weine und weine, beiße in die Decke, um nicht zu schreien, prügle mit den Fäusten auf die Matratze ein, raufe mir das Haar. Aber der Schmerz, er hört nicht auf. Natürlich denke ich an Alkohol, fast pausenlos. Wie viel leichter es doch mit ihm wäre. Aber ich will es nicht leicht haben. Was immer ich auch tue, nie wieder wird es leicht sein.

Und doch schleicht sich irgendwann entgegen jeder Wahrscheinlichkeit eine allumfassende Müdigkeit von hinten an mich heran. Und sie schmiegt sich an mich, lullt mich ein, flüstert mir beruhigende Worte ins Ohr: *Lass los, komm mit mir.*

Und endlich ergibt sich mein Körper der Erschöpfung.

Im Traum sehe ich Gloria in einer der belebten Straßen Bogotás und sie lacht und tanzt und wirft ihr Haar zurück. Und mein Herz birst beinahe vor Freude, sie so zu sehen. Auch ich lache, während ich versuche, ihre Schritte nachzumachen, ihre Hand zu fassen, mit ihr zu tanzen. Doch immer wieder flutscht sie mir durch die Finger. Plötzlich ist Leo neben mir und neugierig wende ich mich ihm zu. Er sitzt auf einem Felsbrocken, presst eine Zitrone aus und grinst sein attraktives Grinsen samt lachender himmelblauer Augen.

Bevor ich weiß, was das soll oder was er hier will, hat mich des Todes kleiner Bruder schon hinübergezogen in einen dunklen traum- und bewusstlosen Tiefschlaf.

VIERZIG

Keine Ahnung, wie lange ich geschlafen habe. Vielleicht ist es der nächste Nachmittag, vielleicht auch schon drei Tage später. Ich liege und schaue an die Decke, die von einem hellgelben Streifen Sonnenlicht halbiert wird. Wie einmal durch den Fleischwolf gedreht fühlt sich mein ganzer Körper an, in meinem Kopf wummert ein Presslufthammer. Mein Magen ist ein einziges Loch, aber es ist nicht zu vergleichen mit dem Loch in meinem Herzen. Der Bauch kann warten. Was ich nicht ignorieren kann, ist der Drang, zur Toilette zu müssen. Und der quälende Durst. Nicht nur nach Wasser.

Als ich mir im Bad die Hände wasche, streift mein Blick den Spiegel über dem Waschbecken. Ich erkenne mich kaum wieder. Meine Haut ist grau mit unregelmäßigen Flecken, die Augen sind von roten Äderchen durchzogen, der Ausdruck ist leer. Leer wie mein Innerstes. Ich schlage die Augen nieder und wende mich ab, schlurfe zurück ins Schlafzimmer. Beim Einschenken des Mineralwassers fällt mir auf, wie meine Hände zittern, dabei ist mir nicht kalt, im Gegenteil, bereits nach diesem kurzen Weg ist mir der Schweiß ausgebrochen, sodass ich mich auf die Bettkante setzen muss. Da klopft es an meiner Zimmertür.

»Nerea, ich fahre jetzt zur Wohnung. Willst du mitkommen?«, fragt Papa. Seine Stimme klingt kraftlos und heiser.

Will ich mitkommen? Ich weiß es nicht. Am liebsten würde ich mich wieder unter der Decke vergraben, für immer. Nicht hinaus in diesen heiteren Sonnenschein, in eine Welt voller Leben. Aber die Aussicht, Glorias Wohnung zu sehen, die Wohnung, von der ich gewünscht hatte, dass sie auch mein Zuhause werden würde, und Glorias persönliche Sachen an mich zu nehmen, lässt mich letzte Kräfte mobilisieren.

»Ja«, krächze ich. »Bitte gib mir fünf Minuten.«

Das von Unglück gezeichnete Gesicht hinter der Sonnenbrille versteckt, schaue ich aus dem Fenster des Taxis und sehe Bogotá zum ersten Mal bei Tageslicht. Eine riesige, weitläufige Stadt. Anders als Madrid und so ganz anders als Wien. Warum musste Gloria unbedingt hierherkommen? Wenn sie es nicht getan hätte, wäre sie vielleicht noch am Leben. *Hör auf, das zu denken, Nerea. Dadurch kommt sie auch nicht wieder.*

Das Hämmern in meinem Kopf macht mich langsam mürbe und ich schiebe die Hände zwischen die Knie, um das Zittern zu verstecken. Vielleicht sollte ich doch etwas trinken, nur einen winzigen Schluck, damit diese Entzugserscheinungen endlich aufhören. Allein der Gedanke daran, wie der erlösende Schluck … Nein.

Stöhnend massiere ich meine Schläfen. Papa streichelt mir tröstlich über den Rücken und hält mir einen Müsliriegel hin, den ich nach kurzem Zögern annehme. Doch ich merke sehr wohl, dass er selbst tief in sich und seinen Gefühlen versunken ist und gar nicht bemerkt, wie es wirklich um mich steht. Wie sollte er auch? Bedächtig kaue ich den Riegel, spüre, wie der Zucker langsam in mein Blut eintritt, was zumindest ein paar meiner Beschwerden erträglicher macht.

Obwohl Papa vom Krankenhaus Glorias Schlüssel bekommen hat, läuten wir an und eine junge Frau öffnet uns die Tür. »Hallo. Ich bin Ana«, sagt sie. Auch sie hat verweinte Augen, und obwohl wir einander noch nie gesehen haben, umarmt sie uns lange und aufrichtig, was meine mühsam erlangte Fassung sofort zerstört.

Schniefend löse ich mich von ihr und atme einmal tief durch, bevor ich mich überwinden kann, Glorias Wohnung zu betreten. Jene Wohnung, in der auch ich unterkommen wollte, die in meiner Vorstellung von meiner Zukunft eine so bedeutende Rolle spielte. Und sie ist genauso, wie ich sie mir ausgemalt habe, bunt und einladend, fröhlich. Das zu sehen, verursacht mir Magenkrämpfe. Es ist, als würde mein Traum noch einmal direkt vor meinen Augen zerplatzen wie eine aus dem zweiten Stock geworfene Wassermelone auf Asphalt. Laut, hässlich und brutal.

»Hier entlang«, krächzt Ana. »Das ist ihr Zimmer.« Durch einen schmalen, dunklen Gang weist sie uns den Weg und ich balle meine Fäuste, wappne mich vor weiterem Schmerz, ehe ich einen Fuß in den Raum setze.

Glorias Zimmer ist nicht sehr geräumig, aber behaglich eingerichtet. Auf dem großen Bett liegen buntbestickte Kissen und eine gewebte Tagesdecke sowie ein paar Kleidungsstücke. Kalte Gänsehaut überzieht meinen Körper. Es sieht aus, als wäre Gloria nur gerade eben nach draußen gegangen und käme sofort wieder, so spürbar ist sie hier. Ihre Präsenz überwältigt mich.

Ergriffen sinke ich auf die Kante ihres Bettes und merke erst jetzt, wie sehr mich all das hier erschöpft. Zittrig atme ich durch und meine Finger streifen weichen Stoff. Als ich den Blick senke, entdecke ich neben mir Glorias grünen Cardigan und muss für zwei, drei noch zitterndere Atemzüge die Augen schließen. Dann ziehe ich ihn langsam an mich heran, drücke ihn an die Brust. Zart steigt ihr Parfum zu mir auf und ich vergrabe tief die Nase im Stoff, atme Erinnerung in mich hinein und gleichzeitig neuen Schmerz, mein Körper, meine Seele eine einzige, klaffende Wunde.

Währenddessen macht Papa ein paar unsichere Schritte hierhin und dahin und sieht sich mit krummem Rücken alles an. Wie alt er mir plötzlich erscheint, alt und gebeugt. Auch das tut weh.

Neben dem Fenster steht ein Schminktisch mit allerlei Make-up und Modeschmuck. Ein großer, rustikaler Schrank an der Wand gegenüber. Auf ihm liegt Glorias silberner Koffer und Papa hievt ihn ächzend herunter, findet darin noch zwei kleinere. Einen stellt er wortlos vor mich hin.

Alles an mir ist schwer, unwillig, unfähig. *Sie kommt ja doch gleich wieder. Oder nicht?*

Nein, tut sie nicht.

Mir entkommt ein kaum hörbares Wimmern, und als sich Papas leerer Blick auf mich richtet, schlucke ich schwer und reiße mich zusammen. Es muss sein. Noch einmal atme ich tief durch, schlüpfe dann vorsichtig in Glorias Cardigan, der mich umfängt wie eine Umarmung, und stehe schwerfällig auf. Den Koffer lege ich geöffnet vor den Schminktisch und knie mich daneben. Ein Teil nach dem anderen wandert in den Koffer und es ist fast, als streife ich Gloria mit jedem meiner Handgriffe. Kein Pinselchen, kein Tiegel ist wertlos für mich, keiner wird zurückgelassen. Papa füllt währenddessen den großen Koffer mit ihren Kleidern.

Als ich mit den Schminksachen fertig bin, drehe ich mich zum Nachttisch. Darauf liegen ein paar Bücher und ein Foto ohne Rahmen von unserer Familie. Einen Moment zögere ich, es anzufassen, dann wage ich doch, es hochzunehmen. Es ist unser jährliches Weihnachtsfoto, gerade mal ein halbes Jahr alt. Vor dem festlich geschmückten Baum stehen meine Eltern Arm in Arm, daneben Gloria breit in die Kamera lächelnd und ich, die lachend zu Gloria schaut. Für immer wird das hier das letzte Foto von uns vieren bleiben.

Die Erkenntnis wirft mich buchstäblich um. Meine Oberschenkel tragen mich nicht mehr, die Knie geben nach und ich falle zur Seite, lande auf der rechten Hüfte und dem rechten Ellenbogen. Ein stechender Schmerz fährt durch meine Schulter.

Wie durch Watte höre ich meinen Namen, doch ich schenke ihm keine Beachtung und rapple mich wieder auf, obwohl ein so bedeutender Teil von mir für immer liegen bleiben will. Tränen fließen über mein Gesicht, während ich wie manisch alle restlichen Sachen einpacke. Die Kopfhörer, ein Tagebuch, mehrere Ladekabel, Nippes. Alles einfach drauf. Ich muss hier weg. Ich will das alles nicht mehr ertragen. Ich kann nicht mehr. Ich muss schlafen, ich will trinken. Ich will nichts mehr sehen oder hören, will mich verstecken, vergraben, untergehen, sterben.

»Schatz, das ist genug, nimm nur das Wichtigste. Im Koffer ist nicht so viel Platz«, sagt Papa behutsam in meinem Rücken und trotzdem ist es das, was den Damm vollends zerbersten lässt. Aufgelöst drehe mich zu ihm um.

»NEIN, NEIN, NEIN, NEIN!«, schreie ich wie von Sinnen und stelle mich schützend mit fahrigen Armbewegungen vor den überladenen Koffer. »Das geht nicht! Wir können es nicht hierlassen! Es gehört Gloria! Ich … brauche … es!« Die letzten Worte kamen stockend, ich kann mein Schluchzen nicht mehr kontrollieren, es ist laut und unregelmäßig, wie von Sinnen. Ich kann kaum Luft holen und mir ist übel, dass ich glaube, gleich kotzen zu müssen.

Mit zwei großen Schritten ist Papa bei mir und drückt mich an sich, grob, weil ich mich mit Händen und Füßen wehre, weil ich um mich schlage, jemandem wehtun will. Ganz egal wem. Es soll nur aufhören, in mir so weh zu tun. Mit aller Kraft hält er mich fest umschlungen. Sein Körper ist warm, er riecht nach Aftershave, doch in Wahrheit nach meiner Kindheit, nach alter Geborgenheit. Nach einer Zeit, als noch alles gut war. Als es nicht so wehtat.

Seine Hände fahren rhythmisch über mein Haar. »Ist gut, mein Puppi«, murmelt er mit belegter Stimme. »Es ist okay, wir nehmen alles mit. Mach dir keine Sorgen.«

Meine Arme fallen kraftlos hinab und ich lasse los, lege den Kopf an seine Schulter und weine hemmungslos.

Nach und nach werden die Schluchzer leiser, bis am Ende sogar die Tränen versiegen. Ich kann wieder atmen, bin jedoch noch erschöpfter als zuvor.

»Geht's wieder?«, fragt Papa und zieht selbst die Nase hoch.

Langsam löse ich mich von ihm, nicke und schüttle gleichzeitig den Kopf.

»Geh doch schon mal raus an die frische Luft. Das tut dir bestimmt gut. Ich mache das hier allein fertig, ja?«

Und ich nicke wieder, bin zu erledigt, um überhaupt eine eigene Meinung zu haben. Aktuell spüre ich nur eine tote Leere.

Auf der Straße angekommen, setze ich mich in diesem unangenehm kalten Wetter auf einen kleinen Mauervorsprung, ziehe Glorias Cardigan enger und warte mit geschlossenen Augen, konzentriere mich nur aufs Atmen.

Nach einer Weile kommt Papa mit Ana heraus, die ihm beim Tragen hilft und ein Taxi für uns heranwinkt.

»Hier sind die Wohnungsschlüssel. Ist eigentlich noch Miete offen?«, fragt Papa sie.

»Nein, nein, alles okay. Ich … Es tut mir so leid. Gloria war ein toller Mensch. Gute Heimreise … Adiós.« Unter Tränen umarmt sie erst Papa, dann mich und läuft zurück ins Haus.

Mithilfe des Fahrers verstaut Papa die Koffer im Kofferraum und nennt ihm dann den Namen des Bestattungsinstituts.

»Wo … begraben wir sie?«, krächze ich, denn die Worte bringe ich fast nicht über die Lippen.

Er schüttelt abwehrend den Kopf. »Die Urne bleibt bei uns.«

Ein kleines Stimmchen in mir, flüstert *Aber …*, doch ich bin zu kraftlos, um darauf zu hören. Erschöpft schließe ich die Augen und lasse den Kopf in die Nackenstütze sinken.

»Ich denke, es ist das Beste, wenn du erst mal wieder bei uns einziehst und dich noch für eine Weile beurlauben lässt … bis es dir wieder besser geht«, sagt er eindringlich, so wie man mit jemandem spricht, der unzurechnungsfähig ist, oder zumindest doch mit einem Kind. Aber vielleicht bin ich das ja auch. Ein Kind.

Vor kurzem dachte ich noch, mein Leben würde jetzt so richtig starten. Ich würde gemeinsam mit Gloria abheben zu großen Abenteuern an unbekannten Orten, viel eigenes Geld verdienen und meine Eltern ein Stück weiter als bisher hinter mir lassen. Stattdessen liegt nun eine Zukunft vor mir, wie ich sie mir in meinen schlimmsten Träumen nicht ausgemalt hätte. Eine Zukunft ohne Gloria, mit einem Job, den ich mir nicht selbst ausgesucht habe, ohne Leo, ohne Alkohol. Da kann ich auch genauso gut wieder am Rockzipfel meiner Eltern hängen.

»Okay«, flüstere ich und lasse mich endgültig fallen in die Finsternis. Jetzt ist sowieso alles egal.

EINUNDVIERZIG
Nerea

Madrid

Zwei Monate später

Ich sitze auf dem Sofa meiner Eltern, wie ich es seit Wochen tagesfüllend tue, und starre aus dem Fenster. Der Himmel ist wolkenlos und von einem satten Blau. Bestes Flugwetter, bestes Strandwetter, bestes Wetter zum Glücklichsein … und mein Herz zieht sich schmerzhaft zusammen, weil es weiß, dass es das alles nicht liefern kann. Dass es all das verlernt hat.

Auf meinen Knien steht mein aufgeschlagener Laptop mit einer Email von Andrés, in der er mich fragt, wann ich gedenke, meine unbezahlte Freistellung zu beenden. Ich seufze. Ja, wann?

Nun läutet auch noch das Handy und ich greife in Zeitlupe danach, während ich den Computer zuklappe und weglege. Heute ist mehr los als in den letzten Wochen zusammengenommen. Sie sollen mich einfach in Ruhe lassen. Beim Blick auf das Display stocke ich. Es ist Alvaro. Wieso ruft er mich an? Nach so langer Zeit?

Mit klopfendem Herzen räuspere ich mich und stehe auf, so fühle ich mich dem Gespräch mehr gewachsen. Dann nehme ich ab.

»Hallo?« Meine Stimme klingt dünn.

»Nerea, es tut mir so schrecklich leid. Ich habe es gerade erst erfahren«, beginnt er hastig, fast, als wolle er sich rechtfertigen. »Es tut mir so, so leid. Mein tief empfundenes Beileid für dich und deine Eltern.«

Ich atme tief ein und aus, doch schon ist die Trauer, meine treue Freundin, an meiner Seite und hängt sich mit ganzem Gewicht an meine Schultern, sodass ich merklich in mich zusammensinke.

Da höre ich, wie die Wohnungstür aufgeschlossen wird. Um ungestört zu sein, schlurfe ich in mein Zimmer und schließe die Tür.

»Niemand hat mir gesagt, aus welchem Grund du beurlaubt bist. Das ist … das ist wirklich furchtbar. Wie geht es dir denn?«

Ein warmes Gefühl breitet sich in mir aus. Dass er mich trotz allem, was ich getan habe, anruft, seine vertraute Stimme und das aufrichtige Mitgefühl tun erstaunlich gut.

»Danke, Alvaro. Es geht …«, flüstere ich, weiß aber nicht, was ich sonst noch sagen soll. Wie sollte ich ihm auch erklären, dass ich mehr tot als lebendig bin? Was würde es bringen? Also hauche ich noch einmal: »Danke.«

»Ähm. Wo … wo liegt sie denn? Auf welchem Friedhof? Kann ich vielleicht eine Blume hinlegen oder einen Kranz?«

Zielsicher wie ein Dartpfeil trifft seine Frage eine notdürftig überklebte Stelle in meinem Herzen und sie platzt hässlich auf.

»Nirgends liegt sie«, spucke ich bitter die Worte aus. »Ihre Asche ist hier. Auf dem Sideboard. Es gab weder eine Feier noch gibt es ein Grab. Das fanden sie nicht notwendig.« Aufgebracht marschiere ich zwischen Bett und Schreibtisch hin und her, kann meinen so lange versiegten Redefluss nicht stoppen. Immer lauter, geradezu gewaltsam sprudelt alles hervor. »Und meine Mutter tut so, als wäre Gloria nur verreist, hackt wie besessen … also noch besessener als vorher … in ihre Tastatur. So als würde Gloria dadurch irgendwann wieder zurückkommen. Aber das tut sie nicht. NIE MEHR!« Meine lautesten Worte seit Wochen hallen in der Stille nach, die auf sie folgt.

Nie mehr …

Ich bin selbst erschrocken davon. Alvaro zieht bestürzt die Luft ein. Ob es an meinem untypischen Ausbruch oder an dem Inhalt meiner Worte liegt, kann ich nicht sagen. Ist mir auch egal.

»Was hätte sie denn gewollt? Hatte sie eine Verfügung oder so was? Nein, vermutlich war sie zu jung dafür«, überlegt er laut.

»Nein, hatte sie nicht«, bestätige ich niedergeschlagen und tiefe Müdigkeit breitet sich in mir aus.

»Hm, ich bin sicher, deine Eltern haben ihre Gründe … «, sagt er nun aufmunternd. »Vielleicht ist es ja auch ganz schön, die Asche zu Hause zu haben? Oder? So ist sie immer bei euch.« Klar, dass er auf der Seite meiner Mutter ist.

»Ja«, antworte ich knapp. Ich mag jetzt nicht mehr reden. Er versteht mich sowieso nicht. Ich selbst verstehe nicht, warum es mir so wichtig ist. Auch ich bin nicht religiös. Trotzdem fehlt irgendetwas. Eine Zeremonie, ein Ritual. Ein richtiger Abschluss. Damit Gloria hier nicht so zwischen uns hängt wie undurchdringliche Nebelschwaden. Damit ich vielleicht wieder die Sonne fühlen kann. Irgendwann.

»Ich habe übrigens deine Sektoren übernommen. Also bis du zurückkommst …«

»Aha.« Er fliegt jetzt also nach Wien. Ein dumpfer Schmerz erinnert mich an eine andere Sache, die keinen richtigen Abschluss gefunden hat. Die immer noch manchmal an mir nagt.

»Wenn du was brauchst … wen zum Reden oder so, egal was … dann melde dich, ja?«

»Wie? Äh, ja, das mach ich. Danke, Alvaro«, murmle ich in Gedanken.

»Mach's gut, Nerea.«

»Adiós.«

Ich lege das Handy zur Seite und lasse mich ermattet auf meinen Schreibtischstuhl fallen. Diese plötzliche Wut ist ungewohnt für mich und hat mich angestrengt, ich habe sie lange Zeit nicht mehr gespürt. In den unzähligen Tagen und Nächten seit Glorias Unfall, die durch ihre Gleichförmigkeit in meinem Kopf zu einem einzigen, schwarzen, nie enden wollenden Tag verschmolzen sind, habe ich nur Schmerz gespürt, Selbstmitleid und Einsamkeit. Wut war interessanterweise nicht dabei. Warum hat gerade Alvaro, der gutmütige, stets auf Harmonie bedachte Alvaro, sie geweckt?

Neben meinen Füßen steht ein brauner Karton. In ihm sind Glorias Sachen, von denen ich nicht wusste, wohin damit. Wie so oft greife ich hinein und lasse meine Finger den Inhalt erkunden. Das beruhigt mich. Ich streiche über die gerippten Bilderrahmen, den kühlglatten Handspiegel, das mit Schnitzereien verzierte, afrikanische Holzkästchen, das samtige Tagebuch. Auf letzterem verharren meine Finger und ich ziehe es langsam heraus. Bisher habe ich es nicht gelesen. Das erste Mal, als ich es aufschlug, fand ich einen Männernamen und Details und Gefühle, die mir viel zu intim erschienen, um weiterzulesen. Ich kam mir wie eine Spannerin vor.

Auch jetzt lasse ich die Seiten nur durch meine Finger gleiten, nicht um etwas Geheimes zu erfahren, sondern nur, um mich ihr nahe zu fühlen, mir vorzustellen, wie sie das einst leere Papier mit ihrer geschwungenen Handschrift füllte. Doch da bleibt mein Blick an einem Namen hängen. An meinem. Sofort beschleunigt sich mein Puls. Soll ich mir erlauben, es zu lesen? Es ist privat. Aber da es um mich geht, ist es doch vielleicht in Ordnung? Ich atme tief durch und beginne.

Heute habe ich beschlossen, das Angebot anzunehmen. Für Nerea. Sie klammert sich zu sehr an mich. Immer noch. Obwohl ich schon lange versucht habe, mich zu distanzieren. Sie muss endlich ihr eigenes Leben leben, nicht nur tun, was andere von ihr erwarten, oder darauf warten, dass ich ihr sage, was sie machen soll.

Schmerz durchfährt mich, ein Faustschlag gräbt sich in meinen Magen. So sieht sie mich also? Sah sie mich? Ich presse gequält die Lippen aufeinander, will am liebsten gar nicht weiterlesen. Aber jetzt muss ich es wissen. Die ganze grausame Wahrheit.

Sie wird niemals glücklich sein, wenn sie nicht herausfindet, was sie selbst tief im Innern will. Und ich wünschte, sie und Mama würden endlich einen Weg zueinander finden. Es ist schrecklich, so dazwischen zu stehen, der Puffer und gleichzeitig der Kleber zu sein. Ich kann das nicht mehr. Und solange ich da bin, wird sich auch nichts ändern.

Mein Mund ist trocken, ich schlucke hart. Das ist der Grund, weshalb sie einen anderen Erdteil gewählt hat? Ich kann mich kaum bewegen, suche in mir nach einer Regung, doch ich kann nichts fühlen. In mir ist es blank wie eine weiße Wand. Nein, als wäre ich mit dem Kopf gegen eine Wand gefahren. Wegen Mama und mir?

Aber ich gehe natürlich nicht nur deswegen. Es ist für mich einfach die beste Möglichkeit, das Geld für unsere damalige Wohnung zusammenzubekommen. Vielleicht wird mein großer Traum in ein paar Jahren wahr. Eines weiß ich genau: Wenn ich alt bin, werde ich meine Zeit stilvoll im Kaffeehaus verbringen, im Burggarten flanieren und jede Woche in die Staatsoper gehen. Genau wie Oma Inge. Dann ist mir egal, ob ich allein lebe und allein sterbe. Weil Wien meine erste große Liebe war und bleibt.

Es ist, als wisse mein Körper etwas, was meine leergefegte Seele noch nicht erfassen kann. Tränen tropfen auf die Seite, ich ziehe die Nase hoch und tupfe sie rasch mit meinem T-Shirt ab. Trotzdem bleibt die Schrift verschmiert zurück. Das also war ihr großer Traum? Die Wohnung, in der sie ihre Kindheit verbracht hat, zurückzukaufen? In Wien zu leben und dort ihren Lebensabend zu verbringen? Große Müdigkeit erfasst mich. Ich schließe das Buch. Fürs Erste habe ich genug gelesen. Und was bringt es auch noch? Verpufft ist das *Wenn ich alt bin …* Verpufft sind all ihre Träume und Wünsche. Wie einzelne Sandkörner im Wind. Ich lasse das Buch in den Karton gleiten und den Kopf in die Hände sinken, schließe die Augen.

Wien, denke ich. Und ohne es zu wollen, fügt mein Herz den Namen Leo hinzu, als wären diese beiden Worte untrennbar miteinander verbunden.

ZWEIUNDVIERZIG
Leo

Wien

Am Mittag taucht der Niki im Kaffeehaus auf, um zu essen. Ehrlich erfreut nicke ich ihm von der Theke aus zu und schlendere lächelnd zu seinem Tisch. Es ist schon eine Weile her, dass wir ein längeres Gespräch hatten. Wir waren beide viel beschäftigt.

»Ich krieg' bitte den Tagesteller, aber nicht den vegetarischen, den normalen«, sagt der Niki zum Herrn Toni, der heute die Tagesschicht hat. »Und ein prickelndes Mineralwasser, danke.«

»Kommt sofort«, sagt Toni, während ich Niki kurz an mich drücke und mich dann setze. »Und für Sie, Chef?«

»Einen großen Apfelsaft gespritzt, bitte.«

Schwungvoll macht er sich auf in Richtung Schank.

»Hey! Wie läuft's?«, beginnt Niki.

»Ja, passt eh. Und bei dir?«

»Auch gut. Die Amelie geht heute mit ihrer Mama Brautkleid shoppen. Das muss man extrem früh vorbestellen, hätte ich echt nicht gedacht. So eine Hochzeit zu organisieren ist eine Wissenschaft für sich …« Grinsend zieht er die Augenbrauen hoch und ich muss mitlächeln, weil er sich so kindlich freut. Er ist echt ein Glückspilz.

»Spannend«, versuche ich ebenso Begeisterung zu zeigen, doch mehr fällt mir zu dem Thema leider nicht ein. Da bin ich so ziemlich der Falscheste. Lächelnd presse ich die Lippen aufeinander.

»Du … Macht es dir eigentlich was aus, wenn ich meinen Freund Vincent bitte, mein Trauzeuge zu sein? Ich meine, weil ich doch gleich zwei Brüder habe, und sonst ist der Julius vielleicht angefressen.«

Pure Erleichterung durchflutet mich. Himmel! Zum Glück muss ich nicht sein Trauzeuge sein. Die Kirche und ich, wir sind nicht unbedingt auf einer Wellenlänge.

»Nein, nein! Gar kein Problem, ehrlich. Das habe ich auch nicht erwartet. Alles gut«, beteure ich und lege zur Bekräftigung die Hand ans Herz.

»Puh, zum Glück, ich dachte schon …« Er wirkt nicht weniger erleichtert als eben noch ich und ich muss grinsen. Schon witzig, wie wir plötzlich so auf die Gefühle des anderen Rücksicht nehmen. Das hätten wir viel früher tun sollen. Ist gar nicht so schwer und spart viel Ärger und Kränkung.

»Ich hab leider noch eine Frage.« Der Niki macht ein Gesicht, als wäre ihm das, was nun kommt, sehr unangenehm. Langsam legt er einen Ordner auf den Tisch. Mit *Guter Gott! Bitte lass das kein Hochzeitsplan sein*, finde ich nun doch rascher zur Religion, als ich vermutet hätte. Doch beim zweiten Blick erkenne ich, dass es Gerichtsakten sind. Was will er damit?

»Könntest du das vielleicht bei Gelegenheit durchsehen und mir eventuell deine Meinung dazu sagen? Also nur, wenn du mal Zeit hast … Es geht um die Geschäftsführerhaftung bei Cyber-Attacken. Ich bin im Wirtschaftsstrafrecht nicht wirklich firm. Der Koller hat alle Fälle von Papa übernommen, die er aufgrund seines Ausfalls nicht beendet hat, und daher muss ich die neuen allein betreuen.«

Einen Moment bin ich sprachlos. Wow, dass er mich um Hilfe bittet, noch dazu in echten Fällen, die die Kanzlei betreffen. Das schmeichelt mir so, dass meine Wangen ganz warm werden. Aber ich weiß gar nicht, ob ich das noch kann. Urteile nachzulesen ist eine Sache, sich eine fachliche Einschätzung zu erlauben, eine vollkommen andere.

»Aber du kannst den Koller doch sicher um Rat fragen, das ist schließlich sein Fachgebiet … oder?«, brabble ich verunsichert vor mich hin.

»Ha!« Niki lacht zynisch auf. »Denkst du, in so einer Kanzlei ist das ein Kindergeburtstag? Der Koller wollte schon längst *Althan&Söhne* in *Althan&Koller* umbenennen. Der war von Anfang an der Meinung, dass ich zu jung bin, um Partner zu sein. Er wartet nur auf einen Fehltritt von mir.«

Überrascht mustere ich meinen Bruder, während er spricht, denn mit einem Mal sehe ich in seinem meist zufriedenen, selbstbewussten Gesicht noch eine andere Ebene. Eine Ebene darunter. Auf ihm liegt ein viel größerer familiärer Druck als auf mir. Er ist derjenige, der den Namen Althan erhalten muss. Und die Kanzlei. Vor allem, weil er es allein tun soll. Er darf Papa auf keinen Fall enttäuschen, weil ich es längst getan habe. Ich muss schlucken.

Zum ersten Mal tut mir der Niki leid. Tut ES mir leid, dass ich, ohne es zu bedenken, auch ihn im Stich gelassen habe.

Toni stellt die Getränke vor uns ab.

»Danke«, sagen der Niki und ich unisono.

»Und Papa kann ich auch nicht fragen«, fährt er seufzend fort. »Er ist seit Wochen total depressiv und kann sich kaum aus dem Bett aufraffen.« Niedergeschlagen zuckt er mit den Schultern.

Ich kriege Gänsehaut. Mein Vater, der auch am Wochenende ohne Ausnahme um sechs Uhr früh aus den Federn hüpft, kriegt sich jetzt nicht einmal hinausgehievt?

»Arg«, presse ich fassungslos hervor. »Aber vielleicht fehlt ihm ja gerade die Aufgabe?«

»Ich glaube, er braucht einfach Zeit, das Ganze zu verarbeiten. Will ihn nicht auch noch damit behelligen. Angeblich weigert er sich sogar, mit dem Waldi rauszugehen …«

Ein dumpfer Schmerz drückt in meinem Magen. Aber irgendwie habe ich das kommen sehen, so wie er den Hund bei meinem Besuch abgelehnt hat.

Toni kommt wieder zum Tisch und bringt den bestellten Zwiebelrostbraten. »Chef, der Lieferant ist hinten und braucht eine Unterschrift.«

»Ist gut.« Ich stehe auf und greife nach dem Ordner. »Okay. Ich schaue, was ich machen kann, aber erwarte dir nicht zu viel, ja?«

Niki lächelt geradezu amüsiert. »Ach komm, du hast es immer geliebt, dich in eine Materie einzugraben. Ich wette, es wird brillant.« Und fügt dann ernster hinzu: »Und danke, Leo. Ich schulde dir was.«

Mit einem warmen Gefühl im Bauch trage ich den Ordner zum Büro. Am liebsten möchte ich jetzt gleich einen Blick hineinwerfen, doch an der Hintertür treffe ich auf den Lieferanten. »Sie sind spät dran heute. Was war los?«

»Tut mir sehr leid. Getriebeschaden, musste den LKW wechseln.«

Ich begutachte die Lieferung und signiere dann den Lieferschein. Zurück im Büro, lasse ich mich in Gustls abgewetzten Drehstuhl fallen und will gleich zum Ordner greifen. Doch das Kanzlei-Logo darauf lässt mich innehalten. Ist Papa psychisch wirklich so schlecht drauf? Nach einem kurzen Zögern wähle ich Mamas Nummer.

»Leo!«, ruft sie erfreut.

Meinem Vorsatz, mich häufiger zu melden, bin ich leider nicht treu geblieben.

»Hallo, Mama. Wie geht's dir?«

»Ach ja, es geht.« Sie seufzt. »Und dir?«

»Bei mir ist alles okay. Der Niki ist grad da. Sag, stimmt es, dass es dem Papa so schlecht geht, dass er nicht mal mehr mit dem Waldi rausgeht?«

Noch ein Seufzen, nun so gequält, als hätte sie die Frage geohrfeigt. »Ja, leider, das stimmt. Er will nur im Bett liegen. Gerade zum Essen kommt er manchmal noch raus. Und ich habe auch nicht den Nerv, täglich stundenlang mit dem Hund spazieren zu gehen. Ich lasse ihn meist nur in den Garten«, sagt sie mit hörbar schlechtem Gewissen.

»Igitt. Da wächst aber bald gar nichts mehr ... Meinst du, der Papa ist einverstanden, wenn ich ihn wieder mit zu mir nehme?«

»Ja, sicher. Ihn kümmert überhaupt nichts mehr ...«, sagt sie mit Verbitterung in der Stimme. »Ach, Leo, um ehrlich zu sein, ist die Situation schrecklich.« Nun zieht sie schniefend die Nase hoch. »Der Papa ist überhaupt nicht mehr der, den ich kannte. Er hat sich so verändert. Er lässt sich einfach hängen.«

Mein Magen verkrampft sich. Aber irgendwie ist das auch verständlich. Wenn ich eine potenziell tödliche Erkrankung hätte und noch keine Aussicht auf einen Spender, ginge es mir genauso.

»Das wird schon wieder«, beteuere ich, als könnte ich hellsehen, dabei schnürt auch mir diese Ungewissheit die Kehle zu. »Du wirst sehen. Sobald er die Spenderzellen bekommt, wird alles wieder gut. Ihr müsst nur durchhalten bis dahin.«

Langsam flammt auch Wut wegen meiner eigenen Hilflosigkeit in mir auf. Warum kann ich nichts tun? Irgendwas? Alles, was ich ihr geben kann, sind leere Floskeln. Dabei wissen weder ich noch sie, ob jemals ein passendes Match für ihn gefunden wird. Und ob er die risikoreiche Behandlung überlebt. Hinter meinen Augen drücken Tränen. Ich sehe nach oben an die Decke und blinzle sie weg.

Mama widerspricht mir nicht, vielleicht klammert auch sie sich an jeden dünnen Halm Hoffnung.

»Ich komme später zu euch und hole den Waldi ab. Okay? Brauchst du was aus der Stadt?« Trotz meiner Traurigkeit muss ich fast lächeln. Das war immer ihre Frage, als ich noch zu Hause wohnte und sie Besorgungen machte. Stets hat sie auch an mich gedacht.

»Nein danke, Leo. Ich freue mich einfach, dass du kommst«, sagt sie.

»Dann bis später, Mama.«

»Baba.«

Niedergeschlagen lege ich auf.

Am späten Nachmittag fahre ich mit der U-Bahn nach Hietzing und schlendere die Maxingstraße hoch. Der Sommer fühlt sich hier draußen ganz anders an als in der Inneren Stadt. Während dort die Hitze in den engen Häuserschluchten steht, pfeift mir hier ein kühles Lüftchen um die Ohren. Vor unserer Villa blüht der Gartenhibiskus und die Rosenköpfe sind dick und schwer geworden.

Mama öffnet auf mein Läuten hin. »Hallo, mein Schatz.« Sie küsst mich links und rechts. »Danke, dass du dich um den Hund kümmerst. Da fällt mir richtig ein Stein vom Herzen.«

»Ich mache es gern. Wo ist er denn?«

»Im Schlafzimmer, er bewacht Papa, der schläft. Hol ihn ruhig.«

Meine Nackenhaare sträuben sich bei dem Gedanken, meinen Vater im Schlafzimmer zu besuchen und womöglich mit ihm sprechen zu müssen. Aber wenn er schläft …

»Okay, ich hole ihn schnell.«

Leise steige ich die Treppe in den ersten Stock hinauf und wende mich nach links. Hier macht das Haus einen Knick, vom Seitentrakt in den Haupttrakt. Julius' Zimmertür steht offen, aber er ist nicht da. Am Ende des Flurs liegt das große Elternschlafzimmer, diese Tür ist halb geöffnet und ich stecke lautlos den Kopf hinein. Zum Glück schläft mein Vater tatsächlich. Und Waldi auch. Bei dessen Anblick weicht ein Teil meiner Anspannung einem Lächeln. Gefehlt hat er mir, der kleine Kerl.

Vor zwei Jahren bin ich ausgezogen, da war ich mit dem Studium fertig und konnte mehr arbeiten, ergo mir eine eigene Wohnung leisten. Doch wie mir mit einem Mal bewusst wird, war ich schon davor lange nicht mehr im Schlafzimmer meiner Eltern. Was sollte ich dort auch? Wenn sie drinnen waren, wollte ich sie nicht stören. Wenn sie nicht drinnen waren, hatte ich erst recht keinen Grund.

Der Raum sieht anders aus als in meiner Erinnerung. Sie haben wohl die Farben geändert. Statt der ehemals hellgrünen Wand und Vorhänge ist die Wand nun in elegantem Rostrot gehalten, die Vorhänge sowie das Boxspringbett sind creme-rot gestreift. Sehr gediegen. Der kleine Sekretär aus Mahagoni ist noch da, nur der Stuhl davor ist ebenso neu bespannt wie das Bett. Auf dem dunklen Holzboden liegt ein beiger hochfloriger Teppich. Auf einem gemütlichen Sessel in der Ecke eine kuschelige Decke. Und darauf liegt Waldheim.

»Xss, Waldi«, flüstere ich.

Er hebt Brauen und Ohren und wedelt freudig mit dem Schwanz. Da höre ich ein Rascheln vom Bett und halte die Luft an, Papa regt sich. Aus zwei müden Schlitzen schaut er mich ausdruckslos an. Dann schließt er sie wieder und dreht den Kopf weg. Ein eiskalter Schauer läuft mir über den Rücken. Das ist mitunter das Gruseligste, das ich je gesehen habe. Jemanden, vor allem meinen starken, vor Energie strotzenden Vater, zu erleben, wie er vollkommen in einer Depression gefangen ist, wie der fehlende Lebenswille ihm aus jeder Pore stinkt, ist grauenhaft.

War ich genauso? BIN ich genauso, wenn ich meine depressiven Phasen habe? Ich weiß so gut, wie es sich anfühlt, aber nie habe ich jemand anderen in diesem Stadium erlebt. Wenn man nicht selbst betroffen ist, möchte man hinlaufen und rufen: *Schau, die Sonne scheint. Die Vögel zwitschern. Lass uns rausgehen, was erleben. Es gibt so viele schöne Dinge auf der Welt.*

Wenn es nur etwas brächte. Doch das tut es nicht. Nie. Bei niemandem. Man fühlt sich nur noch schlechter, weil man es nicht schafft, diese Euphorie zu teilen. Die Depression ist eine garstige Gespielin. Sie hält dich klein, sie hält dich fest, sie saugt dich leer. Mein Herz wird schwer, weil ich Papa nicht helfen kann, obwohl ich weiß, wie er sich fühlt.

»Komm, komm her!«, rufe ich flüsternd und schlage mit der Handfläche auf meinen Oberschenkel.

Sofort erhebt sich der Dackel und springt vom Sessel, kommt schwanzwedelnd und erwartungsvoll auf mich zu.

Ich will leise die Tür hinter uns schließen, doch gerade, als ich die Klinke nach unten drücke, fällt mein Blick auf die kleine Glasvitrine in der Ecke. Darin befinden sich ein alter Feldstecher mit kaiserlichem Wappen, das goldene Medaillon, das Omama immer um den Hals trug, und mein dunkelgrüner Jaguar Roadster. Erstaunt halte ich inne und mein schweres Herz klopft mit einem Mal überraschend schnell. Das Modellauto aus hundertneunundvierzig Teilen habe ich an meinem achten Geburtstag bekommen und mit Papas Hilfe zusammengebaut. Ich habe es ewig nicht gesehen und es hat auch keinen Wert. Aber dass sie es aufgehoben haben, sogar in der Vitrine, hätte ich nicht gedacht. Es macht mich irgendwie traurig und glücklich zugleich. Sorgsam schließe ich die Tür, da steigt ein fauliger Geruch zu mir hoch und Waldi guckt etwas verkniffen.

»Du Ärmster, sag bloß, du hältst dein Geschäft zurück, weil du nicht in den Garten machen wolltest?« Ich beuge mich zu ihm und kraule ihn stürmisch hinter den Ohren, sodass sie hin und her flattern. »Armer Wauzi! Komm, dann gehen wir schnell. Hopp!«

Als hätte er mich verstanden, hetzt der Kleine voller Vor-
freude vor mir die Treppe hinunter und ich lachend hinterher.
Im Flur schlüpfe ich in meine Schuhe und nehme die Leine vom
Haken. Mama guckt um die Ecke.

»Du gehst schon? Magst nicht noch was trinken? Ich kann dir
auch was kochen, wenn du willst …« Sie klingt fast schon flehend.

Zärtlich betrachte ich sie. Sie kommt mir irgendwie kleiner
vor als früher und weniger resolut. Die Sache setzt ihr ordentlich
zu.

»Tut mir echt leid, Mama, aber ich glaube, Waldi kann jetzt
nicht mehr warten. Und ich muss dann auch zurück ins Kaffeehaus.« In zwei Schritten bin ich bei ihr und umarme sie fest. So
wie ich es schon lange nicht getan habe. So wie ich es schon lange
hätte tun sollen. »Wir sehen uns bald wieder, ja? Versprochen.«

Einen Moment lang vergräbt sie ihr Gesicht an meiner Schulter und schlingt die Arme um mich. Dann löst sie sich abrupt
und wischt sich über die Augen.

»Zu unserem Hochzeitstag?«, bittet sie.

Die Frage erwischt mich kalt. Ich habe schon wieder vergessen, an welchem Tag er ist. Und um ehrlich zu sein, weiß ich
nicht, wie das mit Papa gehen soll. Und ob ich damit, also mit
ihm, klarkomme. Aber sie will ich auch nicht im Stich lassen.

»Ja, ähm, ich weiß noch nicht. Das … Ich muss schauen …«,
sage ich ausweichend.

Mama lässt seufzend die Schultern fallen und bückt sich dann
zu einer Plastiktüte. Wieder gefasster, reicht sie sie mir.

»Hier. In dem Sack sind sein Futter und Sackerl fürs Gackerl.
Danke für deine Hilfe, das bedeutet mir wirklich viel.« Sie lächelt
wieder tapfer.

Befreit schüttle ich mein schlechtes Gewissen ab. Ich helfe
doch, wo ich kann.

»Tu ich gern. Wir machen jetzt gleich einen langen Spaziergang, stimmt's, Waldi?«, sage ich gutgelaunt.

Mein Körper prickelt vor Freude, dass Waldi wieder bei mir ist. Ich habe ihn wohl mehr vermisst, als ich zugegeben wollte. Darauf, wieder einen Grund für lange Spaziergänge zu haben, freue ich mich auch.

Mama mustert mich bewundernd. »Du bist verändert, Leo. Ich weiß nicht, woran es liegt ... An der Arbeit im Café? Was ist es?«

Überrascht zucke ich mit den Schultern. »Wirklich? Wie denn?«

»Ja. Du ruhst viel mehr in dir, finde ich ...« Sie sagt es voller aufrichtigem Stolz und darin kann ich große Liebe spüren. Wie warme Sonnenstrahlen legen sie sich über mich, die Liebe und der Stolz. Und mein Herz weitet sich.

»Danke«, sage ich gerührt und wir lächeln uns zu.

Eigentlich weiß ich doch, dass sie mich liebt, aber stolz gemacht habe ich sie wohl nicht so oft. Und es gibt immer noch Dinge, die mich aufregen, aber sie hat recht. Ich lasse sie schneller los. Keine Ahnung, wie das kam. Irgendwie schleichend. Indem ich nur Dinge tue, die mich nicht überfordern. Indem ich mich fernhalte von Menschen, die mir nicht guttun. Womöglich machen die Jahre einen ja doch weiser. Sogar jemanden wie mich.

Waldheim winselt und kratzt schon an der Tür.

»Ui! Der muss jetzt. Halt die Ohren steif!«

»Bis bald, Leo!«

Mit einem Gefühl der Zufriedenheit renne ich mit Waldi zum nächsten Beserlpark, wo er einen glücklichen Gesichtsausdruck aufsetzt, während er sich erleichtert. Dann marschieren wir bei schönstem Sonnenuntergang außen am Schlosspark Schönbrunn vorbei, denn Hunde dürfen leider nicht hinein. Aber auch der

Auslauf auf der Straße tut uns beiden gut. Eigentlich wollte ich bei der nächsten Station in die U-Bahn steigen, doch Waldi ist so aufgekratzt, dass ich ihn doch noch ein wenig frei im *Auer-Wels-Park* rennen lasse. Mit fliegenden Ohren beginnt er sogleich ein lustiges Katz- und Mausspiel mit einer schüchternen Rehpinscherdame. Es macht Spaß, den beiden zuzusehen. Auch wenn sie mich ein wenig an Nerea und mich erinnern. Er voll übermütig und etwas tollpatschig mit schlackernden Ohren und sie versteckt hinter den Beinen ihres Frauchens, immer wieder neugierig hervorblinzelnd.

Plötzlich fällt mir ein, was ich aus der Sache mit Nerea für die Zukunft lernen sollte. Jetzt, wo ich ein anderer geworden bin und Dinge, Gedanken und Emotionen, die mir nicht guttun, schneller loslassen kann, nehme ich mir eine Sache fix vor. Sollte ich jemals wieder eine so tolle Frau wie Nerea treffen, dann lasse ich sie nicht so schnell los. Es muss ja nicht gerade kämpfen sein, wie Opapa sagt, aber zumindest nicht gleich aufgeben. Dann mache ich es wie Waldi, locke sie so oft aus ihrem Schneckenhaus heraus, bis sie mir vertraut und wir Seite an Seite über die Wiese jagen.

Nun muss ich über meinen eigenen Vergleich schmunzeln und stelle fest, es geht mir wirklich gut. Ja, Papas Situation ist traurig, aber ich verstehe mich mit Mama und Niki so gut, wie lange nicht. Die Arbeit macht mir Freude und in meinem Rucksack habe ich den Ordner dabei, dessen Thema mich brennend interessiert. Und außerdem kann ich an Nerea denken, ohne einen schweren Stein im Magen zu fühlen. Die untergehende Sonne wärmt meinen Nacken, mein kleiner Gefährte ist glücklich und ich spüre irgendwo tief drinnen, dass ich es auch irgendwann sein werde.

Doch bald ist die Sonne hinter den Bäumen verschwunden und Waldis Freundin muss gehen und so machen wir uns mit der U-Bahn auf den Weg ins Kaffeehaus. Ausgepowert und zufrieden liegt der Dackel nun zwischen meinen Beinen und ich nutze die Fahrtzeit, mir weitere Seiten von Nikis Akten durchzulesen.

DREIUNDVIERZIG

Schon am nächsten Abend bin ich mit den Akten durch. Das Thema hat mich so gefesselt, dass ich Zeit und Raum sowie beinahe die Getränkebestellung vergessen habe. Aus dem RIS, dem Rechtsinformationssystem des Bundes, habe ich ein paar Gesetzestexte rausgefischt und Präzedenzfälle aus anderen europäischen Ländern zusammengesucht. Jetzt bin ich dabei, eine Stellungnahme für den Niki zu schreiben. Gott, es fühlt sich unglaublich gut an, meine grauen Zellen wieder zu benutzen. Sie richtig anzustrengen, alles durchzudenken, mögliche Kritikpunkte vorwegzunehmen, kurzum, meine Beurteilung wasserdicht zu machen. So schön die Arbeit im Café auch ist, weil sie mich in keiner Weise überfordert, so wenig fordert sie mich auch.

Weil nur mehr wenige Gäste im Lokal sind, habe ich meinen Arbeitsplatz vom dunklen, stickigen Kämmerchen nach vorn verlegt, zu herrlich sind die warmen Sommerabende bei offenen Fenstern. Und von Zeit zu Zeit werde ich vom Herrn Franz sogar mit kleinen Köstlichkeiten verwöhnt. Es ist fast wie damals, als ich lernen musste und Mama mir liebevoll eine Jause zusammenstellte und aufs Zimmer brachte. Man fühlt sich einfach umsorgt.

»Wie lange machen's denn noch, Herr Magister?«

»Hm. Ein bissl schon noch.« Mein Blick fällt auf die Uhr an der Wand und ich stutze. »Ups. So spät schon? Wenn die beiden bezahlt haben, können Sie ruhig schon gehen, ich mach noch kurz fertig und sperr' dann zu.«

»Ist recht, Herr Magister.« Er macht eine kleine Verbeugung.

Ich lächle ihm zu und schreibe konzentriert weiter: *Aufgrund der Tatsache, dass Cyber-Angriffe häufig auf Anwenderfehler im Unternehmen zurückgehen, liegt der Einwand des rechtmäßigen Alternativverhaltens zumeist sehr nahe.*

»Hallo, Leo«, sagt ein dünnes Stimmchen, das mir bekannt vorkommt. Trotzdem brauche ich einen Moment, um aus dem Text aufzutauchen und aufzublicken.

Ein Kribbeln huscht durch meinen Bauch, von dem ich dachte, es wäre fort. Und auch mein Herz hat die Sachlage schneller erfasst als mein Hirn. Jedenfalls spielt es zu dieser Erkenntnis einen Trommelwirbel, während mein Hirn zu gar nichts fähig ist.

»Nerea?«, entkommt es mir leise.

»Meine Schwester ist gestorben«, flüstert sie erstickt und ihre Schultern fallen hinab, als weiche das letzte bisschen Kraft aus ihrem Körper.

Schrecken explodiert brennend in meiner Magengrube. »O Gott. Das … das tut mir so leid.« Ich muss einmal tief durchatmen, dann kann ich auch wieder klarer denken. »Was machst du denn hier? Kann ich etwas für dich tun?«

Ich mustere ihr Gesicht. Gott, wie sehr ich dieses Gesicht vermisst habe! Erst jetzt wird mir klar, wie groß meine Sehnsucht nach ihr trotz all meiner Beteuerungen und Vorsätze noch ist. Und Mitgefühl – auch das ist so groß. Müde, dünn und abgekämpft sieht sie aus. Sie muss durch die Hölle gegangen sein. Ich weiß doch, wie viel ihr ihre Schwester bedeutet. Bedeutet hat. Bei dem Gedanken verknoten sich meine Gedärme. Mein erster Impuls ist, sie zu umarmen. Nein. Das will sie sicher nicht.

Endlich berappelt sich auch meine Höflichkeit, denn Nerea steht immer noch wie ein Häufchen Elend vor meinem Tisch. Ich springe auf.

»Äh … Kann ich dir irgendwas bringen?«

Doch sie hält mich davon ab, wegzustürmen. Die Hand, die meinen nackten Unterarm berührt, zuckt jedoch sofort zurück. Trotzdem hört meine Haut nicht auf zu prickeln.

»Nein, ich … Können wir kurz reden?« Flehend blickt sie mich an, sodass mein Herz vor Mitgefühl schmilzt wie Butter in der Sonne. ALLES würde ich für sie tun.

»Natürlich … bitte setz dich doch.« Ich weise auf die Sitzbank und nehme gegenüber Platz, versuche in ihrem Gesicht abzulesen, was sie mir gleich sagen wird.

»Meine Eltern wissen nicht, dass ich hier bin«, beginnt sie mit schwacher Stimme. »Sie hätten es mir nicht erlaubt. Aber ich musste sie einfach herbringen.« Gleichzeitig greift sie in ihre Tasche und legt eine schmucklose Plastikbox vor mir auf den Tisch.

»Was herbringen?«, frage ich mit leiser Irritation.

»Gloria.«

Mein Gehirn rattert auf der Suche nach dem Sinn ihrer Worte. Gloria ist … tot. Oder?

»Gloria herbringen?«, frage ich stattdessen vorsichtig.

»Ja.«

»Ähm …«, setze ich an, verstumme jedoch sogleich wieder überfordert.

»Ihre Asche«, wispert Nerea da. »Die Asche meiner Schwester.«

Ich öffne den Mund, schließe ihn wieder. Sehe von ihr zu der Box, wieder zu ihr und wieder zur Box und mein Mund öffnet sich erneut, ohne dass ich etwas herausbringe. Mein Puls wird schneller und ich merke erst jetzt, dass ich den Atem angehalten habe.

»Okay«, stoße ich mit der Luft aus.

Wie es aussieht, hat sie tatsächlich die Asche ihrer Schwester dabei. Nun rieselt ein leiser Schauer über meinen Rücken. Ich bin noch nie in Kontakt mit sterblichen Überresten gekommen. Sorgfältig packt sie das Kästchen wieder weg.

»Sie wollte immer zurück nach Wien, sie wollte hier leben und hier … Jedenfalls, das ist ihr letzter Wille.« Nun klingt ihre Stimme stärker, entschlossen.

»Und was machst du damit?« Ich deute mit dem Kinn auf ihre Tasche. »Bekommst du als Ausländerin hier eine Grabstelle?«

Und weil sie nur die Lippen aufeinanderpresst, habe ich so eine Ahnung und füge vorsichtshalber hinzu: »Ich sage es nur ungern, aber das Verstreuen ist in Österreich verboten.« Sofort schäme ich mich dafür. Was bin ich doch für ein Paragrafenreiter!

»Das weiß ich«, sagt sie schnell.

Es klingt, als wolle sie nicht weiter darauf eingehen. Doch in ihren Augen funkelt etwas. Ich kann es nicht ganz greifen. Etwas wie Trotz oder Abenteuerlust und meine alte, vernachlässigte Freundin Adrenalin wittert es sofort und streckt den Kopf aus ihrem Versteck. Die, der ich abgeschworen habe, weil ich ohne sie viel besser dran bin. Schützend verschränke ich die Arme vor der klopfenden Brust.

»Du … Ich … Warum ich eigentlich hier bin …«, beginnt sie nun zögerlich und sieht mich bang an.

Unsere Blicke verhaken sich. Mein Herz pumpt noch schneller. Ich spüre, jetzt geht es um uns. »Ja?«

»Auf Wiedersehen!«, rufen die Gäste hinter meinem Rücken und wir schrecken beide zusammen.

»Wiederschauen«, dröhnt der Herr Franz melodisch und schließt hinter ihnen mit lautem Gebimmel die Tür, dreht das GEÖFFNET Schild auf GESCHLOSSEN. Dann kommt er in unsere Richtung und bleibt in einiger Entfernung stehen. Trotzdem kann ich erkennen, wie seine Augen uns amüsiert mustern. »Herr Magister, ich bin dahin und wünsche noch eine angenehme Nacht.«

»Gleichfalls, bis übermorgen, Herr Franz.«

Er verbeugt sich tief vor Nerea, die dank dieser Galanterie etwas überfordert wirkt und nur stumm nickt. Dann sind wir allein und richten die Aufmerksamkeit wieder aufeinander, doch diesmal ist die Stimmung noch gehemmter. Ich spüre, wie Wärme mein Gesicht überzieht und kann sie kaum ansehen, bemerke aber trotzdem, dass sich auch in ihre blassen Wangen Röte gezaubert hat. Was will sie mir sagen?

Nerea atmet tief durch und schluckt. »Also ich bin hier, um dir zu sagen, dass mir alles sehr leidtut, was geschehen ist. Wie ich auf dem Dach reagiert habe und dass du wegen mir gekündigt hast. Und dann das vor der Bar … Es war echt unangebracht und peinlich.«

Beschämt schlägt sie die Augen nieder. Bei ihren Worten spüre ich den Puls an meiner Halsschlagader noch weiter anschwellen.

»Aber … ich … habe nicht wegen dir gekündigt«, stammle ich und bin in Gedanken wieder auf dem Dach.

Wie ein grausamer Filmtrailer laufen die Bilder erneut in mir ab. Wir aneinandergeschmiegt, der Kuss, wie sie mich von sich wegschiebt und wütend flieht. Nun die Szene vor der Bar. Wie sie mir betrunken die Arme um den Nacken legt und ich sie, dumm wie ich war, abweise. Es tut weh, wieder mein Fehlverhalten vor Augen geführt zu bekommen. Und doch entschuldigt sie sich? Sie trägt doch keine Schuld.

Warum muss sie gerade jetzt kommen? Gerade als ich meinen Frieden damit gemacht habe. In mir ringen mehrere Gefühle miteinander, doch ehe ich sie auch nur ansatzweise ordnen kann, steht Nerea auf.

»Tja, das wollte ich dir nur sagen«, murmelt sie und schickt ein trauriges Lächeln hinterher. »Ich wünsch dir alles Gute, Leo.«

Schon wendet sie sich zur Tür, was mich vollkommen überrumpelt. Ich weiß nicht, was ich tun soll. Ich brauche mehr Zeit, Zeit, um das durchzudenken. Was bedeutet das? War das einfach nur eine Entschuldigung? Oder eine Entschuldigung und die Chance für einen Neuanfang? Vielleicht sucht sie in ihrer grauenvollen Situation nur nach einem Freund? Will ich diesen Neuanfang, selbst wenn ich gar nicht weiß, wie die Bedingungen lauten? Freundschaft? Beziehung? Fernbeziehung? Alles, was ich weiß, ist: Es ist so unglaublich schön, sie zu sehen. Zu schön?

»Warte!«, rufe ich und sie dreht sich langsam um. Mein Herz klopft so laut, dass es in meinen Ohren dröhnt wie ein Zug, der durch einen Tunnel rast. »Bitte bleib.«

Ich habe keine Antworten auf meine Fragen, aber ich weiß haargenau, was ich mir vor gerade mal einem Tag versprochen habe. Nämlich eine tolle Frau wie Nerea nie wieder so einfach gehen zu lassen. Und ich schätze, das gilt selbst dann, wenn es Nerea höchstpersönlich ist.

VIERUNDVIERZIG

Nerea

Wien

Gänsehaut überzieht meine nackten Arme, während ich mich wieder Leo gegenübersetze. Wie oft habe ich dieses Gespräch in meinem Kopf auf dem Flug hierher durchgespielt? Hundertmal? Und doch kam ich nie über den Moment hinaus, in dem ich mich entschuldige. Die Nervosität lässt mich flach atmen. Wie geht es jetzt weiter? Sollte zurzeit auch nur irgendetwas so unglaublich schön sein, wie ihn zu sehen?

Um meine Unsicherheit zu verbergen, gucke ich mich in diesem altmodischen Kaffeehaus um, in dem nur noch die Hälfte der Lampen brennen. Die Theke und der hintere Teil des Gastraumes liegen im Dunkeln, seit der Oberkellner gegangen ist.

»Alina sagte, du arbeitest hier? Es sieht gar nicht danach aus …« Ich zeige auf die Unterlagen vor ihm.

Er schmunzelt und sein Lächeln erinnert mich daran, wie ich es zum ersten Mal sehen durfte. Seitdem ging es nicht aus meinem Kopf. Wie atemberaubend das Original doch ist.

»Doch, ich arbeite tatsächlich hier. Bin der neue Geschäftsführer des Cafés, mein Onkel möchte sich zur Ruhe setzen.«

»Aha, verstehe«, murmle ich verwundert. Von solchen Plänen hatte er gar nichts erwähnt. »Und ich dachte, du meintest in deinem Brief die Kanzlei.«

»Der Brief, richtig …« Mir scheint, er guckt, als wäre ihm der ein wenig peinlich, doch dann lächelt er noch einmal für mich.

»Du wirst lachen, aber in gewissem Sinne arbeite ich heute auch für die Kanzlei.«

Irritiert schüttle ich den Kopf. »Warum sollte ich lachen? Ich kann mir dich gut als Anwalt vorstellen. Wer freiwillig Prozessakten liest, ist wohl dafür geboren.«

Er zuckt mit den Schultern. »Egal«, murmelt er und das eine Wort fühlt sich an wie eine Grenze, die er zwischen uns zieht. Vielleicht um klarzustellen, dass das, was er in seinem Brief geschrieben hat, keine Gültigkeit mehr hat. Das macht mich unsicher und stumm. Ja, ich habe das Gespräch nicht weitergedacht, doch wenn ich ehrlich zu mir selbst bin, hatte ich die Hoffnung, dass die Gefühle, die er einmal für mich hatte, noch da sind.

Wir schweigen betreten, lächeln uns einmal höflich zu, doch das Gespräch hat sich um einiges unhöflicher von uns verabschiedet, um dem Unbehagen Platz zu machen. Und so sitzen wir da. Und das Unbehagen macht es sich so richtig bequem. Und wir schweigen … bis er so unerwartet aufspringt, dass ich zusammenzucke.

»Willst du was trinken? Hier gibt es keine Cocktails, aber Bier oder Wein, Prosecco?«

Hitze wallt in mir auf. Die Erinnerung an dieses ruhige, selbstsichere Gefühl, das mir der Alkohol verschafft hat, ist verheißungsvoll. Ich lecke mir über die mit einem Mal trockenen Lippen. Die Lust auf den herben Geschmack zieht in jeder meiner Zellen. Immer noch, obwohl ich seit Bogotá keinen Tropfen angerührt habe.

»Hast du Orangensaft?«, quieke ich mit einer fetten Kröte im Hals.

Seine verengten Augen mustern mich einen Moment, dann geht er hinter den unbeleuchteten Tresen. Kaum ist er ein paar Schritte weg, bewegt sich etwas unter meinen Beinen.

»Ahh!« Erschrocken hebe ich die Füße an, doch es ist nur der kleine Dackel, mit dem er vor der *Loos Bar* war, und ich lasse die Füße mit einem erleichterten Seufzen wieder sinken. »Oh, hallo. Wer bist du denn?«, frage ich und lasse ihn an meiner Hand schnuppern.

»Das ist Waldheim, also eigentlich nur Waldi. Aber mein Bruder und ich haben irgendwann angefangen, ihn Waldheim zu nennen, so wie der ehemalige Bundespräsident.« Leo stellt das Glas Orangensaft vor mich hin, vor sich Wasser und setzt sich wieder mir gegenüber.

Ein unangenehmes Gefühl beschleicht mich. »War das nicht der mit der nationalsozialistischen Vergangenheit?«

Das Begräbnis war sogar in den spanischen Nachrichten. Findet er den am Ende auch noch gut? Ich hätte Leo eher liberal eingeschätzt.

Er lacht auf. »Ja genau, der war genauso braun wie unser Waldi hier«, sagt er mit zynischem Unterton und auch ich lächle erleichtert, weil er damit nichts am Hut hat.

Mittlerweile darf ich den Kleinen hinter den Ohren kraulen. Er scheint es zu genießen. Leo schweigt und sieht uns lächelnd zu. Eine Welle der Zuneigung durchflutet mich und wie schon früher in seiner Gegenwart habe ich das Bedürfnis, mit der Wahrheit herauszurücken.

»Ich werde ihre Asche verstreuen, Leo, egal ob verboten oder nicht«, sage ich, ohne ihn dabei anzusehen. »Keine Sorge, ich bin nicht hier, um dich zu überreden, mitzukommen. Ich mache das allein.« Auch wenn ich plötzlich merke, wie schön ich es fände, wenn er dabei wäre.

Ich höre ihn atmen, fühle sein Zögern. Hätte ich es ihm besser nicht gesagt? Ist er böse, weil ich ihn so zum Mitwisser mache? Wird er versuchen, es mir auszureden? So wie Papa es tun würde oder Alvaro? Bang schiele ich zu ihm.

»Und wo?«, fragt er endlich und grinst verschwörerisch.

Von Herzen erleichtert blicke ich direkt in seine so unwirklich tiefblauen Augen und würde ihn am liebsten küssen, allein für die Frage, und dafür, dass er mir keine Vorwürfe und Vorhaltungen macht.

»Ich weiß noch nicht. Vielleicht an ihren Lieblingsplätzen. Muss die richtigen Orte erst noch finden. Ich habe eine Liste.« Fahrig krame ich in meiner Tasche. Sie muss doch irgendwo sein. »Egal, ich habe sie auch im Emailverlauf auf dem Handy.«

Er schaut auf seine Armbanduhr. »Aber nicht mehr heute, oder?«, fragt er vorsichtig.

»Nun ja, ich … ich dachte, ich fliege morgen früh wieder zurück …«

»Was? Morgen früh?«, ruft er entsetzt.

»Ähm … Ich kann natürlich auch länger bleiben …«, stammle ich unentschlossen.

»Aber dann würde wohl dein Flugticket verfallen«, sagt er. Es klingt enttäuscht. Möchte er vielleicht gern, dass ich bleibe? Das Kribbeln in meinem Bauch verrät mir, dass ich wünschte, es wäre so.

»Nein, ich bin auf dem Jump Seat gekommen«, sage ich schnell.

Er runzelt die Stirn. »Jump Seat?«

»Das ist ein Klappsitz für das Flugpersonal, wird oft für Dead Head Flüge benutzt oder eben für Privatflüge, wenn man einen Piloten findet, der einen mitnimmt.« Leos Stirnfurchen werden immer tiefer. Vermutlich sage ich ihm besser nicht, dass der betreffende Pilot mein Ex-Freund ist. Nicht heute. »Ach egal, jedenfalls kostet es mich nichts … Habe nicht so viel Geld, da ich auf unbestimmte Zeit beurlaubt bin. Gibt es vielleicht ein günstiges Hotel hier in der Nähe?«

Er lacht leise. »Günstig, in der Innenstadt?«

»Äh, vielleicht ein Airbnb?«

»So kurzfristig?« Er denkt nach. »Ich kenne eine Pension bei mir in der Nähe, da können wir fragen, ob was frei ist. Ich muss nur noch schnell den Kassenabschluss machen.«

»Ist gut. Danke«, sage ich erleichtert und bleibe dann mit Waldi, der sich an mein Kraulen gewöhnt hat, am Tisch, während Leo seine Unterlagen zusammenrafft und dann hinter dem Tresen in einem Kämmerchen verschwindet. Mit einem warmen Gefühl im Bauch sehe ich ihm noch nach, als er bereits aus meinem Blickfeld verschwunden ist, bis ich meine Aufmerksamkeit wieder auf den Dackel richte.

»Waldheim. So ein hässlicher Name für so einen süßen Hund«, flüstere ich und kann zum ersten Mal heute richtig lächeln.

FÜNFUNDVIERZIG
Leo

Wien

»Hier entlang«, sage ich und führe sie auf eine Abkürzung durch ein mittelalterliches Gebäude direkt auf den Michaelerplatz. Dann weiter an den römischen Ausgrabungen vorbei in Richtung Herrengasse.

Waldi bleibt an jeder Ecke stehen, worüber ich ganz froh bin, denn das verschafft uns etwas mehr Ruhe.

»Wie … wie ist sie denn gestorben?«, frage ich zögerlich und hoffe, dass es für sie okay ist, darüber zu sprechen.

Nerea dreht sich zu mir, sieht jedoch durch mich hindurch, vielleicht gefangen in ihren inneren Bildern. »Autounfall«, sagt sie rau.

Wieder kämpft sie sichtlich mit den Tränen. Wieder ist da das Bedürfnis, sie tröstend in die Arme zu ziehen. Wieder wage ich es nicht.

»So ein Scheiß«, flüstere ich und hoffe, es fühlt sich wenigstens ein wenig wie eine Umarmung an.

Waldi entscheidet, dass er jetzt sofort weitergehen möchte und zieht so heftig an der Leine, dass ich, der ich vor Unsicherheit mein Gewicht auf nur ein Bein verlagert habe, strauchle und beinahe Slapstick-mäßig gegen einen Laternenmast geknallt wäre. Ich räuspere mich peinlich berührt. Aber wenigstens lächelt Nerea ein wenig hinter ihren Tränen hervor und wir setzen uns wieder in Bewegung. Über die Herrengasse, die Freyung und die Schottengasse. In der Nähe des Würstelstandes riecht es verführerisch und nicht nur Waldi, sondern auch Nerea gucken interessiert hinüber.

»Hast du heute schon was gegessen?«, frage ich.

Sie schüttelt den Kopf. »Nur ein paar Snacks.«

»Iss besser jetzt etwas, in der Pension gibt es sicher keinen Zimmerservice wie in einem großen Hotel.«

»Ja, du hast recht.« Sie zückt ihre Brieftasche, blickt auf die Tafel vor dem Stand, zögert dann aber. »Was soll ich nehmen? Hier steht Käsekrainer, Burenwurst, Waldviertler ... nie gehört.«

»Käsekrainer ist mit Käse drinnen, Burenwurst ist so eine Brühwurst mit ziemlich viel Fett und die Waldviertler ist sehr stark geräuchert, ziemlich gewöhnungsbedürftig. Nimm am besten eine Käsekrainer oder ein Paar Sacherwürstel, das sind einfach zwei lange, zusammenhängende Frankfurter. Du kennst doch Frankfurter oder sagt ihr zu Hause Wiener Würstel?«

»Nein, nein, eh Frankfurter. Ja, okay, dann versuche ich die Käsekrainer.«

»Gute Entscheidung!«, erwidere ich lächelnd.

Sie wendet sich an den Verkäufer. »Eine Käsekrainer, bitte.«

»Mit an Siaßen oder an Schoafen?«

Hilfesuchend dreht sie sich zu mir um. »Hä?«

»Senf«, erkläre ich lächelnd, »süß oder scharf?«

»Aha, ja, süß bitte.«

»Brot dazu? Pfefferoni?«

»Nur Brot bitte.«

Mit einem großen Messer schneidet er die Wurst in Scheiben. Dann schiebt er den ovalen Pappteller zu ihr herüber. Sie bezahlt und dreht sich wieder zu uns.

»Dann guten Appetit«, wünsche ich ihr und muss Waldi zurückhalten, der, sich die Schnauze leckend, ganz aufgeregt vor und zurück tänzelt.

Sie steckt den kleinen Holzspieß in die Käsekrainer, aus der der gelbe geschmolzene Käse herausspritzt.

»Sieht irgendwie eklig aus«, stellt sie fest, bevor sie das erste Stück zögerlich in den Mund schiebt.

»Deshalb nennt man sie ja auch *Eitrige*. Weil es wie Eiter aussieht«, sage ich amüsiert.

»Iiih«, macht sie noch, doch der Geschmack scheint für sie alles andere als eklig zu sein. Mit hochgezogenen Augenbrauen kaut sie genüsslich weiter.

Unerwartet steigt trotz der traurigen Umstände flirrende Freude in mir auf, als es mir bewusst wird: *Ich stehe hier mit* NEREA. *Nachts am Würstelstand. Sie ist von sich aus zu mir gekommen. Und sie bleibt mindestens noch einen Tag.* Vor Seligkeit fühle ich mich fast schon schwerelos. Kurzentschlossen ziehe ich mein Handy aus der Tasche und schreibe Gustl, ob er mich morgen vertreten kann. Seine Antwort kommt sofort. Er ist einverstanden. Mir ist, als stünde ich unter einer Lichtdusche oder zumindest im Kegel eines hellen Scheinwerfers. In diesem Hochgefühl stecke ich das Telefon weg.

»Wollt ihr ein Stück?«, fragt sie da, obwohl sie nicht so aussieht, als würde sie die letzten Bissen gern teilen.

»Er sicher.« Ich deute auf Waldi. »Aber nein danke. Ich habe gegessen und er soll nicht. Mein Vater meint eh, dass er viel zu dick ist.«

»Was? Gar nicht«, ruft sie empört mit vollem Mund, betrachtet kauend und mit schief gelegtem Kopf den Hund, schluckt runter. »Ein dürrer Dackel sähe doch wirklich komisch aus.«

Allein für diesen Satz könnte ich sie küssen. Aber das lasse ich wohl lieber.

SECHSUNDVIERZIG
Nerea

Wien

Wir gehen an der Universität vorbei – der Alma Mater Rudolphina, wie Leo mir erklärt. Das heißt nährende Mutter. Gegründet von dem gewieften Habsburger Herzog Rudolph IV, der heute auch als Urkundenfälscher bekannt ist. Angeblich ist sie die älteste Universität im deutschsprachigen Raum und eine der größten Europas. Das überrascht mich sehr. Was macht ein winziges Land wie Österreich mit so einer großen Universität? Sie ist hübsch, ja, aber auch in Madrid gibt es schöne Universitätsgebäude. Wesentlich beeindruckendere.

Ich mag es, wie Leo Wissen mit humorvollen Geschichten verknüpft, und lausche ihm gern. Die Liebe zu seiner Heimat, manchmal gepaart mit etwas zärtlichem Zynismus, ist in jedem seiner Worte spürbar. Und doch wünschte ich, ich könnte erfahren, was Gloria an dieser Stadt so faszinierte. Das weiß auch Leo nicht, und sie wird es mir nie verraten können.

Kurz nach der Universität kommen wir zum sogenannten Grauen Haus, einem großen, lang gestreckten Gebäude. »Es beherbergt die Justizanstalt, also das Gefängnis und das Landesgericht für Strafsachen«, führt er weiter aus.

Bei dem Gedanken, dass hinter den vergitterten Fenstern Häftlinge schlafen, gruselt es mich. Doch Leos Gesicht leuchtet beim Erzählen wie die eines Achtjährigen bei der Erwähnung eines Freizeitparks. Das lässt mich lächeln.

Nur wenige Minuten später stehen wir vor der Pension, ein hoher schmuckloser Altbau. Da die Tür versperrt ist, läutet Leo an. Wir warten. Endlich kommt ein unfreundlich aussehender Portier und sperrt auf.

»Schlüssel vergessen?«, brummt er.

»Nein, ich hätte gern ein Einzelzimmer für heute Nacht«, beeile ich mich, zu erklären.

Der Mann zuckt mit keiner Wimper. »Rezeption nur von sieben bis dreiundzwanzig Uhr. Da steht's.« Mit dem Finger zeigt er auf ein Schild, dann macht er einfach wortlos die Tür vor unserer Nase zu. Empört drehe ich mich zu Leo, auch er sieht genervt aus, ringt sich aber ein zynisches Lächeln ab. »Was für ein wundervolles Beispiel eines typischen Wiener Grantscherbens«, murmelt er seufzend.

Langsam steigt Angst in mir auf. Warum habe ich denn nicht früher daran gedacht, dass ich es vielleicht nicht in einer Nacht schaffe, einen Ort für Glorias Asche zu finden? Hatte ich mir vorgestellt, all die Stunden herumzuwandern oder auf einer Parkbank zu schlafen? Wenn ich ehrlich bin, habe ich an rein gar nichts gedacht! Allein Glorias Wunsch wollte ich erfüllen. Und an Leo habe ich gedacht. Dass ich ihn um Verzeihung bitten muss.

Gloria hatte so recht. Ich bin unfähig, mein Leben selbst in die Hand zu nehmen. Unfähig, auf eigenen Beinen zu stehen. Das Verlangen nach einem Drink lässt mich beben. Wann immer ich mich früher unsicher, ängstlich, unruhig, wütend, egal was gefühlt habe, war das die Lösung. Das wird mir erst jetzt so richtig bewusst. Ich habe keine andere Strategie, als zu trinken oder mich zu verkriechen. Und beides geht jetzt nicht. Meine Brust fühlt sich an, wie von einem engen Mieder eingeschnürt. Ich kann nicht richtig atmen.

»Was soll ich denn jetzt tun? Heute kriege ich doch nirgendwo ein Zimmer mehr«, japse ich verzweifelt und drehe mich panisch erst nach links, dann nach rechts. Doch aus meinem Leben gibt es keinen Fluchtweg.

»Hey! Hey, hey«, ruft Leo und ich bleibe für einen Moment stehen und blicke widerwillig zu ihm hoch.

»Ich muss aber doch ein Zimmer finden und dann einen Ort für Gloria. Ich will …«

Sein besorgter Blick ruht auf mir. Vielleicht stößt ihn die Heftigkeit meiner Verzweiflung ab. Sie ist so gar nicht souverän, sondern so viel größer, älter, tiefer, als es die eigentliche Situation erfordern würde. Meine Stressresistenz ist in den letzten Monaten in den Minusbereich gerutscht. Jede kleinste Sache, die schiefgeht, versetzt mich sofort in Panikmodus. Ich schäme mich vor ihm. Doch dieser Dämpfer bewirkt auch, dass ich mich beruhige.

»Ist doch nicht schlimm«, sagt er mit sanfter Stimme. Dann schluckt er. »Kommst du eben mit zu mir und schläfst eine Nacht auf der Couch … oder ich, wie du magst. Und wenn du länger bleiben musst, finden wir schon etwas. Um diese Uhrzeit ist es halt einfach schlecht.«

Erstaunt sehe ich ihn an. Mit zu ihm? Doch nun sieht er nicht mehr besorgt aus und auch nicht, als müsse er sich besonders durchringen. Er sieht aus, als meine er sein *Ist doch nicht schlimm* tatsächlich ernst. Dankbar und erschöpft nicke ich wie ein kleines Kind, das froh ist, dass sich endlich ein Erwachsener der Sache annimmt. Und mit diesem Gefühl der Erleichterung, löst sich auch das enge Korsett um meine Brust.

»Danke«, sage ich kleinlaut.

Ich stehe schwer in seiner Schuld und würde ihn vor lauter Befreiung gern um den Hals fallen. Doch das letzte Mal ist das nicht so gut angekommen.

»Hier entlang«, sagt er mit einem aufmunternden Nicken die Straße hinauf und ich folge ihm.

»Oh«, stoße ich aus und lache vor Überraschung leise in mich hinein, als mir bewusst wird, dass er keine zwei Häuser weiter wohnt.

Es ist ein schönes Wohnhaus aus der Jahrhundertwende, im Treppenhaus ist alles frisch weiß gestrichen, am Boden ein wunderschönes blau-weiß-gelbes Fliesenmuster. Der Lift fährt erst ab dem ersten Treppenabsatz, *Mezzanin*, steht an der Wand. Das habe ich noch nie gehört. Der Lift selbst ist winzig und aus Holz, eine kleine Sitzbank ist darin. Zwar hat er eine elektrische Tür, man muss aber trotzdem die alte Eisengittertür davor zumachen, bevor sie sich automatisch schließt.

Wieder einmal frage ich mich, warum meine Schwester gerade diese Stadt so geliebt hat. So altmodisch, so verstaubt und vielerorts einfach unpraktisch, wie sie ist. Aber anderseits auch so traditionell und geschichtsträchtig. In mir wimmert die Sehnsucht, mir alles hier von Gloria zeigen zu lassen. Aus ihrer Sicht auf die Stadt zu schauen. Das wird mir für immer verwehrt bleiben. Mein Herz sinkt schwer zu Boden. Dann fällt mir wieder ein, dass sie geschrieben hat, dass ich mir endlich eine eigene Meinung bilden soll. Und mein Herz rutscht noch weiter Richtung Keller.

Im krassen Gegenzug dazu wird mein Körper gerade nach oben befördert, was das Gefühl, innerlich zu zerreißen, nur noch verstärkt. Tief atme ich durch und rieche Leo. Ein wenig Kaffee, ein bisschen Deo, eine Spur Haut. Der Lift ist eng und so stehen wir ziemlich nahe aneinander. Ich kann seine Körperwärme fühlen und weiß beim besten Willen nicht, wo ich hinsehen soll. Sein Gesicht ist für Augenkontakt viel zu nahe an meinem. So nahe waren wir uns zuletzt kurz vor einem Kuss. Und die peinlichen Erinnerungen daran lassen Hitze in mir aufwallen und ein unerträgliches Kribbeln in meinem Magen entstehen. Mit glühenden Wangen blicke ich nach unten zu Waldi. Ich glaube, Leo tut es auch. Den Hund rieche ich zum Glück nun auch.

Unser Schweigen zieht die Fahrt wie ein Kaugummi. Wird es komisch sein, bei ihm zu übernachten? Irgendwie ist diese Bekanntschaft in Null Komma nichts von quasi *nicht existent* auf *ziemlich intim* gewechselt. Mein Herz rührt sich wieder, nicht im Keller, sondern mitten in mir. Es pocht nervös.

»So, da wären wir«, sagt er, öffnet die Lifttür und hält sie für mich auf. Dann nimmt er Waldi die Leine ab, wendet sich nach rechts zu einer weißen Zweiflügeltür und sperrt sie auf. Zuerst tapst Waldi hinein, danach Leo, der das Licht im Flur anmacht und die Leine innen an die Türklinke hängt.

Etwas gehemmt folge ich ihnen, fühle mich wie ein Eindringling in Leos Privatsphäre, zumal er sich auf meinen Besuch ja nicht mal vorbereiten konnte. Und zumindest das Vorzimmer sieht auf den ersten Blick auch ziemlich chaotisch aus, vielschichtig, so wie Leo selbst. Ich ziehe meine Schuhe aus und stelle sie zu den anderen, die hier bunt zusammengewürfelt kreuz und quer und übereinander liegen. Meine Tasche platziere ich sorgsam darauf. Da streicht mir plötzlich etwas über die Waden. Überrascht sehe ich hinter mich. Es ist ein dicker, rotbrauner Kater, der etwas Ähnlichkeit mit Garfield hat.

»Oh, hallo«, begrüße ich ihn leise.

»Das ist Chewbacca«, ruft Leo aus der Küche, die vom Flur abgeht. »Komm her, Dicker.«

Dem Geräusch nach zu urteilen, öffnet er eine Katzenfutterdose und schüttet den Inhalt in einen Napf. Mit schwingenden Hüften trippelt der Kater zu ihm und beginnt so laut und gierig zu schmatzen, dass ich ihn bis hierher höre. Das lässt mich schmunzeln. So entdeckt mich Leo, der aus der Küche kommt. Unsere Blicke treffen sich und sein Gesicht beginnt zu strahlen. Er öffnet den Mund, wohl um etwas zu sagen, überlegt es sich aber anders. Rasch wendet er seinen Blick ab und deutet auf eine Tür.

»Ähm. Da ist das Bad.« Dann geht er weiter. »Hier ist das Wohnzimmer und dort das Schlafzimmer.«

Etwas verunsichert folge ich ihm. Was er wohl sagen wollte? Warum hat er es nicht getan?

Er fischt eine Ladung Kleidung und Unterlagen von der Couch, was die allgemeine Unordnung nur marginal verbessert.

»Ich hole dir schnell Bettwäsche.« Nun wirkt er angespannt. Das schlechte Gewissen rumort in meinem Bauch. Er hat so viel Mühe mit mir.

»Danke, aber eine einfache Decke reicht. Du musst sie nicht extra beziehen. Wirklich. Das ist nicht nötig. Ich bin froh, dass ich hier sein darf.«

Er kratzt sich am Bart. »Bist du sicher?« Als ich nicke, wirkt er kurz unschlüssig, nickt dann aber auch. »Na gut. Eine Wolldecke und ein Kissen liegen eh schon da. Brauchst du sonst noch was? Willst du was trinken? Oder lieber gleich schlafen gehen?«

Er sieht müde aus. Und in mir zieht die Traurigkeit, der Drang, allein zu sein. Mich in meinen Erinnerungen an Gloria zu vergraben, wie so oft. So lange wie heute war ich schon lange nicht mehr auf den Beinen, das spüre ich im Rücken und in den Waden. Mein Körper ist nicht mehr der einer fitten Pilotin, sondern schwach und leer. Morgen ist ein wichtiger Tag. Ich sollte Kraft tanken.

»Nein danke, alles gut«, sage ich, ziehe die Mundwinkel nach oben, damit es wie ein Lächeln aussieht, und setze mich auf das nun freie orangerote Sofa. »Danke für alles«, füge ich flüsternd hinzu.

»Klar. Kein Problem.« Leo nickt und sieht erneut aus, als wollte er noch etwas sagen. Doch dann presst er die Lippen aufeinander und geht ins Bad.

Ich höre, wie er seine Zähne putzt und sich das Gesicht wäscht, wobei er laut prustet, so wie Papa das immer macht.

Schuldgefühle, weil ich einfach heimlich von zu Hause abgehauen bin wie eine Diebin, überrollen mich. Sie haben bestimmt schon bemerkt, dass ich die Urne genommen und die Asche in den Reisebehälter umgefüllt habe. Sie werden unglaublich wütend sein. Oder enttäuscht. Ich weiß nicht, was schlimmer ist.

»Gute Nacht«, sagt Leo, während er mit Waldi und Chewbakka ins Schlafzimmer verschwindet.

»Gute Nacht«, flüstere ich. Dann bin ich allein.

Ich lösche das Licht, ziehe die Jeans aus und fühle mich grässlich. Fehl am Platz, fremd, weit weg von zu Hause und dem schützenden Kokon, in den Papa mich die letzten Monate gehüllt hat. Und als Dank habe ich ihn hintergangen und bestohlen. Das Aroma von Schuld und der immer noch starke Geschmack des Würstels in meinem Mund verursachen mir Übelkeit. Leider habe ich keine Zahnbürste mitgenommen. Ob ich vielleicht einen Kaugummi in meiner Handtasche habe?

Leise stehe ich wieder auf und schleiche ins Vorzimmer, hebe die Tasche vorsichtig auf und trage sie zur Couch. Glorias Asche stelle ich behutsam auf den Couchtisch und streichle sanft über das Kästchen. Der unvermittelte Schmerz, der mich dabei durchzuckt, lässt mich aufschluchzen. Warum ist das alles passiert? Warum ist mein Leben so ein Scherbenhaufen? Was soll ich nur tun? In meiner Tasche suche ich nun nach einem Taschentuch statt nach einem Kaugummi.

Plötzlich gibt es ein dumpfes Geräusch und ich sehe überrascht auf. Der Kater sitzt auf einmal auf dem Teppich vor mir und neigt neugierig den Kopf zur Seite. Anscheinend gibt es eine Katzenklappe aus dem Schlafzimmer. Wieder das Geräusch und auch der Hund tippelt vor mich hin. Nun muss ich schon beinahe lächeln und wische mir mit den Fingern die Tränen von den Wangen. Es sieht einfach so süß aus, wie sie da sitzen. Wie eine kleine Trostkompanie. Dass nun auch die Schlafzimmertür aufgeht und Leo herausguckt, ist fast schon eine natürliche Konsequenz.

»Stören sie dich auch nicht? Ich kann die Klappe nicht verschließen, Chewbacca ist es gewohnt, nachts aufs Klo zu gehen. Aber ich kann meine Tür etwas offenlassen, dann ist es nicht so laut. Wenn das für dich okay ist?«, flüstert er, obwohl wir ohnehin alle wach sind.

»Nein, nein, sie stören mich nicht«, sage ich und höre selbst, dass meine Stimme immer noch weinerlich klingt.

Leo lässt die Schultern sinken und kommt ein paar Schritte näher. »Hör mal, ich … ich war noch nie in so einer Situation. Ich weiß nicht, wie ich dich trösten soll. OB ich dich trösten soll. Was ich tun oder sagen kann …« Selbst im Mondschein sehe ich, wie hilflos er ist. Das berührt mein Herz und meine Augen werden erneut feucht.

»Ich war auch noch nie in so einer Situation. Ich … habe auch keine Ahnung, wie ich damit umgehen soll. Alles, was ich weiß, ist, dass es so … unglaublich wehtut, immer wehtun wird. Aber ich vielleicht gar nicht will, dass dieser Schmerz jemals endet. Er ist das Einzige, das ich noch von ihr habe. Klingt das verrückt?«

Leo setzt sich zwischen den Hund und den Kater auf den Teppich und zieht die Beine in den Schneidersitz.

»Nein«, sagt er sanft.

SIEBENUNDVIERZIG
Leo

Wien

M eine Müdigkeit ist wie weggeblasen. Es wühlt mich auf, Nerea so unglücklich zu sehen und ihr nicht helfen zu können. Es macht mich unruhig, sticht in meinem Magen. Wenn ich könnte, würde ich die Zeit für sie zurückdrehen. Oder in die Unterwelt hinabsteigen und ihre Schwester zurückholen, wie die alten griechischen Helden. Aber das kann ich nicht.

Interessant, dass gerade von mir diese Frage kommt, trotzdem muss ich sie stellen. »Wärst du jetzt nicht lieber bei deiner Familie?« Wenn es brennt, steht man zusammen, sagt Onkel Gustl. Und sogar Niki und ich haben einen Weg für uns gefunden.

Sie wägt schniefend ab und schüttelt dann den Kopf. »Ja und nein. Ich weiß nicht. Ich habe sie nicht gefragt, ob ich Gloria in Wien verstreuen darf. Hatte wohl Angst vor ihrer Antwort. Sie mögen Wien nicht. Obwohl ich glaube, dass sie manches daran vermissen.«

»Hast du ihnen mittlerweile gesagt, wo du bist?«

Seufzend schüttelt sie den Kopf. »Am Flughafen habe ich das Handy ausgeschaltet. Bisher hatte ich nicht den Mut, es wieder einzuschalten. Aber ich habe einen Zettel auf meinem Bett hinterlassen, dass ich heute Nacht nicht da bin.« Sie verzieht gequält die Mundwinkel.

»Auweia«, sage ich mitfühlend und rubble mir über den Hinterkopf.

Das riecht nach Ärger, obwohl Nerea längst erwachsen ist. Wir lächeln einander zu und nun muss ich doch mit aller Kraft ein Gähnen unterdrücken. Aber wenn ich eines nicht will, dann ist es, dass sie denkt, sie würde mich langweilen. Das tut sie nicht. Allzu gern höre ich jedes Wort, das sie mir in diesem Moment anvertrauen will, damit es ihr besser geht. Auch wenn mir die Uhr an der Wand verrät, dass es bereits halb zwei morgens ist. Aber sie weint nicht mehr, sie hat sogar gelächelt. Und das fühlt sich an wie ein kleiner Sieg.

»Willst du dich vielleicht mit ins Bett legen und wir reden noch? Es ist wirklich groß genug und Chewbacca und Waldi liegen zwischen uns, falls du Angst hast, ich … äh … überrumple dich … wieder.«

Gott, die Aktion auf dem Dach ist mir immer noch peinlich. Wie ein heißer Klumpen sitzt die Schmach in meinem Bauch. Aber ich würde nie die Trauer einer Frau ausnützen.

»Okay.« Ihr Lächeln ist klein und schüchtern. »Wenn es dir nichts ausmacht.« Doch sie zögert, sich die Decke wegzuziehen.

Ich Hirni! Wahrscheinlich trägt sie unter dem bauchfreien Top nur einen Slip. Schnell rapple ich mich vom Boden hoch.

»Soll ich dir ein T-Shirt zum Schlafen borgen?«

»Ja, bitte.« Sie seufzt erleichtert. »Und hast du vielleicht Mundwasser?«

»Hab' ich.«

Ich schalte das Licht wieder ein und gehe zurück ins Schlafzimmer. Dann hole ich aus meinem Schrank das längste T-Shirt, das ich habe, ein altes Basketballshirt Ich reiche es ihr und drehe mich um, damit sie hineinschlüpfen kann.

»Fertig?«

»Mhm«, bejaht sie.

Ich wende mich ihr wieder zu, und als ich sie so betrachte, wirkt sie trotz der roten Augen und Nase ein wenig zufriedener.

Und süß. Das Shirt ist ihr viel zu groß, eher wie ein Kleid. Pflicht-schuldig reiße ich mich von dem Anblick los und mache eine auffordernde Geste mit dem Kopf. »Komm mit ins Bad.«

Dort fische ich aus dem *Allibert* die Mundspülung heraus und sie gurgelt ein paarmal, wäscht sich mit Wasser das Gesicht und trocknet es dann an dem Handtuch ab, das ich ihr reiche. Erstaunlich schön fühlt sich das an, sich so ein bisschen um jemanden zu kümmern. Nicht nur um ein Haustier, sondern um einen Menschen, dem es nicht gut geht. Mir fällt auf, dass ich nie die Gelegenheit dazu hatte. Auch nie dazu aufgefordert wurde. In unserer Familie ist Mama die, die sich kümmert. Bei uns ande-ren ist dieses Talent deswegen wohl verkümmert.

Die paar kurzen Beziehungen, die ich hatte, waren von Un-abhängigkeit geprägt. Jeder hatte seine Wohnung, sein Ding, wir trafen uns zum Ausgehen, zum Knutschen, zum Sex, zum Brunch mit Freunden. Alles sehr locker. Ich war bemüht, nicht zu viel von meinem wahren Ich zu zeigen, weil das bekannter-maßen nicht so gut ankommt. Und meine Freundinnen, allesamt Kommilitoninnen aus dem Juridicum, waren sehr emanzipiert, sehr feministisch und machten von Anfang an klar, dass sie Männer nicht ganz für voll nahmen. Das hier fühlt sich anders an – sanfter und trotzdem nicht weniger auf Augenhöhe. Nur … schöner.

Nerea schleicht dann stumm mit ihrer Decke ins Schlafzim-mer und wartet vor dem Kingsize-Bett, bis ich alle Lichter bis auf die Nachttischlampe gelöscht habe. Ich hoffe, sie fühlt sich nicht unwohl neben mir.

»Soll ich links oder rechts?«, fragt sie etwas überfordert.

»Ganz egal.«

Ich liege meistens rechts, aber als ich so die Schultern zucke, merke ich, dass es aufrichtig ist, dass ich für niemanden so gern eine Ausnahme machen würde wie für sie. Doch sie scheint ohnehin die Seite am Fenster zu bevorzugen. Sie krabbelt hinein und zieht die Wolldecke über sich.

Auch ich lege mich hin und so liegen wir beide auf dem Rücken, den Blick auf den Stuck am weißen Plafond gerichtet. Sofort ist auch Chewbacca wieder da und Waldi braucht wie immer Unterstützung. Bald haben sie es sich aber zwischen uns gemütlich gemacht und Nerea dreht sich in meine Richtung. Einen Arm unter dem Ohr, streichelt sie mit der freien Hand abwechselnd Kater und Hund.

Ich drehe mich ebenso zur Mitte und kann ein Schmunzeln nicht verhindern. »Oje, du verwöhnst sie. Dann werden sie das nun jede Nacht von mir erwarten.«

»Tut mir leid«, sagt sie, hört aber nicht damit auf. »Es beruhigt mich.«

Ich lösche das Nachttischlicht, nur ein dünner Streifen Mondlicht kommt von draußen herein.

»Dann hast du hiermit die Erlaubnis, sie nach Strich und Faden zu verwöhnen«, flüstere ich träge, mir fallen schon die Augen zu.

»Glaubst du, dass jedes Leben einen Sinn hat? Eine Bedeutung? Oder sind wir einfach nur Blätter im Wind?«, fragt sie da mit rauer Stimme.

Meine Augen springen wieder auf, mein müdes Hirn beginnt zu rattern. Hat jedes Leben eine Bedeutung? Sind wir zu einem bestimmten Zweck hier? Welchen erfülle ich?

»Ich weiß es nicht. Nein, würde ich meinen,« murmle ich und lasse die Lider wieder zufallen.

»Ich habe immer gedacht, dass jeder zumindest für einen einzigen Menschen etwas Gutes bewirken kann, etwas, was sein Leben verändert. Und ich dachte immer, dieser Jemand wäre für mich Gloria.« Die letzten Worte kommen erstickt, ihre Trauer ist greifbar – nein, sie greift vielmehr geradezu um sich, erwischt auch mich und bricht mir das Herz.

Ich strecke die Hand aus und finde blind die ihre auf Chewbaccas Rücken. Sanft lege ich meine Finger auf ihre und sie hält ganz still. Irgendwann wird das Gewicht dem Kater offenbar zu schwer und er steht auf, um sich einen anderen Platz zu suchen. Doch unsere Finger bleiben warm und zärtlich verschränkt auf der Matratze liegen. Ich glaube, Nerea ist bereits eingeschlafen. Sie schnauft ganz leise und rhythmisch durch die vom Weinen verstopfte Nase. Das Geräusch lässt mich lächeln.

Mir ist klar, dass so ein Gefühl absolut deplatziert ist, denn Nereas Kummer ist so groß wie der Ozean. Und trotzdem spüre ich eine Welle des Glücks durch mich hindurchschwappen. Es ist wunderschön, hier neben ihr zu liegen.

ACHTUNDVIERZIG
Nerea

Wien

Ein unbekanntes Klingeln und ein kleines Erdbeben lassen mich aufschrecken. Dann wird mir klar, dass ich bei Leo bin und es die Matratze ist, die wackelt, weil er sich aus dem Bett rollt. Die hochstehende Sonne lässt mich vermuten, dass es bereits später Vormittag ist. Überrascht stelle ich fest, dass ich gut geschlafen habe. Traumlos und erholsam wie lange nicht. Doch nun kehrt die Erinnerung zurück. An Gloria, für deren Asche ich einen guten Ort finden muss, ohne zu wissen, was gut für sie hier bedeutet hat. Ebenso die Erinnerung an meine Eltern und wie ich sie hintergangen habe. Mit einem Seufzen ziehe ich mir die Decke über den Kopf. Vielleicht muss ich mich so nicht dem Leben stellen.

Aber es hilft nichts. Mein Körper macht mir wieder einmal einen Strich durch die Rechnung. Stöhnend setze ich mich auf, denn ich muss dringend aufs Klo. Durch die geschlossene Schlafzimmertür höre ich Leo mit der Gegensprechanlage diskutieren, doch ich verstehe nicht genau, was er sagt. Dann ist es still. Ich warte ein paar Momente und noch ein paar, nichts. Die Luft scheint rein zu sein, also öffne ich die Schlafzimmertür und bemerke zu spät, dass Leo im gleichen Moment die Wohnungstür öffnet.

»Hoppala«, sagt eine Frauenstimme überrascht und ich erstarre, möchte am liebsten sofort kehrtmachen und mich hinter der Tür verstecken. Aber wie kindisch wäre das?

»Ja, äh …« Leo rubbelt sich unsicher durchs Haar, während ich an dem langen Shirt herumzupfe, in der Hoffnung, dass es dadurch noch länger wird. »Mama, das ist Nerea, eine Freundin, die … meine Hilfe braucht. Nerea, das ist meine Mutter.«

»Konstanze«, sagt sie und kommt mir eilig mit ausgestrecktem Arm entgegen, schüttelt mir mit einem entzückten Lächeln schwungvoll die Hand.

Ich muss furchtbar aussehen, unfrisiert, mit verquollenen Augen und ungeputzten Zähnen. Und sie denkt sicher, Leo und ich haben … »Freut mich«, murmle ich etwas verkniffen.

Sobald sie sich wieder Leo zuwendet, schnappe ich mir meine Kleidung von der Couch und verschwinde im Bad.

»Warum kannst du nicht vorher anrufen, wenn du vorbeikommst?«, höre ich ihn zischen.

»Du rufst doch auch nicht vorher an, wenn du zu uns kommst. Also nicht immer.«

»Ja, letztes Mal ging es um was Wichtiges, da habe ich eben nicht daran gedacht.«

»Siehst du, und mir geht es heute auch um was Wichtiges. Wir haben unseren Hochzeitstag immer in der Familie gefeiert. Das bedeutet mir sehr viel. Vor allem in der jetzigen Situation. Wenn du wie alle anderen auf meine Einladungen reagieren und dann verlässlich aufkreuzen würdest, bräuchte ich gar nicht unaufgefordert zu kommen.« Sie sagt es ganz ruhig, freundlich und dennoch bestimmt.

Ich bin beeindruckt, dass sie so offen ihre Wünsche kommuniziert. Aber wieso antwortet er nicht auf ihre Einladungen? Wie unhöflich. Dabei hat diese Frau Leo ziemlich im Griff, wie es aussieht. Ihm fehlen anscheinend die Gegenargumente, zumindest höre ich erst mal nichts.

»Ich habe einfach vergessen, dir zu antworten«, raunt er dann leiser. »Nerea ist gestern zu mir gekommen. Sie hat einen schweren Schicksalsschlag erlitten. Ich will sie jetzt nicht allein lassen.«

Aufs Stichwort meldet sich die Trauer dumpf in meiner Brust und ich schlucke schwer, auch deshalb, weil er mich ziemlich sicher nur als Ausrede benutzt. Aber er hat recht, ich bin zu ihm gekommen und fühle mich allein mit der Suche nach einem passenden Ort in dieser fremden Stadt etwas überfordert.

»Okay, dann nehmen wir sie eben mit! Gutes Essen und etwas Familienanschluss tun jedem gut«, sagt Konstanze fröhlich. So schnell gibt sie wohl nicht auf. Ich kann nicht anders, als sie zu bewundern. Trotzdem stellen sich mir bei dem Gedanken an ein Essen unter lauter Fremden die Haare auf.

»Nein, Mama. Diesmal nicht. Akzeptier das endlich!« Nun ist er schon richtig laut geworden.

Wieder einmal frage ich mich, wie jemand einerseits so lieb sein und andererseits so schnell aus der Haut fahren kann.

Mittlerweile bin ich angezogen, habe mir den Mund ausgespült und einmal Leos Haarbürste durch meine Längen gezogen. Mehr kann ich hier nicht tun. Also verlasse ich das Bad etwas beschämt, weil ich gelauscht habe.

Leo steht mit trotzig verschränkten Armen vor seiner Mutter, die die Hände in die Hüften gestemmt hat. Es wirkt nicht, als würden sie sich bald einig werden.

»Es sind nur wir, Leo. Keine anderen Gäste. Nur wir und der Opapa und die Amelie. Stell dich bitte nicht so an. Du wirst noch ein richtiger Einzelgänger«, sagt sie und ich spüre die ehrliche Sorge um ihren Sohn hinter den vorwurfsvollen Worten.

Aus Leos Kehle kommt ein genervtes Grollen, sein ganzer Körper scheint zu vibrieren. Aufgebracht löst er die Verschränkung seiner Arme. Gleich zuckt er aus, wie Papa es nennt. Gleich sagt er etwas, was er bestimmt bereuen wird. Ich spüre es anrollen wie eine polternde Steinlawine und habe plötzlich das unerklärliche Bedürfnis, mich dagegenzustemmen. Ich kann nicht dabei zusehen, wie er so auseinanderdriftet, dass er alles unter sich begräbt und sich dann mühsam wieder Stein für Stein zusammensetzen muss. Das ist es doch gar nicht wert. Mit raschen Schritten bin ich an seiner Seite.

»Wir können gern mit deiner Familie essen«, sage ich.

Sein Kopf zuckt zu mir und ich selbst bin nicht weniger überrascht über meine Worte. Ganz dunkel funkeln seine blauen Augen. Aufgebracht öffnet er den Mund, doch gleichzeitig wandert wie automatisch meine Hand an seine. Seine Finger sind heiß, meine kühl vom kalten Wasser und die Berührung erinnert mich mit einem leisen Schauer an gestern Nacht. Kurz habe ich Angst, er könnte seine Hand wütend wegziehen, weil die Geste ihm vor seiner Mutter peinlich oder trotz der Nacht in seinem Bett zu intim ist.

Doch tatsächlich, seine Augen flackern für einen Moment ungläubig, er schließt den Mund und schaut nach unten zu unseren Händen. Dann atmet er tief durch, und als er seinen Blick wieder hebt, ist alles Dunkle daraus verschwunden. Seine Finger schmiegen sich sacht zwischen meine und er forscht in meinem Gesicht.

»Bist du sicher?«, flüstert er und runzelt mit fürsorglichem Blick die Stirn.

In dem Moment bin ich es tatsächlich. Weil ich spüre, dass ihm wirklich am Herzen liegt, wie es mir geht. Weil ich weiß, er würde mich vor allen Unannehmlichkeiten beschützen. Mit ihm überstehe ich jedes Essen. Also nicke ich und er sagt, nicht ohne einmal laut zu seufzen: »Okay.«

Dann drückt er noch mal meine Hand, was ein unerwartetes Kribbeln durch meinen Bauch schickt, dreht sich um und geht in die Küche. Ich höre, wie er den Wasserhahn aufdreht und ein Glas füllt. Erleichtert sehe ich ihm immer noch nach, bis ich mich wieder an seine Mutter erinnere und mich ihr eilig zuwende.

Verwundert liegt Konstanzes Blick auf mir, was mich erröten lässt. Ich kann sehen, wie es in ihrem Kopf arbeitet, doch was genau sie von mir oder über die Situation gerade denkt, kann ich nicht erraten. Nun lächelt sie.

»Wie schön. Ich freue mich sehr. Dann warte ich unten im Auto auf euch, bis ihr fertig seid. Okay? Bis gleich.« Ihre Absätze klackern zur Tür, sind draußen auf den Fliesen erst leiser zu hören, dann ist es still.

Erschöpft sinke ich auf die Couch. Eine Lawine aufzuhalten, kostet enorm viel Energie. Energie, die ich gar nicht habe. Auf dem Couchtisch liegt Glorias Box, so unscheinbar und doch ein Elefant in meinem Herzen. In einem Anfall von Sehnsucht drücke ich sie mir an die Brust, halte sie fest. Hoffe, dass ihre frühere Kraft auf mich übergeht oder sie mich zumindest tröstet. Im ersten Moment glaube ich sogar, dass es klappt. Ein warmes Gefühl strömt durch meine Brust. Doch mit der Erinnerung, warum ich eigentlich hier bin, verlässt auch das letzte bisschen Kraft meinen Körper.

Ich sollte für die Asche einen geeigneten Ort suchen, aber die Wahrheit ist, ich will sie noch ein wenig behalten. Außerdem sollte ich mich bei meinen Eltern melden. Doch ich schaffe das noch nicht. Ich wünschte, ich wäre ein bisschen mehr wie Konstanze.

Leo taucht wieder auf und reicht mir ein Wasserglas. Nur dadurch gelingt es mir, mich von Glorias Box zu lösen und sie wieder in der Tasche zu verstauen.

»Ist das wirklich okay für dich?«, fragt er. »Meine Familie ist nicht unbedingt … ein Hort von Harmonie und Glückseligkeit. Und mein Vater ist außerdem sehr krank …«

Unsicher ziehe ich die Schultern hoch. »Das tut mir leid, aber um ehrlich zu sein, ist mir aktuell jede Familie lieber als meine. So schlimm wird es schon nicht werden. Und deiner Mama scheint es wirklich viel zu bedeuten.« ER scheint ihr viel zu bedeuten, weist mich ein leiser Stich in meinem Herzen zurecht.

»Sie bildet sich ein, ihre erwachsenen Söhne nicht aus den Augen zu verlieren, wenn sie ständig irgendwelche Feierlichkeiten arrangiert.« Kopfschüttelnd verschwindet er im Bad.

»Wenigstens versucht sie es«, murmle ich trübselig in mich hinein.

NEUNUNDVIERZIG
Leo

Wien

Es ehrt Nerea ja, dass sie meiner Mutter zuliebe zu dem Essen gehen will. Ginge es nur um Mama, hätte ich es wohl auch problemlos gemacht. Aber ich habe so was von keine Lust, meinen Vater zu sehen. Und auch Julius' Attitude mir gegenüber stimmt mich nicht gerade froh.

Da das Treffen nicht formell ist, verzichte ich auf die Höhere-Söhne-Uniform und schlüpfe in meine Jeans und ein Shirt. Nerea trägt auch ihre Jeans von gestern und das weiße kurze Top. Sie soll sich nicht deplatziert fühlen. Niki und Amelie werden sicher wieder herausgeputzt sein wie Prinz William und Herzogin Kate.

Nachdem Waldheim und Chewbacca ihre Morgenrationen im Nullkommanichts verschlungen haben, können wir los.

»Hast du eigentlich schon dein Handy eingeschaltet?«, frage ich im Lift.

Sie schüttelt verlegen den Kopf. Ihre Eltern tun mir fast ein bisschen leid. Muss schlimm sein, nach dem Tod der ersten Tochter nun auch die zweite ein Stück weit verloren zu haben. Aber das will sie bestimmt nicht hören.

Mama wartet im wieder mal geschlossenen Cabrio auf uns. Ich erspare mir die Frage, ob wir das Verdeck öffnen können. Sie war hundertprozentig beim Frisör. Einen Moment bin ich unsicher, wo ich mich hinsetzen soll. Neben Nerea auf die Rückbank?

Das sähe aus, als wären wir ein Paar. Ich bin nicht sicher, ob sie das möchte.

»Sitz du ruhig vorne«, sage ich und öffne die Beifahrertür für sie. »Waldi und ich bleiben hinten.«

»Okay«, haucht sie. »Danke.«

Wir fahren los. »Und bist du länger in Wien, Nerea?«, macht Mama Konversation.

»Nein, ich muss nur was erledigen«, sagt sie mit rauer Stimme. »Heute oder spätestens morgen fliege ich zurück nach Madrid.«

Ein leichter Schatten legt sich auf mein Gemüt. Einerseits weil sie so schwer verwundet ist, andererseits, weil ich nicht will, dass sie so schnell wieder aus meinem Leben verschwindet. Mit jedem Wort, mit jedem Blick, den ich von ihr erhasche, schleicht sie sich tiefer in mein Herz. Und als sie heute meine Hand genommen hat, da fühlte ich mich auf magische Weise geerdet.

»Ach, du lebst in Madrid, so eine schöne Stadt. Und was machst du beruflich?«

»Ich … ähm … bin Pilotin … bei *Iberia*.«

»Wie toll! Und was machen deine Eltern?«

Das ist eine übliche Frage in Hietzing. In Döbling ganz bestimmt genauso. Schließlich identifiziert man sich in den Nobelbezirken Wiens über die Berufe der Eltern, man kategorisiert andere über ihre Herkunft. Hauptsache man passt in eine Schublade.

Ich sitze hinter Mama und kann sehen, wie Nerea die Stirn runzelt. Es tut echt nichts zur Sache, was ihre Eltern machen. Da muss ich einschreiten.

»Mama! Jetzt frag sie doch nicht so aus!«, fahre ich sie an.

»Entschuldige bitte, ich wollte nur plaudern«, entrüstet sie sich und fährt dann stumm weiter.

Nerea sieht aus dem Fenster, niedergeschlagen oder eingeschüchtert, ich kann es nicht genau erkennen. Am liebsten würde ich ihr von hinten eine Hand auf die Schulter legen, damit sie sich nicht so allein fühlt, aber ich denke, es wäre too much. Erst als wir in die Gloriettegasse biegen und vor dem Haus halten, spricht sie wieder.

»Es ist wunderschön hier«, flüstert sie.

»Oh! Danke!«, erwidert Mama, die Komplimente, auch wenn sie nicht ihr persönlich gelten, immer schon gut annehmen konnte.

Ich verdrehe die Augen und steige aus, Waldi hüpft umständlich herunter. Der Arme könnte wirklich ein paar längere Beinchen gebrauchen. Dann öffne ich Nereas Tür und beobachte, wie sie aussteigt, will ihr Gesicht sehen, wissen, wie es ihr geht. Ist sie traurig? Doch ihr Ausdruck ist eher neugierig. Mit großen Augen nimmt sie alle Eindrücke in sich auf. So ein ganz klein bisschen stolz bin ich nun vielleicht doch auf unsere geschichtsträchtige Straße und die prachtvollen Villen mit den Magnolienbäumen und Hortensienbüschen davor.

Wir warten, bis Mama das Auto in der Garage verstaut hat und die Tür aufschließt. Ich lasse Nerea den Vortritt, wenn es nach mir ginge, würde ich ohnehin lieber draußen bleiben. Hoffentlich geht dieses Essen schnell vorbei.

»So, meine Liebe«, sagt Mama zu Nerea. »Komm hier entlang. Das ist das Wohnzimmer, setz dich doch. Die anderen kommen bestimmt bald. Was darf ich dir anbieten? Prosecco pur? Prosecco Orange? Bellini?«

Nerea schluckt. »Nein, nur Wasser bitte.«

Verwundert mustere ich sie von der Seite, doch sie dreht sich weg, setzt sich auf das weiche, über und über mit Kissen bestückte Sofa und versinkt fast darin.

»Hilfst du mir kurz?«, sagt Mama zu mir und ich folge ihr in die Küche. Während sie ein Glas mit Wasser füllt, beugt sie sich vertraulich zu mir. »Ist das nur, weil es ihr gerade nicht gut geht, wie du sagtest, oder redet sie immer so wenig? Prosecco will sie auch nicht. Sie ist doch nicht am Ende noch Vegetarierin, oder? Ich habe nur was mit Fleisch.«

Mein Verstand weiß, dass Mama es nicht böse meint, trotzdem muss ich echt an mich halten, um nicht zu schreien. Dieses Schubladendenken, dieses Verurteilen von jedem und allem, diese Überzeugung, dass allein der eigene Lebensstil der richtige ist, kotzt mich so an. Mein Vater zeigt seine Abneigung wenigstens offen. Die Frauen im Nobelbezirk können nur vorneherum lächeln und hinterrücks lästern. Klar, dass meine Mutter ständig Angst vor dem Gerede der Leute hat. Sie ist ein Teil davon.

»Nein, ist sie nicht«, zische ich mit zusammengebissenen Zähnen und nehme ihr das Glas aus der Hand.

Ich glaube, ich schaffe es nicht ohne Ausbruch durch diesen Tag. Er schreit förmlich danach.

FÜNFZIG

Nerea

Wien

Leo kommt aus der Küche und setzt sich neben mich, aufrecht, etwas schneller atmend. Ich werfe ihm einen fragenden Blick zu, doch er schenkt mir nur ein Sekundenlächeln. Angespannt wirkt er, wie ein Wachhund. Vielleicht habe ich ihm keinen Gefallen damit getan, dem Essen zuzustimmen. Doch seine Mutter ist extra gekommen, um ihn abzuholen, das kann ihn doch nicht unbeeindruckt lassen. Wie sehr würde ich mir wünschen, ich wäre meiner Mutter je so wichtig gewesen.

Und ich kann mir nicht helfen. Irgendwie bin ich auch unglaublich gespannt auf den Rest der Familie, auf die Hasen und Einhörner, wie er seine Brüder während unseres Gesprächs auf dem Dach bezeichnet hat. Und natürlich auf den Vater, in dessen Kanzlei er nicht arbeiten will. Er ist sehr krank, sagte Leo. Hoffentlich ist es nicht zu ernst. Heimlich lege ich eine Hand auf meine Tasche, die neben mir auf dem Sofa liegt, spüre das harte Kästchen durch das Leder. *Du fehlst mir so, Gloria.*

In der Eingangstür hört man einen Schlüssel drehen, ehe kurz darauf drei Personen im Flur erscheinen. Es ist die schöne Blondine aus dem Café, also Leos zukünftige Schwägerin, ein Mann, der dann wohl sein Bruder sein muss, und ein grauhaariger Herr, ich vermute, der Großvater.

»Hallooo!«

Sein Bruder betritt als Erster das Wohnzimmer. Er wirkt gutgelaunt, sehr selbstsicher und mustert mich eindringlich mit hochgezogenen Augenbrauen, was mich in Verlegenheit bringt. Über einer beigen Anzugshose trägt er ein blau-weiß gestreiftes Hemd, dazu ein dunkelblaues Halstuch. Sein Haar hat das gleiche Hellbraun wie Leos, aber es ist glatter und akkurat in einen Seitenscheitel gekämmt. Er ähnelt weder einem der Hasen noch einem Einhorn. Um ehrlich zu sein, ähnelt er Alvaro – nicht vom Gesicht, aber in der Ausstrahlung. Glatt, geschniegelt, angepasst, Everybody's Darling.

Leo steht auf, als sein Bruder näher kommt. Zur Begrüßung umarmen sie einander, was mich verwundert, weil ich dachte, sie verstehen sich nicht. Aber vielleicht sieht es deshalb so unbeholfen aus, wahrscheinlich haben sie es bisher nicht allzu oft getan.

»Niki, das ist Nerea, eine Freundin aus Madrid.«

Ich erhebe mich ebenfalls und gebe seinem Bruder die Hand. »Hallo«, begrüße ich ihn etwas gehemmt, weiß noch nicht, was ich von ihm halten soll.

»Hola, mucho gusto! Es lindo encontrar a una amiga de Leo.«

»Oh! Gracias!« Überrascht lächle ich ihm zu. Da bemerke ich mit einem Seitenblick, wie Leos Kiefermuskeln sich bewegen. Vielleicht wurmt ihn das. Aus diesem Grund bleibe ich lieber beim Deutsch. »Ich freue mich auch, dich kennenzulernen.«

Nun sind auch die anderen beiden bei uns angekommen. Nikis Verlobte stützt den Großvater, der eigentlich recht robust aussieht.

»Aha, aus Spanien, grüß Gott, grüß Gott«, sagt er und schüttelt mir die Hand.

»Guten Tag.«

Auch die junge Frau ergreift meine Rechte. »Servus, ich bin die Amelie, freut mich sehr.«

»Hallo!«

Ihr Lächeln wirkt echt und offen. Das macht sie mir auf Anhieb sympathisch. Neugierig wirft sie Leo einen kurzen Blick zu. Vielleicht hofft sie, von seinem Gesicht ablesen zu können, ob mehr zwischen uns ist als nur Freundschaft. Ich spüre, wie meine Wangen heiß werden, und schiele auch zu Leo, um seine Reaktion zu sehen. Doch er hat schon wieder ein Pokerface aufgesetzt.

Nun sind Schritte von der Treppe zu hören und Waldi, den ich seit unserer Ankunft gar nicht mehr gesehen habe, kommt mit einem jungen Mann herunter. Das muss Leos jüngerer Bruder sein. Er sieht süß aus, kommt ganz nach der Mutter mit seinem femininen Gesicht und einer eher zierlichen Figur. Sein Haar ist im Gegensatz zu dem seiner Brüder schwarz und kunstvoll verwuschelt. Bin gespannt, wie er so ist.

Nacheinander begrüßt er alle höflich, begonnen beim Großvater, dann dem Alter nach. Auch Leo bekommt nur ein männliches Händeschütteln. Ich bin als letzte dran. Vielleicht in dem Versuch cool zu sein, schenkt er mir nur einen Hauch eines Lächelns. »Hi. Ich bin Julius.«

Das lässt mich schmunzeln. »Und ich Nerea.«

Dann weiß er nicht, wohin mit sich, und nimmt auf einer der Sofalehnen Platz, von wo aus er mich verstohlen mustert. Vermutlich denkt auch er, Leo und ich wären zusammen. Jedenfalls hat ihm niemand etwas erklärt. Das ist ein seltsames Gefühl. Es wühlt mich irgendwie auf. Einerseits, weil es nicht wahr ist. Andererseits, weil der Gedanke daran ein Kribbeln in mir auslöst.

»Na, gut, dann fehlt nur noch der Papa«, sagt Konstanze und reibt sich voller Tatendrang die Hände.

Julius springt wieder auf. »Ja, äh, er möchte lieber liegen bleiben, soll ich sagen.«

Konstanze wird blass, was mir eine andere Seite an ihr zeigt. Anscheinend ist auch sie nicht immer souverän. Geht es dem

Vater gesundheitlich so schlecht? Aber das würde sie dann doch sicher nicht von ihm verlangen.

»Das wär ja noch schöner«, poltert jetzt der Großvater. »Da sind wir alle extra angetanzt und der Herr bequemt sich nicht herunter. Na, dem werde ich was erzählen.« Er schickt sich an, nach oben zu gehen.

Auweia! Was ist das für einer? Das klingt ja wie beim Militär.

Doch Konstanze ist schneller. »Nein, nein, Opapa. Ich regle das«, ruft sie vom Fuße der Treppe. »Setzt euch ruhig schon an den Esstisch. Leo, du übernimmst die Getränke, ja?« Dann hastet sie nach oben. Leo nickt.

Komisch, dass sie ihn und keinen der anderen Söhne gefragt hat. Vielleicht weil er Barkeeper ist? War?

Die Familie begibt sich ins Esszimmer. Das Eckzimmer ist dunkelgetäfelt, große Fenster machen den Blick in den Garten frei, wo englische Rosen mit riesigen Köpfen leuchtende Farbinseln in saftigem Grün bilden. Der Tisch ist klassisch eingedeckt, mit weißem Tischtuch und Stoffservietten neben kostbar aussehendem Geschirr. Es ist alles wirklich schön und doch so schrecklich fremd für mich, viel zu offiziell und elegant. Ein altes Verlangen klopft in mir an oder vielmehr eine alte Gewohnheit. Wenn ich mit der Crew unterwegs war, fühlte ich mich ähnlich fehl am Platz, aber da habe ich mein Unbehagen einfach weggetrunken und meine Unzugehörigkeit fiel mir nicht mehr so krass auf. Mich jetzt allein unter lauter Unbekannte zu setzen wie bei einem vornehmen Empfang, erscheint mir fast unmöglich. Aber ganz allein bin ich ja nicht. Leo ist da und ich wünsche mir so sehr, dass seine Anwesenheit heute reicht. Also folge ich ihm in die Küche.

»Kann ich dir helfen?«, frage ich und hoffe, nicht allzu flehend zu klingen.

Überrascht dreht er sich um. »Ach, nein, brauchst du nicht.

Aber danke!« Es ist das erste Mal, dass ich ihn lächeln sehe, seit wir hier sind. »Oder brauchst du schon eine Pause von la familia?«

Ich mag es, wenn er lacht. Da erscheint sogar das Nichttrinken gleich ein wenig leichter.

»Aber nein«, wehre ich nicht sehr überzeugend ab.

Geübt nimmt er Sektflöten aus einem Schrank und eine Flasche aus dem Kühlschrank, öffnet sie mit einem Plopp und schenkt ein. Der Anblick des sich langsam auflösenden Schaums kribbelt unangenehm das gerade zur Ruhe gekommene Verlangen in mir wieder wach.

»Trinkst du denn gar nichts mehr?«, fragt er wie beiläufig und ich hebe schnell den Blick von den Gläsern zu ihm.

Mein Herz beginnt bei der Frage heftig zu pochen. Es ist ihm aufgefallen, natürlich ist es ihm aufgefallen. Zögerlich schüttle ich den Kopf, lauernd, was jetzt kommt. Ich glaube, ich bin nicht bereit, darüber zu reden.

»Nicht mal ein kleines Schlückchen?« Er mustert mich mit verengten Augen, doch es klingt nicht nach Überredungsversuch, sondern eher nach ehrlichem Interesse. Dann greift er nach dem nächsten Glas.

»Vor allem kein kleines Schlückchen« murmle ich mehr zu mir selbst.

Abrupt hält er in der Einschenkbewegung inne und ich beiße mir auf die Lippe. Warum habe ich das laut gesagt?

Sein Blick sucht meine Augen. Lieber würde ich wegsehen, doch es ist bereits zu spät. Er hat sie gesehen. Die Scham.

»Verstehe«, sagt er sachte und stellt die Sektflasche ab.

»Äh … Ich bin nicht schwanger, falls du das denkst!«, beeile ich mich, klarzustellen.

Er lacht leise, ohne aufzusehen. »Nein, das habe ich nicht gedacht.«

Bumm, wie der Stromstoß eines Defibrillators fährt die Erkenntnis mir mitten ins Herz, dass er es vielleicht von Anfang an geahnt hat. Als Barkeeper hat er bestimmt viele Menschen kennengelernt, die so sind wie ich. Die ihren Alkoholspiegel oben halten mussten, um zu funktionieren. Die im Verborgenen süchtigen.

»Wie lange bist du denn schon trocken?«

Ich schlucke meine Beschämung so gut es geht hinunter. Ich habe angefangen, davon zu sprechen, also muss ich da wohl durch. »So circa zwei Monate. Seit Glorias … Tod. Der Unfall … Sie hat ihn selbst verursacht, weil sie … getrunken hat.« Meine Stimme ist immer leiser geworden.

Glorias Tod.

Eiskalte Finger greifen nach meinen Eingeweiden, wringen jedes bisschen Leben aus ihnen heraus. Ich taumle und muss mich am Küchenschrank festhalten.

Erschrocken streckt Leo die Hand nach mir aus, um mich festzuhalten, lässt sie dann aber langsam wieder fallen, als er sieht, dass ich mich wieder gefangen habe.

»Unglaublich. Wie hast du das nur geschafft?«, fragt er voller Bewunderung, aber auch Mitgefühl. »Unter diesen schrecklichen Umständen aufzuhören …«

Ich zucke mit den Achseln, doch sein Tonfall zwingt mich geradezu, wegzusehen. Stolz ist mit das Letzte, was ich zurzeit empfinden kann.

Dann fällt sein Blick auf die fröhlich perlenden Sektflöten neben uns. »Gott, es tut mir so leid, dass … also das hier. Sollen wir lieber nach Hause fahren? Äh … Zu mir?« Er sieht sehr zerknirscht aus.

»Nein, schon gut. Es war ja meine Entscheidung, hierher zu kommen.« Tapfer beschließe ich, dazu zu stehen und zu bleiben. Ich will seiner Familie nicht alles verderben. »Ich habe damit gerechnet. Ich schaffe das schon. Und es macht die Sache auch nicht leichter, wenn kein anderer trinkt. Das Verlangen ist trotzdem immer da, es überfällt mich vor allem in bestimmten Situationen, wo ich es gewohnt war, zu … trinken.«

Zum ersten Mal habe ich offen über Glorias Unfall und meine Sucht gesprochen. Und es hat mich nicht umgebracht und ich bin auch nicht im Erdboden versunken. Überraschenderweise atme ich noch, vielleicht sogar ein bisschen tiefer, mein Herz pumpt weiterhin Blut, womöglich sogar ein wenig leichter. Meine Augen sehen, meine Ohren hören noch und bei dem Duft von dem, was Leos Mutter auf dem Herd hat, knurrt sogar mein Magen. Erstaunt stelle ich fest, dass es eine unglaubliche Befreiung ist, Leo einzuweihen. Es ist, als öffne sich ein Tor und hundert weiße Tauben fliegen heraus.

Leo schaut mich mit sorgenvollen Augen an. »Trotzdem. Wann immer du gehen willst, gehen wir …«

Ich werfe ihm ein gerührtes Lächeln zu. Seine Sorge fühlt sich an wie eine warme Brise. Obwohl es trauerschwer ist, versucht mein Herz einen zaghaften Sprung in seine Richtung. Es gelingt ihm nicht. Doch es flüstert leise, dass es schön ist, in seiner Nähe zu sein, nicht allein zu sein, dass immer noch etwas zwischen uns sein könnte, wie an den ersten aus heutiger Sicht absolut sorglosen Mittwochs. Vielleicht irgendwann.

Plötzlich lächelt er in sich hinein und nickt. »Ich glaube, du hattest recht«, sagt er. Fragend hebe ich die Augenbrauen. »Gloria ist der Mensch, der in deinem Leben Großes bewirkt hat. Dadurch, dass du durch diesen schweren Verlust gehen musstest, hast du eine enorme innere Stärke entwickelt, auf die du wahrlich stolz sein kannst. Das ist ihr letztes Geschenk an dich.«

Wie von Bleigewichten beschwert, rummst mein Herz tiefer zu Boden als zuvor. Das mag ja sein, vielleicht bin ich wirklich stärker geworden. Doch der Preis, den sie und ich dafür bezahlt haben, war viel, viel, VIEL zu groß dafür.

EINUNDFÜNFZIG
Leo

Wien

O Mann! Auch wenn ich mich von diesem Gefühl fernhalten wollte, wächst schon wieder der Beschützerinstinkt in mir. Und echte Sorge um Nerea.

Nicht nur, dass sie ein Alkoholproblem hat, was ich nie vermutet hätte. Werden Piloten nicht regelmäßig durchgecheckt? Drogentest und so? Und nicht nur, dass ihre Schwester gestorben ist. Nein, sie muss mit diesen beiden klaffenden Wunden auch noch meiner Familie unter die Augen treten, die Blut noch nie sehen konnte. Wenn sie Glück hat, wird einfach eine dicke Bandage darumgebunden, sodass es niemanden mehr stört. Im schlimmsten Fall wird so lange ätzendes Jod hineingeschüttet, bis aus einer einzelnen Verletzung ein chronischer Zustand der Verzweiflung wird. So wie bei mir.

»Komm, bringen wir es hinter uns.« Mit einem tiefen Atemzug nehme ich das Tablett hoch und marschiere ihr voraus mitten in die Schlacht.

Mittlerweile haben sich alle im Esszimmer versammelt. Mama schiebt gerade Papas Stuhl an einer der Stirnseiten für ihn heran. Mit Entsetzen stelle ich fest, dass er seinen braunen, in sich gemusterten Seidenbademantel trägt. Ich glaube, es ist das allererste Mal, dass ich mich für meinen Vater schäme. Eigentlich lustig. Normalerweise schämt er sich ja für mich.

Auf der anderen Stirnseite überwacht der Opapa, aufrecht

und mit ernster Miene wie ein alter General, die ganze Runde. Links und rechts von ihm haben sich Niki und Julius platziert. Amelie, die Julius gerade über seine Sommerpläne ausfragt, sitzt neben Niki. Mamas Platz ist der neben Papa mit Rücken zur Küche, also neben Amelie. Das bedeutet, die einzigen freien Plätze für Nerea und mich sind die an der Fensterseite zwischen Papa und Julius.

Innerlich hin- und hergerissen, welchen der beiden Plätze ich wählen soll, stelle ich das Tablett zögerlich auf einer Ecke des Tisches ab. Ich habe überhaupt keine Lust, direkt neben Papa zu sitzen, aber Nerea kann ich das auch nicht zumuten. Mein jüngerer Bruder wiederum ist nicht gerade scharf auf meine Gesellschaft. So, wie er mich für einen Sekundenbruchteil ansieht, käme ich bei ihm wohl vom Regen in die Traufe. Vielleicht kann wenigstens Nerea ein angenehmes Gespräch mit ihm und Amelie führen, die ihr gegenübersitzen würde. Aber zuerst sollte ich wohl mal meinen Vater begrüßen.

Ich räuspere mich. »Hallo, Papa.« Dennoch klingt meine Stimme belegt. »Darf ich dir Nerea vorstellen?«

Er steht zwar nicht auf, wie er es früher getan hätte, aber zumindest reicht er ihr die Hand. »Willkommen«, sagt er matt.

»Guten Tag.« Sie lächelt ihm freundlich zu, was ihn jedoch kaum zu erreichen scheint. Dann sieht sie mich unschlüssig an.

Also beschließe ich, die Kröte zu schlucken, gehe um den Tisch herum und ziehe den Stuhl neben Julius für sie heraus. Sie schenkt mir ein angedeutetes dankbares Lächeln, setzt sich und legt die Serviette über die Knie.

Mit einem erneuten Räuspern, um den fetten Kloß Unbehagen im Hals nach unten zu drücken, nehme ich neben ihr Platz. Im Neunzig-Grad-Winkel zu Papa, den ich so selbst dann, wenn ich stur auf meinen Teller starre, nicht aus meinem Blickfeld verdammen kann.

Mama teilt die Sektflöten aus. »Es fehlen zwei«, stellt sie verwundert fest.

»Nerea und ich, wir passen heute«, sage ich versucht lässig und sehe, wie Niki Amelie einen schmunzelnden Blick zuwirft. Ist es das *Wir*, das ihm gefällt, oder denken sie, wir hätten gestern zu tief ins Glas geschaut? Egal.

»Für mich auch nicht, Konstanze. Das weißt du doch«, murrt Papa und stellt das vor ihm abgestellte Glas wieder auf das Tablett zurück.

»Ach ja, richtig«, sagt Mama entschuldigend, nickt dann den anderen Anwesenden aufmunternd zu und hebt das Glas. »Na dann, Prost!«

»Auf euer Wohl«, schmettert der Opapa.

»Herzlichen Glückwunsch zum Hochzeitstag«, sagt Niki betont fröhlich.

»Ja, herzlichen Glückwunsch«, sagt auch Amelie und stößt mit Niki an. Wie zur Bekräftigung geben sie einander noch ein Küsschen. Julius hebt stumm das Glas und nippt dann vorsichtig daran. Aus den Augenwinkeln nehme ich wahr, wie sich Nereas Hände auf ihrem Schoß ineinander verkrampfen. Shit. Auch wenn sie es nicht zugeben will. Das muss echt schwer sein.

Um sie zu unterstützen und weil ich sonst nichts zu tun habe, greife ich nach der Wasserkaraffe und schenke ihr in das bereitstehende Glas ein. Dann mir und schließlich nach kurzem Zögern Papa. Von beiden Seiten kommt ein stummes Nicken als Dank.

»Fein«, sagt Mama, »dann hole ich jetzt das Essen.«

Amelie springt ebenfalls auf, um zu helfen, und folgt Mama in die Küche. Nur wenige Augenblicke später bringen sie Vorspeisenteller mit bunten Gemüsesülzchen. Ich sehe, wie Nerea auf das in wabbeliges Gelee eingelegte Gemüse starrt, und kann mir trotz meiner Beklemmung ein Schmunzeln nicht verkneifen.

Eine Sulz ist ziemlich altmodisch, echt nichts Alltägliches. Und auch nicht jedermanns Sache. Ich habe das Gefühl, es schmeckt uns nur, weil wir damit aufgewachsen sind.

»Fisch einfach nur das Gemüse raus«, raune ich ihr zu. »Du musst es nicht aufessen.«

»Okay.« Hörbar erleichtert atmet sie auf.

Nachdem jeder außer Papa den anderen »Guten Appetit« oder »Mahlzeit« gewünscht hat, essen wir.

»Woher genau kommst du, Nerea?«, fragt Amelie, der die Stille am Esstisch wohl unangenehm ist.

»Aus Madrid.«

»Und du sprichst akzentfrei Deutsch?«, mischt sich Niki ein.

»Meine Eltern sind aus Österreich.«

»Aha. Woher denn?«, will nun der Opapa wissen.

»Eh aus Wien«, murmelt sie.

»Jö, schau! Und aus welchem Grätzl?«, bohrt er weiter.

»Grätzl? Ich weiß nicht.« Sie nestelt an ihrer Serviette herum und ich muss mich zurückhalten, um nicht meine Hand auf ihre zu legen. Schließlich hat es mich heute auch beruhigt, als sie meine gehalten hat. »Ist das der Bezirk? Ich glaube, aus dem siebten.«

»Grüne?« Das ist das erste Wort in diesem Gespräch, das Papa von sich gibt, und es ist gehässig wie jedes, das in letzter Zeit aus seinem Mund kommt. Trotzdem bleibt mir für einen Moment die Luft weg. Kann man noch unfreundlicher sein?

Nerea wendet den Blick, der eben noch beim Opapa weilte, zur anderen Stirnseite des Tisches und zieht die Augenbrauen hoch.

»Ich verstehe nicht.«

»Ob sie Grünwähler sind, also Ökos«, flüstert Julius ihr zu.

Nerea ist sichtlich vor den Kopf gestoßen. »Äh, sie sind vor über zwanzig Jahren ausgewandert. Ich weiß nicht, wen sie damals gewählt haben.«

»Alle Bobos im Siebten wählen die Grünen, das war schon immer so«, brummt Papa und schiebt sich einen Bissen in den Mund.

Mein Herz rast, ich spüre die Wut, die wie heiße Milch in mir hochkocht. Es schäumt und zischt … So heftig, dass mir schwarz vor Augen wird. Um die Schwärze, aber auch die Fassungslosigkeit loszuwerden, schüttle ich vehement den Kopf, doch es reicht nicht. Die Milch kocht über.

»Sag mal, gehts noch? Kannst du dich nicht zusammenreißen, wenn Besuch da ist?«, presse ich zwischen zusammengebissenen Zähnen hervor und funkle ihn an.

Unter dem Tisch sind meine Fäuste so heftig geballt, dass sich die Fingernägel schmerzhaft in die Handflächen bohren. Ganz vage wird mir bewusst, dass das exakt die Worte waren, die er gefühlt hundertmal zu mir gesagt hat. Doch das macht mich nur noch wütender. Gleißend rote Feuerbälle explodieren in meinem Kopf.

Die Blicke derer, die mir gegenübersitzen, zucken zu mir. Mamas Blick ist panisch, Nikis bang und Amelies überrascht. Die der anderen kann ich nicht sehen, obwohl ich sie deutlich auf mir spüre. Wenn Papa noch ein unhöfliches Wort zu Nerea sagt, dann werde ich zum Berserker. Dann vergesse ich alles, was ich gelernt habe. Dann ist mir egal, dass er krank ist. So geht man einfach nicht mit Gästen um. Und schon gar nicht mit jemandem, der so viel durchgemacht hat wie sie.

Etwas Kühles legt sich über meine linke Faust. Im ersten Moment denke ich, es ist Waldis kalte Schnauze. Das reißt mich so aus dem Konzept, dass ich vergesse, was ich sagen wollte. Ruckartig sehe ich nach unten. Es sind wieder Nereas Finger, die sanft auf meinen liegen. Ich öffne den Mund und klappe ihn zu. Meine Gefühle für sie, die Wärme und das Glück in meinem Herzen – wie viel Gutes einen eine so kleine Berührung doch spüren lassen kann. Und es holt mich zurück in meinen Körper und lässt die Wut verpuffen, so schnell wie sie gekommen ist. Dass so etwas möglich ist …

Dafür meldet sich der Opapa zu Wort. »Viktor, was soll denn das?«, poltert er mit seinem sonoren Bass. Er scheint wieder der Alte zu sein. Der freundliche Mann, der in seinem Haus für mich wie einst Omama Fleischlaberl gebraten hat, war wohl eine Ausnahmeerscheinung. »Nur weil du eine Diagnose bekommen hast, kannst du dir nicht alles herausnehmen. Schließlich geht es dir nicht schlechter als davor. Das ist doch alles nur Einbildung. Mach dich nicht so wichtig. Jeder ist mal krank. Es wäre das Mindeste gewesen, wenn du dich ordentlich angezogen hättest. Wir haben schließlich junge Damen zu Gast.«

Alle Anwesenden ziehen die Köpfe ein. Selbst wenn man nicht der Schuldige ist, fühlt man sich in Opapas Standpauken wie ein geprügelter Hund.

»Ihm gehts wirklich nicht gut«, ruft Mama weinerlich, die sich auch nur selten gegen den Opapa stellt.

Doch er schüttelt nur schnaubend den Kopf und bedenkt sie mit einem abfälligen Lächeln: »Nur Schwächlinge lassen sich hängen.«

Dann wirft er auch noch einen herablassenden Blick auf Julius zu seiner Rechten, der das Essen immer noch in sich hinein- schaufelt, als ginge ihn die ganze Familie nichts an. Dass Opapa auch ihn als Schwächling ansieht, ist kein Geheimnis.

Normalerweise macht mich Opapas diktatorische Art dann er- neut so rasend, dass ich mich gezwungen sehe, den Tisch zu ver- lassen und mir die Beine zu vertreten, bis ich mich wieder be- ruhigt habe. So der gewöhnliche Ablauf eines Familienessens. Doch durch Nereas Eingreifen bleibe ich ruhig. Und heute ist es außerdem insofern anders, dass ich dem Opapa zwar nicht voll- kommen rechtgebe, ich aber dennoch finde, dass Papa die Rüge verdient hat.

Leid tut es mir nur für Mama, die sich an ihrem Hochzeitstag bestimmt was anderes gewünscht hat. Und für Nerea, weil sie dieses makabre Schauspiel mitansehen musste. Denn wie in einer griechischen Tragödie gibt es hier am Ende nur Verlierer.

ZWEIUNDFÜNFZIG
Nerea

Wien

Qué demonios … Was zum Teufel! Erschrocken drücke ich Leos Hand fester. Okay. Jetzt kann ich verstehen, was ihn an seiner Familie stört. Und woher er das Aufbrausende hat. Das liegt nämlich ohne Frage in der Familie. ADHS hin oder her. Im Gegensatz zu meiner Familie, die stets auf Friede, Freude, Eierkuchen macht, wird hier mit Befindlichkeiten um sich geschossen wie mit Farbpatronen in einem Paintballspiel. Die gehen nicht besonders tief, tun aber trotzdem weh und hinterlassen hässliche, blaue Flecken auf der Seele.

Auch ich lecke meine Wunden still. Sein Vater hat sich mir gegenüber wie ein Kotzbrocken benommen. Er IST anscheinend auch einer. Kein Wunder, dass Leo Probleme mit ihm hat. Aber er ist auch krank, vielleicht ist er dadurch besonders schlecht drauf. Was ihm wohl fehlt?

Aber ob krank oder nicht, er ist offensichtlich nicht mit sich im Reinen. Und wenn er Menschen mit einem ökologischen Gewissen ablehnt, ist das seine Sache. Ich diskutiere ganz sicher nicht mit ihm über Politik.

Aber was haben diese Männer nur für ein Problem miteinander? Der Großvater, der Vater, Leo – auf mich wirken sie wie drei Wachhunde, die sich lautstark ankläffen, deren Ketten aber zu kurz sind, um einander tatsächlich nahe zu kommen. Was würde bloß passieren, wenn man sie frei ließe?

»Das muss ich mir echt nicht geben«, zischt Leos Vater und erhebt sich schwerfällig.

Konstanze springt auf und begleitet ihn unter murmelndem Zuspruch nach oben. Währenddessen räumen Niki und Amelie betreten die Vorspeisenteller ab. Julius steht ebenfalls auf und bringt die Sektflöten weg.

Leo zumindest hat sich wieder beruhigt, das sehe ich an seiner entspannten Haltung, was aber bedeutet, dass ich seine Hand loslassen muss ... äh, kann. Sein Blick huscht zu mir und bedeutet mir, dass es ihm leidtut, dass er es mir ja gesagt hat. Abwinkend schüttle ich den Kopf. Ich nehme das Verhalten seiner Familienmitglieder nicht persönlich.

Aber wie seltsam es ist, zu wissen, dass ich auf einmal seine Emotionen vorausspüre wie eine Katze das Erdbeben. Und noch viel seltsamer, dass ich anscheinend die Macht habe, seinen eigenen kleinen Naturkatastrophen die Gewalt zu nehmen. Aber es fühlt sich auf gute Weise seltsam an. In meiner Brust flattert etwas bei dem Gedanken.

Konstanze kehrt mit einem übertrieben fröhlichen »Ach, Kinder! Danke für die Hilfe! So, jetzt geht's zur Hauptspeise!« zurück und serviert ein sämiges Kalbsgulasch mit Serviettenknödeln. Es ist wirklich köstlich. Dazu wird ein fröhlicheres Thema angeschnitten, nämlich die geplante Hochzeitsfeier und man könnte glatt vergessen, was zuvor geschehen ist. Ich kann förmlich die Strahlen des Glücks sehen, die von Amelie und Niki ausgehen, und diese Strahlen durchbohren mich unerwartet wie Laserschwerter. Vielleicht gerade deshalb, weil ich seit unserer Ankunft hier so abgelenkt war, dass ich eine Weile nicht an Gloria gedacht habe.

Doch nun trifft mich wieder die volle Wucht meines Verlustes, sie wird mir ins Gesicht geklatscht und rinnt dann eiskalt hinunter in mein Herz. Gloria wollte so gern Verlobung feiern, wollte heiraten und Kinder bekommen. All das wird sie nun niemals erfahren. Mein Magen zieht sich krampfartig zusammen. Niemals werde ich ihre Trauzeugin sein, nie ein Kind von ihr im Arm halten, niemals die coole, junge Tante sein. Gar keine Tante. Meine Augen brennen. Wie sehr habe ich es schon als Kind geliebt, mit ihr den Ordner durchzusehen, in dem sie Zeitungsausschnitte, Tipps und Fotos von Traumkleidern sammelte, während ich mich insgeheim fragte, ob ich dann bei ihr und ihrem Mann wohnen dürfte, wenn sie auszog, oder ob sie mich etwa allein zurücklassen würde. Umso mehr wünschte ich nun, ich hätte sie wirklich an irgendeinen Mann verloren, an ihre Jugendträume und nicht an den schlechtesten aller Gefährten, diesen verfluchten Tod.

Die Erkenntnis füllt meinen Körper mit so viel Schmerz aus, dass ich keinen Bissen mehr hinunterbringe. Ich bin so randvoll mit Scherben, Nägeln, Stacheldraht, dass ich kaum zu atmen wage.

Tief graben sich meine Fingernägel in meinen Oberschenkel, denn ich brauche alle Selbstbeherrschung, um nicht zu weinen. Lange halte ich das nicht mehr durch. Da spüre ich, dass Leo sich zu mir rüberbeugt.

»Die Toilette ist rechts im Flur«, flüstert er und wirft mir einen bedeutungsvollen Blick zu.

Dankbar für diesen Ausweg, lege ich hastig die Serviette neben meinen Teller und fliehe mit einem leisen »Verzeihung« vor den Blicken der Anwesenden.

Auf der Toilette lasse ich lange eiskaltes Wasser über meine Handgelenke laufen, bis der Schmerz in meinen Adern größer ist als der in meinem Herzen. Dann trockne ich meine Tränen und atme mehrmals tief durch, bis ich mich wieder unter Kontrolle habe.

Möglichst unauffällig schleiche ich mich dann an meinen Platz zurück, doch mein abruptes Verschwinden wird nicht kommentiert. Entweder hat Leo eine Erklärung abgegeben oder mein Beinahe-Zusammenbruch wurde gar nicht bemerkt. Nur Leo sucht besorgt meinen Blick und ich schenke ihm so etwas wie ein Lächeln. *Es geht schon wieder.*

Konstanze ist derweil voll in ihrem Element, mit Amelie sinniert sie über diverse Tischdekorationen. Währenddessen fragt der Großvater Niki aus, wie es um die aktuellen Fälle der Kanzlei steht. Der schwitzt schon fast Blut, so viel Ehrfurcht hat er offensichtlich vor dem alten Familienoberhaupt.

Dann weiß ich wohl, wer hier der Hase ist. Ist Julius also das Einhorn? Ich werfe ihm, der sich betont im Hintergrund hält, hin und wieder einen Blick zu. Vielleicht weil er sich so gut unsichtbar machen kann?

Nun bemerkt er meine Neugier und lächelt mir zu, weiß aber anscheinend nicht, worüber er mit mir sprechen könnte, und auch ich bin nicht gerade ein Ass in Small Talk. In meiner derzeitigen Verfassung schon gar nicht.

Deshalb bin ich dankbar, als das Dessert gebracht wird. Offensichtlich stolz auf ihr Werk stellt Konstanze eine himmlisch aussehende Malakofftorte auf den Tisch und erntet anerkennende *Ahs* und *Ohs*. Ich habe nie eine probiert und kann es kaum erwarten.

»So, das erste ist natürlich für unseren Gast«, kommentiert Konstanze, während sie ein großes Stück herausschneidet und vorsichtig auf einem Teller platziert.

Doch Leo benimmt sich komisch, er wird ganz unruhig, zappelt mit den Beinen unter dem Tisch, und als ich zu ihm rüber sehe, ist sein Blick alarmiert. Fragend ziehe ich die Augenbrauen hoch und er schüttelt kaum merklich den Kopf.

»Was ist?«, wispere ich verständnislos.

»Äh, ich glaube, die wird dir nicht … gut bekommen«, flüstert Leo mit einem gequälten, aber vielsagenden Gesichtsausdruck.

Warum sollte mir so eine leckere Sahnetorte nicht gut bekommen? Ich sehe auf das Kuchenstück in Konstanzes Hand. Und da verstehe ich endlich. Heiß fährt mir der Schreck in den Bauch. Die saftigen Biskotten, die in mehreren Schichten in die weiße Creme gebettet sind, wurden ausgiebig in Alkohol getränkt. Das wäre weit mehr als nur ein kleines Schlückchen. Wie dem *Reiter über den Bodensee* in Mamas Lieblingsgedicht wird mir ganz schwummerig bei dem Gedanken, was beinahe geschehen wäre. Es wäre alles umsonst gewesen. Die ganzen Qualen der letzten Monate, die eiserne Disziplin, woher sie auch immer gekommen sein mag. Umsonst.

»Danke, für mich besser nicht«, sage ich entschuldigend zu Konstanze, die mir den Teller hinstreckt. »Ich bin noch ganz voll von dem köstlichen Gulasch.«

»Ach, na schade, vielleicht etwas später«, sagt sie enttäuscht. »Amelie?«

»Ja gern. Danke.«

Auch der Großvater bekommt ein Stück. Das nächste hält sie Leo hin. »Bitte sehr.« Sie lächelt ihn an.

»Hm«, macht er zuerst unschlüssig, nimmt dann aber den Teller. Sein unsicherer Blick sagt mir, dass er mit sich kämpft, ob er meinetwegen auch verzichten soll. Aber dann wäre seine Mutter ganz sicher gekränkt.

»Lass sie dir schmecken«, hauche ich ihm mit einem dankbaren Lächeln zu. Weil er mich gerettet hat, weil er ständig auf mich Rücksicht nimmt und sich für mich einsetzt. Und obwohl ich auf das Dessert verzichten muss, spüre ich ein allzu köstliches, süßes Gefühl durch meinen Körper rinnen.

DREIUNDFÜNFZIG
Leo

Wien

Puh, endlich geschafft. Nachdem Nerea und ich uns verabschieden konnten, spüre ich, wie die Anspannung aus mir strömt wie Wasser durch einen eben geöffneten Staudamm. Während des Essens war ich ständig in Alarmbereitschaft, im Kampfmodus. Das ist nichts Ungewöhnliches bei einer Familienzusammenkunft, doch heute musste ich zusätzlich auf Nerea aufpassen. Ihre Trauer ist noch so frisch und auch ihr Entzug. Ich habe Angst, dass sie irgendwann zusammenbricht, wenn ihr alles zu viel wird. Doch die erste Hürde haben wir gemeinsam genommen.

Als wir nun mit Waldi aus dem Haus in den ungetrübten Sonnenschein treten, überkommt mich ein ungewohntes Glücksgefühl. Denn die Verbundenheit, die ich bei den Menschen vermisse, die ich seit meiner Geburt kenne, spüre ich bei diesen beiden ganz überdeutlich. Zu einem kleinen Dackel, den niemand mehr will, und einem traurigen Mädchen, das bald wieder weg ist. Mit jeder Stunde an Nereas Seite wächst meine Sehnsucht, sie möge doch hierbleiben, bei mir. Wir könnten uns besser kennenlernen, aufeinander achtgeben, eine richtige Beziehung führen. Doch wo denke ich hin? Für solche Überlegungen ist es viel zu früh. Sie hat jetzt andere Sorgen.

»Sollen wir mit der Suche beginnen?«, frage ich also auf dem Weg zur U-Bahn – nicht zuletzt, um mich selbst auf das Entscheidende zu besinnen. »Wohin wollen wir als Erstes fahren?«

Unsicher zuckt sie mit den Schultern. »Keine Ahnung. Es stehen so viele Orte auf der Liste …«

»Kann ich mal sehen?«

Sie bleibt sogleich stehen und kramt nach ihrem Handy. Die Schönwetterspaziergänger auf dem Weg nach Schönbrunn stöhnen demonstrativ, weil sie uns auf dem schmalen Gehweg umrunden müssen.

»Komm. Setzen wir uns kurz«, sage ich und leite sie, meine Hand sanft auf ihrem Rücken, durch das nächste Tor in den Schlosspark.

Sofort befinden wir uns in dem vom großen Park abgegrenzten botanischen Garten, auf der Westseite des Areals. Wir steuern die erste Bank an. Waldi klemme ich mir unter den Arm, damit er nicht so auffällt, doch prompt schnauzt uns der erste entgegenkommende Flanierer an.

»Sie wissen aber eh, dass da Hundeverbot ist.«

Ich lächle ihn unbedarft an: »Excuse me? I don't understand.«

Vor sich hin murrend zieht er weiter. Die Fremdsprachenkenntnisse herauszukramen ist den meisten Wienern dann doch zu anstrengend.

Wir setzen uns lachend und Nerea reicht mir ihr Handy, sodass ich die Liste überfliegen kann. Es sind ein paar Touristenmagnete dabei, ein paar Geheimtipps und ein paar Orte, die mir vom Namen her nichts sagen. Nun bin auch ich überfordert, wo wir anfangen sollen. Hörbar stoße ich den Atem aus, ehe ich vom Display zu Nerea aufschaue.

»Willst du sie einfach dort verstreuen, wo es am leichtesten geht? Oder wo es sich für dich stimmig anfühlt? Oder überall ein bisschen?«

Schwer seufzend lässt sie sich gegen die Rückenlehne sinken und runzelt nachdenklich die Stirn, schaut in die Ferne. Kurz lächelt sie, dann wird sie wieder ernst. Neugierig folge ich ihrem

Blick und sehe ein paar Bänke weiter zwei plauschende Mütter, zwischen ihnen ein Mini-Picknick und vier kleine Mädchen, die mit roten Backen die mitgebrachte Jause in sich hineinstopfen. Ob sie an eine ähnliche Erinnerung mit ihrer Schwester denkt? Wenn ich sie nur trösten könnte.

»Wo es sich für mich richtig anfühlt, denke ich. Das können aber vielleicht mehrere Orte sein«, sagt sie mit rauer Stimme.

»Okay«, erwidere ich sanft. »Hast du eine Idee, was das Richtige sein könnte?«

Sie schüttelt den Kopf und guckt auf ihre Schuhe. »Ich vermute mal, dass die typischen Sehenswürdigkeiten zu frequentiert sind, das wäre mir unangenehm. Außerdem denke ich nicht, dass Gloria dazu so einen starken Bezug hatte. Was ist mit den anderen Orten auf der Liste, kennst du sie?«

Nun schaut sie mich richtig an, zum ersten Mal, seit wir allein sind. Und trotz der neutralen Worte zeigen ihre warmen Rehaugen so viel Traurigkeit, so großes Verloren-Sein, dass ich sie an mich drücken und so lange festhalten will, bis ihr Schmerz auf mich übergangen ist und sie befreit zurücklässt. Ob ich das versuchen soll? Fragend zieht sie die Augenbrauen hoch, wartet auf eine Antwort. Für einen Moment muss ich mich sammeln, um mich zu erinnern, was sie gerade gefragt hat. Zu sehr bin ich gefangen in meinen Empfindungen und Umarmungsfantasien.

»Ja, ein paar ... schon. Nicht alle«, lässt mich mein beschleunigter Herzschlag dann stammeln.

»Streich doch bitte mal die weg, von denen du denkst, dass es schwierig sein könnte.«

»Gut. Mal sehen ...« Mit dem Blick auf das Display, kann ich auch wieder klarer denken. »Ich lösche auf jeden Fall mal alles, was indoor ist. Denn so ein Aschehäufchen fällt auf und wird im schlimmsten Fall vom Staubsauger verschluckt.«

Sie stöhnt auf und ich kneife zwei beschämte Herzschläge

lang die Augen zusammen. Verdammt, das hätte ich nicht sagen sollen, das war pietätlos.

»Sorry, ich wollte nicht … Das war blöd«, sage ich schnell und sehe zu ihr.

Ihr Gesichtsausdruck ist pure Qual, doch ihr Kopfschütteln wirkt tapfer.

»Nein, du hast ja recht«, haucht sie.

Kurz zögere ich, doch dann lege ich meine Hand auf ihre, wie sie es heute bei mir getan hat, in der Hoffnung, es kann ihr nur ansatzweise so viel Ruhe schenken. Einen Moment lang lächeln wir uns an – sie mich traurig, ich sie tröstend. Dann drücke ich einmal behutsam ihre Hand, ehe ich sie langsam loslasse und wieder aufs Handy blicke.

Ohne die großen Sehenswürdigkeiten und ohne die Indoor-Locations sind noch fünf Punkte auf der Liste. Drei davon kenne ich: den *Heurigen Hirt* auf dem Nussberg, den Baumkreis Am Himmel, und das Strandbad Gänsehäufl. Zwei Gassennamen im siebten Bezirk sagen mir vom Namen her etwas, ich wüsste aber nicht, was es dort zu sehen gibt.

»Was ist in der Mondscheingasse und der Siebensterngasse?«, frage ich sie.

»In der Mondscheingasse haben meine Eltern mal gewohnt. In der Siebensterngasse war, glaube ich, Papas … Firma?« Es klingt unsicher, so als wüsste sie nicht viel darüber, was mich irritiert.

»Verstehe, dann haben diese beiden Orte wohl am meisten Bezug zu Gloria, oder?«

»Ja, wahrscheinlich … Aber können wir uns nur vorher noch den Baumkreis und den Heurigen ansehen? In das Strandbad mag ich eher nicht …«

»Okay, die liegen eh in der gleichen Richtung. Na, dann los!«

VIERUNDFÜNFZIG
Nerea

Wien

Der Bus schaukelt gemächlich durch die Gassen wie ein Segelschiff ohne Wind. Irgendwie tröstlich. Die meiste Zeit sitzen wir stumm nebeneinander, jeder hängt seinen Gedanken nach. Es tut gut, zu schweigen, finde ich. Meine Tasche halte ich dicht an die Brust gepresst, der Gedanke, mich jetzt schon von Glorias Asche zu trennen, verunsichert mich nun doch. Leo guckt manchmal zu mir her und lächelt aufmunternd. Gern möchte ich in Worte fassen, wie dankbar ich bin, dass er das mit mir gemeinsam macht. Wie entscheidend seine Anwesenheit ist. Denn auf irgendeine Art hält sie mich, trägt mich durch den Tag wie durch den Schlaf der vergangenen Nacht. Aber ich weiß nicht, wie ich beginnen soll, also lächle auch ich nur.

Was wird sein, wenn ich Glorias Asche verstreut und den Zweck meiner Reise erfüllt habe? Kehre ich dann nach Madrid und in mein altes Leben zurück, in das ich doch nur dank Gloria gepasst habe? Fliege täglich quer durch Europa und jede Woche nach Wien? Alles in mir krampft sich bei dieser Vorstellung zusammen. Und auch die Tatsache, dass ich meinen Eltern wieder unter die Augen treten muss, lässt mich schaudern.

»Worüber denkst du nach?« Seine Stimme ist kratzig, tiefer als sonst, vielleicht weil er schon eine Weile nicht gesprochen hat. Er dreht sich mehr zu mir, lehnt den Rücken an die Glasscheibe.

Für einen Moment überlege ich, einfach irgendetwas zu sagen. Es ist so ungewohnt für mich, offen über mich und meine Gefühle zu sprechen. Dann erinnere ich mich, dass Leo sogar von meinem Alkoholproblem weiß und ohnehin immer die Wahrheit aus mir rauskriegt. Also kann ich genauso gut gleich ehrlich sein.

»Was ich mache, wenn ich hiermit … fertig bin«, sage ich und hebe die Tasche ein kleines Stück hoch, ehe ich sie wieder umarme. Und weil er schweigt, murmle ich noch: »Es fühlt sich alles so falsch an zu Hause. Das Fliegen, einfach wieder in den Alltag zurückzukehren …« Ich zucke mit den Schultern, unsicher, ob das irgendwie verständlich war.

»Vielleicht lässt du dir einfach noch mehr Zeit damit? Machst ein paar Dinge, die du immer schon machen wolltest«, schlägt er vor.

Nachdenklich schüttle ich den Kopf. »Ich wüsste nicht einmal, was. Ich habe keine unerfüllten Wünsche.« Bis auf diesen einen gigantischen, den niemand erfüllen kann. Vom Jenseits gibt es kein Zurück.

»Gar nichts? Irgendeine Reise? Ein Jahr im buddhistischen Kloster? Ein Studium, ein Hobby?« Er legt sich sehr ins Zeug, aber ich schüttle nur beschämt den Kopf.

»Vielleicht ein Buch schreiben oder eine …?«

»Pah. Das ganz sicher nicht.« Meine Reaktion fällt etwas zu heftig aus, ich merke es an seinem Stocken, sehe es daran, wie er die Stirn runzelt.

»Meine Mutter ist Schriftstellerin …«, füge ich kleinlaut zum besseren Verständnis hinzu.

»Hast du Angst, nicht so gut zu sein wie sie? Oder … oder genauso zu werden wie sie? Das kenne ich nämlich.«

Bei dem Gedanken schüttelt es mich vor Widerstand. »Nein! Ich werde ganz sicher nicht wie sie. Ich BIN nicht wie sie. Was ich meinte, war, dass mir jegliches Talent dafür fehlt, trotz der Gene.«

»Ach so.« Sein Blick driftet in die Ferne, er denkt anscheinend nach. Vielleicht über meine Mutter, vielleicht aber auch über sein eigenes Talent und seinen Vater.

»Was hat dein Vater eigentlich?«, frage ich vorsichtig.

Aus den Gedanken gerissen, hebt er überrascht die Brauen. »Äh … eigentlich Knochenmarksversagen, aber was ihm aktuell wesentlich mehr zusetzt, ist meiner Meinung nach eine richtig fette Depression. Hat Therapie aber bisher noch nicht einmal in Erwägung gezogen.«

Ich presse die Lippen zusammen und nicke. Es braucht aber auch einen Riesenbatzen Energie, sich Hilfe zu holen und dann dort regelmäßig aufzuschlagen. Wie findet man überhaupt einen passenden Therapeuten und was ist, wenn er sagt, dass man ein hoffnungsloser Fall ist? Und solange es auch ohne geht …

»Und Julius? Wieso hast du ihn als Einhorn bezeichnet? Niki ist dann wohl der Hase, hab ich recht?«

Verständnislos sieht er mich an, kann sich wohl nicht an unser Gespräch erinnern.

»Oben auf dem Dach, als ich fragte, ob deine Brüder auch Krokodile sind.«

»Ach so. Nein, das war nur so dahergesagt. Er ist auch ein Angsthase«, murmelt er bedrückt und fährt sich geistesabwesend über den Bart. Ich denke schon, er will nicht darüber reden, da beginnt er zu erzählen. »Vor ein paar Jahren fing er damit an, sich die Haare wachsen und färben zu lassen, sich anders zu kleiden und mit einer Handtasche zur Schule zu gehen anstatt mit seinem Rucksack. Seine besten Freunde nannten ihn sogar Julia, er wollte es so. Meine Eltern waren wirklich not amused, Papa extrem ablehnend. Du hast ihn ja erlebt.« Er verdreht seufzend die Augen und ich nicke mitfühlend. »Das restliche Umfeld war eigentlich okay, ein paar Lästermäuler gibt es ja immer, aber nur wenige waren wirklich unangenehm. Ich konnte sie mit meiner großen Klappe gut in Schach halten. Der Schlimmste jedoch war der damalige Direktor, fast täglich zitierte er Julius in sein Büro, meinte, er errege öffentliches Ärgernis und mobbte ihn vor den anderen Schülern.« Mein Kiefer klappt vor Fassungslosigkeit nach unten. Sowas will Pädagoge sein? »Da bin ich einmal völlig ausgerastet und habe ihn körperlich attackiert. Zum Glück wurde ich nur mild verurteilt und musste die Schule wechseln. Julius hat nie wieder mit mir darüber gesprochen, sondern nach und nach einfach alles abgelegt, sich angepasst und sich bis heute verleugnet. Aber die Zeiten haben sich doch stark gewandelt in den letzten Jahren. Deshalb sind wir auch zerstritten, weil ich ihm vor kurzem klarmachen wollte, dass er endlich zu sich stehen muss.«

Mein Herz pocht hoch oben an meiner Kehle. Unglaublich, dass Julius so etwas erleben musste. Und unglaublich, wie Leo versucht hat, ihn zu beschützen. Dieser fiese Direktor hat nichts anderes verdient.

»Wahnsinn. Ich finde es toll, dass du dich so für ihn eingesetzt hast, aber …«

Sofort geht er in Abwehrhaltung. »Ja, ja, ich weiß schon, Gewalt ist keine Lösung. Mir ist auch klar, dass die Art und Weise nicht okay war.«

»Stimmt, aber das meinte ich nicht. Ich wollte sagen: Nur weil jemand sich als Kind oder Teenager mal ausprobiert, heißt das ja nicht, dass er oder sie tatsächlich transgender ist oder homosexuell oder einen extravaganten Geschmack hat. Das kann auch alles nur eine Phase gewesen sein und muss nicht gleich ein offizielles Outing kriegen … Oder?« Wenn ich von meinen Eltern nur etwas gelernt habe, dann zumindest, nicht vorschnell zu urteilen. Eine Mutter ist nicht automatisch die aufopferungsvollste Person der Familie und ein Vater, der früher eine Firma leitete, kann durchaus ein guter Hausmann sein.

Erstaunt starrt er mich an. »Was … was willst du damit sagen? Meinst du, ich nehme das zu ernst? Ich bin der Einzige, der es überhaupt ernst nimmt …«, sagt er rechtfertigend.

»Vielleicht«, erwidere ich vorsichtig, »Ich weiß es nicht. Aber ich denke, du musst ihn schon selbst fragen, ob er es aus Angst abgelegt hat oder weil es ihm nicht mehr entspricht.«

Nachdenklich zieht er die Stirn in Falten und guckt ins Leere. Und so will ich irgendetwas sagen, um ihn von Julius abzulenken, aber viel fällt mir nicht ein.

»Also Gloria hat sich immer sehr schnell von Dingen getrennt, die ihr nicht mehr entsprachen«, sage ich, obwohl es nichts zur Sache tut und mein Herz schmerzhaft zusammenpresst. Trotzdem bin ich immer noch so stolz auf meine große Schwester. Ich wünschte, ich wäre nur ein bisschen mehr wie sie.

»Und du?« Plötzlich ist seine Stimme sanft, fast zärtlich. Sie streichelt über mein zerborstenes Herz. Und seine Augen sehen bis in mich hinein, dahin, wo es leer und dunkel und hässlich ist, ohne sich daran zu stören.

Das tut so gut und gleichzeitig so weh, dass sich Tränen in meinen Augenwinkeln sammeln. Schnell senke ich den Blick, doch schon rinnen die Tropfen warm und dick wie flüssige Murmeln über meine Wangen und perlen auf mein Shirt. Ich zucke nur mit den Schultern. Denn ich weiß meistens nicht, von welchen Dingen ich mich besser trennen sollte oder was ich mit meinem Leben anfangen will. Ich stehe auf einer Eisscholle und habe keine Ahnung, wohin sie treibt, wie lange sie mich noch über Wasser hält. Ich habe keine Ahnung, wer ich bin.

FÜNFUNDFÜNFZIG

Leo

Wien

Ich befürchte, ich bin der Falsche, um ihr zu helfen, herauszu-finden, was sie mit ihrem Leben anstellen soll, stehe ich doch am selben Schalter in der Warteschlange. Irgendwann, wenn ich vorn am Desk angekommen bin und einen Stempel aufgedrückt bekomme, wird es zu spät sein. *Was liegt, das pickt*, heißt es im Kartenspiel. Dann gibt es kein Zurück mehr.

Ich dachte, ich hätte mich längst entschieden, als ich Gustls Angebot angenommen habe. Wenn da nicht Nikis Fall gewesen wäre … Was mache ich denn jetzt? Wann und wo kann ich die Sache endlich loslassen?

Am Himmel steht auf dem Wegweiser, den der Bus passiert und ich lache kurz lautlos auf. Es klingt fast wie eine Antwort auf meine Frage, die einem unreligiösen Menschen wie mir je-doch herzlich wenig bringt. Nach einer Kurve kommt der Bus zum Stehen, mit einem Pfeifen und Seufzen senkt er sich ab, um die Ausstiegshöhe zu verringern.

»Waldi, hopp.« Mit einem kurzen Zug an der Leine fordere ich ihn zum Mitkommen auf. Nerea ist schon aufgesprungen. Auf der Straße muss ich mich kurz orientieren. »Okay, lass mich mal schauen … Der Baumkreis ist … in dieser Richtung.«

Ich deutete auf einen Weg, der uns nach wenigen Minuten an einem Kinderspielplatz und einem Restaurant in Form eines Oktogons vorbei auf eine große Wiese führt. Dort stehen in einem vollendeten Kreis vierzig Bäume, die ein ganzes Jahr symbolisieren.

»Jeder Baum ist nach Vorbild des keltischen Horoskops einem Zeitabschnitt zugeordnet«, erkläre ich das Einzige, was ich davon weiß.

Mit schotterknirschenden Schritten betritt Nerea feierlich den Kreis und dreht sich einmal um die eigene Achse. Die Bäume stehen in schönster Pracht, einige blühen, die meisten sind einfach in sattes Grün getaucht. Dann hat sich Nerea für eine Richtung entschieden und beginnt die Bäume einzeln abzugehen. Waldi und ich folgen in respektvollem Abstand.

Vor jedem Baum erzählt eine Tonsäule, sobald wir uns nähern, nicht nur schriftlich, sondern auch mittels Lautsprecher Wissenswertes über den jeweiligen Lebensbaum. Der Baum, vor dem Nerea erstmals länger stehen bleibt und lauscht, ist die Esche.

»Gloria?«, wispere ich, während ich mich neben sie stelle.

»Nein, meine Mutter«, raunt sie mit tiefem Timbre.

Wir hören zu. Die Stimme erkenne ich gleich. Für den Baum spricht der bekannte Schauspieler Klaus Maria Brandauer. »… voller Fantasie und hohen Zielen, kreatives Ebenbild der mythischen Weltenesche Yggdrasil. Sie trägt wie eine Säule die ganze Erde und ihre lichte Krone …«

Ich blicke hinauf zur Krone des Baumes und merke zu spät, dass Nerea einfach weitergegangen ist. Waldi und ich traben an ihre Seite.

»Was ist zwischen dir und deiner Mutter?«, frage ich.

Sie bleibt stehen, dreht sich zu mir und lässt mit einem hörbaren Ausatmen die Schultern fallen.

»Nichts. Das ist ja das Problem.«

»Also Eiszeit wie zwischen meinem Vater und mir?«

»Hm.« Nachdenklich liegt ihr Blick für ein paar Atemzüge auf der Esche, die wir eben hinter uns gelassen haben. Dann wendet sie sich wieder mir zu und holt Luft für die Antwort. »Nein, anders. Sie ist nicht unfreundlich oder so. Aber sie hat sich nie auch nur im Geringsten ernsthaft für mich interessiert. Ich bin einfach so mitgelaufen in ihrem Leben.«

Bitter denke ich an meinen Vater, der dauernd an mir herumgenörgelt, mich in diese oder jene Richtung gezerrt und gezogen hat, in der Hoffnung, mich zu erziehen. Ich weiß nicht, was schlimmer ist.

»Aber Gloria auch, oder?«, frage ich vorsichtig und halte angespannt den Atem an. Bitte lass sie nicht auch dieses ekligste aller Gefühle kennen, das sich einstellt, wenn ein Elternteil das Geschwisterkind offensichtlich bevorzugt.

»Ja, irgendwie schon, aber früher war sie anders, sagt Gloria. Hat sie gesagt.« Die letzten Worte sind nur ein raues Flüstern, ehe sie sich räuspert. »Sie hatte sie sieben Jahre für sich allein in Wien, erst dann hat sie zu schreiben begonnen. Und dann kam ich auf die Welt. Bestimmt ein Unfall …«, knurrt sie und scharrt mit der Fußspitze am Boden, um mich nicht ansehen zu müssen.

Mitgefühl fließt aus jeder meiner Poren. Wie könnte man die Entstehung so eines wundervollen Geschöpfes wie Nerea als Unfall bezeichnen? »Du bist ihr ganz sicher nicht egal. Vielleicht glaubst du das nur?«

»Vielleicht merke ich es einfach!«, fährt sie mich so unerwartet an, dass ich zurückzucke. »Du kennst sie nicht …« Ihre Augen funkeln zornig.

»Stimmt«, muss ich mir eingestehen. »Tut mir leid. Hast du sie denn jemals darauf angesprochen?«

Sie schüttelt den Kopf. »Es war nicht so wichtig. Ich hatte ja Gloria …«

Jedes ihrer Worte trieft vor Traurigkeit. Trotz der wärmenden

Sonnenstrahlen läuft mir ein kalter Schauer über den Rücken. Nun verstehe ich. Das war der Grund, warum sie sich so an ihre große Schwester gehängt hat. Jedes Mädchen braucht ein Vorbild, eine Frau, zu der es aufsehen kann, eine Mutterfigur.

Was wäre aus mir geworden, wenn es Gustl nicht gegeben hätte und ich nur meinen Vater als Vorbild gehabt hätte? Und was wäre gewesen, wenn diese Vaterfigur gestorben wäre, als ich sie noch dringend brauchte? Das möchte ich mir gar nicht vorstellen.

Nerea hat sich wieder umgewandt und geht weiter. Drei Bäume lässt sie, nach einem kurzen Blick auf die Zeitabschnitte, für die sie stehen, links liegen.

»Ähm. Das bin dann wohl ich«, merke ich schüchtern an, als wir zum Ahorn kommen, und nun bleibt sie stehen, betrachtet den Baum interessiert.

Wieder ertönt die Stimme Brandauers. »Ich bin der Ahorn. Meine Blätter sind wie Sterne. Aus den Zacken sprüht Energie. Sie fließt feurig hinüber zu dir. Spürst du sie? Du bist …«

Doch ich höre nicht mehr, was er sagt, denn Nereas Lippen formen ernst ein lautloses *Ja*. Den Blick hält sie fest auf das noch nicht besonders große Exemplar eines Ahorns gerichtet. Und doch glaube ich, dass dieses *Ja* mir gilt.

Die eben angesprochene Energie beginnt in meinem Inneren zu vibrieren. Wie selten haben die Menschen meine Energie gemocht. Kaum jemand kann damit umgehen. Mein Nervensystem, wenn es kurz vor dem Kollaps ist, zu beruhigen, den Brand in meinen Sicherungen zu löschen, schaffen überhaupt nur Onkel Gustl und … neuerdings Nerea.

Was, wenn Glorias Tod auch für mich schicksalsträchtig ist? Wenn es kein Zufall ist, dass wir hier an diesem magischen Ort gemeinsam stehen?

»… Aus Ahornsaft wird der köstlichste Sirup bereitet – Ahornsirup ist süß wie die Liebe. Das ist die Botschaft des Ahorns: Sei frei, sei kühn und liebe.«

Und was für eine Botschaft! Süß wie die Liebe? Wenn das nichts bedeutet.

Doch Nerea wendet sich ab und marschiert weiter. Enttäuscht dackeln Waldi und ich hinterher. Fast den ganzen Baumkreis umrunden wir. Erst bei der Ulme bleibt sie wieder stehen und wir schließen auf.

»Das ist Glorias Baum«, flüstert sie, atmet bebend ein und mit einem kummervollen Seufzen aus.

SECHSUNDFÜNFZIG
Nerea

Wien

Ich gebe zu, hier ist es schön. Vielleicht nicht magisch, aber schön. Kann auch sein, dass mir das spirituelle Gen dafür fehlt. Gloria war da ein wenig anders. Sie redete immer wieder über die Kraft des Universums, Seelenpläne, was auch immer sie damit genau meinte. Ich habe nicht näher nachgefragt. Vielleicht würde sie nun anders darüber denken, nachdem sie weiß, was das Universum für sie vorgesehen hatte.

Auch mit ihrer Baumbeschreibung kann ich wenig anfangen. Nur das In-sich-Ruhen und die Entschlossenheit sowie das heitere Gemüt vermag ich mit Gloria in Verbindung zu bringen. Gloria war so viel mehr und so besonders, dass Worte ihr niemals gerecht werden können. Gloria musste man erleben, ihr ganzes, einzigartiges, strahlendes Sein. So wie die Sonne durch die Blätter blitzt, mal hierhin, mal dahin, aber immer warm und hell.

Jedoch ist es auch nicht wichtig, ob der Baum Ähnlichkeit mit ihr hat. Wichtig ist, dass sie diesen Ort hier liebte und ich sie spüren kann, sie beinahe vor mir sehe, wie sie mit wallendem Haar zwischen den Bäumen tanzt und lacht. Es fühlt sich richtig an, ihre Asche hier zu verstreuen. Allerdings nicht richtig, die GANZE Asche zu verstreuen. Gloria war nie lange an einem Ort, irgendetwas zog sie immer weiter.

Mit zitternden Fingern hole ich das Kästchen aus der Tasche

und sehe zu Leo. Als er bemerkt, was ich vorhabe, blickt er erst um sich, checkt ab, ob wir allein sind. Dann nickt er mir aufmunternd zu und nimmt Waldis Leine kürzer.

Ich schlucke, öffne das Kästchen und tauche meine Hand zitternd in Glorias Asche. Wie wird das sein? Werde ich sie spüren, irgendwie? Die Asche ist weich und fast gewichtslos. Es ist kein Leben in ihr. Es ist Asche. Nicht mehr und nicht weniger. Schmerzerfüllt verziehe ich das Gesicht und presse die Lippen fest zusammen. Die Trauer nimmt mich so fest in die Mangel, dass sie mein Herz geradezu zusammenquetscht. Gloria war so schön, so voller Leben und Liebe für die Welt. Nun ist sie fort für immer. Und alles, was von ihr zurückbleibt, sind Asche, als hätte ihr Leben nichts gewogen, und so tiefe Herzrisse, als wäre auch mein Leben nichts mehr wert.

Eine kleine Faust voller Erinnerungen nehme ich aus der Box und lasse sie langsam durch meine Finger rieseln. Der sanfte Wind treibt die hellgraue Wolke näher an den Baum heran, sodass sie sich teils an seinen Stamm schmiegt, teils zu seinem Fuße liegen bleibt.

Nichts will mir einfallen, was ich dazu sagen könnte. Zu diesem Abschied auf Raten. Keine großen Worte. Kein weiser Spruch. Als hätte ich mich nicht schon tagelang darauf vorbereiten können. Als hätte ich nicht gewusst, dass dieser Tag kommt. Auch Leo bleibt stumm und Waldi sieht wie gebannt dem Aschenrauch hinterher.

Schniefend ziehe ich die Nase hoch, wische mir an der Schulter die Tränen ab. Das zwei Tage getragene Shirt ist schon ziemlich eklig, doch das ist gerade egal. Fest drücke ich den Deckel zu und verstaue die Box wieder in der Tasche.

Nun wird mir erst bewusst, dass meine Hand immer noch hellgrau bestäubt ist, und unschlüssig starre ich sie an. Ich kann mir die Asche so wenig an der Jeans abwischen, wie ich sie weiter an mir kleben lassen kann. Sie bedeckt jeden meiner Finger auf eine Weise, wie es sonst nur Schuld vermag. Diese Tatsache reißt mich brutal aus meiner Selbstkontrolle. Ein Zittern schlängelt sich von meinen Fingern meine Arme hinauf, schüttelt an meinen Schultern. Panik steigt in mir auf.

»Nerea?«

Mein Name lässt mich zusammenzucken. Ich habe nicht einmal bemerkt, wie Leo vor mich getreten ist. Als ich eine Bewegung seiner Hand wahrnehme, senke ich den Blick und entdecke mehrere Ulmenblätter darin. Mit noch immer zittrigen Händen greife ich danach und wische mir, so gut es geht, die Asche ab. Dann lasse ich auch sie fliegen. Im leichten Sommerwind segeln sie zur Erde, lautlos und so absurd fröhlich, als würde Gloria mir zuwinken. Ich schlucke trocken.

Leo steht immer noch vor mir, mit seinen Augen, so tiefblau wie der Himmel über dem »Himmel«, sucht er nach meinen. Und als sie sie gefunden haben, hält sein Blick meinen fest, als könnte er allein mir Trost spenden. Er kann es nicht. Gerade waren die Tränen wieder zurückgedrängt, doch bei seiner mitfühlenden Miene verschwimmt meine Sicht. Ich senke die Lider, kann nicht verhindern, dass die Tränen zu fließen beginnen.

Ich höre oder vielmehr spüre ich, wie er einen Schritt auf mich zu macht, dann noch einen. Die Wärme seines Körpers strahlt nun schon zu mir herüber. Ein kleiner Schreck fährt mir ins Herz. Was hat er vor? Er wird mich doch jetzt nicht wieder küssen wollen? Der Zeitpunkt wäre noch schlechter als der unserer bisherigen Küsse. Zögerlich öffne ich die Lider.

Als Erstes sehe ich seine Chucks, nur wenige Zentimeter von meinen entfernt, dann, als ich mein Kinn etwas hebe, seine bereitwillig geöffneten Arme. Er wartet geduldig, ohne Druck, ohne ein Wort. Ein stummes Angebot. Und etwas in mir will so sehr nur ein wenig Halt inmitten dieser haltlosen Welt. Nein, seinen

Halt. Ich atme einmal ein und aus und noch einmal ein, dann lasse ich mich, ohne den Kopf weiter zu heben und wieder in diese so aufwühlenden Augen zu blicken, in seine Arme sinken, lege das Ohr an sein Brustbein, die Arme um seine Taille.

Von einer Sekunde zur anderen wird es leise in mir. Ich höre sein Herz und spüre die Atembewegungen seines Brustkorbes, den einen Arm, den er um meine Schultern geschlungen hat, und die Hand, mit der er über meinen Hinterkopf streicht. Alles in mir ruht für diesen einen Moment. Sogar die Traurigkeit macht Pause. Ich BIN einfach nur. Es ist ein winziges Absinken, ein Augenblick der Trance oder Meditation. Frieden.

Ich nehme Leos ganzes Sein, seine Stärke, sein Mitgefühl, seine Lebenskräfte in mich auf wie eine ausgedorrte Pflanze das Wasser. Seinen Duft ziehe ich in meine Lunge, seine Wärme unter meine Haut.

An der Hand auf meiner Schulter wird gezogen, erst sachte, dann fordernder. Leo wehrt sich heldenhaft gegen das Zerren an der Leine, doch der Hund hat keine Geduld mehr. Verlegen lachend lösen wir uns voneinander.

»Alter Schwede!«, tadelt ihn Leo. »Wir gehen ja schon.«

Ein letztes Mal werfe ich noch einen Blick zurück zur Ulme. Aufrecht und geruhsam steht sie da. Ja, es ist ein guter Ort für Gloria. Ein Ort, an den man gern zurückkehrt.

Mach's gut.

SIEBENUNDFÜNFZIG
Leo

Wien

Ein steiler, schmaler Weg neben dem Haus führt uns nach unten in den Gastgarten. Wie selbstverständlich strecke ich die Hand aus, um sie Nerea anzubieten, doch sie bemerkt sie gar nicht, ist viel zu sehr vom Ausblick gefangen. Vor uns erstrecken sich, so weit das Auge reicht, Weinberge und Donau und jener Teil der Stadt, der am anderen Ufer des Flusses liegt und von den Wienern etwas abfällig *Transdanubien* genannt wird. Also von allen, die nicht dort wohnen.

»Oh!« Nerea bleibt stehen und nimmt alle Eindrücke in sich auf.

Ich kann sehen, wie sie tief durchatmet, als könnte sie die Lieblichkeit der Gegend in sich einsaugen, und muss schmunzeln. Denn auch ich bin jedes Mal verzaubert. Die Stimmung hier hat schon etwas, das muss ich zugeben, selbst für einen Ortsansässigen wie mich. Sie ist ganz besonders romantisch und das lässt mein Herz bei der Tatsache, dass ich heute mit Nerea hier bin, einen schnelleren Takt einnehmen.

»Habt's reserviert?«, fragt uns eine Kellnerin im Dirndl. Fast an jedem Tisch sitzt ein verliebtes Pärchen und blickt engumschlungen in die Weite.

»Nein, leider. Ist noch was frei?«, frage ich mit wenig Hoffnung.

»Für zwei?«

Ich nicke.

Sie überlegt. »Passt schon. Setzts euch da dazu.« Sie weist auf einen der langen dunkelbraunen Biertische, an dem nur ein küssendes Pärchen sitzt, bevor sie wieder verschwindet.

Wir setzen uns an den anderen Rand des Tisches einander gegenüber und ich fummle etwas länger als notwendig mit Waldi und seiner Leine herum. Noch nie war mir offen zur Schau getragene Leidenschaft so dermaßen unangenehm. Aber bei dem Gedanken, hier und jetzt Nerea in die Augen zu sehen und mit ihr zu sprechen, trocknet mein Mund im Sekundenbruchteil aus. Vielleicht ist es einfach Neid. Neid und Sehnsucht?

Dann ist die Kellnerin wieder da und zückt erwartungsvoll den Block. Da Nerea etwas ratlos aussieht, was sie hier bestellen kann, räuspere ich mich und übernehme.

»Wir kriegen bitte einen Apfelsaft und ein Soda.«

»An Holben oder an Gonzen?«

»Jeweils einen halben, bitte. Und eine Etagere für zwei.«

»Brot dazu? Oder Gebäck?«

»Ja, ein paar Scheiben und zwei Wachauer.«

»Passt.« Sie steckt den Zettel, auf dem sie die Getränke notiert hat, in ein Glas zwischen uns auf dem Tisch und rauscht geschäftig davon.

»Äh. Also ich habe außer Apfelsaft nichts verstanden«, sagt Nerea schmunzelnd.

»Ich habe einen halben Liter Saft und einen halben Liter Sodawasser bestellt. Das mischen wir dann selbst. Und eine gemischte Brettljause, die hier ganz auf edel auf einer Etagere serviert wird.«

»Und was ist ein Wachauer?«

»Eine Art Semmel, also Brötchen, nur etwas mehr gewürzt, ich denke mit Kümmel und Koriander …«

»Ah, verstehe. Bin gespannt. Danke.« Sie lächelt süß, etwas unsicher, sodass es ganz warm wird in mir drinnen.

»Klar. Du hast ja mittags nicht so viel …« Ein weiterer un-
beabsichtigter Seitenblick auf das wild knutschende Paar verwirrt mich und wirft mich in jene Nacht auf dem Hoteldach
zurück. Im Flashback spüre ich wieder Nereas Lippen auf meinen, honigsüß und voller Spannkraft. Ich muss schlucken. Und
mich ordnen. »Ähm … gegessen.« Um mir nichts anmerken zu
lassen, plappere ich schnell weiter. »Und mir ist bei meinem Vater
auch der Appetit vergangen. Weißt du eigentlich, warum Gloria
diesen Heurigen besonders mochte? Oder wie sie ihn gefunden
hat? Es ist nicht der typische Touristenheurige, die sind eher in
Grinzing.«

»Meine Eltern haben sich bei einem Heurigen mit Blick auf
die Donau verliebt. Gerade eben, als ich ihn gesehen hab, dachte
ich, es könnte dieser gewesen sein. Das würde zur Gloria passen …«, sagt sie mit nachdenklicher Miene und blickt dann stau-
nend in die Ferne, denn ein Raubvogel, der über der weißen Kirche am Leopoldsberg kreist, hat ihre Aufmerksamkeit gefangen.

Ich beobachte sie so, wie sie den Vogel. Ihre leicht geröteten
Wangen, ihren schlanken Hals und meine Fingerspitzen kribbeln, weil sie am liebsten zärtlich darüberfahren wollen. Verdammt, ich starre.

»Welcher war eigentlich dein Baum?«, frage ich schnell, vor
allem, um mich selbst abzulenken.

Sie zögert kurz. »Derselbe wie deiner«, sagt sie dann, ohne
mich anzusehen.

»Ha.« Meine Antwort ist nicht sehr originell. Aber ich bin zu
sehr in diesem anderen Gedanken gefangen. Was war es doch
gleich, was der Baum erzählt hat? Das war doch das mit der
Liebe …

ACHTUNDFÜNFZIG
Nerea

Wien

Als ich aus dem Augenwinkel zu Leo sehe, guckt dieser etwas seltsam und es fällt mir schwer, ihn einzuschätzen. Immer wieder hatte ich das starke Gefühl von Nähe zwischen uns, eines Verständnisses jenseits von Worten, so wie gestern Nacht, als er meine Hand hielt, in der Küche seiner Mutter oder vor Glorias Baum. Herzklopfmomente. Doch dann liegen plötzlich wieder Kilometer zwischen uns. So eine Distanz, als zöge er sich in sein Schneckenhaus zurück oder als zöge er sich vor meinem Schneckenhaus zurück.

Und gerade ich bin so schlecht darin, Verbindung aufzubauen. Jetzt, wo meine Gefühle von Trauer eingefärbt sind und mir kein Alkohol die Zunge lockert, noch mehr als sonst. Dabei habe ich nicht einmal, wenn ich in einer Beziehung war, für einen Mann so viel aufrichtige Zuneigung empfunden. Selbst wenn ich dachte, verliebt zu sein, verachtete ich meine Freunde oft, ohne genau zu wissen, woran es lag. Jeder Mensch wurde an Gloria gemessen und keiner konnte mit ihr mithalten. Ich dachte immer nur, ich müsste mich damit arrangieren, wenn ich nicht allein sein wollte. Da hatte Papa schon recht.

Dass Leo mit seiner oft ungefilterten Art bei anderen aneckt, kann ich verstehen, auch ich habe mich des Öfteren wie von einem Schnellzug überfahren gefühlt. Dennoch verachte ich ihn keineswegs dafür. Im Gegenteil. Gleichzeitig ist mir seine fürsorgliche, liebevolle, verständnisvolle, intelligente Art schnellzugartig ins Herz gerauscht und hört nicht auf, dort ihre Runden zu drehen. Genauso steht es um meinen Kopf, wenn die Gedanken an Gloria mal Pause machen. Vielleicht wäre ich ja auch gern ein Stückchen mehr wie er. Nämlich frei und unverblümt. Dann würde ich mich nicht vor meinen Eltern verstecken, sondern zu meinen Entscheidungen und Taten stehen.

»Hast du deinen Eltern eigentlich schon geschrieben?«

Erschrocken frage ich mich, ob er Gedanken lesen kann. Dann schüttle ich den Kopf.

»Das wird mit jeder Stunde schwieriger.«

»Aber was soll groß passieren?«, fragt er unerwartet entspannt. Er kann ja nicht wissen, dass ich mich noch nie gegen meine Eltern gestellt habe. Als ich nichts darauf sage, spricht er weiter. »Was ist das Schlimmste, das passieren könnte? Dass sie dich anschreien? Nicht mehr mit dir sprechen? Dich ausschließen und enterben?« Dann lacht er ein wenig bitter. »Nur falls er es dich tröstet: Ich habe meinen Vater, also eigentlich alle, mein Leben lang enttäuscht und komme trotzdem nicht aus der Familie raus. Was ich sagen will: keine Angst. Seine Eltern wird man schwer los, sogar wenn man möchte.«

Nun muss auch ich bei der Vorstellung lächeln, wie Leo versucht, unabhängig von seiner Familie zu leben, und dann sogar von seiner Mama mit dem Auto abgeholt wird wie so ein Grundschulkind. Dass er sich nicht gewehrt hat, war diesmal aber vermutlich meine Schuld.

Die Kellnerin schmettert zwei Krüge und zwei Gläser auf den Tisch, dass ich zusammenfahre. Leo schenkt uns ein und hebt das Glas, grinst etwas zynisch.

»Auf die Familie.«

Auch ich nehme mein gefülltes Glas. Klirrend stoßen wir an. Wunderbar süß und tröstlich rinnt mir der süße Saft die Kehle hinab. Er hat nicht die Selbstvertrauen stärkende Wirkung des Alkohols, leider, dafür machen Leos Worte von vorhin mir Mut.

»Okay. Du hast recht. Was soll schon groß passieren? Ich kann ja mal nachsehen, was sie geschrieben haben, muss ja nicht darauf reagieren.«

Wenn Leo bei mir ist, fühle ich mich stärker. Das war schon an unserem ersten Abend in der Bar so. Ich dachte tatsächlich, ich könnte mich gegen den schmierigen Typen wehren. Ob ich es wirklich geschafft hätte, werde ich nie erfahren.

Ich schalte das Handy ein. Es zeigt zweiundzwanzig unbeantwortete Nachrichten. Mir wird ganz schwummerig. Oh, verdammt … Gleichzeitig kommt auch das Essen.

»Bitteschön, die Brettljause.« Die Kellnerin stellt eine Etagere mit einigen Aufschnitten, Aufstrichen sowie eingelegtem Gemüse und ein Brotkörbchen auf den Tisch.

»Fang ruhig schon an«, murmle ich in Leos Richtung.

Der greift beherzt zu, wirft aber immer wieder einen besorgten Blick auf mich.

Mir wird heiß und kalt, während ich mich durch die Nachrichten scrolle. Die ersten zehn sind von meinem empörten Vater. Was ich mir einbilde, einfach so abzuhauen. Dass er sich unglaubliche Sorgen mache. Warum die Urne leer auf meinem Schreibtisch steht und was ich vorhabe, zu tun. Das sei Grabschändung und total unreif und und und … Unter dem Haaransatz im Nacken bricht mir der Schweiß aus.

Die nächsten zehn Nachrichten kommen von Mama. Sie bettelt und fleht, die Asche zurückzubringen, selbst nach Hause zu kommen, mich nicht von ihnen abzuwenden, das Richtige zu tun. Gänsehaut krabbelt mir die Arme hoch. Aber sie ist wirklich nicht in der Position, um mir über »das Richtige« Vorhaltungen zu machen.

Dann kommt eine, in der sie mich bang fragt, ob ich noch lebe, ob mir auch nichts zugestoßen sei.

Mama: Bitte melde dich, damit wir wissen, dass es dir gut geht. Bitte. Wir machen uns große Sorgen. Wir lieben dich.

Dieses *Wir lieben dich* starre ich lange an, unfähig, zu wissen, was ich dabei fühlen soll. Bei *Wir machen uns große Sorgen* weiß ich es. Es ist eine Art Genugtuung. Soll sie sich Sorgen machen, soll sie einmal die Familie vor das Schreiben stellen. Oder unsere Gefühle vor ihre eigenen. Doch nein, das würde sie niemals. Sie hat es nicht für Gloria getan, für mich würde sie es umso weniger tun. Die Genugtuung zerfällt zu Staub. Nun spüre ich trotz des warmen Wetters einen eiskalten Luftzug. Trotzig presse ich die Lippen zusammen.

Die allerletzte Nachricht ist wieder von Papa. Und lässt mein Herz rasen. Das Blut pocht heiß in meinen Wangen und Schläfen, als ich zu Leo aufsehe.

Er schluckt hörbar den Bissen runter.

»Was ist?«, fragt er alarmiert.

»Mein Vater hat über die Airline rausgekriegt, dass ich in Wien bin. Er will herkommen«, krächze ich.

Überrascht reißt er die Augen auf. »Um dich persönlich nach Hause zu holen?«

»Vermutlich.« Oder zumindest die Asche.

»Shit«, flüstert er langgezogen und fährt sich mit den Händen durch die Locken. »Dann sind sie wohl doch wütender als gedacht?«

»Anfangs schon. Aber ich denke, jetzt machen sie sich eher Sorgen.« Ich seufze schwer.

»Kann ich verstehen. Wenn ich eine Tochter hätte, die wie vom Erdboden verschluckt ist, würde ich auch durchdrehen.«

Ich fühle mich so zerrissen. Für Papa tut es mir ja leid, aber für Mama? Eher nicht.

»Wirst du antworten?«

»Keine Ahnung. Erst mal was essen«, brumme ich. Auch genannt: den Kopf in den Sand stecken. Meine Spezialität.

»Gute Entscheidung. Hier, koste mal. Das heißt bei uns Bratlfettn.« Er hält mir ein weißbraun bestrichenes Brot hin und ich beiße ab.

Salzig, fettig, würzig. »Mmh, köstlich!«

Gloria liebte gut gewürztes Schmalz. Überhaupt deftiges Essen. Kann mir gut vorstellen, dass es ihr hier gefiel. Wie ich wünschte, sie wäre hier. In den Geschmack meines Bissens mischt sich eine leicht bittere Note.

Leo bemerkt es und lächelt aufmunternd. »Und meine Mutter hatte Angst, du wärst Vegetarierin.«

Ich schnaube einmal verächtlich durch die Nase. »Wäre das denn so schlimm für sie?« Dann schließe ich für einen Moment die Augen. Diese Gefühlsachterbahn heute macht mich unglaublich müde.

»Wenn du regelmäßig zum Essen kommst, schon«, sagt er leise.

Überrascht fliegen meine Lider wieder auf und ich versuche, seinen Blick zu fangen, um herauszufinden, ob er das so gemeint hat, wie es geklungen hat. Doch seiner huscht davon.

NEUNUNDFÜNFZIG

Leo

Wien

W ie sie mich ansieht ... Dabei ist mir selbst klar, wie dumm es von mir war, jetzt mit einem Gespräch über uns anfangen zu wollen. Sie hat doch ganz andere Sorgen. Da war mein Mund wieder einmal schneller als mein Verstand.

»Jedenfalls«, sage ich hastig, um meine Verlegenheit zu überspielen. »Für meine Mutter ist alles schlimm, was von der Norm abweicht.«

»Also ich habe mich nie normal gefühlt, nie so wie die anderen«, gesteht sie leise und zuckt zaghaft mit den Schultern.

»Ich frage mich mittlerweile, ob sich überhaupt irgendjemand so wie *die anderen* fühlt.« Also ich jedenfalls nicht, verrät mir das dumpfe Gefühl im Bauch. »Aber das meine ich nicht, sondern von außen betrachtet. Und demnach wärest du für sie nahezu perfekt. Toller, prestigeträchtiger Beruf in so jungen Jahren, schlau und äh ... schön.«

Gott, jetzt werde ich schon wieder rot. Ich werde ihr doch wohl ein Kompliment machen können. Aber ich bin von unserer Vorgeschichte so verunsichert, weiß nicht, ob sie das als plumpe Anmache versteht. Schnell weitersprechen.

»Dein ... Problem hat ja niemand bemerkt ... Solange du nicht negativ auffällst, ist für sie alles gut.«

Während ich spreche, wandert Nereas Blick immer höher, zu einem Punkt über meinem Kopf, und gerade, als ich mich irritiert umwenden will, legen sich kräftige Hände auf meine Schultern.

»Hey!«, sagt eine altbekannte Stimme und ich springe noch im Umdrehen grinsend auf.

»Konsti!«

Mein Freund und ich umarmen einander inbrünstig und ich merke, wie sehr er mir in der viel zu langen Zeit gefehlt hat, die ich ihn, meinen wahren Bruder, meinen Bruder im Geiste, nicht gesehen habe.

»Was ist gut, solange du nicht auffällst?«, fragt er nicht weniger grinsend als ich. »Das klingt ja spannend!«

»Ach, ich hab über meine Mutter gesprochen.« Während ich mich wieder auf die Bank sinken lasse, zeige ich neben mich. »Komm, setz dich. Bist du allein?«

»Ich warte auf Elli. Klar, bis sie da ist, leiste ich euch gern Gesellschaft.«

Zwischen uns und dem verliebten Pärchen ist noch genügend Platz und so setzt sich Konsti neben mich und streckt Nerea die Hand hin.

»Hallo, ich bin der Konstantin, Leos ältester Freund.«

»Bester Freund«, rufe ich übermütig dazwischen. Meine Brust wird ganz weit allein durch diese zwei kurzen Worte.

»Ah! Verstehe!« Erfreut und auch etwas neugierig lächelt sie. »Schön, dich kennenzulernen. Ich bin Nerea. Eine eher … neue Freundin.«

Ihre Zähne blitzen zwischen den hellrosa Lippen auf und sie wieder lächeln zu sehen, wenn auch nur kurz, lässt mein Herz Trampolin springen. Oh, wie ich wünschte, wir wären mehr als Freunde. Kolumbien ist keine Option mehr, ihr Freund ist auch Geschichte. Wäre das jetzt möglich? Madrid ist nur drei Flugstunden von hier entfernt. Allein der Gedanke setzt Explosionen in mir in Gang. Ich wette, Konsti sieht mir das schon von Weitem an. Und tatsächlich, ich blicke zu ihm rüber und er betrachtet mich mit einem wissenden Schmunzeln.

»Äh, wir sprachen gerade über unsere Mütter …«, stammle ich verlegen. »Du kennst sie. Meine ist zufrieden, solange man keinen Anlass zum Tratsch liefert und bei den Nachbarn gut dasteht.«

»Und meine Mutter ist glücklich, solange man sie in Ruhe lässt und nichts von ihr will«, fügt Nerea seufzend hinzu.

Konsti legt das Kinn in die Hand und schaut lächelnd von ihr zu mir. »Na, ihr zwei habt euch gefunden in eurem Jammertal. Es ist schon witzig. Erwachsene Kinder erwarten von ihren Eltern immer, dass sie sie vollständig akzeptieren, wie sie sind, mit all ihren Eigenheiten und Lebensentwürfen. Im Gegenzug tun sie selbst das aber nicht. Nerea, deine Mutter kenne ich nicht, aber du, Leo, tust deiner Mutter wirklich unrecht. Es ist scheißschwer, Kinder großzuziehen, vor allem, wenn man selbst ein Päckchen mit sich rumträgt. Ich sehe das jeden Tag in der Klinik. Aber deine Mutter war immer da, sie hat für euch täglich warm gekocht, Schulbrote geschmiert, mit euch gelernt, euch alle drei zu diversen Veranstaltungen und Sportkursen kutschiert und euch immer von ganzem Herzen geliebt, egal, was ihr getan habt. Das sollte als Leistung für ein Leben reichen, finde ich.«

Bäm. Seine Worte treffen mich wie ein Schlag vor die Brust. Das sitzt. Und ich habe diesen Dämpfer überhaupt nicht kommen sehen. Um mich zu sammeln, gucke ich zu Nerea. Auch sie macht große Augen und senkt sie dann beschämt. Doch ich wäre nicht ich, wenn ich nicht zumindest den Versuch eines Gegenplädoyers starten würde.

»Ja, aber Konsti, ist es nicht so, dass ein Kind erst durch die fehlende Akzeptanz der Eltern eben jene intoleranten Wesenszüge ausbildet und somit gar keine Chance hat, anders zu reagieren? Es hat es schlicht und ergreifend nicht gelernt.«

Mein bester Freund lacht leise und legt mir väterlich die Hand auf die Schulter. Ich weiß, er meint es niemals böse, wenn er seine Meinung sagt, doch sein Urteil ist, wie es scheint, schon längst gefallen.

»Nice try, Herr Kollege.« Er spielt darauf an, wie Juristen sich untereinander ansprechen, und ich rolle mit den Augen. »Für Kinder mag das zutreffen, aber ihr zwei …« Mit dem Zeigefinger der anderen Hand fuchtelt er zwischen Nerea und mir hin und her. »… seid erwachsene Menschen und ich würde sagen, ab achtzehn ist man für sein Glück selbst verantwortlich. Eltern sind Menschen, sie werden nicht zu perfekten Maschinen, sobald sie ein Kind bekommen. Lasst es mich so sagen, damit es auch auf dich, Nerea, zutrifft: Ihr habt eure Kindheit, so gut es eben ging, überlebt und eure Eltern haben eure Kindheit auch, so gut es ging, überlebt.« Er lacht über seinen eigenen Humor und ich kann auch nicht mehr ernst bleiben.

»Also, was schlägst du vor?«, will ich wissen. »Du klingst schon wie ein alter Professor.«

»Vertragt euch. Seid nachsichtig. Ihr seid alle gleichberechtigte Erwachsene, die mit sich selbst zu kämpfen haben. Warum solltet ihr auch noch miteinander kämpfen? Ist doch idiotisch. Das Leben ist an sich schon schwer genug mit Krankheit, Alter, Tod. Glaubt mir, ich hab so viel gesehen …«

Nun schluckt er und ich lege meine Hand auf seine große Pranke, die immer noch auf meiner Schulter liegt. Er hat nicht nur viel gesehen, auch viel erlebt. Und vieles davon wusste ich nicht mal. Aber vielleicht hat ihn das auch zu dem gemacht, der er heute ist und den ich so sehr liebe. Denn Konsti ist einfach echt. Erst jetzt fällt mir auf, dass es das ist, was ihn von meinen anderen Freunden hervorhebt, zu etwas Besonderem macht. Er sagt seine ehrliche Meinung. Immer. Und zwar ruhig und bestimmt. Er lacht, weil er das Leben liebt, und er weint, wenn ihm was wehtut. Er schämt sich für nichts. Und er hat, wie immer, recht.

Nerea, die bei seinen Worten immer tiefer in sich zusammengesunken ist, kämpft nun auch wieder mit den Tränen. Vorsichtig lege ich meine andere Hand auf ihre, und sie zieht sie nicht weg, sondern blickt auf und schenkt mir ein trauriges Lächeln. Konsti strahlt wieder wie üblich. Wir bilden ein seltsames Dreieck, dessen Spitze ich bin. Das fühlt sich gut an und groß. Mein Herz wird weit wie der Horizont.

Da zieht Konsti langsam seine Hand unter meiner hervor und winkt in die Ferne. »Elli! Hier!«

Da kommt sie. Seine Zukünftige, seine Einzige, das Mädchen, in das er sich mit siebzehn verliebt hat und das er mit siebenundsiebzig noch genauso lieben wird, watschelt auf uns zu. Die Verblüffung zieht mich auf die Beine und mein Herz galoppiert vor Freude fast davon.

»O mein Gott!«, jauchze ich. »Wieso hast du nicht gesagt, dass du Vater wirst?« Ich knuffe Konsti in die Seite. Wie kann er so eine Neuigkeit nur für sich behalten?

Auch er steht auf. »Das, ja, also … Wir sind immer noch so überwältigt. Ich galt eigentlich als unfruchtbar nach der Stammzellentransplantation. Das ist ein … Wunder.« Wieder werden seine Augen feucht, diesmal vor Glück. »Außerdem habe ich den richtigen Zeitpunkt nicht gefunden. Eigentlich wollte ich es dir stilecht erzählen, du weißt schon, mit Zigarre und Bourbon, persönlich halt. Und zwar weil ich dich fragen wollte, ob du sein Pate sein willst.«

Bei seinen Worten wächst mein Herz noch weiter, dass es beinahe zerspringt. Elli, die eben bei uns angekommen ist, nickt lächelnd dazu. Kurz schlage ich mir die Hand vor den Mund. Nie war ich gerührter als jetzt. Da werden auch meine Augen feucht und ich nehme ihn abrupt in den Arm.

»Ach, komm her! Ja, ja natürlich will ich das! Ich gratuliere dir. Du wirst ein großartiger Papa sein!«

Er lacht. »Und wenn nicht, weiß ich schon, wer mich ständig auf meine Fehler hinweisen wird. Danke, Onkel Leo.« Aber auch er drückt mich fest und glücklich.

Dann umarme ich noch Elli, so gut es eben geht. Ich will meinem kleinen Patenkind auf keinen Fall wehtun. »Du leuchtest richtig von innen. Ich freue mich so sehr für euch. Danke für dieses Vertrauen.« Dann fällt mir ein, dass wir Nerea einfach so links liegen gelassen haben. Dabei möchte ich unbedingt, dass Elli sie auch kennenlernt. »Nerea, darf ich dir Konstis Verlobte vorstellen? Elli, das ist m… eine Freundin … Nerea … aus Madrid.«

»Ah, die geheimnisvolle Frau aus Madrid, wie schön, dich kennenzulernen.« Herzlich strahlt Elli Nerea an. O Gott. Konsti kann echt gar nichts für sich behalten. Mir wird heiß. Ob Nerea das unangenehm ist?

Diese erwidert den Gruß mit einem leicht eingeschüchterten: »Hallo, ich gratuliere euch.«

»Danke«, sagt Elli und zwinkert mir lächelnd zu. »Dann lassen wir euch zwei Hübschen nun lieber allein. Genießt den wunderbaren Sonnenuntergang. Kommst du, Konsti? Bis bald, Leo.«

Sie winkt uns zu und zieht den etwas überrumpelten Konsti weiter, während ich mich wieder zum Tisch drehe. Blass und traurig sitzt Nerea da, was mich erschrocken die Luft anhalten lässt. Ist sie doch gekränkt, weil ich Konsti von ihr erzählt habe?

»Wow!«, murmelt Nerea. Es klingt jedoch, als wäre sie mit den Gedanken ganz woanders als bei Ellis Kommentar und ich atme erleichtert aus. »Meinst du, er hat recht? Was unsere Eltern angeht, meine ich?«

»Hm«, mache ich ebenso nachdenklich und reibe mir über das Haar. Langsam lasse ich mich wieder auf die Bank sinken.

»Tja, leider hat er so gut wie immer recht«, sage ich und zucke mit den Schultern.

Vor Stolz auf meinen besten Freund muss ich lächeln und drehe mich noch einmal um, sehe ihm nach. Doch sein voller dunkelbrauner Haarschopf erinnert mich wieder an seine Vergangenheit und mein Lächeln versiegt wie ein Tropfen Wasser in der Wüste. Ich konnte nichts tun, durfte damals nicht in seine Nähe. Trotzdem kommt es mir so vor, als hätte ich als Freund an einem wichtigen Punkt seines Lebens versagt. Auch er trägt einen schweren Rucksack, aber anscheinend ist er nicht mehr mit Angst und Schmerz beladen, sondern randvoll mit Verständnis, Mitgefühl und Weitsicht. Eines verspreche ich hoch und heilig. Für dieses Kind werde ich der beste Patenonkel sein, den die Welt je gesehen hat. Quasi Onkel Gustl zwei Punkt null. Das schwöre ich.

SECHZIG
Nerea

Wien

Lange betrachte ich stumm, wie die immer tiefer stehende Sonne die Umgebung in warmes Licht taucht, und frage mich, ob ich tatsächlich immer zu hart zu meiner Mutter gewesen bin. Ob ich nicht auch meinerseits die Hand nach ihr hätte ausstrecken müssen, anstatt so zu tun, als bräuchte ich sie nicht. Auch Leo sagt nichts, doch nach einer Weile spüre ich seine wachsende Ungeduld, denn er zappelt mit den Beinen und spielt mit seinem Glas und so sehe ich ihn fragend an.

»Wollen wir dann sehen, wo du die … also, wo du es machen kannst? Vielleicht bei den Weinreben?«, fragt er.

»Ja, okay.« Mein Magen flattert nervös. So ganz sicher bin ich nicht, ob ich bereit bin, noch ein Stück von Gloria gehen zu lassen.

»Zahlen, bitte!«, ruft er der Kellnerin zu, die sofort an unseren Tisch kommt, und er übernimmt die gesamte Rechnung.

»Ich gebe dir die Hälfte«, sage ich, während wir aufstehen, und krame hastig in meiner Tasche nach der Geldbörse. Als hätte er nicht bereits so viel mehr als genug für mich getan.

»Ja, irgendwann«, sagt er abwinkend und geht mit Waldi voraus, der es eilig zu haben scheint.

Die Antwort irritiert mich. »Warte doch kurz. Ich hab's passend.«

»Nein, nein, keine Eile«, ruft er über die Schulter.

Ich haste ihm nach. »Wieso denn nicht jetzt?«

Endlich bleibt er stehen, sieht aber ausweichend zu Boden. Erst als ich an seiner Seite bin, hebt er den Kopf, sieht aber aus, als wären ihm seine Worte schon peinlich, noch ehe er sie ausspricht. »Na ja, ich dachte, vielleicht hast du dann einen Grund, um … wiederzukommen.«

Fragend und sehr verletzlich trifft sein Blick auf meinen. Mein Herz beginnt schneller zu schlagen, meine Lippen bewegen sich auf der Suche nach Worten, doch sie finden keine. Da sitzen wir uns so lange gegenüber und das, worüber er anscheinend die ganze Zeit nachgedacht hat, platzt erst in allerletzter Sekunde aus ihm heraus. Nein, so ganz stimmt das nicht. Dann hatte der Kommentar mit seiner Mutter und den regelmäßigen Familienessen doch eine Bedeutung.

In meiner Brust breitet sich ein Gefühl der Wärme aus. Ich mag sie so gern, diese sanfte, schüchterne Seite an ihm. Und dass er sich wünscht, dass ich wiederkomme, löst etwas in mir aus, was einem Glücksgefühl sehr nahekommt. Aber nur nahe. Denn ich glaube, meine Fähigkeit, Glück zu empfinden, ist mit Gloria gegen einen Felsen geprallt, ohne Hoffnung, sich davon jemals zu erholen.

So gut ich es vermag, lächle ich ihn an. »Ich komme ganz bestimmt wieder. Dafür musst du mich nicht bezahlen.« Das sollte scherzhaft klingen, doch Leo zieht die Stirn in Falten.

»Sorry, ich wollte nicht …«, murmelt er irritiert. »Ich wollte dich einfach einladen.«

»Ach so. Dann danke.« O Mann, ist es zwischen uns seltsam. Manchmal so leicht und natürlich und dann wieder total verkrampft. Keiner von uns weiß, was er sagen soll.

»Lass uns weitergehen«, meint er dann. »Waldi muss mal.«

Ich nicke erlöst und wir verlassen das Areal des Heurigen, wandern den Berg hinunter in Richtung des Dorfes. Von der

Donau her weht ein starker Wind. Hier im Schatten fröstelt es mich und ich umfasse automatisch meine Oberarme und reibe darüber. Leo hat es natürlich bemerkt, so wie er immer alles bemerkt. Er sieht aus, als möchte er gern etwas sagen oder tun, aber er kämpft dagegen an. Und irgendwie erinnert es mich an den Kampf, den ich selbst so oft ausgetragen habe, auch bei ihm. Soll ich ihm beichten, was ich fühle? Nun schüttelt mich erst recht ein Schauer. Ich weiß doch gar nicht, was genau ich fühle. Und wie es weitergehen soll. Und was ich wegen meiner Eltern mache. Aber ich kann mich nicht ewig verstecken. Ob Papa schon im Flieger sitzt? Ist es wirklich so schwierig, Kinder groß-zuziehen?

»Du?« Leos Stimme reißt mich sanft aus den Gedanken.

Doch mein heftig schlagendes Herz zeigt mir, wie sehr ich schon längst darauf gehofft hatte, dass er es noch einmal ver-sucht.

»Ja?«, hauche ich erwartungsvoll.

»Da vorn ist schon das erste Haus. Wolltest du nicht die Asche verstreuen?«

»Oh.« Heiße Scham wallt in mir hoch. »Äh … Ja.«

Nicht nur, dass ich dachte, er würde über uns sprechen wol-len. Ich war auch noch so tief in Gedanken versunken, dass ich gar nicht bemerkt habe, dass wir längst am Fuß des Berges an-gekommen sind. Gerade habe ich an zig verschiedene Dinge gedacht, an die Wut und Sorge meiner Eltern, an Konstantins Worte, an meine Gefühle, vor allem aber an Leos Gefühle zu mir. Nur nicht an Gloria. Mit einem paukendumpfen Herzschlag bin ich wieder in Bogotá, in dem kleinen katholischen Krankenhaus-zimmer und in meiner Trauer. Wie eine eiskalte Schneewehe wischt sie alle anderen Gedanken beiseite.

Zögerlich drehe ich mich im Kreis und werde immer mutlo-ser. Hier in diesem schattigen Tal, nahe den an den Hang gebauten Häusern, mit dem Verkehrslärm der Schnellstraße, die direkt vor dem Dorf verläuft, ist nicht der richtige Ort für Gloria.

Langsam schüttle ich den Kopf. »Nein, hier nicht. Tut mir leid.«

»Macht doch nichts.« Seine Worte fühlen sich an wie eine tröstende Berührung. »Sollen wir noch mal rauf gehen?«, bietet er an.

Wieder schüttle ich den Kopf, bin zu verloren und kummerschwer.

»Nein, ich denke nicht.«

Wenn ich ehrlich zu mir bin, möchte ich jetzt einen starken Drink und dann ins Bett. Augen zu und an nichts mehr denken müssen. Wie ein undichtes Weinfass tropft jeglicher Rest an Energie aus mir heraus, bis nichts mehr übrig ist. Entkräftet schließe ich für einen Moment die Augen, versuche, mich zu sammeln. Stattdessen erwachen in meinem Kopf Bilder zum Leben: Ich nehme mir ein anonymes Hotelzimmer, bestelle jede Menge Cocktails beim Zimmerservice und blase mir damit das Gehirn weg, jede Erinnerung, jeden Gedanken. Das ist die einzige Lösung, die mir einfällt. Vor schier unbändiger Lust darauf beginne ich zu zittern und öffne die Lider. Und blicke genau in Leos Gesicht. Mit zusammengekniffenen Augen scannt er mich ab.

»Okay, dann lass uns nach Hause fahren«, sagt er langsam.

Auf der Suche nach einem Taxi beschleunigt er seinen Gang. Er geht wie selbstverständlich davon aus, dass ich wieder mit zu ihm komme. Aber das will ich gar nicht. Gerade will ich nur allein sein und tun, was ich will, ohne mich rechtfertigen zu müssen. Doch zu offenem Widerstand reicht meine aktuelle Kraft nicht aus und so folge ich ihm mit unsicheren Schritten wie ein Entenküken seiner Mutter zum Taxistand am Dorfplatz.

Nebeneinander sitzen wir dann im Fond des Wagens, Waldi zu unseren Füßen. Ich lehne meinen Kopf an das Fenster und spüre dennoch, dass Leo immer wieder zu mir herüberschaut. Vermutlich fragt er sich, was er sich nur mit mir eingebrockt hat. Oder warum ich vorhin noch ziemlich stabil war und nun ein Häufchen Elend bin. Ich kann es mir selbst nicht erklären.

Die Trauer scheint in Wellen zu kommen. Mal ist sie fast erträglich, wie kaltes Wasser, das nur in recht regelmäßigen Abständen an deinen Füßen leckt. An das man sich beinahe schon gewöhnt hat. Dann erwischt einen ein Wort, eine Erinnerung, ein winziger Lufthauch und eine riesige Flutwelle begräbt einen unter sich. Eine Sintflut. Der Gedanke an Alkohol ist nun schon so groß, dass er alles andere verdrängt. Ich hebe den Kopf, kann ihn aber nicht recht ansehen.

»Kannst du mich bei einem Hotel aussteigen lassen?«.

Aus den Augenwinkeln sehe ich, wie er abwehrend den Kopf schüttelt.

»Ich meine es ernst, Leo. Bitte lass mich bei einem Hotel raus. Ich bin dir lange genug zur Last gefallen.« Meine Stimme ist nun schon weinerlich schrill.

In mir lebt ein gieriges Monster. Lange war ich standhaft, aber heute … heute brauche ich wenigstens einen klitzekleinen Schluck. Sonst kann ich nichts von all dem machen, was richtig wäre. Nicht Papa unter die Augen treten, nicht mit Leo über uns sprechen, nicht Gloria endgültig verabschieden. Ich schaffe das alles nicht.

»Schau ma mal«, murmelt er und blickt wieder nach vorn.

Es ist dasselbe *Schau ma mal*, das Papa immer verwendet, wenn er nicht Nein sagen will, aber Nein meint. Ungläubig drehe ich den Kopf zu ihm. Nun schluckt er trocken, ich sehe seinen Adamsapfel hüpfen und seinen unnachgiebigen Gesichtsausdruck. Hitze wabert durch meine Gliedmaßen, sodass mir der Schweiß ausbricht.

»Leo, ich bin ein erwachsener Mensch, du kannst mich nicht …

Ich muss … Ich brauche …«, winsle ich, kann es aber nicht aussprechen. Kann meine Kapitulation vor ihm nicht zugeben. Und ich höre selbst, wie verzweifelt das klingt, wie süchtig.

Der Taxifahrer schaut mich alarmiert im Rückspiegel an. Und ich schäme mich. Vor ihm, vor Leo, aber am meisten vor mir selbst. Schluchzend schlage ich die Hände vors Gesicht.

»Ich finde, du solltest jetzt besser nicht allein sein«, flüstert Leo.

Dann legt er einen Arm und mich und zieht mich an sich ran, ganz langsam, ganz sacht. Ich könnte ihn leicht abwehren, wenn ich es wollte, aber ich will es nicht. Da umfängt er mich auch mit dem zweiten Arm, hält mich wie ein Sicherheitsgurt. Geborgen und beschützt. So als könnte mir nichts geschehen, als würde mich die Trauer nicht zerstören und die Sucht nicht zerreißen. Als hätten meine Gefühle nicht die Macht, mich umzubringen, sobald ich sie ungefiltert aus mir herauslasse. Und für diesen Moment will ich das einfach glauben.

EINUNDSECHZIG
Leo

Wien

Wie sie wimmernd in meinen Armen liegt, es bricht mir das Herz. Und doch habe ich damit gerechnet, dass sie irgendwann zusammenbricht. Ihre Schwester ist gerade mal zwei Monate tot. Sie ist weit gereist, hat wenig geschlafen, sich gegen ihre Eltern gestellt und musste Zeit mit meiner schrecklichen Familie verbringen. Schon im Baumkreis dachte ich, jetzt lässt sie alles einmal so richtig raus, doch sie hat sich schnell wieder gefangen, blieb weiterhin tapfer. Sie ist so bewundernswert stark. Ich wünschte, ich könnte mir davon eine Scheibe abschneiden.

Und doch reicht in diesem Moment nicht einmal ihre Stärke, um sich auch noch den letzten beiden Adressen zu stellen. Dahin können wir auch morgen noch fahren oder irgendwann. Es läuft uns ja nichts davon. Aber allein in einem Hotelzimmer mit einer vollen Minibar werde ich sie in ihrem Zustand ganz sicher nicht zurücklassen. Auch wenn sie nicht darum bittet, entscheide ich jetzt, dass sie meine Hilfe braucht. Basta.

Wie automatisch streichle ich mit dem Daumen ihre Schulter und sie lässt den Kopf an meine Brust sinken, was darin ein angenehmes Flattern verursacht. Wenn ich ganz ehrlich zu mir bin, ist es nicht nur mein Beschützerinstinkt, der darauf besteht, sie nicht allein zu lassen. In Wahrheit genieße ich diese Gedanken an ein *Wir* zu sehr. An das Gemeinsam-nach-Hause-Fahren, die Tatsache, dass sie nicht sofort wieder verschwindet. So als müsste nur noch ein wenig mehr Zeit vergehen und alles wäre plötzlich einfach zwischen uns. Ich will nicht, dass sie wieder geht. Nicht so. Ich will, dass sie glücklich ist. Und ich will Teil ihres Glückes sein.

Nereas leises Schluchzen hat aufgehört, sie atmet nun ruhiger, lässt den Kopf aber trotzdem an meiner Brust. Wie schön sich das anfühlt. Freudige Hoffnung kribbelt wie eine Kompanie Ameisen durch meinen Bauch. Vielleicht schaffe ich es ja tatsächlich, sie zu trösten, sie glücklich zu machen. Wenn sie nur noch ein Weilchen bei mir bleibt.

Da geht mir auf, dass sie gar nicht so einfach hierbleiben kann, sie steht schließlich bei der Airline unter Vertrag.

»Wann musst du eigentlich zurück zur Arbeit?«, frage ich unvermittelt, ohne vorher bedacht zu haben, dass das den besonderen Moment zerstören könnte.

Und wirklich, sie hebt erst den Kopf und löst sich dann ganz von mir. Verdammt!

»Ich bin nur noch diese Woche freigestellt«, sagt sie verschnupft und wischt sich die Tränenspuren aus dem Gesicht.

Heiße Enttäuschung scheucht auch noch die allerletzten Nachzügler der Ameisen hinweg. Nur noch drei Tage, bis sie zurück muss. Drei Tage, in denen ich … ja, was eigentlich? Drei Tage, in denen ich sie dazu bringe, sich in mich zu verlieben und für mich in Wien zu bleiben? Ich könnte genauso gut sagen: drei Tage, ich denen ich im Lotto gewinne und danach zum Bundespräsidenten gewählt werde. Einfach lächerlich.

Aber nicht unmöglich, sagt irgendeine Stimme in mir. Keine Ahnung, woher sie das Selbstvertrauen nimmt. Na gut, einen Versuch ist es wert.

»Wie wär's, wenn wir ganz schnell in den Drogeriemarkt gehen und eine Zahnbürste für dich kaufen? Und alles, was du sonst so brauchst?«, schlage ich vor. Vor Anspannung halte ich die Luft an.

Eine Weile sieht sie mich nur an. In ihren traurigen, dunkelbraunen Augen flackert etwas auf, irgendetwas Warmes. Dann ist es wieder verschwunden.

»Ich weiß nicht, Leo. Du musst mich nicht … retten«, murmelt sie und senkt beschämt die Lider.

Es kann doch nicht sein, dass sie immer noch denkt, ich tue das alles aus purer Nächstenliebe. Die Erkenntnis, dass ich schon mehrmals erwähnt habe, dass ich möchte, dass sie bleibt, sie es aber offenbar gar nicht verstehen will, zieht in meiner Brust. Und doch ist da dieser eben in mir erwachte Kampfgeist, der noch eine andere Überlegung einwirft: Nach allem, was Nerea erzählt hat, fällt es ihr vielleicht einfach nur schwerer als anderen, die Worte wirklich anzunehmen. Vielleicht war ich nicht deutlich genug. Also atme ich möglichst tief Mut ein und Angst aus.

»Das weiß ich. Ich will dich auch nicht retten.« Also schon auch, aber nicht nur. »Es ist einfach … Also, es ist schön … wenn du … bei mir bist. Willst du?«

Gott! Ich stammle herum wie ein Elfjähriger. Und dann schießt mir bei diesen Worten auch noch komplett übertrieben die Hitze in die Wangen. Es kommt mir vor, als wäre ich nackt und sie steht mit einer gespannten Armbrust vor mir, zielt genau zwischen meine Rippen. Von der Tragweite her fühlen sich die Worte wie ein Heiratsantrag an oder wie ein *Hier, nimm mein Herz und mach damit, was du willst*. Absolut beängstigend. Nur ein *Ich liebe dich* könnte das noch toppen. Aber das tue ich ja nicht. Denke ich. Oder?

Jedenfalls habe ich diese Worte nie zu einer Frau gesagt. Und noch nie habe ich eine eingeladen, auch nur vorübergehend bei mir zu wohnen. Aus Angst vor ihrer Reaktion überzieht Gänsehaut meine Arme. Drückt sie ab? Wird sie mich kaltblütig durchbohren?

Nerea schluckt und atmet nun selbst durch, einmal, zweimal, dreimal. Mir wird ganz schwindelig. Sag doch etwas. Lass mich hier nicht so dumm sitzen. Bitte! Meine Eingeweide verkrampfen sich schmerzhaft, als hätte sie längst der Pfeil getroffen.

»Okay«, haucht sie endlich und räuspert sich.

Meine Eingeweide relaxen wieder, legen sich entspannt an ihren Platz, während mein Herz Stufe um Stufe höher klettert, je mehr sich diese Gewissheit in mir verankert: Sie will bleiben! Sie bleibt bei mir!

»Also, dann ja, danke, Leo.« Ihre Stimme hat nun wieder etwas Kraft. »Gut, gehen wir einkaufen.«

Mit einem erlösten Lächeln lasse ich mich in die Rückenlehne fallen, doch schon im nächsten Moment verkommt mein Lächeln zu einer enttäuschten Maske. Was war das bitte für eine Reaktion auf meine Liebeserklärung? Einfach nur *Danke*?

Dann erinnere ich mich an die Sache mit dem Kämpfen. Sie will bleiben, das gibt mir doch zumindest Zeit. Und das ist alles, was im Augenblick zählt.

Das Taxi lässt uns vor meiner Wohnung raus, doch gleich gegenüber befindet sich ein DM, wenige Schritte weiter gibt es ein paar Bekleidungsgeschäfte. Nerea kauft die nötigste Kosmetik, Unterwäsche und zwei T-Shirts.

Mit zwei vollen Stoffsäcken betreten wir dann endlich die Wohnung und sie lässt sich erschöpft auf das Sofa fallen. Waldi steht ihr in nichts nach und legt sich lang gestreckt auf den Teppich davor. Chewbacca hat es sich in der Zwischenzeit auf Nereas Oberschenkeln bequem gemacht. Die drei sehen sehr entspannt aus.

Ich bin eher unruhig und unschlüssig. Es waren viele Gefühls loopings heute dabei. Nicht nur bei Nerea, auch meine eigenen. Es kommt mir vor, als hätte ich mich den ganzen Tag zurückgenommen, Nerea hat sogar zwei meiner Ausbrüche gestoppt. Aber auch wenn das Feuer nicht mehr lodert, unter der Oberfläche ist der Dampf immer noch da. Für meine Nerven wäre es besser, ich würde noch ein wenig laufen gehen, den Dampf auf gesunde Art loswerden. Eigentlich müsste ich auch noch ins Kaffeehaus. Aber viel lieber bliebe ich bei Nerea. Das stresst mich.

»Wollen wir vielleicht irgendwas ansehen, einen Film?«, fragt sie da überraschend. »Oder eine Serie? Einfach irgendwas?«

»Klar!« Hocherfreut, dass sie mir die Entscheidung abgenommen hat, nehme ich neben ihr Platz und greife nach der Fernbedienung. »Okay, was willst du sehen?«

»Egal. Was DU willst«, sagt sie freundlich.

»Gut. Was Neues oder was Altes?«

Sie zuckt gleichgültig mit den Schultern.

Wie ein aufgeregter Terrier sprinten meine Gedanken hin und her. »Hm, eine Doku, irgendwas mit Action oder Grusel, was Lustiges oder … äh, Romantik?« Das Wort geht mir etwas schwer über die Lippen, ich habe das Gefühl, man sieht mir meine Gefühle an der Nasenspitze an. Also jeder, nur anscheinend sie nicht. Wie ein züngelndes Feuer wird die Überforderung in mir größer und größer. Wegen meiner eigenen Unzulänglichkeit, offen zu kommunizieren, wegen der Verantwortung, Nerea aufzufangen, und davon, mein eigenes Nervensystem zu beruhigen.

»Ich weiß nicht … Gloria hat *Modern Family* immer gut gefallen …«, murmelt sie schwermütig.

»Ich habe nicht Gloria gefragt, sondern dich. Was hat DIR gut gefallen?« Womit kann ich dich auffangen? Kann ich dich überhaupt auffangen? Konnte ich das jemals bei irgendwem? Nervös klopfe ich mit der Fernbedienung auf mein Knie, kann kaum noch ruhig sitzen bleiben.

Sie stöhnt. »Ich habe gesagt, ich WEISS es nicht«, blafft sie mich aus heiterem Himmel an, als werde auch ihr plötzlich klar, mit wem sie es hier zu tun hat. Dass ich nicht der bin, der gute Lösungen findet, der fängt und rettet.

Mir stellen sich die Nackenhaare auf, mein Puls rast, mein ganzer Körper schreit lauthals nach Bewegung, danach, die Anspannung des Tages loszuwerden. Doch weil ich ihm blöderweise die Flucht versperrt habe, bleibt ihm nur noch der Kampfmodus.

»Du wirst doch wohl wissen, was du magst oder nicht magst! Warum muss ich denn ständig alles entscheiden?«, motze ich viel lauter als notwendig. »Kannst du nicht wenigstens eine so kleine Entscheidung für dich treffen?« Denn in mir ist sie riesig. Ich kann doch kaum für mich selbst Entscheidungen treffen. Weiß doch selbst nicht, was ich will, wer ich bin.

Und auf einmal fühlt sich diese Gemeinsamkeit, die wir heute ausgemacht haben, nur noch wie etwas an, was uns voneinander entfernt. Meinetwegen.

Denn wie einen Eimer Mist habe ich meine aufgestaute Anspannung über ihr ausgeleert, was sich im ersten Moment zwar erleichternd anfühlt. Doch im zweiten Moment raubt mir der erbärmliche Gestank den Atem. Scheiße, das war jetzt gemein. Ich beiße mir auf die Unterlippe. Der nervige Terrier hat zu kläffen begonnen. Warum konnte ich den Mund nicht halten? Was bin ich nur für ein verdammter Arsch!

In Nereas trauriges Gesicht tritt ein Ausdruck von Qual. Doch anstatt etwas zu sagen, presst sie die Zähne zusammen und dreht den Kopf weg.

Scham brennt heiß in meinen Ohren, das Blut darin pocht schmerzhaft heftig. Ich weiß, ich muss mich entschuldigen, öffne den Mund, doch ich bringe es nicht heraus. Und Vergebung will ich auch nicht haben. Der Selbsthass wühlt in mir. Ganz sicher hasst sie mich jetzt auch. Was ich bräuchte, wäre ihre kühle Hand an meinem Arm, ihr ruhiger Blick, ihre Zuneigung trotz meines Verhaltens. Doch das gibt sie mir jetzt natürlich nicht. Nie mehr wahrscheinlich. Nicht, nachdem sich mein Zorn gegen sie gerichtet hat. Ich wollte ihr nicht wehtun, gerade ihr nicht. Mein Herz schmerzt mich. Es ist so vollgestopft mit Zuneigung, mit Schuld und Angst. Gleich explodiert es.

Ich muss weg. Muss allein sein, mich abkühlen, meine Wunden lecken, die nicht mal sie mir zugeführt hat. Nein, die Wunden waren schon da und aufgekratzt habe ich sie mir selbst.

»Ich muss ins Café, Kassenabschluss machen«, keuche ich, springe auf, reiße den Schlüssel vom Haken und die Tür auf und flüchte aus der Wohnung, stürme die ganzen fünf Stockwerke hinunter und renne bis zur Universitätsstraße. Dort stoppe ich nur, weil die Ampel rot zeigt, muss mich aber trotzdem atemlos auf den Knien abstützen. Als es grün wird, gehe ich im Schritttempo weiter, wenn auch starr, ohne nach links und rechts zu blicken, wie mit Scheuklappen auf den Augen. Alles, was ich vor mir sehe, ist Nereas von Schmerz verzogenes Gesicht und der Selbsthass frisst sich durch mein Inneres wie ätzende Säure. Sogar Waldi habe ich vergessen.

Im Kaffeehaus verkrieche ich mich im Bürokammerl und sinke verzweifelt auf meinen Stuhl. Ich verdiene es nicht anders. Ich verdiene es, allein zu sein. Niemand will mit so jemandem wie mir zusammen sein. Ich bin zynisch und gemein und explodiere bei jeder winzigen Gelegenheit. Mein Gehirn funktioniert einfach nicht, wie es soll. Es kennt keine Schranken, wenn es in eine Richtung galoppiert. Es springt über Zäune, es rennt alles nieder. Ich hasse mich. Denn Nerea hasst mich. Alle hassen mich.

Es klopft. Zu einer Antwort bin ich nicht in der Lage, doch die Tür öffnet sich ungefragt. Onkel Gustl steckt den Kopf herein, was gleichsam tröstlich und beschämend ist. Es ist wie früher. Ein elendes Déjà-vu.

»Franz sagt, du bist da? Dabei wolltest du dich doch ein paar Tage um eine Freundin kümmern?«

Deprimiert zucke ich mit den Schultern und lege den allzu schweren Kopf in meine Hand. Da kommt Gustl herein und schließt die Tür hinter sich, zieht sich einen Hocker heran und setzt sich mir gegenüber hin.

»Was ist los, Bub?«, fragt er, die Stirn in tiefe Falten gezogen. »Hab dich schon lange nicht so traurig gesehen.«

Ich schnaube bitter durch die Nase. Er nennt mich immer noch *Bub*. Vielleicht weil ich immer noch genauso dumm bin wie damals. Da wendet sich meine Wut sogar gegen ihn.

»Warum hast du mir nie gesagt, dass Papa früher genauso war wie ich?«, fahre ich ihn an. »Du hast immer so getan, als wäre es okay, so zu sein, dabei kann NIEMAND so leben. Man kann sich nur anpassen, alles unterdrücken, Medikamente nehmen, wenn man ein halbwegs normales Leben führen will. Und selbst dann gelingt es mir nicht.«

Verzweifelt funkle ich ihn an und frage mich, wieso um alles in der Welt ich nun auf Papa komme. Wo ich doch Streit mit Nerea hatte. Jetzt ist mein Herz doppelt so schwer.

Er antwortet nicht sofort. Wie ich es hasse, dass er sich nicht von mir provozieren lässt. Er zuckt nicht einmal mit der Wimper. Es kostet ihn keinerlei Anstrengung, er ruht verdammt noch mal so sehr in sich wie ein alter Buddhist. Er ist alles, was ich nicht bin. Auch das hasse ich manchmal.

»Poldi, es ist nichts falsch daran, wie du bist«, sagt er eindringlich.

»Pah!«

Ein Kloß würgt mich, dabei will ich rufen: *Warum kann man mich dann nicht lieben? Warum bin ich dazu verdammt, allein zu sein?*

»Auch Viktor war gut, so wie er war. Er hatte nur niemanden, der ihm das vermittelt hat. Er hat seinen Weg gewählt. Vielleicht den leichteren. Trotzdem … In letzter Zeit denke ich manchmal, dass er vielleicht deshalb krank geworden ist, sein Körper die Arbeit niedergelegt hat, weil er so nicht weitermachen möchte. Weil es nicht seiner Natur entspricht.«

Traurig lässt er die Schultern fallen und mein Selbstmitleid verraucht urplötzlich. Meint er das ernst? Der Gedanke macht mir Angst und ich weiß nicht, ob ich das glauben soll, habe mich nie mit der seelischen Komponente von Krankheiten befasst. Vielleicht bin ich auch noch zu jung, um über solche Dinge nachzudenken. Aber ja, was er über meinen Vater sagt, klingt einleuchtend. Wenn man ständig gegen seine Natur lebt, muss man unweigerlich krank werden. So wie ein Vogel, der nie fliegen, nie die Sonne sehen darf.

So zu werden wie Papa, macht mich sicher nicht glücklich. So zu bleiben, wie ich bin, aber auch nicht.

ZWEIUNDSECHZIG
Nerea

Wien

Weg ist er. Rausgerauscht wie ein wutschnaubendes Rhinozeros. Lässt mich hier in seiner Wohnung sitzen, gemeinsam mit Hund und Katze. Und mit den Worten, die er mir an den Kopf geworfen hat. Sie liegen hier immer noch rum, starren mich mit fiesen Fratzen an. *Du wirst doch wohl wissen, was du magst!* Es brennt jetzt noch so, dass ich nicht wage, mich zu rühren und den Worten dadurch vielleicht noch näher zu kommen.

Die traurige Wahrheit lautet: Ich weiß es wirklich nicht, ich habe nie so richtig darüber nachgedacht, was mir und warum mir etwas gefällt. Das meiste mochte ich, weil Gloria es mochte, oder weil meine Mutter es ablehnte. Und aktuell mag ich eigentlich gar nichts.

Aber das weiß Leo doch. Warum drischt er mit voller Wucht gegen meine schwächste Stelle? Obwohl ich seine Wut habe kommen sehen wie einen Wirbelsturm aus der Ferne, konnte ich nichts dagegen tun. Oder wollte ich nichts dagegen tun? Dieser Gedanke lässt mich überrascht den Atem anhalten. War das vielleicht die Gelegenheit, wieder mehr Distanz zwischen uns zu bringen nach der Umarmung im Taxi? So wie schon vor ein paar Monaten auf dem Hoteldach? Macht er mir so wie damals Angst? Nicht sein Verhalten. Sondern was er in mir auslöst? Seufzend stoße ich den Atem aus.

Er war wundervoll zu mir vor seinem Ausbruch, den ganzen Tag, fürsorglich und voller Verständnis, hat sich dazwischengeworfen, damit die Pfeile seines Vaters mich nicht erreichen. Er lässt mich bei sich wohnen wie selbstverständlich. Er hat mich heute vor einem Rückfall in den Alkoholismus gerade noch gerettet. Er nennt uns *Wir, Wir* mit einem so besonderen Unterton. Und das habe ich so noch nie gehört. Also, gehört schon, auch Alvaro sagte *Wir*. Aber nie habe ich so viel gespürt bei einem Wir, wie wenn Leo es sagt. In mir klingt es nach Hoffnung, Zukunft und Glück.

Doch gerade denke ich, dass es ein großer Fehler war, wieder mit zu ihm zu gehen. Dass es zwischen uns nicht funktionieren kann, weil er zu unberechenbar ist. Und ich auch. Stabilität brauche ich gerade so dringend wie die Luft zum Atmen.

Und außerdem bin ich doch wegen eines anderen Grundes hier in Wien. Nämlich wegen Gloria. Ich kann gar nicht glücklich sein. Und ich sollte es auch nicht. Wie kann ich plötzlich so sehr an mich denken, als wollte ich sie vergessen? Und wir haben sowieso keine Zukunft trotz des oftmals so schönen *Wirs*. Es soll gar nicht zu schön sein hier bei ihm. Denn er hat mich hier allein sitzen lassen und das von ihm angebotene Wir einfach mitgenommen. Und ich muss ohnehin in wenigen Tagen zurück zur Arbeit. Diese Vorstellung lässt meinen Magen zu einem harten Klumpen zusammenschrumpfen. Ich kann noch nicht fliegen. Ich kann nicht einfach so tun, als wäre alles wie früher. Das schaffe ich nicht. Ich muss Andrés um eine Verlängerung bitten.

Das ist alles zu viel …

Mit zitternden Fingern krame ich das Handy aus der Tasche neben mir und Chewbacca verlässt, von der Bewegung gestört, seinen Platz auf meinen Beinen. Doch anstatt gleich zur Nummer der Fluggesellschaft zu gehen, starre ich auf die rote Zahl der

Nachrichten. Es sind schon wieder sechs. Mein Puls beschleunigt sich.

Mit Leo in der Nähe war das Lesen viel einfacher. Widerwillig klicke ich auf WhatsApp. Obwohl meine Eltern mittlerweile gesehen haben müssten, dass ich online war und demnach am Leben bin, hat sich der Ton ihrer Nachrichten nicht geändert.

Mama: Nerea, bitte melde dich! Ich will wissen, ob es dir gut geht.

Papa: Wo bist du? Wohnst du wieder im Flughafenhotel?

Mama: Hast du die Asche schon verstreut?

Mama: Bitte sag uns, wo du bist.

Papa: Komme mit der letzten Maschine nach Wien. Und werde auch im Flughafenhotel schlafen.

Papa: Können wir uns morgen treffen und über alles reden? Bitte?

Fast wundere ich mich, dass man nicht hören kann, wie sich mein Herz im Bruchteil einer Sekunde verbarrikadiert. Wie mit Holzbrettern abgedeckt und vernagelt. Ich will das nicht. Will mich nicht mit meinem Vater auseinandersetzen, mit meiner Mutter erst recht nicht. Der innere Widerstand dagegen ist so groß, dass ich mich am liebsten wie mein Herz irgendwo verstecken würde. Wenn ich nicht wüsste, dass das Unsinn ist, schließlich ist niemand hier. Und wenn ich nicht wüsste, dass ich mich nicht für immer von ihnen fernhalten kann.

Leise spuken auch noch Konstantins Worte in meinem Hinterkopf. Mein Leben, meine Kindheit war nie wirklich schlecht. Meine Eltern haben immer für alles gesorgt. Es fehlte mir an nichts. Nun ja, Mama fehlte oft, aber ich hatte ja Papa und Gloria. Ich schulde es ihnen, zumindest eine Antwort zu senden.

Ich: Es geht mir gut. Ich wohne bei einem Freund, bitte macht euch keine Sorgen. Es tut mir leid.

Den letzten Satz lösche ich wieder. Und tippe ihn dann doch noch einmal hin, ehe ich auf Senden klicke. Es fällt mir schwer, das zu schreiben, aber ja, natürlich tut es mir leid, dass sie sich so geängstigt haben, dass Papa sogar herfliegen will. Das schlechte Gewissen macht meine Kehle ganz trocken.

Aber werde ich ihn treffen? Keine Ahnung.

Mutlos lasse ich mich tiefer in das Sofa sinken und lege eine Hand über die Augen, so als müsste ich die Zukunft dann nicht vor mir sehen. Er wird verlangen, dass ich mit ihm heimkomme. Und ich bin bestimmt nicht stark genug, um mich zu weigern. Heimlich, in Stille abzuhauen, ja, das ging, weil es mir wirklich wichtig war, Gloria nach Wien zu bringen. Und nun? Ein Teil ihrer Überreste ist verstreut, ein Teil ist bei mir. Ich weiß nicht, ob ich die beiden letzten Adressen noch aufsuchen kann. Eigentlich weiß ich gar nichts. In mir ist eine bleierne Schwere.

Vielleicht will Leo auch gar nicht mehr, dass ich hierbleibe. Womöglich möchte er, dass ich gehe, erwartet, dass ich fort bin, wenn er zurückkommt. Schmerz zuckt durch meine Brust. Und dahinter spüre ich doch ganz leise, was ich möchte. Nämlich bei ihm sein, wenn er liebevoll ist. Von seinen Armen gehalten werden. Keinen Schmerz zufügen, keinen zugefügt bekommen. Nicht streiten. Ob er das auch will?

Das Herz rutscht immer tiefer in meiner Brust. Was für ein Schlamassel. Als hätte Glorias Tod eine Welle losgetreten, die erst mich persönlich, dann das Verhältnis zu meinen Eltern, dann das zu Leo und schließlich auch zu meinem Job zerstört.

Mein Job … Ich wollte doch eigentlich Andrés anrufen. Denn eines spüre ich jetzt umso deutlicher. Ich will noch nicht zurück in den Alltag, alles in mir wehrt sich, wieder dieselben Destinationen anzufliegen, mein einsames, kleines Leben so weiterzuleben wie zuvor. Denn in mir drinnen ist es in keiner Weise wie zuvor. Ein winziger goldgelber Lichtstrahl glimmt in mir auf bei dem Gedanken, mich für die Zukunft anders zu entscheiden.

Mit pochenden Ohren wähle ich die interne Nummer der Airline. Was für ein Glück! Andrés hat heute Dienst. Er kannte Gloria, er hat bestimmt Verständnis.

»Hola, hier ist Nerea. Ich wollte fragen, ob ich doch noch etwas länger freigestellt werden kann. Mir geht es noch nicht gut, ich brauche noch Zeit, um … das zu verarbeiten.«

Andrés bleibt einen Moment stumm, dann seufzt er.

»Ich kann dich verstehen«, sagt er dann und ich atme auf. »Dein Verlust tut mir wirklich sehr leid, wir alle waren sehr geschockt …«

Das Ausmaß der Erleichterung, die mich durchströmt, überrascht selbst mich.

»Danke, Andr…«

»Aber das ist leider absolut unmöglich.«

Ich fühle mich, als hätte er mir den Teppich unter den Füßen weggezogen, den er mir wenige Sekunden zuvor noch selbst ausgerollt hat. Ich will etwas sagen, Einspruch erheben, vielleicht auch betteln. Doch meine Lippen finden keine Worte. Da holt er auch schon wieder Luft.

»Du weißt, dass wir in letzter Zeit ohnehin mit vielen Abgängen und Krankmeldungen zu kämpfen hatten. Schon diese zwei Monate Urlaub für dich waren schwierig für mich, durchzusetzen. Und jetzt beginnt die Ferienzeit. Es ist schlichtweg nicht machbar. Zumal es dir ja anscheinend auch gut genug ging, um privat nach Wien zu fliegen. Wir erwarten dich also wie vereinbart zum Gespräch mit dem Psychologen. Wenn es von ihm ein Go gibt, fliegst du. Alles klar?«

Wie unter einem Erdrutsch werde ich von Dunkelheit verschüttet. Ich schlucke trocken. »Mhm«.

»Dann alles Gute für dich. Buenas noches.«

Er hat einfach aufgelegt. Zur Salzsäule erstarrt atme ich gegen das Handy. Ich bin fassungslos und schäme mich für meine Naivität. Wie habe ich annehmen können, dass das so einfach geht?

Soll ich versuchen, Flugunfähigkeit anzugeben? Eine waschechte Depression? Ich blicke in den tiefschwarzen Abgrund, der sich gerade nicht zum ersten Mal in den vergangenen Wochen vor mir auftut, und die Diagnose fühlt sich nicht ansatzweise gelogen an. Soll ich vielleicht sogar über meine Alkoholsucht sprechen? Doch dann wird das eingetragen, dann kann ich NIE wieder irgendwo fliegen. Dann habe ich die langwierige und teure Ausbildung umsonst gemacht. Ich kann doch gar nichts anderes. Nichts. Mir bleibt keine Wahl. Die Schwärze erreicht mein Herz, färbt es ein. Ich will mich mit all dem nicht auseinandersetzen. Mit dem Job, mit meiner Zukunft. Kann ich das nicht einfach alles vergessen? So tun, als ginge es mich nichts an?

Alkohol. Der erneute Gedanke daran lässt meine Geschmacksnerven tanzen und meine Zellen flehen. Scheiße, ich kann doch jetzt nicht einbrechen. Aber es wäre so leicht. Eine so einfache Lösung. Mein Verlangen nach einem winzigen Schluck herb schmeckender Gleichgültigkeit wird immer größer. Unruhig setze ich mich auf.

Was ist das für ein Geräusch? Chewbacca maunzt in der Küche und kratzt auf irgendetwas herum. Ich greife nach dem Strohhalm, den mir der Kater hinhält, erhebe mich und gehe nachsehen. Immer wieder scharrt er mit den Krallen über die Plastikmatte, auf der sein Napf steht.

»Hast du Hunger, mi gordi? Ich weiß leider nicht, wo Leo dein Futter hat. Lass mal nachschauen … Hat er eine offene Dose im Kühlschrank?« Etwas zögerlich öffne ich die Tür, Kühlschränke beziehungsweise deren Inhalt finde ich ziemlich intim, fast so intim wie eine unaufgeräumte Wohnung. Er sagt viel über den Menschen aus.

Leos hat einen interessanten Inhalt, so wie er selbst ja auch einen interessanten Inhalt besitzt. Der Mensch ist fürsorglich und verständnisvoll und gleichzeitig aufbrausend und unsicher.

Der Schrank beinhaltet einerseits viel Obst und Gemüse sowie italienische Antipasti und gleichzeitig eine Menge süßer Puddings und Kindermilchschnitten. Was für eine Mischung.

Katzenfutter finde ich hier leider keines. Stattdessen sehe ich SIE. Hübsch mit ihrem langen Hals und der rotblauen Brust, schillernd im Licht des Kühlschrankes und noch zu drei Vierteln gefüllt. Eine Flasche Martini Bianco. Das Glas Oliven steht genau daneben. Und mein Herz pocht laut.

DREIUNDSECHZIG
Leo

Wien

Es ist dunkel, als ich mit leichterem Herzen vom Kaffeehaus heimwärts gehe. »Bleib dir selbst treu«, hat Onkel Gustl mir geraten. »Dann werden sich schon die richtigen Menschen um dich finden. Wenn du dich verstellst, ziehst du immer nur die falschen an.«

Das ist leichter gesagt als getan. Der Jurist in mir ist schon dabei, diese Aussage zu zerpflücken. Wann beginnt verstellen? Wer darf das beurteilen? Ist es bereits ein freundlicher Gruß, obwohl man eine Person nicht leiden kann? Ist es das tiefe Durchatmen, obwohl man vor Wut platzen könnte?

Aber tief drinnen weiß ich schon, was er meint. Nämlich sich anderen gegenüber so korrekt zu verhalten wie möglich, aber dazu zu stehen, einfach mehr zu fühlen als andere. Ich will es zumindest versuchen. In einem Zeitungsartikel las ich vor kurzem, dass es eine Bewegung gibt, die Menschen wie mich als Volk von einem anderen Stern betrachtet, das mittlerweile vermehrt auf der Erde inkarniert. Die Vorstellung gefällt mir irgendwie … ich als Außerirdischer.

Je näher ich der Wohnung komme, desto schneller werden meine Schritte und mein Puls. Nun möchte ich mich nur noch bei Nerea entschuldigen, sie um Verzeihung bitten, ihr vielleicht sogar meine Liebe gestehen.

Von der Straße aus sehe ich kein Licht. Die Fenster sind stockdunkel. Der Schreck zuckt mir bis ins Mark. Vielleicht hatte sie genug von mir und hat sich tatsächlich ein Hotelzimmer genommen. Oder sie ist zum Flughafen gefahren, um ihren Vater zu treffen.

Der Gedanke lässt meine Schritte schwer und langsam werden. Shit. Sie ist gegangen. Letzte Chance vertan.

Oben sperre ich die Tür auf und Waldi begrüßt mich schwanzwedelnd. In der Wohnung brennt tatsächlich keine Lampe. Nur der Vollmond wirft sein weißes Licht breit und strahlend herein und leuchtet das Zimmer aus. Bereits im nächsten Augenblick fällt mir vor Schreck der Schlüssel aus der Hand.

Wie die Pietà von Michelangelo sitzt Nerea grau und statuesk am Boden, Arme und Kopf auf den Couchtisch gelegt. Nur liegt vor ihr nicht ihr toter Sohn Jesus, sondern die Martiniflasche aus dem Kühlschrank. Sie ist fast leer. Für einen Moment setzt mein Atem aus, während das schlechte Gewissen pur und zähflüssig durch meine Adern sickert. Verdammte Scheiße! Ich habe sie angeschrien und sie allein gelassen. In ihrem Zustand. Und sie hat wieder getrunken.

»O nein. Nerea!« Meine Stimme zittert unter dem Gewicht meiner Schuld.

Beim Klang ihres Namens hebt sie träge den Kopf, schaut mich an, reagiert aber nicht. Ohne auch nur die Schuhe auszuziehen, marschiere ich zu ihr und reiße die Flasche wortlos an mich, bringe sie in die Küche und leere das verfluchte Gesöff in den Abfluss. Zum ersten Mal in meinem Leben muss ich beim Geruch von Alkohol die Augen schließen, um ihn zu ertragen.

In meinem Küchenschrank gibt es noch andere, ungekühlte Spirituosen, mit ihnen verfahre ich genauso, während ich panisch überlege, was ich noch tun kann. Soll ich sie ins Krankenhaus bringen, damit man ihr den Magen auspumpt? Einen Entzug für sie vereinbaren? Ich wollte doch auf sie achtgeben. Und habe sie dann im Stich gelassen.

Mit immer noch rasendem Puls fülle ich die Futternäpfe der Tiere, obwohl ich nicht sicher bin, ob sie hier gerade fressen wollen. Es stinkt nach Alkohol wie in einem grindigen Beisl in Favoriten. Noch übler wird mir jedoch von dem Gedanken, nun zurück ins Wohnzimmer zu gehen und mich voll und ganz dem zu stellen, was ich getan habe. Dennoch atme ich tief durch, schlüpfe aus den Sneakers und gehe etwas ruhiger nach nebenan.

Immer noch sitzt Nerea in gleicher Position da und sieht mich mit etwas verschleierten, aber ängstlichen Augen an. Wahrscheinlich fragt sie sich, ob ich sie wieder anschreien, ihr Vorwürfe machen werde. Allein, dass sie es erwartet, lässt es in meiner Brust knacksen. Mit einem verzweifelten Seufzen sinke ich neben ihr auf die Knie. Die Schuld würgt mich. Wieder habe ich versagt.

»Es tut mir so leid«, flehe ich um Vergebung – ihre wie meine. »Es ist alles meine Schuld«, gestehe ich, während sie gleichzeitig flüstert: »Willst du, dass ich gehe?«

Kurz sind wir beide sprachlos, aus dem Konzept gebracht. Ich schüttle als Erster den Kopf. Mein Herz quillt über vor Zuneigung zu ihr, allein die Beschämung hindert es daran, es bis über meine Lippen zu spülen.

»Nein, nein, das will ich nicht«, versichere ich ihr stattdessen leise, aber bestimmt. »Willst du denn gehen?«

»Nein, will ich nicht. Ich will bei dir sein. Aber … ohne Streit. Und ich will endlich … heilen.« Schmerzzerrissen verzieht sie das Gesicht, bricht dann in bitteres Schluchzen aus.

Schneller als ich denken kann, rutsche ich zu ihr, schließe sie in meine Arme, halte sie so fest ich kann, will sie nie wieder loslassen, würde, wenn ich könnte, jeden Schmerz, ihre Sucht, ihre Trauer auf mich nehmen.

Und dann gibt es kein Halten mehr. Sie weint und weint, laut, tränenreich und mir tut das so weh, dass ich selbst ein paar Tränen vergieße. Ich fühle sie so sehr. Vielleicht nicht die Trauer, aber ich weiß genau, wie es ist, nicht gegen sich selbst anzukommen. Immer wieder zu verlieren. Dass sie dasselbe durchmacht, zerreißt mich fast. Vielleicht weil die Tränen, die ich vergieße, nicht nur für Nerea sind. Sondern gleichzeitig auch für mich. Und ein oder zwei Tränen sind auch vor Glück dabei, glaube ich. Weil sie gesagt hat, dass sie bleiben will, und weil sie mir nicht böse ist.

Irgendwann tun mir Beine und Rücken von der unbequemen Haltung auf dem Boden weh und ich ziehe sie auf die wackeligen Beine, führe sie ins Schlafzimmer, damit sie endlich ganz zur Ruhe finden kann. Mittlerweile sind die Schluchzer leiser geworden, aber die Tränen noch lange nicht versiegt.

Ich lege sie hin, decke sie zu und mich daneben, genau wie gestern Nacht. Doch diesmal rutscht sie näher an mich heran, sodass Chewbacca und Waldi sich mit dem Rand des Bettes begnügen müssen. Unsere Köpfe liegen einander zugewandt auf demselben Kissen, nur ein paar Finger breit entfernt, und ich kann jeden Zentimeter ihres Gesichts in mich aufnehmen.

Ihre Augen sind geschlossen, hin und wieder quellen Tropfen daraus hervor und perlen auf das Kissen. Ihr Atem riecht nach Alkohol, die Wangen zieren Tränenspuren wie rote Striemen. Mein Herz ist voll, aber auf ruhige Weise voll. Nicht wie sonst und auch vorhin voll von hektischen, lauten, widerstreitenden Gefühlen. Nein, es ist voll von bittersüßer Liebe. Bitter, weil nicht alles rosig ist, sondern noch ein langer Weg vor ihr und auch vor mir liegt. Aber süß, weil ich spüre, dass wir diesen Weg zusammen gehen können.

Sanft streichle ich über ihr Haar, fahre mit dem Finger ihre Wangen, ihre Stirn und Nase nach, unfähig, Worte zu finden. Doch vielleicht ist das ja gar nicht nötig. Alles, was ich jetzt gerade tun muss, ist, an ihrer Seite zu sein.

Ihre Hand liegt kraftlos zwischen uns und ich greife danach, lege sie an meine Brust, mitten auf mein Herz, in dem Versuch, ihr Kraft zu spenden. Stattdessen hat diese Geste auf mich selbst eine außergewöhnliche Wirkung. Es ist, als breite sich in mir ein bis heute unentdecktes Universum aus, eine große Weite, eine seltsame Gewissheit.

»Weine die ganze Nacht, wenn du musst«, flüstere ich und habe keine Ahnung, ob sie mich überhaupt noch hört. »Weine jede Träne, die du hast, all den Schmerz aus dir heraus. Ich bin da, ich halte dich. Und ich verspreche dir, ich werde immer da sein, solange du mich lässt.«

VIERUNDSECHZIG
Nerea

Wien

Die Tiere neben mir wecken mich mit ihrer Unruhe. Als ich die Lider hebe, scheint tatsächlich bereits die Morgensonne durch die Fenster, die wir gestern Nacht nicht abgedunkelt haben. Und wie üblich sieht die Welt bei Sonnenschein betrachtet heller aus als in dunkler Nacht. Viel zu hell für mich. Mein Kopf schmerzt, meine Glieder sind schwer wie Blei. Schwerer wiegt nur noch mein Versagen. Ich will die rechte Hand heben, um sie mir über die Augen zu legen, da bemerke ich zu meinem Erstaunen, dass sie immer noch mit Leos verschränkt ist, und lasse sie liegen. Für einen Moment ist mir das schmerzende Licht erstaunlich egal.

Mein Blick gleitet von unseren Händen zu Leos Gesicht. Die Finger, die nicht in seiner Hand liegen, kribbeln, so gern würden sie über seinen Bart streichen, über seine Stirn … Er schläft ganz ruhig, lautlos gar und ein warmes Gefühl breitet sich in mir aus.

Dankbarkeit, weil er mich nicht dafür verurteilt hat, dass ich wieder getrunken habe. Stattdessen hat er jede Schuld auf sich genommen. Dabei ist er der Letzte, der daran Schuld trägt. Die Scham darüber, nicht stark genug gewesen zu sein, rumort gemeinsam mit der Kater-Übelkeit in mir. Wie kann es sein, dass Alkohol so viel Macht über mich besitzt? Wann habe ich das zugelassen? Warum bin ich nur so schwach?

Erst, als es schon zu spät war, das erste Glas meine Gedankengänge verlangsamt und den Schmerz betäubt hatte, waren mir Leos Worte über Gloria eingefallen. Darüber, dass sie mir ein Geschenk gemacht hat. Das Geschenk der Stärke. Und im selben Moment wurde mir klar, dass sie nun tatsächlich umsonst gestorben war. Und dieser Gedanke tötete den Rest an Selbstbeherrschung in mir ab. Und auch für Leo tut es mir unendlich leid, er war so stolz auf mich und macht sich nun vollkommen grundlos Vorwürfe.

Mit einem leisen Rascheln dreht sich Leo zu mir und schaut mir in die Augen. Das Blau seiner Iriden flasht mich jedes Mal. Es sieht so unwirklich aus. Wie nicht von dieser Welt. Nervosität gesellt sich kribbelnd zu Scham und Übelkeit.

»Hi. Wie geht's dir heute?«, murmelt er so verschlafen wie vorsichtig.

Mit dem Zeigefinger streicht er mir langsam eine Haarsträhne aus dem Gesicht und mein Körper erwacht aus seiner Lethargie, versucht einen Schauer loszuschicken, doch der bleibt auf halber Strecke im Hangover stecken.

»Geht so. Besser«, sage ich und lächle trotzdem tapfer, möchte, dass er sich meinetwegen nicht mehr schlecht fühlt.

Er guckt etwas feierlich, schaut auf meine Lippen und ich glaube, wir denken genau das Gleiche. Beide haben wir einander mit einem Kuss überrumpelt, beide sind wir damit auf die Nase gefallen. Traut sich hier überhaupt noch mal jemand ran? Aber wäre es nicht an der Zeit, das auszuprobieren? Die Frage weckt ein Kribbeln in meinem Bauch, das sogar minimal stärker ist als die Übelkeit.

Gleichzeitig recken wir die Köpfe und pressen unsere Münder aufeinander, keusch, vorsichtig und gar nicht lange. So als wollten wir diese zarten Bande zwischen uns nicht gleich überstrapazieren. Trotzdem schenkt mir dieser kleine Kuss so viel Weite in der Brust, wie ich sie seit Monaten nicht mehr gespürt habe. Und als wir uns voneinander lösen und unsere Blicke sich nicht mehr trennen wollen, bin ich mir sicher, wir wissen beide, dass damit die beiden missglückten Kussversuche aufgehoben sind. Leo lächelt ganz selig.

»Ich gehe schon mal ins Bad, okay?«, fragt er mit sanfter Stimme.

Ich nicke und lasse mich noch mal zurück ins Kissen sinken, schließe die Augen, denn der Kopf schmerzt bei jeder kleinsten Bewegung. Nach für mich viel zu kurzer Zeit endet das Wasserplätschern der Dusche. Stöhnend gebe ich mir einen Ruck, stehe auf und hole mir ein Glas Wasser und eine Tablette aus meinem Gepäck. Als ich sie hinunterwürge, muss ich stöhnend die Hand vor den Mund pressen, damit mein Magen sie nicht gleich wieder hochspült. Ein paarmal atme ich tief durch, bis sich mein Magen beruhigt und ich es bis ins Bad schaffe.

Nebeneinander putzen wir kurz darauf die Zähne und trotz meines elenden Zustandes bringt er mich zum Kichern, weil er aus seinen Haaren, die aufgrund der Locken nass wesentlich länger sind als trocken, lustige Frisuren macht.

»Darf ich dich heute zum Frühstück in meinen Kaffeesalon einladen?«, fragt er dann nasal und verbeugt sich kavaliersmäßig, seine Haare passend mit einem übertrieben tiefen Seitenscheitel.

»Sehr gern«, sage ich und knickse unbeholfen. »Dann dusche ich auch noch schnell.« Ich greife den Saum den Shirts, um mich auszuziehen.

»Ja, gut«, sagt er, bleibt aber im Badezimmer stehen.

»Äh, willst du nicht rausgehen?«, frage ich verlegen.

»Eigentlich nicht.« Er grinst breit. »Aber wenn du darauf bestehst.«

Das lässt mich laut auflachen. »Ja, bitte.«

Mit einem gespielten Seufzen lässt er die Schultern fallen und trottet traurig wie der liebeskranke Obelix zur Tür, kommt dann aber schnell noch mal lächelnd zurück und gibt mir ein Bussi auf den Mund. Wie ein luftiger kleiner Schmetterling, der direkt in mein Herz flattert. Ich kann nicht anders, ich muss ihm einfach zärtlich durch die Haare wuscheln. Dann lässt er mich allein.

Neuartige Gefühle vibrieren durch meinen Körper. So richtig verliebt habe ich mich noch nie gefühlt. Nun rauben mir diese eindeutigen Symptome fast den Atem. So ist das also. So ist das also, wenn man das Gefühl hat, dass man voll und ganz gesehen wird mit all seinen Schwächen und Fehlern. Und sich einmal trotzdem wirklich fallenlassen kann. Ich spüre Glück und gleichzeitig macht mich das Glück sterbenselend. Weil ich Gloria nicht davon erzählen kann. Weil ich wünschte, sie hätte das auch erlebt. Und weil ich einen Moment lang glücklich bin, obwohl meine Schwester gestorben ist. Heute muss ich Glorias Asche verstreuen. Ich muss Papa treffen, ich muss bald zurück nach Madrid. Das Glück, das mich eben noch so lächeln ließ, verfliegt wie der Dampf der heißen Dusche.

Unten auf der Straße winkt Leo einem Fiakerfahrer, der gerade mit seiner Kutsche neben uns hält. »Schönen guten Morgen, Herr Rikal!«

»Habe die Ehre! Herr Leopold heute einmal in Begleitung?« Charmant lüftet der weißhaarige Mann die Melone und zwinkert mir zu.

»Ach nein, den Hund habe ich eh schon länger.« Leo grinst wie ein Schlitzohr.

Doch ich kann seinen Scherz gerade nicht witzig finden, zu dunkel sieht es in mir aus. »Haha«, maule ich.

Überrascht guckt Leo mich an und legt dann zärtlich einen Arm um mich. »Tut mir leid.«

Seine Wärme umfängt mich wie ein Sonnenstrahl und die

Berührung seiner Haut streichelt meine Seele. Wie ist es nur möglich, dass ich mich gerade in der schlimmsten Phase meines Lebens und zum unpassendsten Zeitpunkt Hals über Kopf verliebe? Aber es ist nicht seine Schuld, dass mein Leben so eine Misere ist. Mit ihm ist es schön. Sehr schön sogar.

»Schon gut«, murmle ich und schmiege mich enger an ihn, atme seinen Duft in mich ein, so als könnte ich etwas davon für immer behalten.

»Darf ich die Herrschaften vielleicht ein Stückerl mitnehmen?«, bietet der Kutscher an und Leo sieht fragend zu mir.

Mein Körper kribbelt vor Aufregung. »Ich bin noch nie in einem Fiaker gefahren«, rufe ich und merke etwas peinlich berührt, dass ich wie ein Kind klinge.

Doch Leo öffnet lachend den Verschlag des grünen, offenen Wagens und wir klettern hinein. Ein leichtes Tippen mit der Peitsche und die zwei Apfelschimmel setzen sich wieder in Bewegung.

Ich sitze aufrecht, klammere mich mit einer Hand an den Verschlag der Kutsche und bin verblüfft, wie anders man eine Stadt aus so einem Wagen heraus wahrnimmt. Durch das fehlende Dach und die Langsamkeit habe ich erst die Möglichkeit, die Umgebung genau in mich aufzunehmen. Ein Cabrio ist im Vergleich viel zu schnell, zu Fuß muss man aufpassen, nirgends gegenzulaufen. Wie detailreich die Stuckaturen der alten Fassaden sind, wie unterschiedlich jedes Gebäude ist und auf seine Art besonders. Alle Verkehrsinseln und Parks strotzen nur so vor Blühpflanzen und Grün, als wurden sie mit liebevoller Hand bepflanzt. Und gleichzeitig wirkt alles hier so putzig im Vergleich zu Madrid. Nicht so riesig und pompös, sondern natürlicher, authentischer. Ich kann es schwer beschreiben. Auch die Wiener auf den Straßen, denen man ja, wie ich festgestellt habe, aus gutem Grund nachsagt, sie seien unfreundlich und wenig kontaktfreudig, wirken aus dieser Perspektive einfach mit sich und der Welt zufrieden, zumindest, solange man nicht ihre Kreise stört. Fasziniert lasse ich die Blicke in alle Richtungen schweifen. Das regelmäßige Klappern der Hufe dazu ist beinahe meditativ.

Ich sauge alles in mich auf und zum ersten Mal streift mich zumindest eine Ahnung, was Gloria an diesem Ort geliebt haben könnte. Der Gedanke schenkt mir eine Art Ruhe, die ich hier und heute niemals erwartet hätte. Bis ich mich beobachtet fühle und den Kopf zu Leo drehe. Er sitzt entspannt nach hinten gelehnt und betrachtet weder Häuser noch Grünflächen, sondern nichts als mich, ernst und, wie man so schön sagt, mit Herzen in den Augen. Mein Bauch fühlt sich an, als hätte ich eine Ladung Brausepulver in die Magensäure gekippt. Es kribbelt fast schon unerträglich. Da lasse ich den Wagen los und sinke ebenfalls gegen die Rückenlehne. Nun trennen uns nur noch wenige Zentimeter. Er lächelt. Sein Kopf kommt näher und näher, seine Augen ziehen mich an und unzählige winzige Schauer laufen über meinen Körper.

»Heast, Fetzenschedl!«

Das Brüllen des bisher so kultivierten Kutschers lässt uns auseinanderfahren. Waldi springt auf und bellt.

»Pass halt auf, du Volltrottel!« Jetzt entdecke ich den Autofahrer, der die Pferde geschnitten hat. Aufgeschreckt reißen sie die Köpfe herum und tänzeln auf der Stelle. »Ruhig, ruhig, alles gut, Kassandra. Gemma, geht schon weiter.«

Jeder meiner Muskeln ist in Alarmbereitschaft angespannt. Was würde passieren, wenn die Pferde durchgehen? Das ist bei dem regen Autoverkehr doch lebensgefährlich. Wieder halte ich mich mit der einen Hand an der Kutsche fest, die andere kralle ich in die Jeans an Leos Oberschenkel.

»Keine Sorge«, sagt er. »Sie sind schon wieder ruhig. Die sind den Verkehr gewohnt.« Und zu Waldi: »Ruhig, komm, mach Platz.«

Der schaut noch ein paarmal streng in die Runde und setzt sich dann folgsam wieder zu Leos Füßen. Auch mich hat Leos Stimme so weit beruhigt, dass ich die Krallen aus seinem Bein löse. Ich lächle ihm entschuldigend zu und setze mich entspannter hin, kann Leo jedoch gerade nicht ansehen. Das war DER Moment für einen richtigen Kuss, einen leidenschaftlichen. So einen, wie er ihn auf dem Dach wollte und ich vor der Bar. Zum ersten Mal wollten wir ihn beide, waren beide darauf vorbereitet. Ich fühle, wie meine Wangen glühen. Wieder schneidet uns ein rücksichtsloser Autofahrer und ich keuche auf, doch außer einem genervten Kopfschütteln gibt es keine Reaktion vom Kutscher. Dafür legt Leo beschützend den Arm um mich und ich schmiege mich an ihn, schließe für einen Moment die Augen. Spüre hinein in das für mich immer noch so ungewohnte Gefühl, das seine Berührung in mir auslöst. Es ist eine betörende Mischung aus Ruhe, Sicherheit und Frieden und gleichzeitig Aufregung, Unsicherheit und Chaos. Alles gleichzeitig. Wunderschön und schaurig.

Als ich die Augen wieder öffne, haben wir gerade eine von Bäumen gesäumte, mehrspurige Straße überquert und der Verkehr wird ruhiger. In den winzigen historischen Gässchen, durch die wir nun fahren, ist es still, nur wenige Menschen sind unterwegs. Diese Seite habe ich von Wien noch nicht erlebt. Die, die auch einen selbst ruhiger werden lässt, einen in sich selbst zurückholt. Und da bin ich sonst ja ohnehin zu wenig. Ob Gloria hier auch einmal entlanggefahren ist – wenn auch ohne einen Arm um die Schultern, den sie sich wohl noch mehr gewünscht hat als ich?

Nur tönen auf dem Kopfsteinpflaster die Hufe unerträglich laut durch die engen Häuserschluchten, fast so laut wie mein

Herz, das so nahe an Leos wummert. Ich würde gern was sagen, ihn fragen, wo wir stehen. Möchte seine Gefühle einordnen können oder vielmehr meine eigenen. Es gab diesen kleinen Kuss im Bett und den Beinahe-Kuss vorhin, er hält mich fast schon wie selbstverständlich in seinem Arm. Aber was sind wir jetzt? Und was in Zukunft? Wo führt das hin?

Ich denke an das gestrige Telefonat mit der Fluggesellschaft und kneife die Augen zusammen. Ich bin ja schon beinahe wieder weg aus dieser Stadt – und zum ersten Mal sticht der Gedanke, Wien zu verlassen.

»So, die Herrschaften ...« Meine Lider springen unter der durchdringenden Stimme des Fiakers auf. »Wir sind da. Das ist mein Stellplatz«, sagt er und betätigt eine Handbremse, sodass die Räder blockieren.

Hier führt es also hin, denke ich, doch das Fragezeichen in meinem Kopf wird nicht kleiner.

Leo hilft mir aus dem Wagen. »Vielen lieben Dank für's Mitnehmen, Herr Rikal. Wie geht's Ihnen denn gesundheitlich?«

»Ach ja, besser, jetzt wo es warm wird, sind die Schmerzen erträglicher.«

»Ich wünsche Ihnen alles Gute.« Leo schüttelt seine Hand.

Auch ich verabschiede mich. »Danke, Sie haben mir Wien wieder aus einem neuen Blickwinkel gezeigt.« Auch wenn mir die Pferde in diesem Verkehr leidtun.

»So soll's sein. Dann kommt's bald wieder, Kinder!«, ruft er uns noch hinterher.

»Machen wir!«, sagt Leo winkend und weist mir den Weg. »Hier entlang.«

Verzaubert schön, wie einem Märchen entschlüpft erscheint mir die Innenstadt heute in diesem hellen Sonnenschein. So ganz anders als bei meinen Besuchen mit der Crew. Oder liegt es daran, dass Leo mit mir hier ist?

Im Gehen findet seine Hand meine. Warm streifen seine Finger über mein Handgelenk und verschränken sich mit meinen. Gänsehaut huscht mir die Arme hoch wie winzige Stromstöße.

»Danke«, sagt er sanft und ich blicke überrascht zu ihm.

»Wofür denn?«

»Dass du nicht böse bist, weil ich gestern so was Gemeines gesagt habe. Und weil ich dich allein gelassen hab ...« Scham und Schuld – wenn ich seinen Blick richtig deute, kämpfen die beiden Gefühle nicht viel weniger in ihm als in mir. Es ist furchtbar. »Nur meinetwegen hast du ... Es tut mir ehrlich leid.« Gequält verzieht er das Gesicht und die Erinnerung an gestern Nacht grummelt in meinem Bauch.

Schnell schüttle ich den Kopf und drücke seine Hand, um ihm zu zeigen, dass alles gut zwischen uns ist. Vielleicht war unser Streit mit ein Auslöser für meinen Rückfall. Aber Leo ist nicht verantwortlich für meine Fehler. Und er ist auch nicht mein Babysitter. Ich bin erwachsen und er ist aus freien Stücken für mich da.

»Danke auch dir«, sage ich.

Nun hebt er überrascht die Augenbrauen. »Wofür denn?«

Die Wiederholung des Gesprächs in umgekehrten Rollen lässt uns beide kurz lächeln. Dann werde ich wieder ernst.

»Weil du für mich da bist, obwohl ich wieder ...« Beschämt ziehe ich die Schultern hoch. Ich mag es nicht aussprechen. Das macht es nur noch realer. »Danke, dass du mich nicht verurteilst. Und du trägst keinerlei Schuld daran, dass ich ... schwach geworden bin.«

Nun ist er es, der meine Hand zärtlich drückt. »Jeder macht mal einen Fehler. Das bedeutet nicht, dass du wieder am gleichen Punkt stehst wie vor den zwei Monaten. Es war ein Ausrutscher. Schau mal, wie viel du schon geschafft hast.« Liebevoll blickt er mich an.

Seine Worte breiten sich wie sanfte Wellen in mir aus. Er glaubt wirklich an mich. Obwohl er mich in einer meiner dunkelsten Stunden erlebt hat – betrunken, verzweifelt, ein Wrack – glaubt er an mich. In meinem Inneren wird es ganz hell und weit. Ich bin sicher, ich ziehe eine goldene Glückspur hinter mir her.

»Hör auf, Waldi, nicht da!«, zischt Leo und zieht den Hund gerade noch rechtzeitig von einem Denkmal weg, ehe er das Beinchen heben kann. »Das ist die Pestsäule«, erklärt er dann.

Ich bleibe stehen und betrachte das graue Gebilde. »Wie die Krankheit? Wieso heißt sie so?«

»Ja, sie wurde vom Fotzenpoidl aus Dankbarkeit nach Ende der Pestepidemie gestiftet.«

»Wie bitte? Fotzenpoi … Was ist das denn für ein Name?«, frage ich verwirrt.

Er lacht. »Ja, aber das hat nichts mit dem weiblichen Geschlechtsteil zu tun. Einen *Fotz ziehen* heißt im Wienerischen, beleidigt die Unterlippe vorschieben. Und Kaiser Leopold, frag mich nicht, welcher, hatte eine markante, vorstehende Unterlippe wie sehr viele Habsburger.« Er umrundet die Säule zur Hälfte und zeigt auf eine Figur. »Schau, da drüben ist er kniend nachgebildet. Angeblich wurde hier sein Makel aber übertrieben hässlich dargestellt, weil er dem Erbauer nicht den vereinbarten Lohn zahlen wollte.«

»Tja, geschieht dir recht, Poidl«, sage ich lachend.

»Apropos Poidl, wie findest du die Lippen dieses Namensvetters hier?« Sein Zeigefinger deutet auf seinen Mund und ich bekomme Herzrasen ob der raschen, aber bedeutungsvollen Wende.

»Äh … die finde ich ganz übertrieben schön«, stammle ich verlegen.

Er lächelt und guckt spitzbübisch. Dann fasst er um meine

Taille, hebt mich mühelos auf die Brüstung vor der Säule, direkt unter dem betenden Kaiser, sodass ich erschrocken aufkreische.

Nun steht er zwischen meinen Beinen. Mir wird heiß und tausend bunte Schmetterlinge tanzen in meinem Bauch. Wie automatisch wandern meine Hände in seine Haare und ich beuge mich nach unten, um endlich den richtigen, den perfekten Kuss zu erleben.

Unsere Lippen finden einander leidenschaftlich und sanft zugleich. Heiße Zungen lernen sich kennen, elektrische Blitze entladen sich in meinem Körper. Dieser Kuss ist nicht einfach nur perfekt. Denn ich wusste bisher ja gar nicht, was perfekt tatsächlich bedeutet. Ich dachte, wenn alles irgendwie schon passt, nichts unangenehm ist, keiner sich überrumpelt fühlt …

Aber DIESER Kuss! Er ist von solch einer Vollkommenheit, dass mir die Tränen in die Augen schießen. Es ist, als verwandle er alles in mir, als würde ich zum ersten Mal das wahre Licht der Sonne sehen, alle Farben und Gerüche wahrnehmen. Als wäre hier plötzlich mehr Luft und Raum und er und ich wären trotzdem ganz eng beieinander, tief geborgen in einer Seifenblase des Glücks.

Wenn der Himmel gleichzeitig hell und dunkel ist, wenn die Gezeiten sich verschieben, wenn Kälte nicht mehr kalt und Finsternis nicht angsteinflößend ist, wenn ich nur noch Ja zum Leben sage. Dann, ja, dann ist sie es. Die Einzige, die alles Bejahende, die Wahre. Die Liebe.

Dieses Zitat meiner Mutter macht sich in meinem Gehirn breit und alles in mir schreit: Ja! Ja, JA!

Sie mag mir eine schreckliche Mutter gewesen sein, sie mag mir viel weniger gegeben haben als Gloria. Aber in dieser Sache kennt sie sich tatsächlich aus. Gerade erst in diesem Moment verstehe ich ihre Bücher, verstehe, was die Menschen daran so lieben. Denn wer so ein Gefühl nur ein einziges Mal gespürt hat, der will das Andenken, den Geschmack und den Duft der Erinnerung für immer behalten und immer wieder erleben, wenn auch nur in der Fantasie.

Vor lauter Verliebtheit könnte ich die ganze Welt umarmen und da wird mir eines klar: Gloria war mein Leuchtturm, mein ganzes Leben lang. Mein Tower. Ohne sie ist alles dunkel. Aber Leo ist meine Landebahn. Und wenn ich ein kleines bisschen übe, vielleicht, vielleicht … kann ich dann auch ohne Tower landen.

FÜNFUNDSECHZIG
Leo

Wien

M ein ganzer Körper ist in Aufruhr, aber nicht so, wie ich gehofft hatte. Das darf doch nicht wahr sein! Salven an Gefühlen schießen durch meinen Bauch, doch es sind keine angenehmen. In meinem Kopf herrscht das wirbelnde Chaos. *Reiß dich zusammen, Leo!*

Ich muss den Kuss genießen. Ich muss das gut machen, so gut ich nur kann. Doch vom Stephansplatz her dröhnen Betonbohrgeräusche in meinen Ohren, verlangen nach meiner Aufmerksamkeit. Dabei verdient Nerea es, meine absolute Priorität zu sein. Doch so sehr ich es auch versuche, es gelingt mir nicht.

Waldi zerrt die ganze Zeit an der Leine wegen einer ekligen Taube. Meine Sinne sind hellwach, wie auf einer Überdosis Koffein, und zwar alle Sinne, und das ist für einen wie mich problematisch. Angestrengt konzentriere ich mich wieder auf den Kuss, ihre weichen Lippen. Neben uns schiebt ein Lieferauto piepsend rückwärts und es fühlt sich an, als presche er dabei mitten durch meinen Kopf. Nerea. Es geht nur um sie und mich.

Das Piepen verstummt und meine Augen öffnen sich ungefragt einen Spalt, um zu schauen, ob der Laster verschwunden ist. Da muss dieses blöde goldene Wappen an der Säule genau jetzt von der Sonne beschienen werden. Es sticht mir schmerzhaft ins rechte Auge und ich kneife die Lider zusammen. Ich versuche den Fokus auf ihre Hände in meinen Haaren zu lenken, auf ihre Nähe. Mein Magen aber knurrt dazwischen. *Nichts ge-frühstückt*, jammert er im Chor mit meinem Nacken, der verspannt ist, weil ich den Kopf zu Nerea nach oben recken muss. Ich höre Touristen hinter uns lachen, einen Wichtigtuer laut telefonieren, möchte brüllen, sie sollen einfach alle leise sein.

So ein riesengroßer Scheiß! Ich versage hier auf ganzer Linie. Schweiß bricht mir aus. Ich könnte schreien, vor allem mich selbst anschreien. All meine Nervenenden kribbeln wie verrückt, aber nicht vor Freude, sondern weil ich mich so überfordert fühle. Ich muss hier raus, aus der Situation, dem Kuss. Kann ich nicht die Zeit zurückdrehen, um es noch mal zu machen, besser? Aber in diesem Zustand würde ich es auch beim zweiten Mal nicht hinkriegen. Warum bin ich nur so? Warum versteckt sich das Glück vor mir?

Mit einem zitternden Ausatmen löse ich mich von ihr. Langsam öffnet sie die Augen, ihr Lächeln ist beschämend zärtlich. In ihr wütet offensichtlich Glück wie in mir quälendes Chaos.

Da schleicht sich ein noch schrecklicherer Gedanke hinterrücks an mich heran. Müssten all diese Reize in einem solchen Moment nicht an mir abprallen? Was, wenn es daran liegt, dass sie nicht die Richtige für mich ist? Und ich nicht für sie? Der Schreck lässt all die Ablenkungen für einen Moment verstummen, lässt das Chaos im Hirn verwüstet zurück, grau und dunkel, mit aufsteigenden Rauchschwaden wie nach einer Explosion. Nein, das kann nicht sein.

Erschüttert taumle ich einen Schritt zurück und Nerea hüpft von der Brüstung. Ich kann es ihr nicht sagen. Mechanisch nehme ich ihre Hand und führe sie rasch weiter in Richtung Kaffeehaus mit der dünnen Hoffnung, dass sie mir meine Verzweiflung nicht ansieht. Tut sie mit der Zeit aber wohl trotzdem. Immer wieder guckt sie mich so skeptisch von der Seite an. Also setze ich ein Lächeln auf.

»Alles okay?«, fragt sie vorsichtig.

»Ja, mhm, ja, alles gut«, versichere ich schnell. Vielleicht zu schnell.

»Hat es dir ... denn nicht ... gefallen?«

Gott, ich kann sehen, wie schwer ihr diese Frage fällt. Sie windet sich geradezu. Das sticht in meinem Herzen. Ich bewundere sie dafür, dass sie sich das zu fragen traut. Würde ich wohl nicht.

Aber ich kann ihr unmöglich die Wahrheit sagen, nämlich, dass ich gar nicht bei der Sache war bei unserem ersten Kuss. Also dem ersten richtigen. Meine Brust ist ganz eng, wie zugeschnürt.

»Was meinst du?« Überfordert übernimmt vollkommen unpassend der Jurist in mir die Führung, und zwar nicht der talentierte Teil von ihm. Nur etwas Zeit verschaffen mit einer Gegenfrage.

»Habe ich was falsch gemacht? Was ist denn?« Der Schmerz in ihren Augen brennt in mir, trotzdem versuche ich, den Schein zu wahren und lustig zu sein.

»Das sind ja gleich zwei Fragen ...« Mir entkommt ein etwas dämliches Lachen. »Auf welche soll ich denn nun antworten?«

Wie plötzlich zu Eis gefroren, rutscht ihre Hand aus meiner. Die hochkriechende Scham über meine eigene Show treibt mir Hitze in den Kopf. Und Furcht. Ich habe das Gefühl, auf eine Klippe zuzurasen, ohne zu wissen, was dahinter ist. Bestimmt kein Glückliches Wir-beide. Wenigstens gibt es außerhalb von mir einen Anker, denn mittlerweile stehen wir vor dem Kaffeehaus.

»Leo! Was soll das?«, flüstert sie und die mitschwingende Enttäuschung drückt genau auf einen Triggerpunkt.

Eine schwarze Wolke schiebt sich über meinen Kopf. JEDER ist IMMER von mir enttäuscht. Und dass gerade sie es ist, die mir heute Morgen noch das Gefühl gegeben hat, trotz all dem, was falsch an mir ist, okay zu sein – zumindest für sie –, macht es nur noch schlimmer. Meine Nerven sind am Ende, ich weiß nicht, was ich tun soll. *Beruhig dich, Leo. Nicht schon wieder einen Streit anzetteln*, bete ich mir in Gedanken vor. Doch Nerea steht fassungslos vor mir und erwartet eine Antwort. Und zwar jetzt.

Ich öffne den Mund und zwinge ihn sofort wieder zu. Zu laut schreit bereits die Angst in mir, wieder etwas Unüberlegtes rauszulassen. Aber ich habe das Gefühl, dass mein Kopf zu rauchen beginnt. Ich zapple herum, meine Beine wollen nicht mehr stillhalten. Ich muss weg.

»Warum redest du nicht mit mir?«, ruft sie verzweifelt und Tränen schimmern in ihren Augen. Egal, was ich tue, es ist das Falsche.

»Aaah.« Panisch raufe ich mir das Haar, mein Kopf platzt gleich. Da tritt Onkel Gustl aus der Tür und erfasst sofort die Lage.

»Na na, was ist denn hier los? Kein Streit vor dem Frühstück«, sagt er tadelnd und bugsiert sowohl mich als auch die vermutlich sowohl von meinem Schrei als auch von Gustls Art vollkommen überrannte Nerea an der Schulter ins Café und an unseren besten Platz in der Ecke, direkt bei einem offenen Fenster. Wie zwei Marionetten setzen wir uns einander gegenüber. Nerea presst fest die Lippen aufeinander, die Kränkung ist ihr ins Gesicht geschrieben. Dennoch bin ich in erster Linie dankbar, dass mir die Möglichkeit genommen wurde, es noch so viel schlimmer zu machen. Ich lasse meinen pochenden Kopf in die Hände sinken.

»Zweimal das große Frühstück. Und diesen neumodischen, zeremoniellen Kakao, den er bestellt hat. Aber hurtig, Franz«, höre ich Gustl sagen. Dem Geräusch nach zu urteilen, zieht er sich einen Stuhl heran und setzt sich vor unseren Tisch, so als müsste er uns bewachen. »Nach dem Essen sieht die Welt gleich besser aus«, brummt er.

Mit jedem seiner Worte werde ich ruhiger. Gustls tiefer Bass und das gewohnte Ambiente des Kaffeehauses entspannen meine Nervenenden. Doch warum bin ich ihr gegenüber schon zum zweiten Mal so wild geworden? Sie war es doch, die mich auf magische Weise geerdet hat. Oder klappt das nur, wenn ich nicht mit ihr selbst im Konflikt bin? Ich verstehe das nicht.

»Du bist bestimmt Nerea«, spricht er weiter und ich linse zwischen meinen Fingern hervor. Er streckt ihr die Hand hin. »Ich bin Gustav«, stellt er sich lächelnd vor. »Sein Onkel und der Einzige mit ein bissl Verstand in der Familie. Schön, dich kennenzulernen.«

Seine Worte entlocken ihr sogar ein kleines trauriges Lächeln und sie schüttelt seine Hand. Dann bringt Herr Franz die silbernen Tabletts und mein knurrender Magen zwingt mich, die Hände vom Gesicht zu nehmen. Kleinlaut gucke ich zu Nerea, doch sie hat schon zu essen begonnen und beachtet mich ohne Frage absichtlich nicht. Also wende auch ich mich meinem Frühstück zu.

Nach ein paar Bissen nehme ich einen tiefen Atemzug. Ah! Das tut gut. Alle bisher angespannten Muskeln werden weicher. Anscheinend war mein Körper auch vor Hunger so tief im Panikmodus. Ein weiteres Mal habe ich mein eigenes Wesen so sehr nicht wahrhaben wollen, dass ich damit auch die naheliegendste Lösung vergessen habe. Nun sickert der Blutzucker angenehm in mein System und ich fühle mich wieder mehr Herr meiner Sinne.

»Weißt du, Nerea ... Ich will hier keine Werbung machen, aber der Poldi ist im Prinzip der perfekte Mann. Ja, wirklich. Wer gut mit ihm auskommen möchte, muss einfach nur ein paar Tricks beherrschen«, sagt Gustl, so als wäre ich gar nicht anwesend.

Meine Nackenhaare stellen sich auf, so unangenehm ist mir

das. Aber es ist das *der perfekte Mann*, was mich innerlich so laut protestieren lässt, dass ich es auch nach außen hin tun muss. Und dass er von Tricks redet, als wäre ich ein dressiertes Äffchen.

»Wa…?«, beginne ich, verschlucke mich aber am noch nicht zu Ende gekauten Bissen und huste los, sodass ich nur hilflos zusehen kann, wie Nerea sich ihm zuwendet, ohne mich auch jetzt eines Blickes zu würdigen.

»Ach so? Welche denn zum Beispiel?«

Fassungslos starre ich die beiden an, ohne das Husten ganz aus der Kehle zu bekommen. Oder vielleicht ist es auch nur mehr die Empörung, die noch kratzend darin hockt. Hat er tatsächlich Tricks bei mir angewendet? Dabei war doch Gustl der Einzige, der immer offen zu mir war. Ein ätzendes Gefühl macht sich in meinem Bauchraum breit.

»Nun, Nerea, nachdem ihr es bis hierher geschafft habt, gehe ich davon aus, dass du viel Geduld und Einfühlungsvermögen besitzt. Gratuliere! Das macht die Sache wesentlich einfacher.« Ich ziehe die Stirn in Falten. Nun klingt es, als rede er davon, eine Maschine zu bedienen, und ziehe jeden Moment eine Gebrauchsanweisung unter dem Tisch hervor.

Als Antwort zuckt sie nur bescheiden mit den Schultern.

»Erstens: Lass dich im Zorn nie und nimmer auf eine Diskussion mit ihm ein. Du kannst nur verlieren, denn er redet sich um Kopf und Kragen, findet jede deiner Schwachstellen und gibt in diesem Zustand niemals nach.« Nun dreht er kurz den Kopf zu mir. »Eine fantastische Eigenschaft für einen erfolgreichen Anwalt, nebenbei bemerkt. Wenn du noch ein bisschen mehr Sachlichkeit hineinlegst, dich nicht provozieren lässt … und vor den Verfahren etwas isst …« Er zwinkert mir zu.

Ich öffne den Mund, weiß nicht, ob ich nur beleidigt oder auch etwas geschmeichelt sein soll.

Doch er wartet gar keine Reaktion von mir ab, sondern spricht wieder zu Nerea. »Zweitens: Zeig ihm oder sag ihm am besten täglich, was er gut macht, welche Dinge du an ihm magst, denn er hört immer nur das Gegenteil. Wobei ich finde, das sollte eigentlich für alle Menschen gelten.«

Nereas Blick huscht zu mir. Er ist nicht mehr finster, sondern neugierig, ein wenig belustigt vielleicht. Es ist mir peinlich, dass ich hier so vor ihr aufgeblättert werde wie ein Buch mit sieben aufgebrochenen Siegeln, andererseits scheint sie nicht mehr so böse auf mich zu sein. Das entschädigt mich ein bisschen.

»Drittens: Kein Druck. Der Bub hier ist ein Schnellkochtopf. Hältst du das Luftloch oben zu, fliegt dir das Ganze brühheiß um die Ohren. Je mehr Druck, desto mehr Gegendruck. Besprich die Dinge, die dir wichtig sind, nur wenn er voll und ganz entspannt ist.«

Ein Gewicht legt sich auf meine Schultern, drückt mich tiefer in die Sitzbank und ich kann Nerea nicht mehr ansehen. Ja, das war es, was vor dem Café passiert ist – zumindest fast. Aber seine Lösung ist leichter gesagt als getan. Ich bemerke ja oft selbst zu spät, wie unentspannt ich bin.

»Aber wie merke ich das nur?«, murmelt auch Nerea ratlos.

Mein Onkel lacht leise. »Schau da, siehst du die kleine Falte über der rechten Augenbraue?«

Beide schauen mich an, als ich entgeistert aufsehe. Ich bin doch kein Ausstellungsstück! Eine verräterische Falte? Das hat er mir nie gesagt.

»Die ist mir auch schon mal aufgefallen!«, ruft sie und ich frage mich, wieso sie bitte so erfreut klingt.

Also mir ist sie nicht aufgefallen. Dafür spüre ich nun den Puls an meinem Hals bei der Überlegung, was er mir noch alles nicht verraten hat über mich selbst.

»Wann immer sie zu sehen ist, ist er unentspannt. Da gibt es nur vier Fragen, die er sich selbst stellen muss.« Nun sieht er mich an, hebt die Hand und zählt mit den Fingern mit. »Wann hast du das letzte Mal gegessen und getrunken? Wann hast du dich das letzte Mal ausgeschlafen? Wann warst du das letzte Mal laufen? Und wann hattest du zuletzt … nun ja … Sex? Notfalls alleine.«

Er sagt es ganz neutral, wie ein Arzt und doch weiten sich bei Nerea ungläubig die Augen und meine Wangen werden flammendheiß. O Gott, wie peinlich!

»So, bist du dann bald fertig mit der Gebrauchsanweisung? Oder willst du die Nebenwirkungen auch noch durchgehen?«, maule ich und versuche, zumindest etwas von meinem Gesicht zu wahren und auch Nerea nicht noch mehr zu beschämen. Lieber würde ich mich jedoch bei Waldi unter dem Tisch verkriechen.

Gustl lacht herzlich. »Entschuldige bitte. Wäre es nicht toll, wenn es für jeden Menschen eine Gebrauchsanweisung gäbe? Vor allem auch für Frauen! Da kenne ich mich leider nicht so gut aus!« Gleichzeitig schauen wir Nerea an, der es gar nicht gefällt, wie sich das Blatt plötzlich gewendet hat.

»Hey!« Warnend hebt sie den Zeigefinger, muss aber ebenfalls grinsen, was auch mir ein Lächeln entlockt. Es ist so schön, sie so zu sehen.

»Ja, der Herr Gustav! Wie nett! Wir haben Sie so vermisst! Setzen Sie sich dann noch zu uns?«

Aus dem Moment gerissen blicke ich auf und in die Gesichter der Damen vom Stammtisch, die mit verklärtem Lächeln neben unserem Tisch stehen. Anscheinend kennt er sich bei Frauen gut genug aus, um seine treuen Anhängerinnen zu haben.

Gustl erhebt sich. »Oh! Meine Damen, es ist mir eine große Ehre und Freude, diesen Morgen in Ihrer Gesellschaft zu verbringen. So kann es nur ein wundervoller Tag werden. Ich muss

gestehen, das hat mir in der letzten Zeit sehr gefehlt. Bitte nehmen'S Platz, ich komme sofort.« Er deutet auf den großen Tisch
an der Längsseite und die Damen trollen sich entzückt. Schmunzelnd über seinen altmodischen Charme schüttle ich den Kopf.
Aber über seine Lektionen von eben reden wir noch.

Gustl stellt seinen Stuhl an den leeren Nebentisch zurück und
stützt sich dann noch einmal mit einer Hand auf unseren Tisch.

»Ach ja, die Nebenwirkungen … Die kennt ihr doch schon. Es
ist diese eine Sache, die mit L beginnt und mit iebe endet.«

Er klopft noch einmal zur Bestätigung oder zum Abschied mit
den Knöcheln auf die Platte – und mein Herz klopft spürbar mit,
nur etwas schneller. Dann wendet er sich in Richtung Stammtisch.

Nerea und ich sehen uns an, unsere Mundwinkel wandern
zeitgleich nach oben.

»Hm, iebe … iebe … Diebe?«, murmle ich.

Nerea tippt sich demonstrativ angestrengt grübelnd ein paarmal mit dem Zeigefinger gegen die Unterlippe: »L… La…«

»Ladendiebe!«, rufen wir gleichzeitig in seinen Rücken und
prusten los.

Gustl stockt, macht eine abfällige Bewegung mit der Hand
und geht weiter. Nun sind wir allein. Mein Herz weiß nicht so
recht, wie es jetzt klopfen soll. Immer wieder pocht es hoffnungs-
froh, dann versteckt es sich wieder. Etwas beschämt lächle ich sie
an. Was sie jetzt wohl über mich denkt?

SECHSUNDSECHZIG

Nerea

Wien

Dieser dumme Kerl! Dieser süße, liebevolle, dumme Schnell-kochtopf. Okay, ich verstehe, dass man mit ihm vielleicht mehr Geduld haben muss als mit anderen. Trotzdem, im Regen stehen lassen braucht er mich nicht. Und so behandeln wie vorhin lasse ich mich auch nicht.

»Was denkst du?«, fragt er und kaut dann nervös auf seiner Unterlippe.

Vorsichtshalber werfe ich einen Blick auf seine rechte Augenbraue. Die Haut darüber ist flach. Tief atme ich ein. Auch für mich ist das Sprechen über meine Gefühle eine Herausforderung.

»Ganz ehrlich? Ich weiß nicht, ob ich das kann. In dem einen Moment ist es wunderschön mit dir und im nächsten ziehst du mir den Boden unter den Füßen weg, der ohnehin gerade bebt. Das ist nicht in Ordnung, Leo.«

Er nickt geknickt. »Ich weiß. Es tut mir leid. Genau so fühle ich mich mein Leben lang, jeden Tag. Im einen Moment ist alles gut, im anderen bin ich von allem überfordert. Ich kann nicht von dir erwarten, dass du damit lebst.«

Ich lächle bitter. »Damit lebst? Du sagst mir nicht einmal, was los ist und ob dir unser Kuss etwas bedeutet hat. Wie kannst du da von zusammenleben sprechen?«

»Also der Kuss … Ich … Bitte verzeih mir …« Sein schuldbewusster Blick rammt mir einen Dolch zwischen die Rippen. Er hat ihm tatsächlich nichts bedeutet ... »Ich wollte, dass er perfekt wird ... aber ich war extrem abgelenkt, es war einfach nicht ... wie es sein sollte ... Das hat mich halb verrückt gemacht.« Er schaut total niedergeschlagen drein.

»Es war nicht, wie es sein sollte«, wiederhole ich rau.

»Nein, nein.« Über den Tisch hinweg greift er nach meiner Hand, und als ich sie reflexartig wegziehe, stöhnt er auf. »Das hatte nichts zu tun mit dir. Nicht mit ... meinen Gefühlen für dich. Ich bin einfach ...« Noch ein Stöhnen, aber eins, das es mir möglich macht, ihn wieder direkt anzusehen. »Ich habe den falschen Moment, den falschen Ort gewählt. Da war Krach, da war grelles Licht, Waldi hat wegen einer Taube an mir rumgezerrt. Und damit kommt mein System nicht klar. Dann bin ich überall und nirgends so richtig. Und ich wollte so gern so richtig bei dir sein.«

Von mir weicht ein Druck, als hätten seine Worte ein Ventil gefunden, aus dem auch bei mir Dampf abgelassen werden kann. Es lag nicht an mir, nicht einmal an uns.

»Und warum sagst du mir nicht, wenn es dir nicht gut geht?«, frage ich zwischen enttäuscht und sanft. »Ich hätte dich bestimmt nicht gefressen. Im Gegenteil. Vielleicht hätte ich dir helfen können?«

Wie ein Häufchen Elend sinkt er in sich zusammen und Mitgefühl beschwert mein Herz. Gerade ich müsste wissen, wie herausfordernd es sein kann, über seine Gefühle zu sprechen und sich einzugestehen, dass man allein nicht klarkommt. Was ich da von ihm verlange, ist ziemlich viel. Und wir beide sind es wohl nicht gewohnt, jemanden zu haben, mit dem wir alles teilen können. Die guten und auch die schlechten Gefühle. Vor dem wir uns nicht verstecken oder verstellen müssen. Mein Bauch wird ganz warm, als die Zuneigung die Angst vertreibt, sie hinausscheucht wie einen ungebetenen Gast.

»Leo«, sage ich eindringlich. »Nur damit du es weißt. Es war der schönste Kuss meines Lebens! Ob nun perfekt oder nicht. Mit dem wundervollsten Mann meines Lebens. Zumindest solange er nicht gemein zu mir ist.«

Schuldbewusst presst er die Augen zu. Und wenn ich schon dabei bin, nehme ich noch den letzten Rest Mut zusammen. »Ich mag dich wirklich. So wie ich noch nie jemanden gel…« Ich stocke. »… gemocht habe.« Okay, da war nicht ganz so viel Mut, wie ich dachte. »Du musst nicht vollkommen anders sein. Du hast mich auch so akzeptiert, wie ich bin. Vielleicht müssen wir beide einfach erst lernen, unsere Gefühle besser zu kommunizieren.«

»Ja, du hast recht«, murmelt er in seinen Bart und wagt dann einen hoffnungsvollen Blick. »Der schönste Kuss deines Lebens? Wirklich?« Lächelnd zucke ich mit den Schultern und nicke dann. Er strahlt. Der Junge braucht echt ein bisschen mehr Lob, so wie er es aufsaugt.

»Also dein Freund muss echt ein Vollkoffer gewesen sein …«, stellt er grinsend fest, steht auf und setzt sich zu mir auf die Sitzbank.

Mein Körper reagiert mit einem Kribbeln auf allen Ebenen, sobald er seine Nähe spürt. Dass ich trotz allem bis über beide Ohren verliebt bin, kann ich nicht mehr leugnen. Schmunzelnd schüttle ich den Kopf. Da treffe ich den einzigen echten *Bad Boy*, wenn auch nicht so, wie man es erwarten würde, und ich falle direkt auf ihn hinein. Das kann ja was werden. Wahrscheinlich alles, außer langweilig.

»Wollen wir es noch einmal versuchen? Einmal richtig?«, fragt er. Sanft legt er die Hand an meine Wange, was mein Herz ins Stolpern bringt.

Ich halte den erhobenen Zeigefinger zwischen uns hoch. »Wann hast du das letzte Mal gegessen und getrunken?«

»Vor zehn Minuten«, sagt er eifrig und küsst meine Nase. Lächelnd schließe ich die Augen.

Nun kommt der Mittelfinger dazu. »Wann hast du das letzte Mal ausgeschlafen?«

»Heute Morgen«, antwortet er ernst und küsst meinen rechten Mundwinkel, was mich noch breiter lächeln lässt.

Der Ringfinger. »Wann warst du das letzte Mal laufen?«

»Gestern nach unserem Streit, wenn auch nur kurz.« Er küsst meinen linken Mundwinkel. Nun ist mein Grinsen so breit wie das von Mogli.

»Und wann hattest du das letzte Mal Sex?« Der kleine Finger ist nun auch dabei.

Neugierig reiße ich die Augen auf. Doch Leo lacht und fängt meine ganze Hand mit seiner ein. »Das verrate ich nicht!«

»Hey!« Schon will ich mich beschweren, dass wir uns doch alles erzählen wollten, aber er lässt mir keine Zeit zur Erwiderung.

Dieser zweite Kuss fühlt sich wie die Rückkehr nach einer langen, langen Reise an, wie die Rückkehr ins Paradies. Meine Handflächen kitzeln, während sie über seine Locken streichen, und finden ihren neuen Lieblingsplatz in seinem warmen Nacken. Jeder Atemzug durch die Nase zieht mehr von seinem köstlichen Duft in mich hinein. Seine zärtlichen Lippen, seine Zunge entführen mich an Orte, an denen ich niemals war. Mit einem Seufzen explodiere ich schier vor Empfindungen und nun erkenne ich auch den Unterschied, wie es ist, wenn Leo tatsächlich ganz bei der Sache ist. Die Liebe und Leidenschaft, die von ihm zu mir herüberströmt, die kann man nicht spielen, die fließen von Herz zu Herz. Die kehren mein Innerstes nach außen.

Und ich lasse mich fallen. In deine Arme, in deine Liebe. Wen kümmert schon, was morgen ist? Solange du da bist. Bei dir darf ich ICH sein.

Nach Luft schnappend erwache ich wie aus einer Trance und die verschwommene Umgebung nimmt langsam wieder Gestalt an. Der Blick aus Leos tiefblauen Augen verschmilzt mit meinem, so wie eben schon unsere Herzen verschmolzen sind.

»Hach. Wie schön«, höre ich da ein Seufzen und schaue in die Richtung, aus der es kommt. Die älteren Damen rund um Leos Onkel beobachten uns wie verzaubert. Eine hat die Hände vor Freude vor dem Herzen zusammengelegt. »Noch einmal jung sein«, haucht sie.

Die andere stützt versonnen das Kinn auf die Handflächen. Die dritte rührt mechanisch in ihrem Kaffee, den Blick auf uns gerichtet, ohne auch nur zu blinzeln.

»Kinder, genießt es.« Sogar sein Onkel hat die Hände über dem Bauch gefaltet und lächelt zufrieden.

Wie süß sich alle für uns freuen. Das berührt mich tief. Etwas verlegen schmiege ich mich an Leos Hals, atme noch einmal seinen Duft ein und will hier nie wieder weg.

SIEBENUNDSECHZIG
Leo

Wien

Das Glück hat mich gefunden. ENDLICH! Ja, ja, ja, ja, ja! Sie ist doch die Richtige. Mein Körper prickelt ohne Ende, jeder Zentimeter vibriert. Mein Kopf ist voller Farben, eine Lasershow des Glücks. Am liebsten würde ich auf den Tischen tanzen wie Gene Kelly im Regen. Ich kann gar nicht klar denken, weil mir die Tatsache schier den Atem raubt, dass sie mittlerweile ziemlich genau weiß, wie ich manchmal bin, und es trotzdem noch mal mit mir versuchen will. Sie ist der Deckel auf meinem Schnellkochtopf. Und was für einer!

Dankbar lächle ich zu Gustl hinüber, der nur zufrieden die Augen zusammenkneift und sachte nickt. Was täte ich nur ohne ihn? Er hat schon recht mit seiner Lektion. Und dass ich mich Nerea gegenüber erneut so fies verhalten habe, zeigt mir, dass ich unbedingt Wege finden muss, mich besser in den Griff zu kriegen. Die erprobte Strategie »Einsamer Wolf« passt mir nicht mehr, da bin ich dank Nerea herausgewachsen. Dass sie mich manchmal unterstützen kann, ist wundervoll, doch ich muss es auch allein hinkriegen. Und heute glaube ich fest daran, dass ich das schaffe.

Denn heute könnte ich sogar Bäume ausreißen oder meinen Vater umarmen. Na ja, nicht gleich übertreiben, das mache ich dann bei unserer Hochzeit.

Nereas Handy bimmelt. Nach kurzem Zögern nimmt sie es heraus und starrt eine Weile darauf.

»Alles gut?«, frage ich bang.

Sie legt es auf den Tisch und seufzt. »Mein Papa wieder. Er will sich unbedingt treffen. Ist schließlich extra deshalb hergeflogen. Das kann ich ihm nun schlecht abschlagen, oder?« Hilfesuchend sieht sie mich an.

»Puh, das kann ich nicht für dich entscheiden. Aber ich gehe mit dir, wenn du das magst. Es wird schon nicht so schlimm werden …« Ich drücke ermutigend ihr Knie und sie gibt mir einen Kuss auf den Mund, der mich wieder lächeln lässt.

»Du hast recht«, entscheidet sie. »Irgendwann muss es ja sein.«

Sie nimmt das Handy wieder auf und schreibt. Ohne eine Antwort abzuwarten, packt sie es dann weg und sieht mich erwartungsvoll an. Und ich muss schon wieder lächeln, ein bisschen ungläubig. Diese Augen, diese Lippen, das ganze wunderschöne Gesicht. Sie ist endlich mein. Und dieser Koloss von Glück tut beinahe schon weh.

»Und was machen wir jetzt?«, frage ich schmunzelnd.

Mir würden da so ein, zwei Sachen einfallen, die großartig sein könnten. Meine Hand streichelt zärtlich von ihrem Knie ein Stückchen höher, doch sie fängt sie ab und kichert.

»Halt. Ich weiß genau, was du vorhast. Keine Chance, Poldi, das musst du dir erst verdienen. Jetzt fahren wir zu den letzten beiden Adressen.«

Ich hebe unschuldig beide Hände. »Alles klar, Chefin.«

Wir fädeln uns nacheinander aus der Sitzbank und holen Waldi darunter hervor. Dann winken wir Gustl und den Damen zum Abschied.

Hand in Hand schlendern wir an der Albertina und dem Palmenhaus vorbei durch den saftig grünen Burggarten. Dann an der guten Maria Theresia zwischen den Museen vorbei und die Mariahilferstraße hinauf. An der Stiftskaserne biegen wir in die Siebensterngasse ein.

»Ach Gott, Waldi, schon wieder?«, stöhne ich und krame nach dem Sackerl, während Nerea ein Stück weitergeht.

»Hier, das ist die Nummer. Das muss es sein«, ruft sie, tritt ein paar Schritte zurück und legt den Kopf in den Nacken, um das ganze Haus zu betrachten.

Erst werfe ich den eklig warmen Beutel in den Mülleimer an der Ecke, dann traben Waldi und ich zu ihr, starren ebenfalls nach oben.

»Hier war die Firma meines Vaters.«

»Aha, und wie hieß sie?«

»Puh, das war vor meiner Geburt, keine Ahnung«, murmelt sie und guckt weiterhin hinauf.

»Sie hieß Wallner Tech AG«, ertönt eine männliche Stimme hinter uns und wir fahren erschrocken herum.

Nicht weit von uns steht ein gut aussehender Mann Ende fünfzig, mit gebräuntem Teint und lässig in die Stirn fallendem Haar. Ein cooler, selbstbewusster, sportlicher Typ.

»Hallo, Papa«, sagt Nerea mit ungewohnt hoher Stimme. Leise Furcht schwingt mit.

Meine Blicke huschen überrascht von ihr zu ihm und wieder zurück. DAS also ist ihr Vater? Den habe ich mir wirklich ganz anders vorgestellt. Eher so wie meinen. Er dagegen umarmt sie unbefangen und erleichtert.

»Hallo, Puppi.«

Was für ein Stein muss ihm vom Herzen fallen, seine Tochter nach all der Sorge und dem Schmerz der letzten Tage endlich wieder in die Arme schließen zu können. Er konnte ja auch nicht wissen, dass ich die ganze Zeit gut auf sie aufgepasst habe. Also fast die ganze Zeit.

»Und das ist?« Mit ernstem Gesicht dreht er sich zu mir. Wahrscheinlich traut er mir nicht sehr weit über den Weg.

»Leopold Althan, freut mich sehr, Sie kennenzulernen.«

Artig wie ein Sängerknabe schüttle ich seine Hand und bin meinen Eltern zum ersten Mal dankbar, dass sie immer auf gutes Auftreten Wert gelegt haben. Man trifft schließlich nicht jeden Tag seinen zukünftigen Schwiegervater. Das macht mich etwas nervös.

»Warum wolltest du dich gerade hier mit mir treffen?«, fragt er seine Tochter mit einem skeptischen Blick.

Sie zuckt mit den Schultern. »Weil die Adresse auf Glorias Liste von den Dingen stand, die ich in Wien gesehen haben sollte. Und ich weiß nichts darüber.«

»Da gibt es nichts mehr zu sehen«, murmelt er verbittert und lässt den Blick über das Gebäude schweifen. »Ich dachte nicht, dass ich jemals wieder hierherkommen würde.«

»Na ja, zumindest das Gebäude ist noch da.«, sagt Nerea.

Doch er schüttelt bedauernd den Kopf. »Ist alles ausgebrannt.«

Ihre Augen weiten sich erschrocken. »Was? Oh!« Noch einmal blickt sie auf das Gebäude, als könne sie darin die Vergangenheit erblicken, dann lässt sie mit einem leisen Seufzen die Schultern fallen und sieht ihren Vater mitfühlend an. »Ich hoffe, es wurde niemand verletzt?«

Er bleibt stumm und presst die Lippen aufeinander. Manchmal ist keine Antwort die lauteste, die man hätte geben können. Da dämmert mir etwas, ein paar Synapsen verschmelzen. Das gibt's doch nicht.

Feuer, Verletzte, Wallner Tech … Mein Herz klopft schneller, im Takt der Gerechtigkeit.

»Also das war damals definitiv kein fairer Prozess! Eines Rechtsstaates absolut unwürdig!«, platzt es laut aus mir heraus.

Nereas Vater dreht sich langsam mit erstaunter Miene zu mir um.

»Wie bitte?«

Ich kann nicht stoppen. In Lichtgeschwindigkeit rast das Adrenalin auf beste Weise durch meine Adern. Der kleine Terrier in meinem Kopf hat eine Fährte aufgenommen und will einfach nur noch kläffend losstürmen. Und das tut er.

»Das kommt dabei raus, wenn ein junger Richter zu ehrgeizig ist. Pfui Teufel. Ich habe den Fall komplett gelesen. Aber die Forensik hat sich in den letzten Jahren extrem weiterentwickelt, heute würde das Urteil ganz anders aussehen, da bin ich sicher. Ich befürchte leider, Sie kriegen den Prozess nicht neu aufgerollt, nicht mal, wenn Sie schwere Verfahrensmängel und neue Beweise angeben. Aber die Presse würde sicherlich gern darüber berichten. Es geht ja nicht nur um Finanzielles, sondern auch um die Rufschädigung, die Sie dadurch erlitten haben. Sie könnten sich wieder rehabilitieren …«

Nereas Vater wirkt überfordert, aber auch positiv überrascht. »Äh, ja, ich kann mich aktuell damit nicht befassen.« In seinen Blick zieht Trauer ein. »Aber danke. Übrigens, mein Name ist Thomas. Wir können gern Du sagen.«

»Freut mich. Und ich möchte Ihnen … dir mein tiefstes Beileid wegen eures Verlustes ausdrücken.« Noch einmal reiche ich ihm die Hand.

»Danke.«

Zeitgleich schauen wir zu Nerea, die mit offenem Mund das Haus betrachtet und wohl erst mal verarbeiten muss, was sie eben gehört hat. Wahrscheinlich dachte sie Zeit ihres Lebens, ihr Vater hätte seine Firma einfach an den Bestbietenden verkauft. Ich denke, die beiden haben noch einiges zu besprechen.

Da läutet mein Handy. Es ist der Niki.

»Verzeihung.« Mit einem entschuldigenden Lächeln drehe ich mich weg. »Niki? Alles okay?«

»Hallo, Leo.« Er klingt abgehetzt. »Für Papa wurde ein passender Spender gefunden.« Ein riesiger Brocken fällt mir vom Herzen. Gott sei Dank, es gibt einen Spender. Er kann wieder gesund werden. Lautstark lasse ich die Luft aus meiner Lunge entweichen. Mir war gar nicht bewusst, wie groß meine Anspannung deswegen war. »Er will, dass wir jetzt nach Hause kommen, hat etwas mit uns zu besprechen.«

Ein Teil der Anspannung kehrt zurück – wenn auch aus einem anderen Grund. Ich sehe zu Nerea, möchte sie nur ungern wieder allein lassen. Gerade wo wir zueinander gefunden haben und sie sich zudem so viel Geschichte stellen muss.

»Puh. Gerade passt es leider so gar nicht. Ist es wirklich wichtig, dass wir sofort vorbeikommen?«

»Ja, leider. Kannst du in einer halben Stunde da sein?«

»In einer halben Stunde schon?« Ich presse die Zähne aufeinander und bin froh, dass es wenigstens noch nicht lange her ist, dass ich etwas gegessen habe. »Grmpf. Na schön. Bis gleich.«

»Super. Bis gleich.«

Ich lege auf und bemerke Nereas fragenden Blick, trete auf sie zu und fahre sacht mit den Fingern über ihren Arm bis runter zu ihrer Hand, die sich sofort mit meiner verschränkt.

»Ich muss leider zu meinem Vater. Niki sagt, es ist dringend. Tut mir echt leid. Kommst du klar?« Ich hatte versprochen, sie nicht allein zu lassen, aber dass ihr Papa da ist, beruhigt mich einigermaßen.

Auch sie nickt tapfer. »Ja, natürlich. Geh, wenn sie dich brauchen. Ist alles okay bei ihm?«, fragt sie mit gesenkter Stimme.

»Ja, aber wir sollen schnell kommen. Ich erklär dir später alles. Gibst du mir mal dein Handy«, bitte ich und sie zieht es aus der Tasche, entsperrt es und hält es mir hin. Ich nehme es und speichere meine Nummer ein, ehe ich es ihr zurückgebe. »Ruf mich an, wenn ihr alles besprochen habt, und ich hole dich ab. Egal wo du bist. Egal wann. Ja?«

»Ist gut.« Sie lächelt dankbar. »Mach dir keine Sorgen.« Ich weiß nicht genau, ob sie wegen meines Vaters oder ihretwegen meint. In jedem Fall mache ich mir Sorgen um beide.

Da ihr Vater uns beobachtet, bin ich unsicher, ob ich sie zum Abschied küssen soll, doch sie stellt sich auf die Zehenspitzen und gibt mir einen Kuss auf den Mund. Mein Herz tanzt und dreht sich im Kreis, bis ihm schwindelig wird. Mit einem zärtlichen Lächeln streiche ich ihr noch einmal kurz über die Wange. Was bin ich nur für ein Glückspilz!

»Auf Wiedersehen, hat mich gefreut«, verabschiede ich mich dann von Thomas.

»Tschüss, Leopold.« Er hebt die Hand zum Gruß.

Mit einem nervösen Flattern im Bauch und der Frage, was mich zu Hause wohl erwartet, drehe ich mich um und eile in Richtung U-Bahn.

ACHTUNDSECHZIG
Nerea

Wien

Zu spät denke ich daran, dass ich Leo sonst nachgesehen, vielleicht noch einmal gewinkt hätte, doch meine Gedanken sind immer noch total konfus.

»Papa, was meinte er mit *Prozess*? Und mit *Rufschädigung*? Wurdest du verurteilt? War das der Grund, warum ihr aus Wien weg seid?«

Er atmet tief ein und lässt dann mit dem Ausatmen seufzend die Schultern fallen.

»Komm«, sagt er müde, »dort steht eine Bank, setzen wir uns.«

Mechanisch folge ich ihm über die Fahrbahn zu einem kleinen Platz und sinke auf die hölzerne Sitzfläche.

Nach einem Räuspern sagt er: »Ja, so war es. Nachdem die Firma abgebrannt war, vermutete man Versicherungsbetrug und es kam zum Prozess. Ich wurde zu einer hohen Geldstrafe verurteilt, und um sie zu begleichen, mussten wir alles verkaufen, was wir hatten. Es stand überall in der Zeitung, gerade in diesem Grätzl waren wir sehr bekannt. Nein, wir konnten hier nicht bleiben. Sogar Gloria wurde deswegen in der Volksschule gemobbt.« Er stockt kurz, presst einen Finger auf den Mund. Und auch ich kämpfe mit den Tränen. Es ist fast unmöglich, mir das vorzustellen. Gloria, die allseits beliebte, strahlend schöne Gloria wurde gemobbt und ausgeschlossen? Sie konnte doch nichts dafür.

»Aber auch in Spanien wollte mich keine Firma einstellen. Man zog natürlich Erkundigungen ein, gerade in so hohen Positionen. Mama arbeitete wortwörtlich Tag und Nacht, um uns mit ihren Büchern ein Leben zu ermöglichen. Du weißt, wie wenig die Verlage zahlen?« Ich schüttle stumm den Kopf. »Einen Hungerlohn. Es ist verdammt schwierig, sich als Autorin einen Namen zu machen. Die ersten Jahre waren wirklich alles andere als einfach. Wir waren oft verzweifelt.«

Er verstummt, starrt, in Rückschau versunken, ins Leere. In meinem Inneren herrscht Aufruhr. Das Bild, das ich mir von meinen Eltern zurechtgebastelt habe, kracht zu Boden. Sollten sie wirklich so anders sein, als ich dachte?

»Warum habt ihr mir nie etwas erzählt?« Fassungslos funkle ich ihn an. Fast fühle ich mich belogen, zumindest betrogen um die Geschichte meiner Familie.

»Das ist nichts, was man stolz herumposaunt«, erwidert er bitter. »Und was hätte es dir gebracht? Wir wollten, dass wenigstens du eine sorgenfreie Kindheit hast. Gloria ist viel zu schnell erwachsen geworden dadurch. Sie hat früh Verantwortung übernommen, auch für dich, das konnte ich ihr nicht ausreden. Aber ob es das Richtige war? Ich weiß es nicht …« Er wischt sich mit dem Handrücken über die Augen.

Vielleicht hätte mir dieses Wissen nichts gebracht. Vielleicht hätte ich aber Mamas ständige Abwesenheit besser verstanden. Ihr weniger übelgenommen. Und vielleicht hätte ich mich nicht immer gefragt, was so Unterschwelliges zwischen meinen Eltern zu spüren war. Nämlich der Druck, der stetig auf meiner Mutter lastete, und das Gefühl meines Vaters, beruflich versagt zu haben.

»Puh«, mache ich und sitze dann kopfschüttelnd da.

Dass so eine Geschichte dahintersteckt, darauf wäre ich im Traum nicht gekommen. Dass es gar nicht Mamas Ruhmsucht war, die sie ständig vor dem Computer gefangen hielt.

Überwältigt lasse ich mich mit dem Rücken gegen die Lehne fallen. Muss mich erst mal sammeln, die Erinnerungen meiner Kindheit neu zusammenpuzzeln. Ich muss daran denken, wie Mama immer erst spät abends zu Papa, Gloria und mir dazustieß und sich bemühte, an unseren Insiderwitzen und Erlebnissen des Tages teilzuhaben. Papa war mit uns viel unterwegs, zum Schwimmen, zum Radfahren, im Zirkus, in der Natur, doch nacherzählt verloren diese Dinge stets an Glanz. Und ihr Lächeln erscheint mir in diesem neuen Licht mit einem Mal weit weniger uninteressiert als vielmehr traurig. Diese Erkenntnis sticht in meinem Herzen.

Wie wäre unser Verhältnis wohl gewesen, wenn SIE den Großteil meiner Freizeit mit mir verbracht hätte, statt Papa? Oder abwechselnd? Der Gedanke daran, dass diese Möglichkeit für immer verloren ist, tut unendlich weh.

Leo sagt, mein Vater ist unschuldig, hatte keinen fairen Prozess. Trotzdem kann ich ihn gerade nicht ansehen, weil ich ihm übelnehme, dass ich seinetwegen keine richtige Mutter hatte. Er hätte doch bestimmt irgendeinen anderen Job finden können. Es hätte doch nicht unbedingt eine prestigeträchtige Geschäftsführerposition sein müssen.

Missmutig lasse ich den Blick umherschweifen und denke mit einem Mal daran, dass ich doch eigentlich hier bin, um Glorias Asche zu verstreuen. Aber auch dieser Ort, vor allem seit ich seine Geschichte kenne, ist keinesfalls geeignet, um den Überbleibseln meiner Schwester ein Zuhause zu geben. Mit einem Mal fühle mich rastlos. Ich muss zu Ende bringen, was ich angefangen habe, aber ob Papas das zulassen wird, weiß ich nicht.

»Ich will noch in die Mondscheingasse«, sage ich steif und stehe auf, greife den Henkel meiner Tasche fester.

Papa folgt mir stumm. Auch wenn ich mein Vorhaben lieber ohne ihn durchziehen würde, habe ich so zumindest die Möglichkeit, ihn Verschiedenes zu fragen. Es ist gar nicht weit, nur die nächste kleine Gasse links und schon stehen wir vor dem Altbau, in dem meine Familie lebte, damals noch ohne mich. Ich richte den Blick nach oben.

»Welche Fenster waren denn eure? Und welches war Glorias Zimmer? Welche Farbe hatte es? Was mochte sie an der Wohnung am liebsten?«

»Langsam, langsam.« Doch er lächelt. »Im dritten Stock. Da, die beiden linken.«

Er zeigt mit dem Finger darauf, dann macht er einen Schritt auf die Gegensprechanlage zu und drückt, ohne zu zögern auf eine der Klingeln. Ein Schreck fährt in meinen Bauch.

»Du kannst doch nicht einfach …«, keuche ich.

Surrend entriegelt sich das Tor. Verblüfft sehe ich ihn an.

»Was … wer ist das?«

»Die Wohnung gehört jetzt einer alten Freundin von uns«, erklärt er und guckt, als wäre ihm unbehaglich zumute. »Fahr hinauf, schau dir alles an. Mama wartet auf dich.«

Mein Herz setzt einen Schlag aus, bevor es losrast.

»Was? Mama? Sie ist hier?«

Papa nickt ernst. Das bringt mich vollends durcheinander. Wie soll ich Glorias Asche verstreuen, wenn nun sogar beide Eltern hier sind, um mich davon abzuhalten? Wie sehr ich in diesem Moment wünschte, Leo wäre bei mir. Würde sich für mich durchsetzen, wie ein Wirbelsturm einmal alles aus dem Weg räumen.

Dann straffe ich die Schultern und hebe das Kinn. Das schaffe ich schon. Niemand wird mich davon abhalten, Glorias letzten Wunsch zu erfüllen. Nicht, nachdem ich es bis hierher geschafft habe.

Entschlossen lasse ich mich mit der Schulter gegen die schwere Tür fallen, drücke sie auf und betrete das kühle, etwas modrig riechende Stiegenhaus. Totenstill ist es, einzig meine Schritte und mein Atem echoen durch die kahle Halle. Mein Herzschlag pocht schon in meinen Ohren. Will ich sie jetzt wirklich sehen? Und in welcher Verfassung wird sie sein?

Keuchend vor Aufregung steige ich höher und höher, immer im Kreis herum, bis mir schon ein wenig schwindelig wird. Da steht es endlich in kupfernen Lettern: Dritter Stock. Drei Wohnungen befinden sich auf der Etage, große Eichentüren mit Milchglasfenstern darüber. Atemlos schaue ich von einer zur anderen. Da öffnet sich die in der Ecke zaghaft. Dahinter kommt tatsächlich Mama zum Vorschein. Und obwohl Papa mich darauf vorbereitet hat, bin ich sprachlos, sie zu sehen. Mein Magen ist ein einziger Klumpen.

»Was tust du hier?«, presse ich dann statt einer Begrüßung hervor.

»Dich nach Hause holen«, flüstert sie ernst und es überrascht mich, wie gefasst sie aussieht. Ganz anders als vermutlich ich es tue.

Mich kommt sie holen? Aus dem verhassten Wien? Aber Gloria nicht aus Bogotá? Ich verstehe die Welt nicht mehr.

NEUNUNDSECHZIG

Leo

Wien

Leises Gemurmel ist zu hören, als ich die Treppe zum Schlafzimmer meiner Eltern hochsteige. Waldi habe ich unten bei Mama gelassen, doch nun komme ich mir noch einsamer vor als sonst in diesem Haus. Was mich bloß erwartet?

An der halbgeöffneten Tür klopfe ich an, die Stimmen verstummen und ich trete ein.

»Gut. Wir sind vollzählig«, murmelt mein Vater unfreundlich.

»Hallo«, grüße ich trotzdem in die Runde, die sich um sein Bett versammelt hat.

»Hi, Leo«, sagt Niki.

Papa und Julius bleiben stumm.

»Grüß dich Gott, Leopold«, tönt eine Stimme aus der Ecke.

Überrascht drehe ich den Kopf und identifiziere Herrn Nowak, den Freund und Notar meines Vaters, der am Sekretär einige Unterlagen zurechtlegt. Warum ist der hier?

»Grüß Gott.« Ich mache rasch ein paar Schritte auf ihn zu und schüttle ihm die Hand.

Als ich mich zurückhaltend in die Reihe neben meine Brüder stelle, gibt Papa Herrn Nowak einen Wink. Der nimmt die Unterlagen auf und sieht uns geschäftsmäßig an.

»Gut, meine Herren, dann können wir beginnen. Euer Vater hat die nahende Intensivtherapie zum Anlass genommen, von euch eine Verzichtserklärung zugunsten eurer Mutter zu erbitten. Genauer bedeutet dies, dass ihr im Falle seines Ablebens auf euren Erbteil verzichtet, solange eure Mutter noch lebt.«

Mein Herz klopft in dem Maße lauter und lauter, wie mehr und mehr Bilder in meinem Kopf entstehen. Bilder, die ich eigentlich nicht sehen möchte. *Im Falle seines Ablebens.* Therapie misslungen. Komplikationen. Solange Mama noch lebt. Sie alt und krank. Begraben. Das sind Dinge, mit denen sich kein Kind gern auseinandersetzt.

»Somit ginge das gesamte Vermögen vorerst an sie. Bei ihrem Hinscheiden erhaltet ihr dann natürlich wie vorgesehen euren Anteil,« referiert Nowak weiter.

Ich schaue zu meinen Brüdern. Niki hält den Blick starr auf seine Schuhe gerichtet, während Julius mit aufgerissenen Augen an Nowaks Lippen hängt.

»Irgendwelche Fragen? Nein? Dann habe ich hier für jeden eine Kopie. Bitte lest euch das noch mal durch und unterzeichnet.« Er händigt die Papiere an uns aus. Ich schlucke, beginne dann aber, zu lesen.

Nahezu zeitgleich haben Niki und ich alle Punkte überprüft und unterschreiben. So eine Erklärung ist absolut üblich und gerechtfertigt, damit Mama gut versorgt ist. Trotzdem wird mir übel bei der Vorstellung, wie risikoreich Papas Behandlung ist. Der Zettel zittert ein wenig, als ich ihn Nowak reiche.

Julius braucht etwas länger und wirkt so, als verstünde er nur Bahnhof, setzt aber trotzdem seine Unterschrift darunter.

Nowak sammelt alles wieder ein und verstaut die Unterlagen in seinem Koffer.

»Fein, fein. Vielen Dank. Dann hätten wir das erledigt. Ich empfehle mich! Halte die Ohren steif, Viktor. Wiederschauen!« Dann ist er auch schon hinausgerauscht.

Wir drei stehen etwas betreten herum, bis Niki sagt: »Es tut mir leid, aber ich bin mit Amelie im *Marios* verabredet. Mahlzeit!«

»Ich geh in mein Zimmer«, brummelt Julius.

Beide nicken Papa noch mal zu, der liegend an die Decke starrt, und verlassen den Raum. Es scheint ihn nicht zu kümmern. Mein Herz wird schwerer, als es ohnehin schon war. Es ist unerträglich, in diesem Bett nun diese kümmerlichen Reste meines Vaters zu sehen, wo noch vor wenigen Monaten dieser starke, energiegeladene Mann war. Als wären alle mir mein Leben lang bekannten Teile von ihm bereits vorweggestorben.

Jetzt bin ich mit ihm allein. Keine Frage, auch ich würde lieber gehen, mit fliegenden Schritten zu Nerea laufen, aber irgendetwas hält mich zurück. Pflichtgefühl? Ich weiß nicht. Anstand?

»Wie geht's dir, Papa?«, frage ich rau, ohne viel Hoffnung auf eine ehrliche Antwort.

So träge, als verlange ihm die Bewegung die gleiche Energie ab wie ein Marathon, legt mein Vater die Hände aufs Gesicht und flüstert: »Beschissen.«

Für einen Moment halte ich den Atem an, das kleine, leise Wort findet dennoch bis in mein Innerstes. Ich bin wie erstarrt. Von all den Wundern dieser Welt, von den Pyramiden bis zur Chinesischen Mauer, vom Grand Canyon bis zu den Iguazú-Wasserfällen, erstaunt mich dieses hier am allermeisten. Er hat tatsächlich eine ehrliche Antwort auf eine persönliche Frage gegeben. Nein, mehr noch: auf MEINE Frage. Er hat zugegeben, dass es ihm schlecht geht. MIR gegenüber.

Einen Moment weiß ich nicht, ob ich es wagen soll, weiterzusprechen, habe Angst, dieses scheue Tierchen mit Namen Offenheit wieder zu verschrecken. Aber gehen kann ich jetzt erst recht nicht.

Leise setze ich mich auf den Stuhl vor Mamas Sekretär. Er nimmt die Hände runter und sieht mich an. Sein Gesicht spiegelt echte Verzweiflung wider, Traurigkeit, Müdigkeit. Angst? Es ist, als wäre jede Maske, jede Rüstung von ihm abgefallen und sein wahres Gesicht endlich zum Vorschein getreten. Er sieht aus, als würde er gleich weinen. Gänsehaut überzieht meine Arme.

»Du wirst nicht sterben. Bestimmt nicht«, versichere ich ihm aus einer mir unerklärlichen Überzeugung.

Er schnaubt bitter und richtet den Blick auf seine Hände, dreht an seinem Ehering.

»Der Tod ist nicht das, was ich am meisten fürchte«, flüstert er.

»Sondern was?« Ich versuche, ruhig zu sprechen, doch innerlich vibriert alles in mir.

Das Thema ist das denkbar deprimierendste, das man sich vorstellen kann. Aber ein Gespräch, ein ECHTES Gespräch mit meinem Vater auf Augenhöhe wirbelt eine ganze Menge Freudepartikel in mir auf.

»So wie jetzt zu bleiben!« Er sieht an sich herunter. »Nicht mehr arbeiten, nicht mehr jagen zu können, nicht mehr das zu sein, was mich ausmacht … was ich mir all die Jahre aufgebaut habe.« Gequält presst er die Augen zu und großes Mitgefühl schwappt durch mich hindurch.

»Dann wirst du eben zu jemand Neuem oder zu jemandem, der du früher mal warst«, sage ich aufmunternd und halte die Luft an. War das zu viel? Verschließt er sich wieder?

Langsam hebt er den Kopf, der Blick aus seinen blauen Augen trifft auf meinen, doch sie sehen irgendwie durch mich hindurch. Ein trauriges Lächeln huscht über sein Gesicht.

»Weißt du, dass ich niemals Anwalt werden wollte, wie der Opapa?«

Meine Brauen schießen in die Höhe, bass erstaunt schüttle ich den Kopf. Ich dachte immer, das wäre sein einziger Lebensinhalt gewesen.

»Warum hast du es dennoch getan?«, will ich wissen.

Er zuckt resigniert mit den Schultern. »Weil es mir richtig erschien. Wie Watzlawick sagte: *Reife ist die Fähigkeit, das Rechte auch dann zu tun, wenn es die Eltern empfohlen haben.* Die Familie war mir wichtig, das Fortbestehen der Althans war mir wichtig. Und da Gustav sich früh aus dem Staub gemacht hat, blieb mir nichts anderes übrig ...«

Wie bei Niki und mir. Ich schlucke. Das muss ich erst mal verdauen. Seine Eltern wollten, dass er Anwalt wird, und er tat es, weil er glaubte, es wäre die reifste Entscheidung, obwohl er selbst es nicht wollte. Ließ sie sich sogar rückversichern durch den Spruch eines brillanten Psychotherapeuten und Philosophen.

Trotzdem finde ich, er hat einen Denkfehler gemacht. Der Spruch passt gar nicht zu seiner Situation. Das objektiv Richtige gibt es doch gar nicht. Also muss meines Erachtens mit *das Rechte* doch unbestreitbar das Richtige für das eigene Leben gemeint sein. Nicht das Richtige für die Eltern.

Wenn ich ehrlich zu mir selbst bin, muss ich mir eingestehen, dass meine Situation anders aussieht, da würde der Rat passen. In meinem Fall würde es bedeuten, dass ich es wage, mich meiner Leidenschaft, der Juristerei, hinzugeben, weil ich sie liebe, OBWOHL mein Vater es sich ebenso wünscht. In seinem Fall war es schlichtweg das Falsche. Denn es ist unreif und kurzsichtig, sich selbst zu verleugnen, es kann nicht gutgehen. Nicht auf Dauer. Das erkenne ich nun auch endlich an mir selbst. Der alte Watzlawick war schon ein schlaues Kerlchen.

»Vielleicht kannst du ja jetzt herausfinden, wie du den Rest deines Lebens verbringen möchtest? Ohne Druck. Der Niki ist doch nun Partner, wird bald heiraten, die Kanzlei und der Name Althan sind also gesichert.«

Zaghaft lächle ich ihm zu. Sein Nicken ist nachdenklich.

»Ja, vielleicht«, sagt er mit Unsicherheit in der Stimme. Auch das eine Premiere. »Darüber muss ich nachdenken. Ich ... ich möchte jetzt gern schlafen.« Er rutscht nach unten in eine flachere Position.

»Ist gut.« Gern würde ich ihn fragen, warum wir bisher nie so ein Gespräch hatten, warum er immer so kalt zu mir ist. Aber ich will die Stimmung nicht verderben. Bin schon für diese kurze, ungewöhnlich normale Unterhaltung unendlich dankbar. Stattdessen stehe ich auf und wende mich zur Tür, doch als mein Blick die Vitrine streift, habe ich doch noch eine Frage. »Den Jaguar, warum hast du ihn aufbewahrt?«

Mit der Hand deute ich auf das Modellauto und er hebt noch einmal den Kopf.

»Den? Ich weiß nicht … Das war das letzte Modell, das wir zusammen gebaut haben, danach konntest du es allein.« Damit legt er den Kopf wieder ins Kissen.

»Hm.«

Mehr fällt mir dazu nicht ein. Beziehungsweise fällt mir schon viel dazu ein, aber ich kann es nicht in Worte fassen oder vielleicht passt es auch nicht an diesem dicken Kloß Traurigkeit in meiner Kehle vorbei. Hätte er hin und wieder gern mit mir gemeinsam gebastelt oder etwas anderes getan? Er hätte doch nur etwas sagen müssen. So wie er sich mir gegenüber verhalten hat, hätte ich jedenfalls nicht darauf kommen können.

Leise verlasse ich den Raum, schließe die Schlafzimmertür hinter mir und atme einmal tief durch. Immer noch bin ich alles gleichzeitig – verwirrt, traurig, erfreut, dankbar für dieses Gespräch. Zum ersten Mal war es eines ohne gegenseitige Vorwürfe, unterschwellige Abneigung und tieffliegende Eiszapfen. Es war normal und das macht mich in erster Linie sehr, sehr glücklich, beflügelt mich. Alles erscheint mit einem Mal möglich.

Julius' Zimmertür steht einen Spaltbreit offen. Er sitzt an seinem Schreibtisch, starrt jedoch Löcher in die Luft. Der Drang, auch das, was zwischen uns steht, zu bereinigen, wird plötzlich übermächtig groß, erhebt sich in die Lüfte wie ein glänzender Drache mit enormer Flügelspannweite, die für anderes keinen

Platz mehr lässt. Keine Sekunde länger halte ich es aus, wie abweisend er zu mir ist. Ich muss das endlich geradebiegen. Also klopfe ich an.

»Darf ich reinkommen?«

Für einen Moment erstarrt er, dann schwingt er langsam auf seinem Drehstuhl zu mir herum, antwortet aber nicht. Dennoch entzündet sich in mir ein Funken Hoffnung, dass das ein Ja ist, und ich mache zögerlich einen Schritt in den Raum hinein.

»Juli, bitte. Lass uns darüber sprechen. Ich ertrage es nicht, dass du so sauer auf mich bist.«

Er schaut zu Boden und verschränkt die Arme vor der Brust. Ungefragt setze ich mich auf sein Bett.

»Ich gehe nicht, ehe du mit mir geredet hast. Punkt.«

»Du bist echt kindisch«, mault er. »Aber DU darfst das ja sein.«

»Was soll das jetzt bedeuten?«, frage ich irritiert.

Sein Blick schnellt hoch und er funkelt mich an.

»Es soll heißen, dass du machen kannst, was du willst. Immer.«

Entgeistert starre ich zurück. Ich glaube, ich höre nicht richtig.

»Das ist doch lächerlich!«, erwidere ich entrüstet.

Doch er ist noch nicht fertig.

»Und alle anderen können nur neidisch zusehen, wie du immer auf die Füße fällst. Ich, Niki, sogar Papa …«

»Papa?« Mir entkommt ein ungläubiges Lachen. Der will mich wohl verarschen. »Papa soll neidisch auf mich sein? Das glaubst du ja selbst nicht.«

»Ich muss es nicht glauben, ich weiß es«, sagt er mit einem abfälligen Grinsen. »Er hat es zu Mama gesagt, nach Opapas Fest. Er sagte: *Einmal nur, einen einzigen Tag möchte ich so unbekümmert sein wie der Leopold. Keine Verantwortung, keine Zukunftsängste, keine Pflichten.*«

Mit Wucht rammt mir die Ungeheuerlichkeit seiner Worte eine Faust in den Bauch, sodass ich nach Luft schnappe.

Gleichzeitig wird mir heiß vor Wut. »So ist es doch gar nicht!«, verteidige ich mich.

Aber irgendwie schon, wenn ich so darüber nachdenke. Scham breitet sich wie wucherndes Unkraut in mir aus. Das schlechte Gewissen lässt noch ein paar Brennnesseln dazwischen sprießen.

»Vielleicht liegt es daran, dass ich mich eben nicht gut verstellen kann. Ich kann nur so sein, wie ich bin.« Unbeholfen zucke ich mit den Schultern. »Aber ich zahle einen hohen Preis dafür, ist nicht so, dass mir das leichtfällt.«

»Ach so? Sieht aber leicht aus«, sagt er trotzig.

»Ist es nicht. Zu sich zu stehen war noch nie einfach …«

Er presst die Lippen aufeinander, ich kann sehen, wie etwas in ihm arbeitet.

»Schau mich nicht schon wieder so an!«, zischt er auch gleich.

»Tu ich nicht! Ehrlich.« Beschwichtigend hebe ich die Hände.

»Doch. Und das hemmt mich voll in meiner Entwicklung. Aktuell fühle ich mich absolut männlich. Ich will das ausprobieren, ich will ALLES ausprobieren, mich nicht festlegen. Aber das kann ich nur, wenn du mich lässt, wenn du mich nicht dauernd festnagelst.« Er hebt das Heft hoch, das aufgeschlagen vor ihm auf dem Schreibtisch liegt. »Gerade lerne ich Bio … für die Nachprüfung.« Er presst die Lippen beschämt aufeinander, fährt aber, ohne auf eine Reaktion von mir zu warten, fort. »Der Körper erneuert sich alle sieben bis zehn Jahre fast vollständig. Können wir uns darauf einigen, dass du nicht der Gleiche bist wie vor sieben Jahren und ich auch nicht? Können wir annehmen, dass Menschen sich verändern? Ständig?«

Schwer stoße ich die Luft aus. Das will ich so gern glauben. Und vielleicht kann ich es gerade sogar irgendwie, nach dem

Gespräch mit meinem Vater scheint es wirklich wahr zu sein. Ist es nicht ein wunderbarer Gedanke, dass wir nicht immer bleiben müssen, wer wir waren, uns erneuern? Wenn auch nur jeden Tag ein winzig kleines Stück?

Tief in mir drinnen wird es ganz warm vor lauter Stolz auf meinen kleinen Bruder. Wahrscheinlich ist er sogar der Mutigste von uns allen.

»Ich danke dir, Juli«, sage ich zutiefst aufrichtig. »Das musste ich einmal hören. Sei, wer immer du sein willst. Aber solltest du doch irgendwann mal einen großen Bruder brauchen, der sich für dich prügelt, dann rufst du mich, ja? Nicht den Niki, die alte Memme. Okay?«

Das konnte ich mir jetzt doch nicht verkneifen. Verschwörerisch grinse ich ihn an. Und tatsächlich, er lacht.

»Okay! Versprochen. Ich besuch dich dann auch im Häf'n.«

SIEBZIG

Nerea

Wien

Mamas Freundin mag es farbenfroh. Überall liegen gemusterte Teppiche, bunte Kissen und Decken, Makramee-Wandbehänge zieren die Wände und Blumenampeln hängen von der Decke. Das Wohnzimmer sieht schon mal total gemütlich aus. Auch Regina selbst ist in bunte Tücher gehüllt und barfuß.

»Ich freue mich sehr, dich kennenzulernen. Sie begrüßt mich mit einer Umarmung, die ich etwas unbeholfen erwidere. »Seht euch in Ruhe alles an. Ich geh ins Kaffeehaus.«

»Danke, Gina«, sagt Mama und wirft ihr eine Kusshand zu.

Dann führt sie mich weiter. Es ist eine Dreizimmerwohnung mit hohen Fenstern, aber wenig Licht wegen der Enge der Straße. Verständlich, dass sie viel Farbe braucht, um heimelig zu sein.

»Wo war Glorias Zimmer?«, frage ich mit klopfendem Herzen.

»Hier.« Mit einem melancholischen Lächeln öffnet sie die Tür zu dem dritten und kleinsten Raum.

Regina hat daraus eine Meditationshöhle gemacht. Die Wände sind mit Tüchern abgehängt, in der Mitte liegen eine Yogamatte und ein Meditationskissen. Auf einem kleinen Altar stehen Räucherutensilien, Kerzen sowie ein kleiner Zengarten.

Langsam drehe ich mich im Kreis, um einen Eindruck von dem Raum zu bekommen, werde aber immer enttäuschter.

»Glorias Kinderzimmer kann ich mir hier nur schwer vorstellen«, murmle ich.

»Das stimmt. Schau her. Hier stand ihr Bett, dort vor dem Fenster ein Schreib- und Basteltisch und hier hatte sie einen Schrank und mehrere Regale.« Sie zeigt mit den Händen die ungefähren Positionen, doch viel greifbarer wird es für mich dadurch nicht.

»Was spielte sie denn so am liebsten?« Obwohl es wehtut, ist da so ein Sehnen in mir, nun alles über Glorias Zeit in Wien zu erfahren.

»Auf jeden Fall mit Puppen. Für die veranstaltete sie eine Schule oder ein Nagelstudio, erteilte Reitunterricht oder beorderte sie ins Krankenbett. Sie war immer gern die Chefin, hätte bestimmt auch eine gute Lehrerin abgegeben ...« Auf ihre Lippen legt sich ein kleines sentimentales Lächeln. »Doch als du auf die Welt kamst, hörte sie komplett damit auf. Nun hatte sie ja dich, um die sie sich kümmern konnte ...«

Plötzlich fühle ich mich ganz schwach und kämpfe mit den Tränen, muss mich auf das Meditationskissen setzen. Meine Mutter jedoch wirkt so stabil, dass mich das von jetzt auf gleich fuchsteufelswild macht. Vielleicht ist Leo ansteckend, aber zum ersten Mal im Leben habe ich das Bedürfnis, sie anzuschreien, meine Emotionen einfach ungefiltert rauszulassen. Ich habe so genug davon, auf Zehenspitzen um sie herumzuschleichen. Meine geballten Fäuste pressen gegen meine Oberschenkel.

»Warum konntest du uns nicht nach Bogotá begleiten? Dir scheint es ja absolut blendend zu gehen«, fahre ich sie an und kann die Tränen nicht mehr stoppen.

Ihre Gesichtsfarbe wechselt von normal auf weiß, dann rot, die Augen werden feucht.

»Es geht mir nicht ABSOLUT BLENDEND«, kreischt sie aus dem Nichts, dass ich vor Schreck zusammenfahre. Dann schließt sie die Lider, versucht, sich mit gleichmäßigen Atemzügen zu beruhigen, die jedoch zittrig durch ihre Lippen hindurchfinden. »Du hast keine Ahnung, was es mich kostet …«, flüstert sie mit bebender Stimme, zögert aber weiterzusprechen.

»Was kostet dich was?«, fauche ich.

Sie atmet noch einmal tief durch, ehe sie antwortet.

»Mich zusammenzureißen, weiterzumachen, obwohl alles über mir zusammenbricht, obwohl mir das Herz herausgerissen wurde … Sie war doch mein Kind! Mein Baby!« Sie presst die noch immer zitternden Lippen aufeinander, während ihr Blick durch das Fenster auf die gegenüberliegende Häuserzeile wandert. »Es ist wie damals, nur tausendmal schlimmer. Du verstehst das nicht«, murmelt sie in Erinnerungen versunken. »Und du bist auch keine Mutter …«

Mein Atem überschlägt sich, wie in einem Sandsturm werde ich von einer Welle des Zorns überrollt.

»Ich verstehe das nicht?«, schreie ich außer Kontrolle. »Ich DURFTE gar nichts verstehen! Und du? Du bist genauso wenig eine Mutter. Denn du warst ja NIE da!«

Meine lauten Worte werden von den Wandbehängen gedämpft, hallen nicht nach, wie sie sollten. Nur noch in mir. In meinen eigenen Innenwänden echoen sie im Takt meines Pulses. Doch dieser Takt ist nicht mehr schnell und aufgebracht. Er ist zu meiner Verwunderung absolut ruhig. Ich fühle mich, als wären Zentner an Beton von meiner Brust genommen und mein Herz atmet befreit auf, dass es nicht mehr gegen dieses Gewicht ankämpfen muss. Endlich ist es raus.

Wie von einer ebenso schweren Last getroffen taumelt meine Mutter rückwärts, bleibt keuchend mit dem Rücken an der Wand stehen. Panische Augen starren mich an, wie die eines Wildpferdes, das in die Ecke gedrängt wurde.

»Ich dachte … es geht dir gut«, flüstert sie. »Du und Gloria und Papa, ihr wart eine Einheit und glücklich. Du warst nie traurig, immer absolut selbständig. Du brauchtest mich doch gar nicht!«

»Nein! Natürlich brauchte ich dich nicht!«, spucke ich die Worte mit jahrzehntealter Bitterkeit vor mir auf den Boden. »Wer braucht schon seine Mutter? Dafür brauchte ich jede Nacht einen Drink, um überhaupt schlafen zu können. Dafür brauchte ich Gloria, die mir das Leben erklärte und sagte, was ich tun und lassen sollte. Und ohne die ich nichts bin. GAR nichts.«

Mama starrt mich mit offenem Mund an, anscheinend habe ich gerade ihr mühsam errichtetes Weltbild zertrampelt. Und es tut mir nicht das kleinste bisschen leid. Meines ist ebenfalls kaputt.

»Und du gibst mir die Schuld an allem«, wispert sie zerstört und vergräbt das Gesicht in den Händen.

»Ja …« Da muss ich ohne Vorwarnung an Leos Freund Konstantin denken, der sagte, wie schwer es sei, Kinder großzuziehen, wie ungerecht wir mit unseren Eltern ins Gericht gehen, und ich seufze und schüttle langsam den Kopf, ehe ich flüstere: »Nein … Nicht an allem.« Erschöpft lasse ich die Schultern hängen, sinke in mich zusammen. »In Wahrheit ist das Einzige, was ich dir wirklich vorwerfe, dass du Papa nicht gezwungen hast, wieder zu arbeiten, um damit selbst mehr Zeit mit uns zu haben. Es wäre wichtig für mich gewesen. Aber ist jetzt auch egal.«

Was ändert es? Nichts. Vergangen ist vergangen.

Sie nickt und nimmt die Hände etwas runter, lässt sie wie in einem Gebet an ihren Lippen.

»Es tut mir schrecklich leid. Es tut mir so, so leid, dass ich nicht gesehen habe, wie unglücklich du warst. Unendlich leid.« Auch sie sinkt zu Boden, fällt vor mir auf die Knie, nun sind wir auf Augenhöhe.

»Es ist keine Entschuldigung … nur damit du verstehst … Ich

habe es aus Liebe getan. Würdest du den Mann, den du liebst …
Könntest du Alvaro zu etwas zwingen, was er nicht möchte?«

Mir entkommt ein kleines bitteres Auflachen. Wie wenig sie
doch weiß … Über zwei Monate schon sind wir kein Wir mehr,
sind es auch zuvor niemals recht gewesen.

»Ich liebe Alvaro nicht, habe ich nie. Um ehrlich zu sein, war
ich überhaupt noch nie richtig verliebt, bis …«

Ich beiße mir auf die Unterlippe und sie hebt überrascht die
Augenbrauen. Warum sollte ich gerade ihr von Leo erzählen?
Doch allein bei dem Gedanken an Leo spüre ich Licht, das es
durch all die Finsternis in diesem Raum, zwischen meiner Mutter und mir schafft, das mich durchdringt und ich lechze geradezu danach, über ihn zu sprechen.

»Wer ist der Glückliche?«, forscht Mama erstaunlich behutsam nach und mein letztes bisschen Widerstand bröckelt dahin.

Meine Wangen werden heiß und ich muss automatisch lächeln. Ich kann es nicht verhindern, die Worte über ihn sprudeln
nur so aus mir heraus.

»Er … er heißt Leo, Leopold und ist Jurist, arbeitet aber als
Geschäftsführer in dem Kaffeehaus seines Onkels und kennengelernt habe ich ihn, wie er noch Barkeeper im …«

Sie unterbricht mich schmunzelnd. »Mich interessiert eigentlich nicht, was er macht, sondern wie er ist. Wie er zu DIR ist.«

Überrascht über ihr echtes Interesse schlägt mein Herz noch
schneller.

»Leo ist … er ist einfach wundervoll … Er ist so liebenswür-
dig, hilfsbereit, tröstend, lustig, zärtlich. Also, meistens. Manchmal hat er mit seinen eigenen Gefühlen zu kämpfen. Denn er
fühlt viel und stark. Das ist irgendwie seine größte Schwäche
und gleichzeitig seine Stärke.«

Unsicher zucke ich mit den Schultern, weiß selbst nicht so
genau, was ich davon halten soll. Gloria hätte es bestimmt ge-

wusst. Stattdessen fährt der Blick meiner Mutter zärtlich über mein Gesicht.

»Also ist er nicht perfekt«, sagt sie dann sanft und lächelt.

»Niemand ist es. Die Frage ist nur, ob er für dich perfekt ist?«

Diese Antwort habe ich nicht erwartet und sie bringt mich durcheinander. Wie kann er für mich perfekt sein, obwohl ich seine Schwächen kenne?

»Weißt du, dass meine ersten Bücher Kinderbücher waren?«, sagt sie dann unvermittelt und ich bin vollends verwirrt.

Wieso weiß ich das nicht? Und wie kommt sie jetzt darauf? Was hat das damit zu tun? Irritiert schüttle ich den Kopf.

»Ja, ich hatte sie ursprünglich für Gloria geschrieben und einen Verlag gefunden, doch sie floppten von Anfang an. Als Papa verur… also alles verlor, seine Firma, sein Geld, seinen Ruf, seine Selbstachtung und unsere Beziehung langsam, aber stetig den Bach runter ging, gerade da boten sie mir an, es mit einem Liebesroman zu versuchen. Sollte der sich verkaufen, könnte ich ihn als Reihe ausbauen und so regelmäßiges Einkommen für uns generieren. Ich stimmte zu, obwohl ich in meinem Leben noch nie einen Liebesroman geschrieben hatte. Ich hatte keine Ahnung, wie ich das anstellen sollte.«

»Und was hast du gemacht?«, frage ich ehrlich gebannt von der Geschichte.

Sie lächelt. »Ich habe über ihn geschrieben. Über Papa. Jedes einzelne Buch. In jedem steckt er drin. Und auch alle seine Fehler. Weißt du, er ist auch bei weitem nicht perfekt, manches an ihm und in unserem Leben hätte ich mir anders gewünscht, nun, wo du mir die Wahrheit gesagt hast, noch so viel mehr. Aber wenn es Liebe ist, dann hält sie das aus. Hält aus, dass wir beide unperfekt sind. Denn zusammen ergeben wir ein Ganzes. Papa hat großen Anteil an den Büchern, an ihrem Erfolg der letzten Jahre. Zwar habe ich an ihnen gearbeitet, aber er hat auch die ganze Zeit gearbeitet, nämlich an uns. Daran, dass unsere Ehe und unsere Familie nicht zerbrechen. Ohne ihn gäbe es keine Cecily Belle.«

Mit einem dumpfen Gefühl im Bauch wird mir klar, wie recht Konstantin doch hatte. Unsere Eltern tragen alle einen Rucksack. Vielleicht tragen sie ihn nicht vor sich her wie stolze Touristen, sondern ganz heimlich auf dem Rücken versteckt unter ihren Jacken, damit wir Kinder ihn nicht sehen. Ich wünschte nur, sie hätten mir früher alles erzählt. Denn weil ich mir nicht abschauen konnte, wie man einen Gefühlsrucksack mit Würde trägt, wurde mein eigener unerträglich schwer.

»Nun ist sie aber doch zerbrochen«, flüstere ich niedergedrückt. Die Familie. Ohne Gloria.

»Nur, wenn wir das zulassen.« Sie kommt auf alle Viere, rutscht vor mich hin und nimmt meine Hände. »Bitte lass es uns versuchen. Ich weiß, man kann die Jahre nicht zurückdrehen, aber lass uns versuchen, jetzt füreinander da zu sein. Einander zu finden. Denn ich will glauben, dass Gloria das so gewollt hätte.« In ihren Augen glitzern Tränen. »Dass sie uns nicht umsonst hier in Wien zusammengeführt hat. Genau hier, wo alles begann. Denn hier habe ich dich das erste Mal empfangen. In meinem Bauch bist du, ohne dass ich es wusste, mit uns nach Spanien geflogen. Du bist die, die aus dem Himmel kommt. Darf ich dich noch einmal in Empfang nehmen? Und es diesmal richtig machen? Bitte.«

Nun laufen ihr Tränen über die Wangen, sie öffnet ihre Arme, so weit, dass ich zum ersten Mal wirklich das Gefühl habe, hineinzupassen. Wie von unsichtbaren Händen in meinem Rücken werde ich zu ihr geschoben, falle ihr um den Hals und von meinen Schultern fällt eine Last, dass ich schon erwarte, jeden Moment zu schweben. Mir war gar nicht bewusst, dass ich auch ihren Rucksack die ganze Zeit mit mir herumgetragen habe.

»Ich werde weniger schreiben, das nächste Buchprojekt cancln«, murmelt sie an meinem Hals.

»Für mich?«, krächze ich.

Ihr Nicken fühlt sich an meiner Wange wie ein Streicheln an. »Für uns.«

Diese Worte, diese Umarmung tun so gut. Ich sage nicht, dass sie alles gut machen, aber sehr vieles besser. Und das ist so viel mehr, als ich mir je von unserem Wiedersehen erwartet habe. Es wird sich zeigen, wie sich unsere Beziehung entwickelt. Und das hängt auch davon ab, wie ich mich entwickle. Denn eines ist mir gerade eben klar geworden: Gloria hatte recht. Es ist mein Leben. Nur ich kann entscheiden, wie ich es leben will. Nicht Gloria, nicht Mama, nicht Leo. Es ist an mir, endlich die Verantwortung für mich zu übernehmen, zu sagen, was mir passt und was nicht, für mich einzustehen. Diese Erkenntnis erfüllt meine Brust mit Stolz auf meine Schwester und Dankbarkeit für diesen letzten klugen Ratschlag aus der Ewigkeit. Ich denke, ich bin nun bereit, sie in Frieden auch ihren Weg gehen zu lassen, wie sie mir immer meinen gewünscht hat.

Da geht mir auf, was Mama gerade über Glorias Kinderzimmer gesagt hat. »Wie genau hier *empfangen*?«, frage ich. Es mag noch nicht ganz wie ein Scherz klingen, aber es fühlt sich an, als könne ich bald wieder welche machen.

Während wir uns voneinander lösen, lacht sie glockenhell auf, so wie sonst nur bei Papas Witzen.

»Nicht genau hier. Schon im Schlafzimmer drüben.«

»Dann ist ja gut«, sage ich mit einem kleinen Grinsen.

Tief atme ich durch, während mein Grinsen verblasst. Eine schwierige Sache liegt noch vor mir. Behutsam hole ich aus meiner Tasche das Kästchen hervor und strecke es ihr hin.

»Hier, bitte«, flüstere ich.

Mama nimmt es. »Was ist das?«, fragt sie überrascht.

»Da ist die Asche drin«, nuschle ich betreten. »Ihr letzter Wunsch war, nach Wien gebracht zu werden.« Aber Gloria war ihr Kind. Es war nicht richtig, sie ohne ein Wort zu entführen.

Dankbar drückt sie das Kästchen an ihre Brust und lächelt unter Tränen. »Ich dachte, du hast sie längst verstreut.«

»Nur einen Teil, im Baumkreis am Himmel.«

Sie nickt und schließt für einen Moment die Augen, als flöge sie in Gedanken unter Glorias Baum.

»Ist schön da«, murmelt sie. Und als sie die Lider wieder hebt, lächelt sie mich mit einer seltsamen Gewissheit an. »Komm, lass uns Papa rufen und die Asche oben vom Dach verstreuen. In alle Winde, in alle Richtungen, in jede Ecke dieser Stadt. Sodass sie uns auf jedem Schritt begegnen kann.«

Für einen Moment schließe ich die brennenden Augen. Licht scheint durch mein von all der Trauer durchlöchertes Herz. Ein helles, strahlendes Licht. Und es kommt mir vor, als würden die Ränder der Löcher weniger scharf, vielleicht sogar kleiner.

»Das würde ihr bestimmt gefallen«, sage ich und reiche ihr die Hand.

EINUNDSIEBZIG

Leo

Wien

Glücklich wie noch nie verlasse ich mein Elternhaus und renne mit Waldi zur U-Bahn. Nerea hat zwar noch nicht Bescheid gesagt, wo sie jetzt gerade ist, aber je weiter ich mich in der Innenstadt befinde, desto schneller bin ich bei ihr. Um die Zeit totzuschlagen, fahre ich in meine Wohnung, esse einen Snack und trinke viel Wasser, Gustl sagte doch, ich muss auf bessere Gewohnheiten achten, und räume dann schnell etwas auf, damit Nerea sich auch wirklich bei mir wohlfühlt.

Danach prüfe ich noch mal meine Stellungnahme zu Nikis Fall und sende sie ihm per E-Mail, bevor ich rein aus Interesse alle Informationen zu dem Prozess Wallner Tech AG zusammensuche, die ich finden kann, und mir ein paar Notizen mache. Wahnsinnig spannender Sachverhalt.

Als ich das nächste Mal aufsehe, ist es vier Stunden später und Nerea hat sich immer noch nicht gemeldet. Urplötzlich erfasst mich eine beißende Unruhe. Sie würde nicht einfach mit ihrem Vater nach Hause fliegen, ohne mir etwas zu sagen. Oder? Nein, bestimmt nicht. Argwöhnisch kontrolliere ich auf dem Handy, ob ich nicht vielleicht doch eine Nachricht überhört habe. Nichts.

Ich blicke auf meine Notizen, schaffe es höchstens zehn Sekunden, bevor ich doch wieder das Handydisplay aufleuchten lasse, als hätte ich eine Nachricht verpassen können.

Dann halte ich es nicht mehr in der Wohnung aus und laufe mit Waldi aus der Wohnung, die Treppen runter, nur raus aus dem Haus. Er erleichtert sich und ich esse stehend vor dem *Rice&Noodles* ein Mango Curry in der Hoffnung, dass erneutes Essen meine Nerven beruhigt, doch das klappt nicht so richtig. Gerade, als ich noch aufgelöster wieder nach oben komme als ich runtergegangen bin, und meine Wohnungstür aufsperre, bekomme ich eine Nachricht und zerre eilig das Handy aus der Hosentasche.

Unbekannte Nummer: Sorry, dass ich mich erst so spät melde, bin im Flughafenhotel. Brauchst nicht herkommen, meine Mutter ist auch da, haben uns ausgesprochen. Wir wollen nachholen, was wir über die Jahre verpasst haben. Der Flug geht um sieben. Nerea

Wie vom Auto überfahren lasse ich die Leine los und Waldi schleift sie unbekümmert hinter sich her ins Wohnzimmer. Mit inneren Blutungen vom Aufprall und keuchend schleppe ich mich hinterher und falle auf das Sofa. Monstertruckreifen zermalmen meine Organe.

Das kann sie doch nicht machen! War's das also? Sie ist wieder glücklich und ich habe als Tröster ausgedient? Neben dem Schmerz braut sich Zorn in mir zusammen. Wie zwei dunkle Brüder kämpfen sie miteinander. Schwarze Blitze wechseln sich mit gelben ab. Ich habe das Gefühl, ein Ungeheuer beugt sich über mich, verschlingt mich mit Haut und Haaren. Ich muss etwas tun, muss meinen Körper, meine Nerven entlasten. Sonst explodiere ich. Und ich will nicht mehr explodieren.

Gehetzt springe ich auf, reiße meine Laufsachen aus dem Schrank und schlüpfe ungeduldig hinein. Wenn ich nicht zerplatzen will, muss ich jetzt raus. Es ist das Einzige, das hilft.

Polternd renne ich die Treppe hinunter. Das Curry in meinem Bauch verursacht mir leichte Übelkeit, doch auch darauf kann ich keine Rücksicht nehmen. Wie mechanisch setze ich einen Fuß vor den anderen, immer schneller und schneller. Das ist kein Joggen mehr, das ist eine Raserei. Nach ein paar Minuten schießt mir der Schweiß aus allen Poren, rinnt an den Schläfen hinab, das Haar klebt am Kopf, doch ich werde nicht langsamer.

Eine ganze Ringrunde spule ich wie unter Strom in weniger als fünfundzwanzig Minuten ab. Dann bin ich nahe am Kollaps, mir ist schwindelig, schwarz vor Augen. Ich muss mich eine Weile auf meinen Knien abstützen, damit ich nicht umfalle. Aber noch fühle ich mich nicht besser. Sie will wirklich weg. In meiner Brust brennt es nicht nur vom Laufen, doch ich kann jetzt nicht aufhören. Für die zweite und dritte Runde brauche ich jeweils doppelt so lange. Wieder am Sigmund-Freud-Park angelangt, lasse ich mich halbtot auf die Wiese sinken und starre in den Himmel, suche nach irgendeinem Zeichen. Doch da ist nur ein aufsteigendes Flugzeug, das mich verhöhnt und mir die Tränen in die Augen drückt. Mein Herz fühlt sich an wie zersprengt oder wie von tausend Projektilen durchlöchert. Je nachdem, was mehr wehtut.

Zum ersten Mal dachte ich, ich hätte die Richtige gefunden, die Eine, die mich akzeptieren kann, so wie ich bin. Und dann verschwindet sie sang- und klanglos aus meinem Leben. Bei allen anderen wusste ich, dass sie es nicht können, nicht die Eine sind. Nerea war anders, ist anders. Ich glaube, ich liebe sie. Wie könnte ich nicht? Aber wie habe ich annehmen können, nur für einen Moment, dass sie mich auch liebt?

Mein Körper ist nun seltsam ruhig, geschafft, erledigt, geschlagen. Das, was ich nun deutlich spüre, ist Durst.

Stöhnend rapple ich mich auf, der Kreislauf spielt erst mal verrückt, außerdem wundert es mich, dass man mit einem in Stücke gerissenen Herzen überhaupt noch vorwärtskommt. Aber irgendwie funktioniert es, irgendwie mache ich mich auf den Heimweg.

Am »Grauen Haus« ist was los, ein Gefangenentransport wird durch das große Tor eingelassen und ich schicke einen Dank in den Himmel, dass ich dort nicht einsitzen musste. Danke an Papa und den Namen Althan, der mich davor bewahrt hat.

Auf dem Gehsteig vor meinem Haus kauert jemand, eine junge Frau, und mein Puls beschleunigt sich, die Hoffnung, dass ich mich doch geirrt habe, lässt mich wieder schneller gehen … bis ich erkenne, dass es sich um die Bettlerin handelt, die ich hin und wieder in der Stadt gesehen habe, doch ich habe in meiner Laufhose nicht mal Münzen dabei. Die letzten Meter kann ich nur noch kriechend langsam hinter mich bringen. Alle Muskeln schmerzen wie verrückt.

Der Lift ist zum Glück nicht besetzt, noch mal die ganzen Stufen schaffe ich heute nicht mehr. In meiner Etage bin ich fast zu schwerfällig, um auszusteigen. Seufzend drücke ich mit dem Rücken das Eisengitter auf.

Den schweren Kopf und das bleierne Herz demoralisiert auf die Fliesen gerichtet, entdecke ich sie erst, als schwarzweiße Sneakers und blaue Jeans direkt in meinem Blickfeld auftauchen. Langsam hebe ich den Kopf. Sie sitzt am Boden vor meiner Wohnungstür, die Beine ausgestreckt.

Die Verwirrung in Kombination mit der unerwarteten Freude, sie zu sehen, schnürt mir die Kehle zu. Mein Puls setzt noch einmal zu einem Sprint an.

»Ach, du warst laufen! Und ich habe mir schon total Sorgen gemacht, weil du nicht auf meine Anrufe reagiert hast«, sagt sie fröhlich und rappelt sich vom Boden auf.

Verdattert starre ich sie an. In meinem Magen poltert es. Wieso tut sie so? Warum hat sie mich mehrmals angerufen? Sie wollte doch gar nicht mehr wiederkommen. Immer noch bringe ich kein Wort heraus.

»Alles okay?« Mit zu Schlitzen verengten Augen mustert sie

mich. Dann legt sich Reue über den forschenden Ausdruck. »Es tut mir wirklich leid, dass es so lange gedauert hat, aber es war so unglaublich, meine Mutter ganz für mich zu haben, ganz aufmerksam und nahe wie noch nie. Und sie hat mir so viel erzählt von früher. Wie sie jung war, auch von ihren Eltern. So schön. Das kannst du dir nicht vorstellen. Ich wollte das einfach für ein paar Stunden auskosten, bis sie zurückfliegen, verstehst du?«

Sie lehnt sich gelöst mit dem Rücken an die Wand neben meiner Tür, während ich benommen nach meinem Schlüssel krame und an meinem Verstand zweifle.

»Ich hoffe, du hast dich nicht darüber geärgert. Aber du hast ja sicher auch einige Zeit mit deiner Familie gebraucht, oder?« Wir treten ein und sie wirft die Tür hinter uns ins Schloss, schnürt sich wie selbstverständlich die Sneakers auf und schlüpft heraus, während ich sie nur anstarren kann. »Deshalb dachte ich, es ist unnötig, dass du mich am Flughafen abholst. Das ist zu weit, ich bin einfach mit dem City Airport Train und mit der U-Bahn gefahren. Kenne mich hier ja nun schon richtig gut aus.« Sie wirft sich schwungvoll auf das Sofa und Chewbacca liegt sofort breit auf ihren Knien.

Langsam tauche ich aus der Versenkung auf. Sie hat die Schuhe ausgezogen, das bedeutet, … dass sie bleiben will. Wie ein Komet schießt helle Freude in mein Herz. Ich dachte immer, ich bin schnell von Begriff, aber was sie betrifft, stehe ich augenscheinlich grundsätzlich auf der Leitung. Da ich weiterhin verdattert und stumm am Boden festgewachsen bin, schiebt Nerea die Katze beiseite und steht argwöhnisch auf. »Leo, was ist denn? Du verunsicherst mich. Jetzt sag doch was. Das haben wir uns versprochen.«

Ich nicke inbrünstig, während ich alle Teile meines vor wenigen Stunden zerbrochenen Herzens in aller Eile zusammenklebe. Sie ist hier, nicht auf dem Weg nach Madrid. Sie will ihre letzten Urlaubstage mit mir verbringen, mit MIR! Nicht mit ihrer wiedergefundenen Mutter. Kann es eine schönere Liebeserklärung geben als diese?

Mit einem Satz bin ich bei ihr und lege meine Hände auf ihre Wangen, versinke in ihrem erschrockenen Blick.

»Ich liebe dich. Ich liebe dich so sehr, wie ich noch nie jemanden geliebt habe. Ich will ein Leben mit dir, hier oder in Madrid oder sonst wo. Ganz egal, du entscheidest.«

Sie lacht laut auf. »Warst du deshalb laufen, weil du mir das sagen wolltest? Hat dich das so sehr aufgeregt?«, fragt sie mit einem süßen Schmunzeln.

»Erwischt«, erwidere ich grinsend und schwöre mir innerlich, dass das das einzige Mal bleiben wird, dass ich nicht ehrlich zu ihr bin. »Also, was meinst du? Denkst du, wir beide können das schaffen? Trotz unserer Probleme?«

Sie lächelt ihr allerschönstes Lächeln, denn endlich ist auch das Glück darin zu sehen.

»Ich sage, du bist nicht perfekt, ich bin es auch nicht, aber zusammen ergeben wir ein richtig gutes Ganzes«, flüstert sie zärtlich.

»Schön gesagt«, raune ich und nähere mich ihrem Gesicht mit meinem.

»Ist ja auch von einer Bestsellerautorin«, haucht sie noch, schließt die Augen und greift in meinen Nacken.

Ihre Lippen finden meine und die Liebe findet uns, setzt sich zwischen uns, umringt uns, füllt uns aus. Und ein kleiner Flieger mit Namen Zukunft hat soeben die Startbahn verlassen.

EPILOG
Nerea

Wien

Zwei Monate später

»Hallo, ist Leo noch nicht fertig?«, frage ich Niki, der gerade mit einem Packen Unterlagen am Empfang der Kanzlei vorbeikommt.

»Oh, Servus, Nerea.« Überrascht, aber erfreut umarmt er mich. »Er kommt bestimmt gleich, ist noch am Telefon mit dem Staatsanwalt.«

Ich muss leise lachen. »Ich hoffe, er benimmt sich.«

Auch Niki grinst. »Doch, doch, und es ist gar nicht so schlecht, wenn sie unsere Kanzlei ein bisschen fürchten.« Er zwinkert mir zu.

»Wie geht's eurem Papa?«, will ich wissen.

»Wir haben heute Entwarnung gekriegt. Er hat das Schlimmste überstanden, zum Glück. Nun heißt es nur noch warten, bis das neue Immunsystem aufgebaut ist. Das bedeutet leider weiterhin einige Wochen Isolation, aber das schafft er schon. Wusstest du, dass er zu malen begonnen hat? Seither steht er wieder im Morgengrauen auf, um das beste Licht zu haben.«

Erleichtert lege ich die Hand an die Brust, von wo aus sich gerade ein großer Brocken Anspannung Richtung Kanzleiboden gestürzt hat.

»Was für gute Nachrichten.«

Er nickt dankbar. »Und wie läuft's bei dir?«

Von meiner begonnenen Therapie weiß er wohl nichts, auch nicht, dass ich schon acht Wochen trocken und stolz wie Oskar bin. Aber mit solchen Erfolgsmeldungen bin ich etwas vorsichtiger geworden.

»Gut! Gut.« Ich kann das fette Grinsen nicht mehr zurückhalten. »Ich hatte gerade ein Vorstellungsgespräch bei *Austrian Airlines*. Wenn das klappt, wird Wien meine neue Homebase.« Der Gedanke schickt einen Trommelwirbel in mein Herz. Und es lief toll. Richtig toll sogar.

Niki reißt Mund und Augen auf. »Wow! Das wäre ja mega! Amelie freut sich bestimmt auch, sie fragt, ob wir nächste Woche wieder zu viert essen gehen. Du bist doch da?«

»Ja, wie jeden Mittwoch. Das wäre schön.«

Heimelige Wärme erfüllt mich, wenn ich daran denke, durch Leo nun so etwas wie eine neue Schwester und sogar zwei Brüder geschenkt bekommen zu haben. Gloria ist unersetzlich, das wird sie immer sein. Aber Amelie ist eine liebe Vertraute für mich geworden und mit Niki und Julius kann man viel Spaß haben. Es war einfach Zeit, auch andere Menschen in mein Herz zu lassen. Vielleicht ist das Glorias wahres Vermächtnis.

»Ich bespreche einfach mit Leo, wo wir hingehen. Muss jetzt leider was tun. Dann bis nächste Woche!«

Er umarmt mich noch einmal, ehe er in Richtung Büro verschwindet.

»Grüß Amelie von mir.«

»Mach ich«, ruft er über die Schulter.

Da erscheint Leo, für mich immer noch ungewohnt in Anzug und Lederschuhen. Ungewohnt, aber auch extrem sexy.

»Hey, du!« Er küsst mich lange und innig. »Die Woche ist echt schnell vergangen.«

»Ja, haha, du warst ja auch über das Wochenende in Madrid«, sage ich grinsend.

»Trotzdem, sonst ziehen sich die Tage manchmal wie Kaugummi.«

Ich sonne mich in seinem warmen Lächeln und bade im Blau seiner Augen. Jeder Mittwoch ist ein Ferientag für mich. »Geht mir genauso.«

»Also«, sagt er zärtlich und schaut mir tief in die Seele. »Eine ganze lange Spätsommernacht liegt vor uns. Was wollen wir tun?«

Ich muss leise lachen. »Wir sind zusammen. Wir sind in Wien. Schau ma mal!«

Und dieses *Schau ma mal* bedeutet in diesem Zusammenhang natürlich weder ein höfliches *Nein* noch ein feiges Hinhalten, sondern ein absolut beseeltes: *Lass uns abwarten, wohin das Leben uns führt.*

ENDE

DANKSAGUNG

Auf keines meiner bisherigen Bücher bin ich so stolz wie auf dieses. Nicht, weil es fast doppelt so lang ist wie meine übrigen und die Überarbeitung die reinste Sklavenarbeit war. Auch nicht, weil es das beste meiner Bücher ist, denn das weiß ich nicht. Darüber müssen andere entscheiden.

Ich bin unglaublich stolz darauf, weil ich es in der schwersten Phase meines Lebens geschrieben habe, nämlich in dem Jahr, in dem unsere kleine Tochter lebensbedrohlich erkrankt ist und sich nur langsam wieder zurück ins Leben kämpfte.

Fast zwei Jahre liegen zwischen dem ersten geschriebenen Satz und der Veröffentlichung. Und darin gab es unzählige Momente, in denen ich nicht sicher war, ob ich es jemals fertigbekommen werde. Aber das habe ich.

Großen Dank schulde ich also meiner Lektorin Elja Janus, nicht nur für ihr Wissen, ihre fachliche Kompetenz, sondern auch für ihr Verständnis und ihre Geduld, ihre Freundschaft und ihr offenes Ohr.

Herzlichen Dank an Lukas, den nettesten Piloten, den es gibt, der mir geholfen hat, mich ein wenig in dieser fremden Welt der Airlines zurechtzufinden. Ich hoffe, ich habe alles halbwegs richtig wiedergegeben. Und nein, ich persönlich bin nicht der Meinung, dass alle Piloten Saufköpfe sind, auch wenn das im Buch manchmal so klingt. Sorry dafür.

Danke an Kristin Pang für das wundervolle Cover, das so gut zu der Geschichte passt. Danke an Britta Schmeinck für ihr liebevolles Korrektorat und misa bookdesign für den professionellen Buchsatz. Es war mir wie jedes Mal eine Freude, mit euch zu arbeiten.

Ein großes Dankeschön geht raus an meine Testleserinnen, die sich durch das noch unlektorierte Manuskript gekämpft und mir ihre ersten Eindrücke geschildert haben.

Ich bedanke mich bei meinen wunderbaren Vorableserinnen und Bloggerinnen, die mir stets mit großer Tatkraft und viel Kreativität helfen, meine Bücher bekannter zu machen. Danke, dass ihr trotz der langen Zeit nicht das Interesse an mir und meinen Geschichten verloren habt. Euer Beitrag und Feedback ist unglaublich wertvoll für mich.

Und nun zu dir, liebe Leserin, lieber Leser. Danke, dass du bis hierhin gelesen hast. Danke für deine Zeit und dein Vertrauen. Ich hoffe inständig, dass dir die Geschichte rund um Nerea und Leo gefallen hat und wir uns bei meinem nächsten Buch wiedersehen.

Bleib gerne immer informiert über meinen Loveletter auf *www.johannamoertl.com*

Danke! With love Johanna

GLOSSAR

Adiós – span., Auf Wiedersehen

Aeropuerto – span., Flughafen

Allibert – generalisierende Typenbezeichnung für einen Bade-
zimmerspiegelschrank

Also known as (Aka) – engl., auch bekannt als

Ándale – span., Auf geht's!

An holben, an ganzen – österr., einen halben einen ganzen Liter

Apfelkren – Mischung aus geriebenem Meerrettich, geraspel-
ten, säuerlichen Äpfeln und Rahm

Baba – wienerisch, Tschüß

Bahö – wienerisch, Aufstand

Basta – ital., genug

Beisl – wienerisch, auch Beisel, Wirtshaus, Gasthaus

Beletage – frz., das bevorzugte Geschoss eines adligen oder
großbürgerlichen Wohnhauses

Berserker – aus mittelalterlichen skandinavischen Quellen, ein
im Rausch kämpfender Mensch, der keine Schmerzen oder
Wunden wahrnimmt

Beserlpark – wienerisch, eine scherzhafte Bezeichnung für eine
kleine kümmerliche Parkanlage

Besos – span., Küsse

Bienvenidos – span., Willkommen

Bobo – der auch als bourgeoise Bohemien bezeichnet Typus
beschreibt einen idealistisch lebenden Mensch, welcher dennoch leichten Hang zum Materialismus pflegt

Bratlfettn – österr., Schmalz, ausgelassenes Fett vom Schweinebraten

Brauner – Kaffeespezialität, bestehend aus einem einfachen und doppelten Mokka mit sehr wenig Milch oder Schlagobers. Die Milch oder Sahne wird dabei in einem eigenen Kännchen separat serviert. So kann der Kaffeeliebhaber das Mischverhältnis selbst bestimmen. Durch den Schuss Milch erhält der schwarze Mokka eine bräunliche Färbung. Der Zusatz »kleiner« oder »großer« Brauner bezieht sich auf die Größe des Mokkas.

Brettljause – österr., eine kalte Mahlzeit, bestehend aus Aufschnitt, Aufstrichen und Brot traditionell auf einem Holzteller serviert

Buenas días – span., Guten Tag

Buenas noches – span., Gute Nacht

Bummerl – österr., Verlustpunkt beim Kartenspiel

Burenwurst – österr., grobe Brühwurst

Cariño – span., Liebling (auch für weibliche Personen in der maskulinen Form)

Choker – engl., enganliegendes Halsband, oft mit Würgefunktion

Chuzpe – jiddisch, Unverfrorenheit

Contenance – frz., Beherrschung

Crew Control – engl., Abteilung, die für die Personaleinsatzplanung verantwortlich ist

Dead Head Flüge – engl., Flug eines Airlinemitarbeiters als Passagier

Date prisa – span., Beeile dich

Desperate times need desperate measures – engl., verzweifelte Zeiten erfordern verzweifelte Maßnahmen

Die Burg – Das Wiener Burgtheater

Dios mío – span., Mein Gott!

Erdäpfel-Vogerlsalat – österr., Kartoffel-Feldsalat

Es war sehr schön, es hat mich sehr gefreut – Zitat der bekannten Abschiedsformel von Kaiser Franz Josef I.

Etagere für zwei – ein zwei- oder dreistöckiges, offenes Gestell auf dem Essen für zwei Personen serviert wird

Faschierte Laibchen – österr., Frikadellen

Favoriten – der 10. Wiener Gemeindebezirk

Felicidades – span., Herzlichen Glückwunsch

Fetzenschedl – wienerisch, Dummkopf

Fin de siécle – frz., Ende des Jahrhunderts

Fisolen – österr., Grüne Bohnen

Flanierer – (oder Flaneur) frz., Spaziergänger

G'spusi – wienerisch, Liebschaft, Affäre

Gabelbissen – österr., pikantes, kaltes Frühstück

Gackerl – wienerisch, Kacke

Garconniere – frz., Ein-Zimmer-Wohnung, Jungesellenbude

Geh bitte! – wienerisch, Keine Aufforderung zu gehen, sondern ein abwertender Ausruf, ähnlich wie »Das ist doch lächerlich!« Betonung liegt auf dem bitte.

Gemma! – wienerisch, Gehen wir! Los jetzt!

Gemüsesülzchen – österr., auch Gemüsesulz, ähnlich wie Aspik

Grantscherben – wienerisch, mürrischer Mensch

Grätzl – wienerisch, Stadtteil

Grindig – wienerisch, eklig

Guapa – span., Hübsche

Gurgel – wienerisch, Kehle

Heuriger – ein tavernenähnliches Lokal in dem Wein ausgeschenkt wird, als Heuriger wird auch der diesjährige Wein bezeichnet

Häf'n – wienerisch, Gefängnis

Mezzanin – Zwischengeschoß über dem Erdgeschoß eines mehrstöckigen Hauses

Hallodri – wienerisch, Weiberheld, unzuverlässiger junger Mann

Hamma – wienerisch, Haben wir

Hapfen – wienerisch, Bett

Heast – wienerisch, Hörst du? Mit vielen verschiedenen Bedeutungen je nach Intonation

Hietzing – der 13. Wiener Gemeindebezirk

Hola – span., Hallo

Hola, mi corazon – span., Hallo, mein Herz

Hola, mucho gusto! Es lindo encontrar a una amiga de Leo. – span., Hallo, sehr erfreut! Es ist schön, eine Freundin von Leo kennenzulernen.

Humboldt – Matura-Schule zum nachträglichen Ablegen des Abiturs

Jause – österr., kleine Zwischenmahlzeit

Juridicum – lat., Universität der Rechtswissenschaften

Jö, schau – wienerisch, Wie schön!

Käsekrainer – leicht geräucherte Brühwurst mit eingearbeiteten Käsewürfeln

Kipferl – österr., Hörnchen

Krügerl – österr., Bierglas mit Henkel

Küchenkastl – österr., Küchenschrank

Marginal – lat., nebensächlich, am Rande

Matura – österr., Abitur

Mèchen – frz., Strähnchen

Mehlspeisen – österr., Oberbegriff für diverse Süßspeisen, Gebäcke, Kuchen und Torten, die als Haupt- oder Nachspeise serviert werden können

Melange – frz., Kaffeespezialität, bestehend aus einem mit Wasser verlängerten Mokka, der mit heißer Milch aufgegossen und mit einer Milchschaumkrone verziert wird.
Einfach nur »Kaffee« gibt es in Wien leider nicht. Wer sich bei den ohnehin für ihre Grimmigkeit bekannten Kellnern nicht unbeliebt machen möchte, tut gut daran, schon vorab herauszufinden, was er oder sie bestellen möchte.

Mi gordi – span., mein Fetti (Kosewort)

Mierda – span., Scheiße

Muy bien – span., sehr gut

Nice try – engl., netter Versuch

Nuscheln – wienerisch, undeutlich sprechen

Oida – wienerisch, Alter mit vielen, verschiedenen Bedeutungen je nach Intonation

Oisdann – wienerisch, Also dann

Ottakring – der 16. Wiener Gemeindebezirk, hier steht auch die bekannte *Ottakringer Brauerei*, deren Bier den Namen *Ottakringer* trägt.

Outside Check – engl., Äußere Überprüfung

Parkpickerl – gebührenpflichtiger Aufkleber, der zum Parken berechtigt

Parlieren – frz., sich unterhalten

Persona non grata – lat., unerwünschte Person

Plafond – frz., Zimmerdecke

Point to point Destinationen – engl., Zielorte direkter Flüge ohne Zwischenstops, Unterbrechung oder Aufenthalt

Por supuesto – span., natürlich, klar

Qué estabas pensando, imbécil? – span., Was hast du dir dabei gedacht, du Idiot?

Querida – span., Liebling, Schatz

Rápido – span., schnell

Rigole – eine unter der Oberfläche angebrachte Rinne, die Regenwasser ableiten soll

Rösterdäpfel – österr., grob gerissene Kartoffeln mit Zwiebeln braun angebraten

Samma fesch – wienerisch, eigentlich »Sind wir hübsch«, Bedeutung: Auf geht's! Packen wir es an.

Schanigarten – wienerisch, Gastgarten

Schank – österr., Theke

Schau ma mal – wienerisch, Wir werden sehen, jedoch auch mit unterschiedlichen Bedeutungen je nach Intonation

Scheppern – wienerisch, klappern

Schmäh führen – wienerisch, Sprüche klopfen

Schnapsen – ein beliebtes Kartenspiel

Schnorrer – wienerisch, jemand, der wiederholt um Gefälligkeiten bittet

Schöberl – österr., Suppeneinlage, rautenförmige dünne Plätzchen aus salzigem Biskuit

Seiterl – österr., (auch Seidl, Seidel) 0,333 Liter Bier

Semmel – österr., rundes Brötchen

Sí! Ya voy – span., Ja! Ich komme schon

Sidestick – engl., seitlicher Steuerknüppel eines Luftfahrzeuges

Spondieren – Magistertitel erwerben

Sulz oder Sülzchen – österr., Aspik

Summa cum laude – lat., mit höchstem Lob, die bestmögliche Bewertung des Studienabschlusses

Supervision Captains – engl., Kapitäne, die zur Ausbildung berechtigt sind

Tabula rasa – lat., leer und aufgeräumt, reinen Tisch machen

They lived happily ever after – engl., Märchenformel, Und wenn sie nicht gestorben sind, leben sie noch heute.

Thonetstühle – Firma Thonet ist ein traditionsreicher Möbelhersteller, der im 19. Jh mit Bugholzmöbeln weltberühmt wurde

Touch and Go – engl., Aufsetzen eines Flugzeuges und anschließendes Durchstarten ohne Stillstand

Tschinellen – wienerisch, Becken, Schlaginstrument aus Messing

Type Rating – engl., Berechtigung zum Führen eines bestimmten Luftfahrzeugmusters

Vamonos – span., Lasst uns gehen!

Venga, venga – span., Komm, komm!

Villa Schratt – Villa von Katharina Schratt, einer Schauspielerin, die viele Jahre private Beziehungen zu Kaiser Franz Josef I. pflegte

Volltrottel – österr., Vollidiot

Wachauer – Graugebäck aus Weizen- und Roggenmehl mit hohem Krustenanteil und oft mit Kümmel vermengt

Waldviertler Wurst – dunkle, intensivschmeckende Rauchwurst

What can I do for you? Sorry, but my Spanish es muy horrible – engl., span., Was kann ich für dich tun? Tut mir leid, aber mein Spanisch ist sehr schrecklich

Wuchtel – wienerisch, lustige Bemerkung

You are cleared for take-off – engl., Sie sind freigegeben zum Abheben

Zwetschkenröster – mit Zucker eingekochte Pflaumen, ähnlich einer groben Marmelade

WEITERE BÜCHER DER AUTORIN

JEDE WELLE FLÜSTERT DEINEN NAMEN

Teil 1 der Reihe: Liebe in Andalusien
Die Teile können unabhängig voneinander gelesen werden.
300 Seiten
ISBN 9783754328712
Auch als EBook erhältlich
»Wie man eine Angst besiegt?
Mach die Augen zu, spring ins kalte
Wasser und schwimm!«

Die dreißigjährige Isabelle ist diszipliniert, ehrgeizig und lässt niemanden an sich heran. Um befördert zu werden, muss sie an jenen Ort in Andalusien zurückkehren, an dem ihr unbeschwertes Leben Jahre zuvor unter einer Welle von Schmerz begraben wurde. Raúl ist ein stadtbekannter Frauenheld und empfindet Liebe einzig und allein für seine Familie … und für das Meer. Aus Pflichtgefühl seiner Schwester gegenüber hat er seinen Traum von einer Profikarriere aufgegeben und lebt seit her ziellos in den Tag hinein. Als er und Isabelle aufeinandertreffen, wird Salz in immer noch offene Wunden gestreut, und doch zieht es sie auf unerklärliche Weise wieder und wieder zueinander hin. Denn je häufiger sich die beiden begegnen, desto deutlicher spüren sie, dass sie weit mehr verbindet, als sie sich eingestehen wollen.

JEDER STURM ZEIGT MIR DEIN HERZ

Teil 2 der Reihe: Liebe in Andalusien
Die Teile können unabhängig voneinander gelesen werden.
308 Seiten
ISBN 9783756214358
Auch als EBook erhältlich

Plötzlich fährt ein greller Blitz zur Erde, und als der Donner zwischen den spitzen Bergen die Stille zerreißt, brülle ich aus vollem Hals: »NIE. MEHR. WIEDER.«

Eigentlich hat sich Marisol fernab von ihrer herrischen Mutter und dem engen andalusischen Dorf ein schönes Leben aufgebaut. Nur aus Pflichtgefühl lässt sie ihren Traumjob und ihren Freund Marcos für ein paar Wochen zurück, um ihre Eltern auf dem Familiengestüt zu vertreten. Aber wieso zieht es dann so verräterisch in ihrer Brust, sobald sie die vertrauten Wälder wiedersieht und ihre Geschwister in die Arme schließt? Und auch Fabio, ihr Schwarm aus Kindheitstagen, übt immer noch eine besondere Faszination auf sie aus. Ihre gemeinsame Zeit setzt in ihr eine Veränderung in Gang, die nicht mehr aufzuhalten ist. Mit welcher Macht jedoch die Stürme dieses Sommers ihr Leben auf den Kopf stellen, kann Marisol nicht einmal erahnen.

JEDER WINTER FRAGT NACH DEINER WÄRME

Teil 3 der Reihe: Liebe in Andalusien
Die Teile können unabhängig voneinander gelesen werden.
313 Seiten
ISBN 9783756837618
Auch als EBook erhältlich
»Und dennoch lässt mich der Gedanke nicht mehr los, dass es genau so sein sollte, wenn es Liebe wäre.«

Adrian ist der wohl disziplinierteste Profisurfer unter der andalusischen Sonne. Und das muss er auch sein, denn in seinen Augen ist seine Leistung das Einzige, das ihn besonders macht. Alles, was er sich mühsam erarbeitet hat, gerät in dem Moment ins Wanken, als er sich eine Verletzung zuzieht. Und als wäre das nicht genug des Unglücks, soll er ausgerechnet in die verschneite Sierra Nevada zur Reha fahren. Dabei gibt es kaum etwas, das er mehr hasst als die Kälte.

Gabriela ist eine Selfmade Woman, selbstbewusst und erotisch – und hatte über Jahre nur unverbindliche Affären. Wie kann es sein, dass gerade Adrian ihr vor langer Zeit zu Eis gefrorenes Herz zum Schmelzen bringt? Sollte sie es nicht ganz besonders vor ihm beschützen?

Je näher sich die beiden kommen, desto mehr Geister lösen sich aus der Vergangenheit, um in der Gegenwart zu spuken und eine Lawine an Gefühlen loszutreten. Beide müssen den Sprung über ihren Schatten wagen. Aber wo werden sie landen? In feinstem Pulverschnee oder doch auf dünnem Eis?

SO NAH VON DIR ENTFERNT

276 Seiten
ISBN 9783755786443
Auch als EBook erhältlich

*»Versprich mir, dass du dich immer
selbst um dein Glück kümmern wirst.
Gib das nicht aus der Hand.«*

Die 22jährige Leni ist Krankenschwester und hat einen Grundsatz im Leben: Nie und nimmer funktioniert eine Beziehung zwischen Arzt und Pflegekraft. Mats ist hinreißend, will Leni – und er ist Arzt! Wie soll die junge Frau nur an ihren Vorsätzen festhalten, wenn die Anziehungskraft zwischen ihnen beiden so groß ist? Und dann ist da noch Mats' schwerkranker Vater, der Lenis Hilfe dringend benötigt …

ALLES BLEIBT BESSER

241 Seiten
ISBN 978375342687
Auch als EBook erhältlich

*»Verbündete kann man schließlich nie
genug haben. Nicht im Krieg und
auch nicht in der Liebe.«*

Ein Sommer in Wien. Eine turbulente Familiengeschichte. Erzählt aus sechs Perspektiven.

Katharina ist Ende Dreißig und hat sich mit ihrer Teenie Tochter gut arrangiert, trotzdem oder vielleicht sogar, weil ihr Ex-Mann genau gegenüber wohnt. Gerade als der um dreizehn Jahre jüngere Max in ihr Leben tritt, macht sie einen seltsamen Fund, der ihr Leben in der beschaulichen Wiener Vorstadt gehörig durcheinanderwirbelt.